Un amour si puissant

Les Braden de Weston

Amour sublime
Melissa Foster

Note aux lecteurs

Savannah Braden est une avocate impitoyable, sœur de cinq hommes têtus. Un personnage fort dont j'ai beaucoup aimé développer le côté vulnérable quand elle vit sa propre histoire d'amour. Son héros, Jack Remington, est rapidement devenu l'un de mes personnages préférés. Dans l'histoire de Jack et Savannah, vous ferez la connaissance des frères et sœur de Jack – Rush, Kurt, Sage, Dex et Siena –, qui ont chacun leur propre livre dans ma série de romance contemporaine : *Les Remington*.

Un amour si puissant fait partie d'*Amour sublime*, une série de romances mettant en scène de grandes familles. Ce roman peut être lu comme un tome indépendant ou apprécié en tant que partie de la série. Si c'est votre premier *Amour sublime*, plongez-y et profitez de cette aventure amusante et sexy !

Le meilleur moyen de rester au courant de mes nouvelles publications, de mes ventes et de contenus exclusifs, c'est encore de vous abonner à ma newsletter.
www.MelissaFoster.com/Francaise-News

Pour mes grands frères, Adam, Jon et Dale. Merci de m'avoir appris à être forte, têtue et sûre de moi grâce à votre esprit de compétition.

CHAPITRE UN

Le bruit du moteur du petit avion de brousse retentit aux oreilles de Savannah Braden alors qu'ils dépassaient la lisière d'une forêt aux couleurs vives et entamaient leur descente rapide vers les montagnes du Colorado. Le mois de septembre ne pouvait pas être plus beau, avec les feuillages flamboyants rouges, orange, jaunes et verts qui ne tardèrent pas à se dessiner. L'avion vira à droite, puis coupa à gauche à vive allure, déplaçant Savannah et les cinq autres passagers dans leurs sièges. Savannah s'accrocha à l'accoudoir et regarda par le hublot : la piste d'atterrissage en terre battue se dessinait. *Trop courte !* Elle qui avait volé toute sa vie n'avait jamais vu de piste d'atterrissage aussi courte. *Super. Je vais mourir avant même d'avoir pu me vider la tête.* Elle n'avait pas vu le visage du pilote avant le décollage et, maintenant, tout ce qu'elle distinguait, c'était une nuque et des cheveux bruns ondulés, le gros casque sur ses oreilles et un t-shirt noir tendu sur des épaules musclées. À quoi ressemblait l'homme qui allait la tuer et comment imaginait-il atterrir sur une piste de la taille d'un sparadrap ?

Le couple assis en face d'elle semblait bien trop calme, dans leurs vêtements de chanvre et leurs bottes éraflées. Ils s'étaient présentés comme Elizabeth et Lou Merriman, en voyage avec leur fils de six ans, Aiden. Ils semblaient assez agréables, mais

Savannah ne pouvait s'empêcher de fixer les dreadlocks brun rougeâtre qui pendaient sur leurs épaules, comme si ce n'étaient pas des cheveux, mais les tronçons épais et touffus de la corde rugueuse que son père utilisait dans son ranch de Weston, Colorado.

— Excusez-moi…

— Oh, désolée, dit Savannah en desserrant ses doigts cramponnés à l'accoudoir qui la séparait du jeune homme taciturne assis à côté d'elle.

Les épaules voûtées, le bonnet descendu sur son front, il ne lui avait pas dit deux mots de tout le vol. Fuyait-il, lui aussi, la civilisation après avoir renoncé au sexe opposé ?

Les émotions de Savannah s'étaient atrophiées depuis qu'elle avait surpris une nouvelle fois son petit ami par intermittence, le célèbre Connor Dean, au lit avec une autre. Ses yeux la picotèrent au souvenir de la soirée qui avait signé la fin houleuse de leur relation. *Une fin définitive.* Suivant les préconisations d'un article qu'elle avait lu sur la façon de reprendre sa vie en main après une rupture, elle avait posé un congé ce vendredi pour participer à ces fichus quatre jours de survie, que l'article présentait comme « la meilleure façon de reprendre confiance et de redéfinir les priorités de sa vie ! » Le timing était parfait. Il était hors de question qu'elle retourne auprès de Connor et, pour se tenir à cette résolution, elle devait quitter Manhattan car il était juste assez charmant pour lui faire oublier qu'elle méritait mieux qu'un type qui se comportait encore comme un sportif de lycée, toujours à la recherche du prochain bon coup.

L'avion entama une descente rapide. Savannah resserra sa ceinture de sécurité sur ses hanches et ferma les yeux. Elle sentit son estomac se soulever et se tordre alors que les moteurs grondaient douloureusement. Enfin, les roues de l'avion entrèrent en contact avec la terre et les freins hurlèrent, la projetant en avant, avant de la plaquer contre le siège.

— Merde !

Les yeux de Savannah s'ouvrirent. Tout le monde la regardait : le couple écolo et leur jeune fils et, bien sûr, son voisin mal luné. Tout le monde sauf Josie, la jeune femme assise de l'autre côté de l'allée, derrière Elizabeth et Lou. Elle aussi avait les yeux fermés et serrait les poings sur l'accoudoir. *J'aurais dû m'asseoir à côté d'elle.*

— Désolée, balbutia Savannah avec une grimace.

Elle regarda par la fenêtre : la piste d'atterrissage était à une bonne quinzaine de mètres derrière eux, mais au moins, ils étaient en vie.

Peut-être que c'était une erreur.

Le moteur se tut. Les autres passagers se levèrent et s'étirèrent. Elizabeth et Lou récupérèrent Aiden, souriant comme s'ils ne venaient pas de voir leur vie défiler devant leurs yeux. *Qu'est-ce qui ne va pas chez eux ?*

— On a réussi ! cria Josie.

Le type au bonnet secoua la tête et Savannah pria pour ne pas s'évanouir tant son cœur s'était emballé.

Le pilote se dévissa le cou pour jeter un coup d'œil par-dessus son épaule et retira son casque. Avant qu'il ne se détourne à nouveau et qu'elle ne se retrouve à fixer son épaisse chevelure, Savannah eut un bref aperçu du visage le plus beau et le plus buriné, des yeux les plus perçants qu'elle ait jamais vus.

Un frisson la parcourut.

Peut-être que ce n'était pas une erreur, après tout.

Une seconde plus tard, elle prit conscience que c'était l'homme qu'elle avait entrevu à l'aéroport lorsqu'elle s'était précipitée pour attraper l'avion, quand elle était tombée sur les fesses, non sans envoyer valser ses sacs à travers le couloir. Froid, distant, et bien trop beau pour être honnête.

Je suis foutue.

Pilote et guide de survie, Jack Remington était assis dans le cockpit de son petit avion de brousse, le ventre noué. Il était tellement mécontent de l'orientation que prenait sa vie qu'il n'avait absolument pas besoin de se voir soudain rappeler par son corps ce qu'était une femme. Pendant deux ans, il n'en avait pas regardé une seule, il n'avait plus ressenti le moindre intérêt pour quiconque depuis que sa femme, Linda, était morte dans un accident de voiture. Et puis, aujourd'hui, alors qu'il était en retard et dans tous ses états après être passé devant le lieu de cet accident, il avait aperçu cette magnifique femme aux cheveux auburn, qui descendaient jusqu'aux fesses, à l'aéroport. Il avait voulu la dépasser avec indifférence – et c'était bien ce qu'il avait failli faire. Mais, assez proche pour vraiment la voir, quand elle s'était relevée, il avait remarqué une lueur de défi dans ses yeux et, derrière cette détermination, quelque chose de doux et de charmant. *Merde. Je n'ai pas besoin de douceur ni de charme.* Il repoussa son image et laissa sa colère se retourner contre lui. Une fois qu'il sentit le feu familier dans sa poitrine, il ouvrit la porte.

La première chose qu'il fit en descendant de l'avion fut de toucher la terre. *Ma terre.* Jack considérait chaque brin d'herbe, chaque arbre, chaque buisson et chaque ruisseau de cette montagne comme sa propriété personnelle. Pas au sens juridique, mais dans son cœur. C'était cette terre qui l'avait aidé à guérir après la mort de Linda. Bon Dieu, c'était un mensonge ! Il n'était pas encore guéri. Mais au moins était-il capable de fonctionner à nouveau… plus ou moins. Il ne pouvait toujours pas dormir dans le chalet de Bedford Corners, qu'il avait partagé avec Linda, dans l'État de New York. Il n'y retournait qu'une ou deux fois par mois pour s'assurer que des adolescents fêtards ou des vandales ne s'y étaient pas introduits. Et ces nuits-là, il dormait sur la terrasse et se lavait sous la douche extérieure. Il avait passé la plupart des deux dernières années dans la sécurité et la solitude de son chalet rustique, une maisonnette située sur quatre-vingts hectares de terrain dans les montagnes du Colorado et dont même sa famille ignorait l'existence.

La veille au soir, cependant, Jack avait passé la nuit au chalet en raison du vol matinal. Avant de quitter la maison, il était resté devant, le moteur de sa moto rugissant déjà pour lui rappeler qu'il était toujours en vie. Quand il avait atteint le bout de son allée pentue, il avait regardé à droite, vers l'endroit de l'accident de Linda, au lieu de tourner à gauche comme toujours. *Quatre-vingt-sept pas. À moins de trois secondes de notre allée.* Des souvenirs douloureux l'avaient assailli par flash-backs et il avait serré les dents en sentant ses tripes se tordre. *Ça aurait dû être moi.*

L'espace d'un instant, il avait voulu laisser derrière lui la culpabilité et la colère de l'avoir perdue et aller de l'avant. Ses frères, sa sœur et ses parents lui manquaient. Il avait envie d'entendre leur voix, de partager les détails de leur vie, et même de participer aux dîners de famille tapageurs. Et puis, l'instant d'après, il avait repoussé l'idée de trouver, dans les recoins sombres de son esprit, un moyen de retourner auprès d'eux, laissant la colère et la culpabilité familières refermer leurs griffes et envahir son esprit. Les muscles tétanisés, il avait fait vrombir son moteur avant de filer en trombe. Il ne savait pas comment passer à autre chose, et de toute manière, qu'il le veuille ou non, il n'était pas sûr de pouvoir y arriver un jour.

Il se retourna et observa le groupe de jeunes cadres dynamiques devenus survivalistes le temps d'un week-end, avec leurs sourires nerveux et leurs yeux pétillants à la perspective des possibilités qui s'offraient à eux. Il organisait des séjours de survie pour rester au moins un peu connecté à la civilisation. Même s'il avait beaucoup d'argent, ce revenu supplémentaire lui donnait l'impression d'être un membre productif de la société. Il regarda ses nouveaux élèves, mobilisant en silence l'énergie nécessaire pour se montrer courtois et patient.

Lou et Elizabeth Merriman se tenaient derrière leur jeune fils, Aiden, chacun une main sur l'épaule du petit. *Une famille écolo.* Il savait, d'après leur formulaire d'inscription, qu'ils avaient un mode de vie écologique, qu'Elizabeth faisait l'école à la maison pour le petit Aiden et qu'ils étaient végétariens. Ils étaient là pour produire un certain effet sur leur fils. Jack avait accueilli suffisamment de familles écolos dans ses camps de survie pour savoir qu'elles pensaient toutes détenir les réponses sur la vie et la santé, alors qu'en réalité, elles n'en avaient absolument aucune. De toute façon, ce n'étaient pas les réponses sur la vie qui le préoccupaient. Jack n'avait pas encore rencontré quelqu'un qui puisse lui donner celles qui comptaient vraiment : les réponses sur la mort et comment y faire face.

Il déplaça son regard vers la gauche. Pratt Smith, un brun maussade, artiste de son état, et Josie Bales, une beauté brune qui gagnait sa vie en tant qu'enseignante de CE1 et jouait présentement avec les pointes de ses cheveux. Les deux jeunes gens dans la vingtaine, qui voyageaient séparément – lui, pour le plaisir, et elle, pour se trouver – essayaient de faire semblant de ne pas se jauger en qualité d'amants potentiels. *Super.* Jack n'avait rien contre le fait que de jeunes couples se forment, mais il souhaitait vraiment qu'ils le fassent sur leur temps libre. Son travail consistait à les emmener dans les bois, à leur montrer les techniques de survie élémentaires, puis à les renvoyer chez eux avec l'impression d'être de farouches aventuriers. La dernière chose dont il voulait s'occuper, c'était un couple qui prenait la poudre d'escampette dans les bois histoire de trouver un peu d'intimité et qui commettait des erreurs stupides comme se perdre ou se faire dévorer par un ours. Et il n'avait certainement pas besoin qu'ils lui rappellent, chaque fois qu'il les regarderait, combien c'était bon d'être amoureux. L'amour n'était plus à l'ordre du jour pour lui, depuis la mort de Linda, et il ne cherchait pas à se remettre en selle.

Où était la foutue bonne femme qui avait appelé pour s'inscrire trois jours plus tôt ? Une femme insistante qui n'acceptait pas qu'on lui réponde « non » et s'était obstinée, bien qu'il lui ait déclaré que les inscriptions étaient déjà closes. Il vit des bottes se poser sur le sol, de l'autre côté de l'avion. Elle prenait son temps, alors qu'ils avaient du pain sur la planche. *Il vaudrait mieux pour elle qu'elle ne soit pas une prima donna de Manhattan.* Il en avait sa claque de ces pleurnichardes : pourquoi s'inscrivaient-elles à ces formations d'un week-end, de toute façon ? Il chassa cette pensée. Ses élèves payaient un guide, pas un critique.

Il campa fermement ses pieds au sol et écarta les bras.

— Bienvenue au camp des survivants. Vous remarquerez que mon programme ne comporte pas de nom officiel : c'est parce que les urgences ne sont pas emballées dans de jolis petits noms. Nous nous préparons à la survie. J'ai parlé à chacun de…

— Je suis désolée. L'atterrissage a été un peu éprouvant pour mes nerfs…

C'était la femme de l'aéroport qui, après avoir enfin contourné l'avion, l'interrompait au milieu de sa phrase. Alors qu'elle adressait un grand sourire aux autres, il se souvint de son nom. Savannah. *Savannah Braden.*

Elle jeta un coup d'œil à Jack et leurs regards se croisèrent. Cessant alors de sourire, elle le dévisagea d'un air intrigué. Elle était plus grande, plus en courbes et encore plus belle qu'elle ne lui avait semblé à l'aéroport.

Jack serra la mâchoire. Avec un raclement de gorge, il continua :

— Je suis Jack Remington. Je vis ici…

Son regard dériva vers Savannah et il marqua une pause. Détournant les yeux, il reprit :

— J'ai servi huit ans comme officier des Forces spéciales dans l'armée américaine. Je peux vous faire entrer et sortir d'ici en vie si vous écoutez et coopérez. Veillons à garder cet endroit propre et notre attitude amicale.

Ses yeux passèrent sur Savannah en un balayage rapide, porteur d'un souffle d'espoir à la différence de celui de ce matin, qui véhiculait la douleur du deuil lorsqu'il avait quitté sa maison. Elle était grande et mince, avec des cheveux auburn et des seins de rêve. *Beaucoup trop jolie.* Il lui fallut toute sa concentration pour ne pas la reluquer, mais dans sa vision périphérique, il la vit épousseter son jean. Il laissa son regard suivre les mains qui frottaient ses cuisses minces, et quand elle leva les yeux, il baissa les siens. *Des bottes de cowgirl ?* Il reporta le regard sur le reste du groupe, se reprochant silencieusement de l'avoir ne serait-ce que regardée. Comment allait-il s'empêcher d'admirer ce magnifique visage et ce corps de rêve ? *Putain ! Je dois perdre la tête.*

— Allons chercher vos sacs. Puis nous escaladerons la montagne jusqu'au camp de base. Si vous avez besoin d'aller aux toilettes, la forêt vous accueillera.

Il les mit au défi du regard, s'arrêtant avant Savannah pour ne pas se perdre à nouveau dans ses yeux.

— Cool, lâcha Aiden.

— Oui, on peut le dire, approuva Jack en souriant au gamin qui ouvrait de grands yeux. Je suppose que vous avez fait connaissance dans l'avion ?

— Oui, nous nous sommes présentés les uns aux autres, confirma Lou en repoussant une dreadlock rebelle de son épaule. Enfin, la plupart d'entre nous.

Il décocha un regard à Pratt, qui se tenait debout, les mains dans les poches de son jean, détournant le regard du groupe. *Merde. Un autre connard.* Même si ces mots lui traversaient l'esprit, il savait qu'il ne devait pas juger trop vite. Certaines personnes pourraient le prendre pour un abruti, lui aussi, et franchement, elles auraient raison. Parfois, les hommes brisés étaient de vrais connards, on n'y pouvait rien. Il se promit d'essayer de parler à Pratt, mais pour l'instant, il devait étouffer ce truc dans l'œuf.

Plissant les yeux, il adopta sa voix la plus froide, celle qu'il réservait d'ordinaire aux belles femmes. Il n'avait pas de temps à perdre avec elles, pas plus qu'il n'en avait à gaspiller pour un gamin qui se comportait mal.

Il se tourna comme pour ouvrir un chemin que les yeux de Pratt devaient suivre… ce qu'ils ne firent pas.

— Tu vois ces bois, derrière moi ? Ils abritent des ours, des serpents, des plantes toxiques et toutes sortes de trucs effrayants. Tu auras peut-être besoin de l'aide de quelqu'un et, si tu te comportes comme un co… mal, vis-à-vis du groupe, personne ne viendra à ton secours. Alors, je te suggère de te présenter, acheva-t-il en croisant les bras.

Elizabeth et Lou échangèrent un regard prudent. Puis l'un et l'autre posèrent une main sur l'épaule d'Aiden.

Jack ne se rendit pas compte assez vite du choix malheureux de ses mots. Il savait qu'il se montrait sévère, mais les mauvaises attitudes provoquaient des accidents, et il n'y avait pas de place pour les accidents dans son camp.

Pratt serra les dents et soutint le regard de Jack. Avec son corps dégingandé, il n'était pas de taille à affronter Jack Remington, un mètre quatre-vingt-quinze, cent kilos, pourtant la douleur et la colère dans les yeux de Pratt lui étaient familières, et Jack sut qu'il n'envisageait rien de physique. Une pointe de culpabilité le traversa. Il ne pouvait plus faire marche arrière. Il avait adopté une ligne dure, et reculer saperait son autorité.

Savannah toucha l'épaule de Pratt. Elle l'examinait attentivement de ses magnifiques yeux verts. Si elle souriait toujours, il y avait une lueur de défi derrière la façade. Jack sentit son pouls s'accélérer.

— Et si on l'appelait John pour l'instant ? suggéra-t-elle d'un ton ferme, non négociable.

Qu'est-ce que tu fabriques, et pourquoi ? Alors qu'il s'interrogeait sur les motivations de la jeune femme, il ne put s'empêcher de remarquer la façon dont son jean moulait ses jambes minces avant de s'incurver sur ses hanches puis de revenir vers sa taille. Et le maudit débardeur qu'elle portait, maintenant taché de transpiration, lui plaquait les seins.

Regarde ailleurs. Putain. Regarde. Ailleurs.
Ses yeux refusèrent d'obéir et revinrent aussitôt se fixer sur elle.

— C'est mon programme, je le dirige à ma façon. Soit il fait partie de l'équipe, soit il s'en va, répliqua Jack.

Savannah fit un pas en avant, les épaules bien droites.

— Qu'est-ce que tu vas faire ? Nous ramener tous à l'aéroport et nous rendre notre argent ?

Il répondit au défi qui brillait dans ses yeux par son propre regard de braise.

— Oui.

La poitrine de Savannah se contracta et elle sentit un poing se resserrer dans son ventre alors que ce foutu Jack Remington la dévisageait de ses yeux noirs comme la nuit. Il ressemblait à Chris Hemsworth et se comportait comme Alec Baldwin. Un mélange sauvage de douceur et de méchanceté qui provoqua en elle un frisson sensuel. Elle n'allait pas détourner le regard. Elle avait affronté des loups plus méchants que lui en salle d'audience. Elle croisa les bras et se campa sur ses deux jambes, comme son frère Rex aurait pu le faire. Elle avait maîtrisé la posture « Braden » pour le tribunal et pour les rares occasions où elle avait dû affronter un connard ou un autre, dans le métro. Elle pouvait l'adopter aussi bien que ses frères, même si ses jambes étaient un peu flageolantes en cet instant.

Remington ne broncha pas. Son visage était un masque de marbre, de muscles contractés et de force. Savannah sentait le regard inquiet que les autres posaient sur elle. Elle était sur le point de céder lorsque Pratt s'avança :

— Pratt, d'accord ? Je m'appelle Pratt Smith. Vingt-huit ans, artiste, et je suis ici pour… enfin… je ne sais pas. Faire quelque chose de différent pendant quelques jours. Maintenant, on peut s'y mettre ?

Il détourna le regard du groupe.

Celui de Jack n'avait pas quitté les yeux de Savannah, et elle savait que, comme au tribunal, si elle était la première à céder, ce serait lui qui gagnerait. Elle resta inébranlable, même s'il était difficile de ne pas se laisser happer par la vision des muscles gonflés de ses bras.

Pratt s'empara de son sac à dos et se dirigea vers les bois. Jack lui saisit aussitôt le bras, le serrant vivement – ce qui mit un terme à son échange de regards avec Savannah.

— Personne ne s'engage sur cette piste avant moi.

Savannah fulminait. C'était une chose de prendre le contrôle d'une situation et une autre d'être un connard en permanence. De toute évidence, Pratt traversait une sorte de choc émotionnel. Pourquoi le cœur de glace de Jack l'empêchait-il de le voir ? Cela dit, elle n'avait pas à régler le problème de leur guide, même s'il avait clairement besoin d'aide. *Je suis ici pour me réparer moi-même. C'est un défi suffisant.*

— Nous avons les instructions de sécurité, les itinéraires et les directives à passer en revue. Installez-vous et commençons.

Pendant l'heure qui suivit, Jack leur présenta les dangers de la montagne, depuis les animaux sauvages jusqu'aux plantes toxiques, en passant par les falaises dangereuses et les conditions climatiques difficiles.

— Vous porterez chacun votre équipement et vos tentes. Sinon, vous ne pourrez pas les utiliser. Si vous n'aimez pas la nourriture, vous perdrez quelques kilos pendant votre séjour. Mémorisez cette loi : une personne ne peut vivre que trois minutes sans air, trois jours sans eau et trois semaines sans nourriture. C'est compris ? Maintenant, les règles, poursuivit-il sans attendre leur réponse. Règle numéro un : ne mettez jamais rien dans votre bouche sans m'en parler d'abord. Règle numéro deux…

Alors même qu'il donnait ses directives – la sécurité sur le sentier, l'hygiène et autres précisions dont Savannah ne doutait pas de l'importance –, elle ne parvenait pas à se concentrer, incapable de ne pas se perdre dans la contemplation de leur chef. Il parlait d'une voix profonde et autoritaire, dont elle aurait bien aimé connaître le timbre dans une chambre obscure. Peu importe qui ou ce qu'il regardait, l'un des autres membres du groupe ou une plante qu'il désignait, son regard était si intense qu'il la faisait frissonner. Un long fourreau de cuir d'où sortait un manche de couteau noir était attaché à sa ceinture. *Danger.* C'était ce qui venait à l'esprit de Savannah alors qu'elle contemplait Jack Remington, se délectant de chaque centimètre carré de son corps dur comme la pierre. Quant à lui, il ne tourna pas une seule fois les yeux vers elle. En fait, il ne l'avait pas regardée depuis sa brève inspection, lorsqu'elle avait surgi de derrière l'avion. Savannah était habituée à ce que les hommes s'y reprennent à deux fois pour l'observer. Avec son mètre quatre-vingts, elle était difficile à manquer, mais ne pas se voir accorder de second regard ? Voilà qui avait l'art de l'agacer.

— Quelle distance parcourrons-nous aujourd'hui ? demanda-t-elle.

Jack répondit en regardant Aiden.

— Cinq kilomètres, et le seul qui a le droit d'être fatigué, c'est Aiden. Dans ce cas, comme nous en avons discuté, sa mère ou son père devra le porter.

Jack leva les yeux vers Lou, qui hocha la tête, puis il posa une grande main sur l'épaule d'Aiden.

— Tu entends ça, mon grand ? Si tu es fatigué, tes parents devront te porter, et ce n'est pas facile de gravir cette montagne, alors tu veux être fort ?

Aiden hocha la tête.

Jack sourit, ce qui illumina ses yeux et adoucit la dureté de ses traits.

— Bien sûr que tu peux.

Peut-être que tu as un côté plus doux, en fin de compte.

Il s'adressa à Elizabeth et Lou.

— Il n'y a pas de réseau ici. Nous en avons parlé et vous connaissez les risques. C'est votre travail de garder un œil sur Aiden à tout moment, pas le mien ni celui de quiconque. Compris ?

Au temps pour le côté doux. Tu es un vrai connard.

Dix minutes plus tard, ils se frayaient un chemin à travers l'épais taillis de la forêt dense. Bien qu'ils soient entrés par ce qui semblait être un sentier, le terrain plat s'effaça rapidement. Comment Jack pouvait-il savoir où ils allaient ? Ils étaient au milieu de quatre-vingt mille hectares, sans réseau, en compagnie d'un gars qui ne savait pas distinguer l'empathie de l'apathie. Comment pourrait-elle reprendre du poil de la bête sous la direction de quelqu'un comme lui ? Elle se rappela que, si elle avait choisi ce camp particulier, c'était principalement parce qu'il n'y aurait pas de service cellulaire. Si Connor ne pouvait pas la joindre, il serait dans l'incapacité d'essayer de la séduire à nouveau. *Que Jack soit un crétin ou pas, je vais réussir et, quand je rentrerai chez moi, je serai plus forte.*

Elle n'avait jamais été particulièrement chanceuse en amour, mais après avoir vu quatre de ses frères sur cinq trouver le grand amour au cours des derniers mois, elle aspirait à plus. Si ses frères apprenaient comment Connor l'avait traitée, ils ne se souciaient pas qu'elle soit une femme de trente-quatre ans capable de se débrouiller seule. Non, ils iraient demander réparation à Connor sans une once d'hésitation, puis ils la consoleraient. C'était la partie consolation qui l'inquiétait, quand ils la regarderaient avec de la pitié au fond des yeux, incapables de comprendre comment leur sœur têtue et intelligente pouvait laisser un homme la traiter de la sorte. Voilà pourquoi elle ne le leur avait jamais expliqué. « C'est compliqué. » Telle était sa position quand elle commentait sa relation avec Connor.

D'autres avocats étaient allés jusqu'à l'appeler « Braden le bouledogue », parce qu'elle était implacable dans la poursuite du bien et du mal. *Alors, pourquoi je ne peux pas être aussi implacable quand il s'agit de mon cœur ?* Ce voyage était censé l'aider à retrouver l'armure qu'elle avait autrefois portée, à ne plus jamais se laisser traiter aussi mal. Elle regarda Jack Remington, qui leur ménageait un chemin à travers les branches épaisses et piétinait les arbres tombés. Ses muscles brillaient sous le soleil de l'après-midi. *Qu'est-ce que je peux y faire, s'il est sexy ? C'est sûrement un plus gros connard encore que Connor.* Et si elle déchiffrait correctement les ombres dans ses yeux, il était également dangereux. *Un mauvais mélange, pour une fille censée tourner la page.* Elle pensa à l'article qui avait décrit ce week-end comme « le remède parfait pour les femmes qui ont perdu leur mordant ». N'importe quoi. Il ne faisait aucun doute que ce voyage était une erreur.

Une grosse, une énorme erreur.

CHAPITRE DEUX

Le soleil commençait à dériver vers les arbres alors que l'après-midi se muait lentement en soirée. Le premier jour en extérieur, ou ce que Jack aimait appeler le « jour de l'Impact », lui donnerait une indication claire du niveau de chaque élève, à la fois mental et physique. Jusqu'à présent, ils semblaient tous bien se comporter, y compris Aiden. Jack jeta un coup d'œil derrière lui au garçon, qui s'accrochait à la main de son père comme à une bouée de sauvetage. C'était un gentil petit garçon avec des yeux d'un bleu vif et des cheveux blonds. Les tripes vrillées et une boule familière au creux de la gorge, Jack repensa à la chambre d'enfant inutilisée dans son chalet. La nuit de la tempête lui revint en mémoire en une pluie d'éclats de verre qui lui perforaient le cœur. Il n'aurait jamais dû laisser Linda quitter la maison, mais il était tellement absorbé par son travail qu'il ne pouvait pas, ne voulait pas s'en détacher.

Un cri le tira de ses souvenirs. Il se retourna, son grand couteau à la main, les genoux pliés. Josie se blottissait contre Savannah, les bras serrés, la peur dans les yeux.

— Elle a cru voir un serpent, expliqua celle-ci en repoussant les cheveux noirs de Josie sur ses épaules.

La peau de cette dernière était d'un blanc laiteux et ses yeux d'un bleu éclatant, ce qui lui donnait l'apparence d'une poupée de porcelaine… dans un jean et des chaussures de randonnée encombrantes.

Pendant un moment, Jack resta immobile. *Un serpent ? Tu as flippé pour un serpent ?* Elizabeth et Lou se placèrent devant Aiden, comme si cela pouvait le protéger du serpent. Jack baissa les yeux sur le couteau dans sa main. *Ou le protéger de moi ?* Pratt se tenait à l'écart, esquissant un sourire en coin et secouant la tête. Jack coula un regard à Savannah, qui n'avait l'air ni secouée ni amusée. Elle avait posé une main dans le dos de Josie et l'autre sur sa joue.

— Ça va aller, lui assurait-elle.

La gentillesse dans la voix de Savannah réveilla un souvenir chez Jack. « *Ça va aller. Je file.* » La voix de Linda se faufila dans son esprit. Il se retourna et passa une main dans ses cheveux. « *Je t'aime* », avait dit Linda avant de passer la porte. Il ne lui avait même pas répondu. Il s'était contenté d'un bruit. Un grognement. Ce son familier censé signifier « moi aussi, je t'aime » dans les couples trop occupés pour accorder au conjoint le temps qu'il mérite. Deux longues années et pas une seule fois la voix d'une femme n'avait ressuscité ce moment. Qu'est-ce qui, chez Savannah Braden, faisait qu'il avait l'esprit perturbé comme jamais et que son corps remarquait à nouveau la beauté d'une femme ?

Il se retourna vers le groupe et rengaina le couteau dans son fourreau.

— Nous sommes dans les bois. Que ne comprenez-vous pas là-dedans ? Je n'ai pas été clair tout à l'heure ? Les serpents vivent dans la forêt. C'est nous les intrus, les méchants, pas eux. Si vous devez crier, faites-le face à un plus grand danger : un ours, un coyote, un fou, quelque chose dont il faut vraiment s'inquiéter. Un serpent s'enfuira à votre vue.

Jack savait qu'il s'en voulait pour ce souvenir, mais il ne pouvait empêcher la douleur de se manifester sous forme de colère.

Alors qu'il opérait un demi-tour pour continuer la randonnée, il remarqua que le sourire en coin avait quitté les lèvres de Pratt, remplacé par une mine sombre. Ses yeux se déplacèrent à travers les bois. Il aurait voulu savoir quelle expression affichait Savannah, toutefois à présent, non seulement il devait éviter tout contact visuel, mais il était évident qu'il devait également éviter tout échange verbal. Il fit un pas et s'arrêta en entendant la voix de Savannah.

— Vous n'avez pas besoin de vous comporter comme un vrai connard. Elle est jeune. Elle a eu peur. Laissez-la tranquille.

Prenant une profonde inspiration, il se retourna, pour croiser le regard de Josie au lieu du défi qui brillait dans celui de Savannah. Il calma sa voix pour parler au lieu d'aboyer.

— Essayons de crier le moins possible.

Jack avait ignoré Savannah tout l'après-midi. Quand elle avait contesté ses réponses, il avait secoué la tête et, quand elle avait posé des questions, il y avait répondu sans croiser son regard. Maintenant, Savannah était assise sur un rondin de bois dans ce qui serait leur camp de base, luttant pour assembler les piquets de sa tente, mais plutôt mourir que de lui demander de l'aide. Que faisait-elle ici de toute façon ? Elle avait grandi dans un ranch avec une maison, des toilettes et des douches qui fonctionnaient, et des chevaux pour gravir les montagnes. Elle n'avait aucune expérience du camping et pas eu le temps de chercher comment monter cette fichue tente avant de partir en voyage. Lorsqu'elle l'avait achetée, elle était tellement occupée à se demander si quitter la ville était la bonne chose à faire qu'elle avait complètement décroché et n'avait pas écouté un mot des longues instructions du vendeur. Elle n'avait pas eu le temps de faire grand-chose avant de prendre la décision impétueuse et stupide de participer à ce camp de survie. Pourquoi n'avait-elle pas écouté Max, la nouvelle femme de son frère Treat ? Elle aurait dû aller dans l'une des nombreuses retraites qu'ils possédaient au lieu de venir vivre comme une Néandertalienne, en pleine nature, aux côtés de ce fou des montagnes. Lorsque Jack s'était retourné avec son énorme couteau à la main, elle n'avait pu que rester silencieuse et immobile. Son esprit lui avait crié : *Cours !* Mais ses jambes étaient restées figées. Et la façon dont ses yeux avaient changé en un instant l'avait ébranlée : l'homme des bois un peu fou s'était transformé en un chiot blessé pour ensuite redevenir un homme en colère.

Elizabeth, Lou, et Aiden avaient entièrement monté leur tente. Pratt aidait Josie à venir à bout de ses piquets, et Savannah bataillait pour faire passer les sardines dans ces fichus petits anneaux de vinyle. Chaque fois qu'elle en faisait entrer une, une autre glissait avant qu'elle ne parvienne à fixer les deux pièces ensemble. Elle se posa sur un arbre abattu et respira bruyamment, puis démonta tout et recommença. *Je pourrais être dans un hôtel cinq étoiles à Hawaï, ou à Nassau, ou n'importe où ailleurs plutôt que dans ces putains de bois. Peut-être que je devrais appeler quelqu'un pour qu'on vienne me chercher. Treat affréterait un avion à ma rescousse.* Savannah et ses frères avaient d'importants fonds en fidéicommis, bien qu'aucun d'entre eux ne fasse jamais étalage de sa richesse. Mais dans un instant comme celui-ci, elle n'aurait pas refusé une dépense extravagante. Elle enfonça une perche dans la boucle et réussit enfin à la fixer à l'autre, non sans se pincer le doigt au passage.

— Mince, couina-t-elle avant de porter l'index blessé à sa bouche.

Jack la regarda, expression fermée et agacée, puis s'éloigna.

Crétin. Il n'était pas censé le leur enseigner ? Comment cette attitude correspond-elle à un enseignement ? Elle y arriverait, même si ça lui prenait tout l'après-midi. Elle se débattait avec les poteaux suivants, déterminée à monter la tente sans aucune aide.

Elle entendit Josie glisser à Pratt :

— On devrait aider Savannah.

Pratt se dirigea vers elle.

— Ça va, je m'en sors, cracha-t-elle.

Savannah était capable de faire aussi bien que les autres. Elle avait juste du mal à se concentrer. Elle jeta un coup d'œil à Jack qui tournait le dos au groupe, mains sur les hanches, les yeux rivés sur le ravin en contrebas, et plissa les yeux. *C'est toi.* Elle avait perdu son assurance quand elle était avec Connor, et l'attitude de Jack n'aidait pas. Il était temps qu'elle se ressaisisse.

En salle d'audience, elle aurait su ce qu'elle avait à faire en observant les réactions du jury face à son adversaire. Elle scruta les autres tentes, observa leur construction. Elle n'avait pas besoin d'instructions. Elle avait seulement besoin de se concentrer. Dans les minutes qui suivirent, elle fut capable de reproduire la construction des autres tentes. La femme impuissante, c'était terminé. *Je récupère ma combativité, alors fais attention, Jack Remington. Rien n'est hors de ma portée.*

Jack se retourna pour s'adresser au groupe. Le soleil éclairait ses larges épaules et, avec la terre qui s'étendait loin derrière lui, son mètre quatre-vingt-quinze semblait plus grand que nature.

Pourquoi faut-il que tu sois un tel connard ? Elle serra les dents : serait-elle le seul membre de la famille Braden à ne jamais trouver l'amour ? Les *hommes sont nuls. Mais peu importe, puisque je ne cherche pas à m'en trouver un.* Cependant, même si elle en avait fini avec eux, ce serait rassurant de savoir qu'il existait encore des hommes gentils.

La voix profonde de Jack retentit dans le camping.

— Prenez vos gourdes et, si vous voulez vous laver pour la nuit, apportez vos serviettes. On n'ira au ruisseau qu'une fois, ce soir.

Jack parcourut tout leur campement du regard, avant de s'arrêter à moins de trois mètres d'elle.

Elle chemina à côté d'Elizabeth, regrettant déjà de ne pas avoir enfilé ses chaussures de randonnée. Chez elle, elle pouvait ne pas quitter ses bottes de cow-girl pendant des jours, mais cette montagne, c'était une tout autre histoire. *Qu'est-ce qui m'a pris ?*

— Comment Aiden tient-il le coup ? demanda-t-elle.

— Il a plus d'énergie que Lou et moi réunis. Il se débrouille bien, mais il est complètement amoureux de Jack.

D'un signe de tête, elle désigna les deux larrons, qui marchaient côte à côte. La tête d'Aiden était inclinée sur le côté et il regardait Jack. Il posait des questions en rafales. Jack répondait à chacune d'elles tout en conduisant le groupe vers le ruisseau. Savannah remarqua le ton plus doux qu'il utilisait avec le gamin et, de temps en temps, généralement lorsqu'il regardait Aiden, il frottait une longue cicatrice blanche à l'arrière de son bras gauche.

— Ce n'est pas exactement ce qu'on appellerait un gars gentil, hein ? dit Savannah.

Elizabeth se rapprocha et dissimula sa bouche derrière une main, pour lui confier un secret.

— Tu es au courant pour sa femme, n'est-ce pas ?

— Sa femme ?

Elle avait remarqué qu'il ne portait pas d'alliance.

Elizabeth baissa la voix et ses yeux bruns s'emplirent de compassion.

— Elle est morte, c'est pour ça qu'il a déménagé dans les montagnes. D'après ce que j'ai entendu, il a été dévasté. Perdu. Il est venu ici pour… je ne sais pas quoi… mais son instinct a pris le dessus et il n'est jamais vraiment revenu, sauf pour les vacances avec sa famille et une nuit de temps à autre, dans la maison qu'il partageait avec sa femme.

— C'est terrible. Je pensais que c'était un militaire.

Elle regarda Jack et son cœur se serra pour lui. Pas étonnant qu'il soit si plein de rage.

— Il l'a été. Il a terminé son service l'année où elle est morte. Je pense qu'il avait prévu de se réengager, mais… au lieu de cela, il a en quelque sorte laissé le monde réel derrière lui, expliqua Elizabeth.

Elles marchèrent en silence pendant que Savannah méditait sur cette nouvelle et surprenante information. Cela expliquait tellement de choses et pourtant, en même temps, cela n'expliquait rien du tout. Elle repensa à son père, Hal Braden, qui avait continué sans faiblir après la mort de sa femme. Bien sûr, il le fallait. Il s'était retrouvé avec six enfants à élever. Jusqu'à ce jour, il prétendait encore lui parler d'outre-tombe. Elle savait qu'il n'oublierait jamais le souvenir de sa femme, et elle se demandait si Jack serait éternellement hanté par la sienne, lui aussi. Elle le regarda descendre la colline escarpée. Était-ce de là que provenait sa colère ou était-il méchant de nature ?

Le large cours d'eau ne ressemblait pas à un ruisseau, mais plutôt à une lente rivière. Au bas de la colline, Jack se pencha et plongea ses doigts dans l'eau.

Savannah dévissa le bouchon de sa gourde, marcha jusqu'à la rive et s'accroupit pour la remplir. Jack attrapa son bras avant qu'elle puisse le plonger dans la rivière.

— Quoi ? rétorqua-t-elle.

Elle regarda l'eau, s'attendant à y voir un serpent ou un autre danger se tapir sous la surface. Au lieu de quoi, elle ne vit que de l'eau fraîche. Elle leva les yeux vers Jack, dont la main massive était toujours enroulée autour de son avant-bras.

— Waouh, la citadine. Ce n'est pas un robinet. On ne remplit pas ses gourdes dans le courant, lâcha-t-il d'un ton dur. Quelle était la règle numéro un que je vous ai donnée, dans l'avion ?

Il marqua une pause, attendant une réponse. Aiden leva la main.

— Tu n'as pas besoin de lever la main, mon grand, lui dit-il.

Il parlait à Savannah avec colère, mais s'adoucissait chaque fois qu'il s'adressait à Aiden. *Comment tu fais ça ?*

— Ne rien mettre dans sa bouche sans t'en parler d'abord, récita Aiden.

Savannah tenta de récupérer son bras, mais Jack le tenait ferme.

— D'accord, et pourquoi ça ? demanda Jack.

— À cause des bactéries, répondit Josie.

Il se retourna et fixa Savannah. Elle ne savait pas si c'était l'intensité de son regard ou le fait qu'elle connaissait maintenant sa triste histoire, mais au lieu de voir de la colère ou de la détermination dans ses yeux, elle y décelait une souffrance brute et à vif.

— Aiden, dis à Mlle Braden ce qu'on doit faire ensuite.

Jack soutenait son regard, et bon sang, elle crut bien percevoir un affolement familier dans son ventre. Elle regarda sa main, enroulée si étroitement autour de son bras, puis ses yeux, qui n'étaient pas noirs du tout, mais bleu nuit. *Une nuance sexy de bleu nuit.*

— On la fait bouillir dans la casserole, puis on la met dans notre gourde, s'exécuta le petit.

— Bien dit, Aiden, le félicita Lou.

Jack continua à fixer Savannah un peu trop longtemps et, cette fois-ci, elle ne fit aucune tentative pour lui arracher son bras. Elle le libéra doucement, puis frotta la peau rougie. Son étau était encore bien présent, la peau toujours chaude.

— C'est ça, approuva Jack, les yeux toujours rivés sur Savannah. On la fait bouillir.

Sur ce, il se dirigea vers l'aval et s'accroupit pour remplir la casserole d'eau. Savannah continuait à l'observer : avait-elle imaginé la chaleur qui avait rempli l'espace entre eux ?

CHAPITRE TROIS

Le feu crépitait et faisait des étincelles alors qu'ils purifiaient l'eau du ruisseau. Les bras croisés sur la poitrine et les pieds au niveau des chevilles, Jack s'appuyait contre un grand pin. C'était son moment préféré du jour de l'Impact, lorsque ses élèves commençaient à sentir la douleur de la marche dans leurs corps normalement dorlotés. Le feu réchauffait leurs joues déjà chaudes et ils se détendaient peu à peu. Ils ne pensaient pas au fait qu'ils allaient encore devoir remonter la colline qu'ils avaient descendue et ils étaient tellement euphoriques d'avoir appris à faire bouillir de l'eau pour la purifier qu'ils ne se rendaient pas compte de leur faim grandissante. Il réduisait les portions de nourriture au minimum, le jour de l'Impact, afin qu'ils commencent à voir le monde qui les entourait pour ce qu'il était et non comme un environnement à leur disposition, où ils pouvaient jeter des déchets et considérer les choses comme acquises.

Il aperçut Savannah et Josie, assises au bord de l'eau, pantalon retroussé et sans chaussures. Savannah trempa ses orteils dans l'eau, puis mouilla les gants de toilette qu'elle avait apportés et se leva. Elle décrivit de lents mouvements circulaires avec le gant sur son poignet, puis jusqu'à son coude avant de le rincer à nouveau et de continuer à remonter le long de ses bras minces et bronzés. Josie lui murmura quelque chose, et Savannah éclata d'un rire très féminin. Son visage tout entier s'illumina. Elle lava son débardeur, passant doucement le tissu sur son épaule et son aisselle. Jack avait presque l'impression que c'était sa main à lui dans le tissu humide qui passait sur sa peau douce et ses muscles souples. Savannah ramena ses cheveux derrière son épaule d'un rapide mouvement de tête, et leurs regards se croisèrent. Conscient d'esquisser un sourire malgré lui, il serra aussitôt les mâchoires. Son sourire disparut. Jack eut toutes les peines du monde à déglutir, un nœud s'étant formé dans sa gorge.

Merde.

Il s'éloigna, non sans se maudire en silence d'avoir perdu de vue ce qu'il faisait. Maintenant, il ressemblait à un pervers, et c'était bien la dernière chose qu'il était. Mais bon sang, qu'elle était belle ! S'il devait s'avouer la vérité, elle était plus belle que toutes les femmes qu'il ait jamais vues. Il avait toujours été attiré par les blondes, petites et calmes, comme Linda. Savannah avait des cheveux auburn flamboyants, elle était volubile et même en s'éloignant, il voyait encore ses longues jambes sexy.

Son rire se propageait dans l'air et, alors qu'il en écoutait le grelot unique, son ventre se serra. *Qu'est-ce que je suis en train de faire, bon sang, et pourquoi Savannah Braden envahit-elle mes pensées ?*

CHAPITRE QUATRE

Savannah était allongée dans sa tente depuis au moins une heure, à essayer de se réchauffer. Elle n'avait jamais pu dormir avec des vêtements, mais il faisait trop froid. Même avec deux paires de chaussettes et son sweat-shirt par-dessus sa chemise à manches longues, elle était toujours gelée. Putain, ce satané sol était si dur qu'elle savait qu'elle ne s'endormirait jamais. Elle sortit la tête de sa tente et écouta pour voir si quelqu'un d'autre était réveillé. Jack avait annoncé qu'il resterait éveillé jusqu'à ce que le feu s'éteigne, mais elle espérait qu'il serait dans sa tente. La lune brillait haut dans le ciel nocturne, projetant une ombre sinistre sur leur campement, qui lui rappela les histoires de fantômes entendues dans son enfance. Elle ne craignait pas le noir ou d'être seule. Quand elle était petite, Savannah avait passé des heures solitaires dans la grange, la nuit, et, alors qu'elle se faufilait hors de sa tente et allait s'asseoir près du feu qui s'éteignait, elle ressentit un élan d'énergie né de la liberté inhérente à l'air frais de la nuit. C'était un autre type de liberté que celle de monter les chevaux de son père au galop dans les champs ou de remporter une grosse affaire. Chaque fois qu'elle respirait profondément l'air de cette montagne, elle avait l'impression de purifier son âme.

Savannah frotta ses mains l'une contre l'autre au-dessus des braises chaudes, prit une profonde inspiration, puis la relâcha lentement. *C'est pour ça que je suis ici.* Elle voyait à peine au-delà du cercle orange du feu. La vraie vie semblait très éloignée. Elle aimait vivre à Manhattan, mais se trouver dans les montagnes lui rappelait à quel point l'air pur et l'odeur des conifères lui manquaient. À l'exception de la visite qu'elle avait rendue à son père, quelques mois plus tôt, elle n'avait pas vu une vraie forêt regorgeant de broussailles et de buissons épineux depuis des années. Même la sensation d'une prairie verte et luxuriante sous ses pieds lui manquait. Elle regarda le sol terreux et réalisa que cela faisait également une éternité que ses pieds nus n'avaient pas touché de la terre. Pas une plage de sable ou un trottoir froid, mais de la vraie terre et des feuilles sèches. En écoutant les bruits des créatures sylvestres qui se cachaient sous les feuilles de la forêt et les grillons qui chantaient, elle enleva ses chaussettes et pressa ses pieds nus dans la terre froide. Un gémissement de plaisir s'échappa de ses lèvres alors que la douceur de cette sensation oubliée revenait sur la pointe de ses pieds. Cela faisait trop longtemps qu'elle n'avait pas laissé le travail – et les hommes – derrière elle. Or c'était ce dont elle avait besoin pour se vider l'esprit et guérir son cœur. Un peu de sérénité pouvait faire beaucoup.

Vingt minutes plus tard, les braises s'étaient consumées jusqu'à devenir des étincelles rouges de la taille d'une pièce de monnaie, et Savannah avait envie de faire pipi. Elle essuya ses pieds et renfila ses chaussettes avant de récupérer ses chaussures. Elle chercha sa torche à tâtons, mais, dans le silence de la nuit, chaque son semblait amplifié. La dernière chose dont elle avait besoin, c'était de réveiller Jack et de se faire enguirlander... D'ailleurs, comment pouvait-il s'endormir avec le feu allumé ? Elle attrapa un paquet de lingettes humides et le téléphone portable qu'elle n'était pas censée avoir sur elle et le fourra dans sa poche. L'application torche serait parfaite pour éclairer son chemin.

Jack avait insisté pour qu'on n'emporte pas d'appareils électroniques pendant le voyage. L'e-mail d'inscription précisait qu'il n'y aurait ni téléphones portables, ni iPod, ni radios. *Ce n'est pas comme si j'allais utiliser le téléphone, mais la torche ? Tout le monde a besoin d'une torche au milieu des bois, j'en ai emporté une à piles, mais... Pourquoi est-ce que je me justifie... à mes propres yeux ?* Elle toucha chaque arbre en passant, et quand elle fut assez loin du camp pour être sûre que personne ne se réveillerait et la verrait accroupie derrière les buissons, elle glissa la main dans sa poche pour prendre son téléphone. Entendant un bruit à sa gauche, elle se figea et retint sa respiration, à l'affût d'un autre son. Son pouls s'accéléra et elle se souvint de ce que Jack avait dit quand Josie avait crié. *Un ours ? Merde.* Elle soupesa ses options : courir jusqu'au campement ? crier ? Allumer sa torche et regarder autour d'elle ?

Un faible grognement emprisonna ses pensées dans une toile de peur compacte. *Ohbonsangohbonsangohbonsang !* Elle recula d'un pas et se heurta à ce qui lui apparut comme un mur de briques. Son cri fut étouffé par une main puissante et, lorsqu'elle fit pivoter son coude en arrière, son ravisseur s'en saisit également.

— Pas. Un. Bruit.

Si la voix de Jack était un murmure profond, son souffle chaud à son oreille et son corps dur pressé contre le sien firent monter son pouls d'un cran.

Elle se tourna vers lui, inspirant l'odeur terreuse de sa main. Elle écarquillait tant les yeux qu'ils piquaient.

— Restez tranquille, chuchota-t-il d'une voix si profonde

qu'elle vibra contre son oreille. *Il y a un lynx sur votre gauche.*

Elle étouffa un gémissement. *Un lynx ?*

— Peu importe ce que je fais, pas un bruit. J'enlève ma main. Ne faites pas de bruit.

Il baissa la main et, maintenant que sa paume ne pressait plus contre le visage de Savannah, elle sentit son frémissement se muer en véritable tremblement. Jack lui agrippait le bras droit tout en se positionnant entre elle et le lynx. Elle-même s'accrocha à l'arrière de sa chemise. Ses yeux s'adaptèrent finalement à l'obscurité, assez pour voir ce qui ressemblait à un énorme chat sur le flanc de la colline, les épaules rehaussées sous les oreilles, prêt à l'attaque.

Jack fit glisser le couteau suspendu sur sa hanche et murmura :

— Ne remuez pas un cil.

Un autre grognement bas et rauque remplaça le silence.

Savannah avait trop peur pour respirer, alors bouger… Il passa la main derrière lui et décrocha les doigts qu'elle cramponnait à son dos, sans jamais quitter le félin des yeux.

Elle se plaqua les mains sur la bouche. Pourvu qu'il ne blesse pas l'animal ! Mais en même temps, elle priait pour qu'il le tue avant que lui ne les attaque. Comment pouvait-il être si calme alors qu'elle pouvait à peine rester debout ?

D'un bond, Jack s'élança vers le gros chat, couteau brandi. Il poussa un grognement sourd, suivi d'un sifflement. Savannah retint son souffle. Les mains plaquées sur les oreilles, elle se blottit derrière lui. Tournant les talons, le lynx détala vers la colline, non sans un autre grognement effrayant.

Savannah haletait tant qu'elle se crut à deux doigts de s'évanouir. Jack pivota et rengaina le couteau dans son fourreau.

— C'était un petit. Ça va ? demanda-t-il en fronçant les

sourcils.

Et comme il se rapprochait et tendait un bras, Savannah faillit s'effondrer contre lui.

Les larmes se mirent instantanément à couler. Elle se détesta d'être une telle mauviette. Ce n'était pas l'image qu'elle voulait donner à cet homme qui voyait déjà en elle une citadine pur jus. Et dont la vue lui serrait le ventre tout en accélérant les battements de son cœur. Elle sentit son corps se raidir contre elle, mais elle avait trop peur pour se détacher de lui, incapable de s'arrêter de trembler. *Ou de pleurer.* Mince. Elle ne pleurait jamais, et là, elle s'effondrait comme une idiote.

Parfois, Jack Remington oubliait ce que c'était de ne pas vivre dans la nature. Et, il réalisa, en sentant le corps de Savannah trembler, secoué de sanglots contre sa poitrine, qu'il avait aussi oublié que les femmes avaient peur, parfois. Même les plus fortes. Il enlaça Savannah, bien qu'il sache l'idée mauvaise, et s'interdit de penser à la douceur et à la chaleur de son corps contre le sien ou au temps qui s'était écoulé depuis la dernière fois qu'il avait tenu une femme dans ses bras. Lorsqu'elle se blottit contre son cou, il ne put s'empêcher de sentir le parfum de noix de coco de son shampoing et, quand il remonta machinalement la main le long de son dos, écrasant les seins de Savannah contre son torse, la sensation de ce cœur qui battait la chamade sous sa paume libéra les pulsions sexuelles qu'il avait si magistralement refoulées. Serrant les dents, il ferma les yeux, afin de s'empêcher de toucher ses épais cheveux, mais l'envie était trop forte de passer sous ces lourdes mèches soyeuses et de placer une main dans sa nuque, pour sentir la douce crête de sa colonne vertébrale.

Savannah leva la tête et, quand elle posa sur lui ces magnifiques yeux humides et qu'il vit la peur qui les remplissait, il ne réfléchit pas – il était déjà à peine capable de respirer. Il abaissa simplement sa bouche vers la sienne et l'embrassa pour chasser cette peur de son corps et insuffler un air nouveau et sûr dans ses poumons. Elle l'embrassa d'abord timidement, puis tout aussi passionnément que lui. Il passa la langue sur son palais, le long de ses dents, apprenant chaque sillon et se délectant de chacun de ses coups de sa langue à elle. Son corps en redemandait et, lorsqu'elle glissa les mains sous sa chemise et fit ramper ses doigts jusqu'au centre de son dos, puis lentement sur les cicatrices qui zébraient sa peau, Jack tressaillit. Il avait passé des années à se cacher derrière la cause de ces cicatrices, et maintenant, bon sang, même s'il ne voulait plus se cacher, il était nerveux comme l'enfer. Elle pressa ses hanches contre les siennes et il eut le plus grand mal à étouffer un gémissement, comme un adolescent face à sa première érection.

Quand ils s'écartèrent enfin, la réalité déferla sur lui avec l'impétuosité d'un barrage de pensées en morceaux. Savannah n'avait pas besoin d'un homme brisé dans son genre, et lui, de chercher à combler le trou dans son cœur, aussi gros que le mont Everest, qu'il avait pris l'habitude d'ignorer.

— Je n'aurais pas dû faire ça. Je suis désolé.

Jack détestait la froideur de sa voix, mais c'était mieux ainsi. Il recula d'un pas, essayant de raisonner la douleur dans ses tripes pour agir comme il le devait – même s'il avait l'impression de commettre une telle erreur qu'il avait envie de frapper un arbre.

Savannah recula d'un pas, en secouant la tête.

— Pourquoi ?

— Ce n'est pas pour ça que tu es là, et je ne suis certainement pas là pour ça non plus, ajouta-t-il.

— Mais peut-être que c'est ce dont nous avions besoin tous les deux, objecta-t-elle.

Combien de fois Linda lui avait-elle dit quelque chose de semblable ? *Arrête de travailler et viens te coucher. Tu as besoin de moi ce soir.* Jack serra la mâchoire pour étouffer la colère qui montait en lui. Il avait merdé, et l'espoir dans les yeux de Savannah faillit l'inciter à reposer ses lèvres sur les siennes. Il devait la faire taire ou il ne se le pardonnerait jamais.

— Savannah, arrête, dit-il. C'était un baiser. Tu avais peur, et je me suis laissé aller. Mets ça sur le compte de l'impulsion du moment. Un contrecoup.

Il attrapa son bras malgré lui et elle s'éloigna.

— Un contrecoup ? cracha-t-elle. J'ai vu la façon dont tu m'as regardée au bord de l'eau et juste avant de m'embrasser, et ce que j'ai vu, ce n'était pas un homme qui se laissait aller.

Merde. Mais que voulait-elle de lui ? Il n'était pas du genre à flirter, et une femme comme Savannah avait probablement des hommes qui l'attendaient dans tous les ports. Il n'était pas prêt à gérer la vague d'émotions qui l'avait terrifié quand ils s'étaient embrassés, et il n'était pas sûr d'être prêt un jour.

— Je suis désolé, marmonna-t-il.

Ce fut tout ce qu'il trouva à dire. Savannah plissa les paupières comme le lynx en colère qui venait de s'enfuir.

— Que faisais-tu ici de toute façon ? demanda-t-elle. Tu m'espionnes ?

Elle inclina la tête pour le regarder du coin de l'œil.

Jack n'était pas prêt à lui avouer qu'il passait la plupart des nuits éveillé, trop anxieux pour dormir, à nager dans un sommeil irrégulier, ou bien assis plusieurs heures d'affilée sous les étoiles, à se repasser la nuit fatidique de l'accident comme une mauvaise rediffusion.

Il baissa les yeux. Ce soir, il avait failli verser des larmes de frustration avant d'apercevoir Savannah marchant dans les bois, les yeux écarquillés, ses doigts fins traînant d'arbre en arbre. La voir avait étouffé ses larmes. Tout comme la rencontrer avait donné vie à des sentiments qu'il n'avait pas éprouvés depuis des années. Il avait presque été heureux d'apercevoir le lynx, parce que l'animal lui donnait une raison de se rapprocher d'elle.

— Jack ? murmura-t-elle. C'est à propos de ta femme ?

Comment es-tu au courant, bon sang ? La colère lui tordait les tripes.

— Non, ça n'a rien à voir avec ma femme, répliqua-t-il en s'écartant. C'était une putain d'erreur, OK ?

Elle lui attrapa le bras.

— Eh, attends une seconde, s'il te plaît.

Il se retourna et sentit sa poitrine se soulever, ses narines se dilater. Il baissa les yeux vers Savannah. Les vingt centimètres qui les séparaient lui semblèrent en être cinquante. Elle avait l'air fragile et effrayée, mais moitié moins que lui en cet instant, dont la colère se changeait en un tourbillon dans son ventre pour enflammer sa poitrine et se frayer un chemin jusqu'à son cœur.

— Désolé. Je n'ai pas...

Il réduisit la distance entre eux et posa les mains sur ses bras. Elle était si douce et si sexy, même maintenant, effrayée et tremblante. Chaque nerf du corps de Jack réclamait son contact, et son cœur – son cœur, cet imbécile – voulait chasser cette peur par un baiser... et lui aussi. Il était tellement excité qu'il lui fallut toute sa force mentale pour ne pas se pencher et goûter à nouveau ses lèvres.

— Jack, chuchota-t-elle. C'est bon.

Elle tendit le bras pour toucher sa joue et il s'y accrocha, afin de l'obliger à redescendre.

— Non, ce n'est pas bon.

Il avait besoin de soulager la culpabilité que lui inspirait son désir pour Savannah.

— Nous avons tous été blessés par la vie, Jack, dit-elle.

Il sentit les muscles de Savannah se contracter sous ses paumes pendant qu'elle lui effleurait le bras, avec tendresse et affection, même s'il cherchait à l'immobiliser.

— Tu ne connais pas la douleur comme moi, répliqua-t-il.

— Peut-être pas comme toi, pourtant je connais la douleur de perdre un être cher et la difficulté qu'on a à laisser partir cet amour. Je sais que cela te ronge de l'intérieur et que tu as l'impression d'avoir la personne avec toi, sans pouvoir l'atteindre.

Il s'écarta.

— Comment ? Qu…

Savannah haussa les épaules.

— Je vois mon père faire le deuil de ma mère depuis toujours, et moi aussi, admit-elle.

Jack laissa échapper un souffle de colère et grogna :

— Tu sais ce que tu as vu, pas ce qu'il a ressenti.

La douleur et la colère dans la voix de Jack transpercèrent le cœur de Savannah comme un couteau. Son père était un expert pour masquer la douleur que lui causait l'absence de sa femme, mais la nostalgie était évidente dans tout ce qu'il faisait et disait. La douleur de Jack était brute, viscérale, comme si la mort de sa femme avait laissé une blessure béante et que chaque respiration lui rappelait douloureusement qu'elle était partie. Elle avait senti son corps se raidir lorsqu'ils s'étaient embrassés, comme s'il avait peur du baiser lui-même. Et son corps dur comme de la pierre avait été le théâtre d'impulsions contraires. Il ne pouvait nier son excitation à l'instant où leurs hanches s'étaient rapprochées.

— Ta conception de la douleur, c'est de te cogner un orteil dans les rues de Manhattan, lâcha-t-il.

Savannah plissa les yeux.

— Tu peux être un vrai connard, tu le sais ? Voir mon père faire son deuil et ne jamais connaître ma mère, ça m'a fait un mal de chien. Et la douleur peut prendre plusieurs formes…, dont aucune n'est amusante.

Comme trouver ton petit ami au lit avec une autre femme ou devoir faire tes preuves tous les jours dans une industrie machiste. Elle fit un pas en avant et leva les yeux vers lui. Le bas de son menton était parsemé de poils, à l'exception d'une zone d'environ deux centimètres de long sur cinq millimètres de large, où s'étendait une fine cicatrice blanche. Même si elle avait envie de l'engueuler pour s'être comporté en connard, son cœur se demandait si c'était sa douleur qui parlait par sa bouche. Elle voulait toucher cette cicatrice, guérir la douleur et révéler le vrai Jack Remington. Au lieu de quoi, elle lâcha :

— Merci de m'avoir sauvée du lynx.

Puis elle se concentra sur le sol devant elle alors qu'elle retournait au camp – son envie d'uriner s'était envolée. Le baiser de Jack était encore frais sur ses lèvres et ses mots durs le disputaient à la douleur qu'elle avait lue dans ses yeux. Quant à son cœur à elle, désemparé, il tonnait quelque part entre les deux.

CHAPITRE CINQ

Le samedi matin, Aiden se leva avec le soleil, bavardant avec sa voix aiguë. Savannah était allongée dans sa tente, occupée à se repasser la soirée de la veille et souhaitant pouvoir se téléporter chez elle comme le faisaient les héros de *Star Trek*. Elle ferma les yeux et prit une profonde inspiration. Même si l'idée de faire comme si de rien n'était ou d'admettre qu'effectivement, rien ne s'était passé lui répugnait, elle devait rejoindre le groupe et affronter Jack. Elle se toucha les lèvres, se souvenant de la façon dont son corps avait frissonné lorsqu'il l'avait embrassée, en partie parce qu'elle avait eu peur devant le lynx, mais surtout du fait de la sensation agréable qu'elle avait éprouvée à être enveloppée dans ses bras grands et forts, tandis qu'il la dévorait de sa bouche chaude. *Arrête ça. Pas d'hommes, tu te souviens ?* Elle n'avait même pas pu tenir ses résolutions pendant quarante-huit heures. Ça devait être une sorte de record.

Elle devait aussi faire pipi, ce qui signifiait qu'il lui faudrait non seulement affronter Jack, mais aussi retourner seule dans les bois et peut-être y croiser à nouveau le lynx. La nuit dernière, sa peur s'était transformée en une sorte de faim sexuelle et elle avait été tellement absorbée par leur baiser qu'elle avait oublié de lui demander si le lynx risquait de revenir. *Une chose est sûre. Plus de pipi dans les bois, seule la nuit.* S'armant de confiance, elle changea de vêtements et sortit de sa tente.

— Savannah, je me suis réveillé tôt ! cria Aiden.

Savannah grimaça. Elle avait bien besoin qu'on annonce à la cantonade où elle se trouvait. Un rapide examen du site lui apprit que Jack n'était pas dans les parages.

— Bonjour, Aiden. Tu as bien dormi ? demanda-t-elle.

Elle était toujours étonnée par l'énergie que les enfants manifestaient le matin.

— Oui. On a entendu un gros chat la nuit dernière et j'ai eu peur, mais papa a dit que c'était juste un lynx, et moi, j'ai pas peur des lynx. C'est pas comme si c'était des lions ou des tigres. Mon père peut chasser un lynx. Maman m'a tout raconté sur eux ce m…

Elizabeth posa une main sur l'épaule d'Aiden. Dans son jean et sa chemise bariolée, elle semblait à l'aise et détendue. Elle portait un bandana, fixé sous ses dreadlocks.

— Chéri, laisse Savannah respirer un peu. Elle vient de se réveiller, d'accord ? glissa Elizabeth à son fils.

— OK, maman. On peut aller à l'eau ?

— Je t'emmène, mon grand.

Lou traversa le campement depuis l'endroit où il empilait le bois pour le feu du soir.

— Amusez-vous bien. Jack nous a prévenus qu'il serait de retour dans une demi-heure, annonça Elizabeth.

Lou embrassa Elizabeth, qui l'attira dans un baiser plus profond. Quand Lou et Aiden eurent disparu de l'autre côté de la colline, Elizabeth confia à Savannah, sur un clin d'œil :

— Avec un petit, je dois faire le plein de Lou dès que j'en ai l'occasion.

Pratt sortit de sa tente, suivi de Josie. Savannah en resta bouche bée. *Après une nuit ?* Elle se rendit compte qu'elle aurait pu faire la même chose si Jack n'avait pas fait marche arrière.

— On t'accompagne, Lou.

Pratt tendit la main derrière lui pour s'emparer de celle de Josie.

— Laisse-moi prendre des serviettes, lança celle-ci avant de se diriger vers sa tente.

— Appel de la nature. Je reviens tout de suite.

Savannah se glissa dans les bois et inspecta soigneusement les environs avant de choisir un endroit pour s'occuper de sa toilette. Quand elle revint au camp, Elizabeth l'attendait.

— J'ai envie de descendre au ruisseau, mais je ne voulais pas te laisser seule. Tu viens avec moi ? demanda Elizabeth.

Savannah n'était pas habituée à ne pas prendre de douche. Elle brûlait d'entrer dans l'eau pour se baigner et se laver les cheveux avec le shampoing bio qu'elle avait trouvé au magasin de produits naturels. Mais elle ne pouvait pas le faire devant les autres.

— Non. C'est bon. Je vous rejoins dans un petit moment, répondit-elle.

Elle savait que Jack ne l'autoriserait pas à y aller seule, mais une fois que Pratt et Lou seraient de retour, elle pourrait demander à Elizabeth de l'accompagner.

Vingt minutes plus tard, Savannah avait fini de ranger ses affaires dans la tente et, alors qu'elle sortait, elle entendit Jack s'approcher d'un pas pesant. Les papillons prirent leur envol dans son ventre. Elle leva les yeux au ciel, furieuse contre elle-même de ses émotions, après la façon dont il l'avait traitée. Pourquoi avait-elle autant apprécié ce baiser ? *OK, Savannah, finissons-en.* Prenant une profonde inspiration, elle sortit de sa tente.

Feignant un sourire, elle lança un « Bonjour ». Comme si

elle n'avait pas connu le meilleur baiser de sa vie, la nuit précédente.

Jack passa devant les tentes pour aller jusqu'à l'âtre, sans regarder Savannah.

— Bonjour, grommela-t-il en commençant à allumer un petit feu.

Savannah essaya de discerner si elle était témoin de l'habituelle maussaderie matinale de Jack, ou s'il allait sincèrement lui gronder dessus et faire comme s'ils ne s'étaient pas embrassés. *Je ne t'ai pas catalogué comme un prétendant, moi non plus. Mince. Je déteste faire semblant.*

— Les autres sont descendus à l'eau, précisa-t-elle.

Il continua à construire le feu en silence.

— Tu ne vas pas me parler ? demanda-t-elle.

— J'ai dit : « Bonjour », répondit-il.

Savannah vit les autres entamer l'ascension de la colline. Elle se hâta de se rapprocher de lui et lâcha, dans un chuchotement précipité :

— Donc on fait comme si la nuit dernière n'avait pas eu lieu ?

Les mains de Jack s'immobilisèrent en pleine action. Il tourna lentement la tête et Savannah eut le souffle coupé en découvrant ses yeux sombres et sexy, mais la dureté de sa mâchoire semblait nier le désir qu'elle pensait y avoir décelé.

— C'est probablement pour le mieux, dit-il.

Savannah savait qu'il avait raison. Elle ne cherchait même pas une relation. En fait, elle fuyait plutôt cette perspective. Alors pourquoi son cœur avait-il l'impression d'avoir été serré au point d'être à deux doigts d'exploser ?

— OK. Je vais descendre à l'eau pour me laver.

Elle ne reconnut pas sa voix tant elle était fluette. Il plissa les yeux.

— Tu ne peux pas y aller seule.

Il avait le droit d'être en colère parce qu'elle avait enfreint les règles, mais elle était prête à tout pour se laver et, pour l'heure, elle aurait du mal à supporter la moindre compagnie. Et avec ce qui se passait entre eux – ou ne se passait pas –, elle savait qu'il la laisserait partir.

— On est en plein jour. Je vais m'en sortir. Et puis, je n'y suis pas allée quand les autres m'ont invitée à les accompagner, donc je ne peux pas le leur demander maintenant.

Savannah ramassa ses serviettes et sa trousse de toilette et descendit vers l'eau, croisant les autres en chemin.

— C'est magnifique en bas, commenta Elizabeth en passant. Tu veux que je t'accompagne ?

— Non, merci. Ça va. Je ne serai pas absente longtemps.

Et je suis trop désemparée pour vouloir de la compagnie.

— Josie a rapporté de l'eau pour le café. Je t'en garderai un peu, proposa Elizabeth.

— Parfait, merci.

Après avoir préparé du café et des flocons d'avoine pour le petit déjeuner du groupe, Jack vérifia sa montre pour la quatrième fois. Savannah n'était pas partie depuis vingt minutes, mais il avait le sentiment qu'une heure s'était écoulée. Il connaissait les dangers qu'il y avait à se séparer du groupe et il n'avait jamais ignoré ses propres règles, auparavant. Maintenant, il était en train d'enfreindre chacune d'entre elles. S'il ne l'avait pas embrassée – et si elle ne l'avait pas embrassé en retour avec plus de passion qu'il n'en avait jamais ressentie –, il ne l'aurait pas laissée aller seule au ruisseau. Si elle n'avait pas fait vibrer son corps de désir, il serait allé au bord de l'eau pour qu'elle ne soit pas seule. Merde ! C'était le bordel total.

— Je reviens dans quelques minutes. Personne ne quitte le site, ordonna Jack aux autres. Aujourd'hui, on fait de l'instruction sur le terrain, alors reposez-vous tant que vous le pouvez. Vous allez en avoir besoin.

Il se dirigea vers le ruisseau, se rappelant que Savannah n'était qu'une élève comme une autre de son camp de survie. Dans quelques jours, il ne la reverrait plus jamais.

Le soleil brillait à travers les arbres, réchauffant les dernières minutes de fraîcheur matinale. Comme il approchait du bas de la colline, il entendit la voix de Savannah et il s'arrêta pour écouter. Elle chantait quelque chose qu'il ne parvenait pas à comprendre, en revanche il appréciait la mélodie qui flottait dans l'air. Il tenta d'en déchiffrer les paroles, mais tout ce qui retint son attention, ce fut le doux timbre de sa voix… Il réalisa alors que Savannah était tout sauf une « élève comme une autre ».

Il fit quelques pas supplémentaires, et l'eau apparut. Jack scruta les berges pour y dénicher Savannah, mais ne la repéra pas. Il se laissa alors guider par le son de sa voix à travers les bois à sa droite. Quand elle fut enfin en vue, il s'arrêta net. Le soleil brillait sur l'eau et illuminait le corps nu de Savannah. *Son corps parfait.* Ses seins se balançaient chaque fois qu'elle passait la main dans ses cheveux. Jack sentit son entrejambe se tendre tandis qu'il contemplait ses courbes incroyablement sexy et le galbe étroit de ses hanches. Elle s'enfonça dans l'eau jusqu'aux épaules et arqua le cou, pour rincer la mousse de ses cheveux. Les mains de Jack se serrèrent instinctivement au souvenir de la douceur de sa nuque, toujours vivant au creux de ses paumes. Elle disparut sous l'eau, puis refit surface, secouant l'excès d'eau de ses cheveux. La bouche de Jack s'assécha. C'était comme regarder un film classé X, mais Savannah ne jouait pas. Elle se retourna vers le rivage et scruta le bord de l'eau avant de marcher bien trop lentement jusqu'au bord et de ramasser tranquillement sa serviette pour l'enrouler autour de son corps. *Nom de Dieu, qu'elle est sexy !* Jack pouvait à peine respirer – encore une fois – et il était dans l'incapacité complète de penser. Lorsqu'une fois sèche, elle leva un pied pour enfiler sa culotte, il trébucha et dévala la colline sur les fesses, pour percuter un grand buisson épineux.

Savannah lança un regard dans sa direction. Elle remonta sa culotte et ses mains volèrent vers ses seins.

— Jack ? Quoi… tu m'espionnes ?

Elle se renfrogna et pivota, ramassant frénétiquement le reste de ses vêtements.

Jack se releva d'un bond et se précipita à ses côtés. Son esprit était encore dans le brouillard, après son intoxication à la Savannah.

— Je ne t'espionnais pas. Je jure…

Elle se retourna, serrant ses vêtements devant son corps. Sourcils froncés, elle pinçait ses belles lèvres. Mince, comment allait-il expliquer cela et pourquoi ses yeux étaient-ils toujours fixés sur la peau laiteuse du côté de son sein, qui pointait de sous son bras ?

— Alors, que faisais-tu ?

Merde.

— Tu n'es pas censée quitter le camp toute seule. Tu as déjà oublié le lynx ?

Il savait qu'il devait se détourner, reculer, s'éloigner d'elle, mais tout ce qu'il était en mesure de faire, c'était de rester là et de discuter avec elle.

— Tu savais que je venais ici et tu ne m'en as pas dissuadée. Comment aurais-je su que c'était un problème ?

— Putain, Savannah.

— Tourne-toi, cracha-t-elle.

Il se força à détourner le regard, en serrant les poings. *Quel besoin avais-je de regarder ?* Si la baigneuse avait été Elizabeth ou Josie, il se serait couvert les yeux et aurait crié depuis la colline. Mais bon sang, il n'était qu'un homme, qui n'avait pas été avec une femme ni même n'en avait eu envie, depuis plus de sept cents jours. Comment était-il censé réagir ?

— D'abord, tu m'embrasses, puis tu dis que tu regrettes de m'avoir embrassée, et enfin tu m'espionnes ?

Le venin dans sa voix faisait plus mal que l'accusation.

— La vraie classe, Jack Remington. C'est ça, ton mode opératoire ? Attirer les femmes dans ta montagne, puis éveiller leur attention et les manipuler ?

— Merde, Savannah. Qui t'a dit de te mettre à poil ?

Le torse empli de colère, il se détourna. Elle acheva de boutonner son jean, mais ne fit aucun geste pour cacher sa poitrine nue.

— Doux Jésus ! s'exclama-t-il en se retournant à nouveau. Désolé. J'ai cru que tu étais rhabillée.

— Eh bien, non, et je ne vais pas t'obéir. Je ne suis pas ton putain de jouet. Je m'habillerai quand je serai prête, et je me laverai quand je le voudrai. Et, sache-le, j'embrasserai qui je veux, quand je veux.

Il sentit la main qu'elle posa dans sa nuque et la chaleur l'envahit. Le souffle chaud de l'haleine de Savannah sur son oreille ne fit qu'augmenter son excitation et l'empêcha de bouger tandis qu'elle s'éloignait vers le camp avec toutes ses affaires dans les bras.

Un seul regard sur les fossettes à la base de sa colonne vertébrale, juste au-dessus de son jean taille basse, suffit à secouer son corps de frissons.

CHAPITRE SIX

— Qu'est-ce qui se passe entre Jack et toi ? demanda Elizabeth à Savannah.

Savannah faillit s'étouffer.

— Que veux-tu dire ?

Ils marchaient depuis deux heures et, chaque fois que Jack s'arrêtait pour identifier une plante ou une empreinte d'animal, il mettait un point d'honneur à ne pas regarder Savannah. En revanche, dès qu'elle avait le dos tourné, elle sentait ses yeux sur elle. Elle ne pensait pas que quelqu'un d'autre l'avait remarqué. Quand elle l'avait entendu dévaler la colline près du ruisseau, elle avait d'abord cru qu'il s'agissait d'un autre lynx. Une seconde plus tard, alors qu'il glissait sur les fesses, un éclair de soulagement l'avait traversée, mais qui n'avait pas duré. Elle avait vite déduit qu'il avait dû la regarder se baigner. Plus elle s'énervait, plus il se troublait et, quand Jack était troublé, ses yeux étaient pleins d'incertitude – une sacrée différence avec les regards perçants qu'il lançait habituellement – et ses bords acérés s'adoucissaient. Aussi rapidement que montait la colère de Savannah, elle s'était amusée avant de se sentir flattée de la situation.

— Je ne sais pas. Il a quitté le camp pour le ruisseau ce matin, et dix minutes plus tard, tu es revenue en tapant des pieds, même si tu n'avais pas l'air en colère, et maintenant, il ne veut même pas te regarder. Je suis peut-être mariée, mais j'ai toujours ce sixième sens féminin.

Elizabeth arqua un sourcil.

— Il est descendu au ruisseau pendant que je me lavais, et j'ai été gênée, mais il ne s'est rien passé entre nous. Je ne sais pas pourquoi il ne me regarde pas. C'est un type bizarre, conclut-elle.

Elizabeth afficha un large sourire lumineux qui éclaira ses yeux bruns.

— Je pense que tu protestes un peu trop, remarqua-t-elle.

Savannah rit.

Ils s'étaient à nouveau arrêtés sous un bosquet de pins. Jack mit un doigt sur ses lèvres et tendit son autre main devant le groupe pour les empêcher d'aller plus loin. Puis il ramassa un long bâton.

— Josie, tu devrais t'accrocher à Pratt. On s'est trouvé un petit serpent.

Il décocha un regard entendu à Josie, qui se blottit contre Pratt.

— Un serpent ? Je veux voir un serpent, déclara Aiden.

Jack leva encore le doigt et le fit taire.

— Faut pas l'effrayer, mon pote. Tu te souviens pourquoi ?

— Parce qu'on est des visiteurs et que c'est sa maison, récita Aiden.

— C'est ça, confirma Jack dans un murmure. Je vais soulever cette feuille et vous verrez le serpent. J'ai vu sa queue en approchant, mais Josie, ne crie pas. Compris ?

L'interpellée hocha la tête.

— Compris, affirma-t-elle.

Pratt la serra contre lui.

Voyant Jack si gentil avec Aiden et si dur avec les adultes, Savannah ne put s'empêcher de se demander s'il avait des enfants. Elle ne savait presque rien de lui, si ce n'est qu'il embrassait incroyablement bien, qu'il avait perdu sa femme quelques années auparavant, qu'il avait été militaire et qu'il semblait aussi désemparé face aux femmes qu'elle l'était face aux hommes.

Il souleva la feuille et Pratt s'esclaffa.

— C'est une couleuvre rayée, dit-il. Merde, on peut en trouver chez nous.

Jack se redressa de toute sa hauteur, pour surplomber Pratt.

— Oui, tu as raison. Tu aurais préféré un crotale ? Quelque chose de venimeux ? Parce que devine quoi, monsieur l'excentrique, tu n'as aucune idée de ce qui se glisse dans ta tente en ce moment, si ? Quelle est la règle à suivre quand on est dans la nature ? acheva-t-il en reportant son regard sur Aiden.

Le petit se mordit la lèvre inférieure et regarda Elizabeth avec de grands yeux.

— Euh… Je sais… Ne rien laisser derrière soi ?

— C'est vrai. Toujours laisser les choses comme elles étaient. Donc, on replace la feuille et je vais même replacer le bâton.

Et Jack reposa donc la feuille comme le bâton.

— Pratt, regarde derrière toi, juste à droite de la piste. Quel genre d'empreinte vois-tu ?

Pratt demeura immobile. Ses bras maigres ballottaient le long de son corps, des boucles de ses cheveux pointaient de sous son bonnet et il regardait Jack, une lueur de défi au fond des yeux.

— Vas-y. Jette un coup d'œil.

Le sérieux était revenu dans la voix de Jack. Il carrait les épaules comme s'il s'apprêtait à frapper.

Josie s'écarta de Pratt, ses yeux passant de l'un à l'autre. Elle tirait sur une mèche de ses cheveux, dont elle entortillait les extrémités entre ses doigts et son pouce. Pratt fit quelques pas sur le sentier et Jack lui attrapa le bras. Braquant les yeux sur lui, il tourna le dos au groupe, puis parla d'une voix plus calme.

— Attends. Je suis ici pour vous garder en sécurité et je ne peux pas le faire si tu te bats contre moi. Peu importe ce qui te ronge, tu dois y faire face. Sors-toi cette merde de la tête et réfléchis-y, parles-en et débarrasse-t'en. Fais-moi confiance. Ne l'enfonce pas si profondément qu'il soit impossible de la repérer. Gère-la.

Pratt se dégagea de son emprise et retourna vers la piste.

— Laisse tomber, mec.

Il s'enfonça dans les bois.

— C'est ma piste, Pratt.

La menace dans la voix grave de Jack fit sursauter Josie… et Pratt s'arrêta net.

Savannah était intriguée par le comportement de Jack. D'un côté, il avait raison. C'était son travail de les garder en sécurité, autrement dit, les autres et elle ne pouvaient pas s'éloigner du groupe, mais d'un autre côté, elle venait juste de l'entendre dire à Pratt de gérer ce qui le dérangeait, or, d'après ce que Savannah avait vu, Jack lui-même était hanté par quelque chose qui, non seulement le rongeait, mais l'isolait en même temps de ses semblables – sauf peut-être d'Aiden.

— Ta vie est entre mes mains. Les empreintes à côté de toi ressemblaient bien à celles d'un lynx, et d'un très gros.

Les yeux de Jack se tournèrent vers Savannah et soutinrent son regard, juste assez longtemps pour déclencher de nouvelles palpitations dans son ventre.

— Les lynx n'attaquent généralement pas les humains, mais si vous en surprenez un en train de se nourrir, ou avec des petits, c'est une créature totalement différente.

— Un lynx ? Est-ce qu'il va revenir ?

Les mots avaient quitté les lèvres de Savannah avant qu'elle ait eu le temps de les ravaler.

Jack continuait de fixer Pratt d'un regard froid et ignora la question de Savannah. Pratt serra les dents et recula d'un pas, permettant à Jack de prendre une fois de plus la tête.

La rancœur enfla en Savannah devant le mépris avec lequel Jack avait traité sa question… et sa vie privée lorsqu'elle était au bord du lac. Agacée, elle se tourna vers Pratt. Soit il était aux prises avec quelque chose d'assez lourd, soit c'était juste un jeune homme de vingt ans boudeur. Elle ne parvenait pas à trancher. En revanche, plus elle apprenait à connaître Josie, plus elle l'appréciait, et elle tenait à s'assurer que la jeune femme ne s'engageait pas avec quelqu'un qui pourrait lui attirer des ennuis. Elle jeta un coup d'œil au dos de Jack qui les conduisait plus loin dans la montagne. *Pourquoi est-il si facile de voir les problèmes à un kilomètre quand j'observe quelqu'un d'autre et si facile de les ignorer quand ils m'arrivent à moi ?*

Ils marchèrent pendant quelques heures encore et, lorsque le soleil de l'après-midi descendit dans le ciel et que les nuages arrivèrent, ils repartirent vers leur campement.

— Aiden, combien de plantes vénéneuses y a-t-il dans cette forêt ? demanda Jack.

— Sept, répondit fièrement le gamin.

— Excellent. Comment est-ce que tu retiens tout aussi facilement ?

— Maman me fait l'école à la maison et elle dit que si je suis aussi intelligent, c'est parce que je préfère les livres à la télé, expliqua Aiden en prenant la main de Jack.

Jack le regarda en fronçant les sourcils, puis se retourna vers Elizabeth et Lou. « Désolée », articula Elizabeth. L'énorme patte de Jack engloutit la petite main d'Aiden, qui leva les yeux vers lui pendant qu'ils marchaient.

— Fais attention à tes pieds, pas à moi, le mit en garde Jack.

— OK, répondit Aiden.

— Vous vous souvenez de l'apparence des plantes vénéneuses ? leur demanda Jack.

Savannah, qui l'observait de dos, aurait juré que les muscles de ses épaules s'étaient relâchés d'un centimètre ou deux et qu'il se déplaçait avec un peu moins de rigidité maintenant qu'il tenait la main d'Aiden.

— Elles ont trois feuilles, lança le gamin.

Jack décocha un grand sourire par-dessus son épaule à Elizabeth et Lou. C'était la première fois que Savannah le voyait heureux. Le sourire éclairait ses yeux sombres et illuminait sa peau, comme s'il regardait le soleil, faisant instantanément disparaître sa façade sérieuse et grincheuse, transformant toute sa personnalité sans qu'il ait eu besoin de prononcer un seul mot. Il avait l'air accessible, sympathique. Quelqu'un que Savannah aurait eu envie de mieux connaître.

— Trois feuilles, vertes, brillantes parfois, parfois avec des indentations qui ressemblent à des découpures, et parfois elles sont lisses, c'est ça ? continua Aiden en levant de nouveau les yeux vers Jack.

Il acquiesça.

— Parfait.

— Un jour, je vivrai dans les bois comme toi, Jack. Mon père dit que je pourrai, si j'en ai envie quand je serai grand, poursuivit le gamin.

Savannah ne voyait pas le visage de Jack depuis sa position à quelques mètres derrière lui, mais elle remarqua la façon dont il continuait à regarder Aiden, et cette attention la frappa. Le mot « dangereux » ne semblait plus convenir pour le décrire. Quand il était avec Aiden, c'étaient les mots « attentif » et « doux » qui lui venaient à l'esprit.

Aiden décrivit les autres plantes toxiques dont il se souvenait, puis il dressa une liste des plantes non toxiques. Lorsqu'ils atteignirent le camp, la température avait encore chuté de dix degrés. Savannah prit un sweat à capuche dans sa tente et proposa d'aller chercher de l'eau au ruisseau avec l'aide d'Elizabeth et de Josie. Elle ne pouvait pas supporter une minute de plus d'être traitée comme si elle n'existait pas.

— On s'amuse bien, non ? fit Josie quand elles parvinrent au bord de l'eau.

Elle tira la capuche de son sweat-shirt sur ses cheveux noir de jais et plongea son récipient dans l'eau.

— Qu'est-ce qui se passe avec Pratt ? demanda Savannah.

Elizabeth et elle étaient assises sur un rocher, à quelques mètres du bord de l'eau. Des rayons de soleil traversaient le feuillage des arbres et projetaient de longues ombres qui bougeaient sur l'eau. Savannah regarda Josie faire passer ses cheveux noirs par-dessus son épaule alors qu'elle reposait le broc sur le sol et commençait à faire les cent pas.

— Il est compliqué, je suppose. Mon Dieu, je fais toujours ça. Je suis venue ici pour me trouver, figurez-vous !

Ses yeux bleus passèrent de Savannah à Elizabeth. Elle tira

une mèche de cheveux et en passa la pointe entre son index et son pouce, d'abord avec la main droite, puis avec la gauche, dans un schéma rapide et répétitif.

— Je me mets toujours avec les mauvais gars. Puis, quand les choses tournent mal – ce qui est systématiquement le cas –, je renonce aux hommes, avant de recommencer le processus du début, déclara Josie.

— Bienvenue au club.

Savannah ramassa ses cheveux sur une épaule et remonta également sa capuche. Elizabeth lui prit la main.

— Les filles, vous n'avez pas encore trouvé l'homme qui vous convient, c'est tout. Il faut embrasser beaucoup de crapauds pour trouver son prince.

— J'ai embrassé assez de crapauds pour deux, répliqua Savannah. Lou et toi semblez heureux et compatibles et Aiden est à croquer, mais je commence à me demander si je n'ai pas raté ma chance. J'ai trente ans... et quelques... La plupart des hommes sont mariés dans le milieu de la trentaine. Mes frères ne l'étaient pas, et l'un d'entre eux est encore bien trop célibataire, mais il est plus jeune que le reste d'entre nous. Je pense qu'en général, quand on atteint les trente-cinq ans, soit on est célibataire pour une raison précise, qui n'est généralement pas bonne, soit on a déjà été marié et divorcé, et ce n'est pas toujours bon non plus.

— Il ne me reste donc que cinq ans pour trouver l'homme dont je tomberai amoureuse pour toujours ? Et si je ne le trouve jamais ?

Josie s'assit de l'autre côté d'Elizabeth, les coudes appuyés sur les genoux et le visage dans les mains. Elle fixait le sol avec une petite moue affligée.

— Et pour Jack ? demanda Elizabeth.

— Tu continues à faire comme s'il y avait quelque chose entre nous, mais ce n'est pas le cas, crois-moi, protesta Savannah.

Elizabeth secoua la tête.

— Tu ne m'ôteras pas de l'idée qu'il y a quelque chose entre vous deux. Il se donne trop de mal pour éviter ton regard.

— Elle a raison, continua Josie. Quand on se préparait à quitter le campement ce matin, je l'ai vu te regarder furtivement chaque fois que tu détournais les yeux.

La nuit précédente, Savannah avait ressenti quelque chose entre eux – quelque chose de long et dur –, mais le fait que d'autres personnes aient remarqué leur connexion signifiait qu'elle ne l'inventait pas seulement dans sa petite tête solitaire.

— Je suis ici pour me remettre d'une relation toxique, pas pour me lancer dans une histoire compliquée, répliqua-t-elle.

— C'est exactement ce que je dis, renchérit Josie avec emphase. Je ne sais pas comment je me suis retrouvée au lit avec Pratt. C'est un homme bien, vous savez. Il est juste un peu perdu en ce moment. Vous saviez que c'est un artiste ? Un sculpteur. Il a un diplôme d'ingénieur, mais il est passionné par la sculpture.

— Un artiste lunatique. Sa personnalité lui correspond parfaitement, déclara Savannah.

— Je ne pense pas qu'il soit juste lunatique. Il se sent vraiment coincé. Ses parents ne cessent de lui répéter d'arrêter de jouer à l'artiste et de se trouver un vrai travail. Je veux dire, il vit seul, il a un studio, mais il arrive à peine à s'en sortir, alors ils le poussent à abandonner, expliqua Josie. Il est venu ici pour s'éloigner d'eux et essayer de prendre une décision par lui-même.

— Quel genre de parents ferait ça à leur enfant ? Ce n'est

même pas un enfant. C'est un homme.

Elizabeth ôta son bandana et l'attacha autour de ses dreadlocks, créant une queue-de-cheval épaisse et serpentine.

— Je peux toucher tes cheveux ? demanda Savannah.

— Bien sûr. Vas-y, fit Elizabeth en se retournant.

Savannah passa ses mains sur les dreadlocks.

— Je pensais qu'elles seraient piquantes ou trop sèches, mais ce n'est pas le cas. C'est comme de douces cordes de cheveux.

Leur toucher ramena ses pensées vers Jack, qui semblait fait d'angles durs et de plateaux rugueux, bien que s'avérant doux au toucher. Ses muscles étaient puissants, mais tendres. Le souvenir de la main qu'il avait placée dans sa nuque lui donna des frissons.

Interdiction de penser à Jack. Cela compliquait d'autant l'indifférence avec laquelle il la traitait. Elle reporta son attention sur Elizabeth.

— Mon père n'aurait jamais procédé ainsi. Il me donnait son avis, mais me laissait la décision finale, déclara Savannah.

Josie se leva d'un bond.

— Ce que je n'arrive pas à voir, c'est comment Pratt pourrait être si ses parents ne le traitaient pas de cette façon.

— Tu ne le connais que depuis un jour. Laisse-lui du temps, objecta Elizabeth. Peut-être que c'est un gars vraiment gentil.

Savannah repensa à Jack.

— Ou peut-être qu'il est trop brisé pour guérir un jour.

— Merci, Savannah, maugréa Josie.

Savannah se leva.

— Ne faites pas attention à moi. Je suis juste dans mon propre monde aujourd'hui. On devrait remonter l'eau ou M. Super-Survivant va venir nous chercher.

Josie ramassa le bidon d'eau et elles commencèrent à remonter la colline.

— Mais donc, les filles, vous ne pensez pas que je suis une Marie-couche-toi-là ?

Elle avait parlé si doucement que Savannah faillit manquer la question. Elle passa son bras sur l'épaule de Josie.

— Tu n'es pas plus une Marie-couche-toi-là que moi. Tu es jeune et libre. Pourquoi ne pas en profiter ? Tant que personne n'est blessé, pourquoi ne pas vous amuser ? Même si ce n'est que pour quelques jours.

— Merci, Savannah, lâcha-t-elle avant de regarder Elizabeth et d'attraper une mèche de cheveux qu'elle se remit à triturer. Elizabeth ? demanda-t-elle timidement.

L'interpellée se retourna pour lui adresser un large sourire.

— Je suis pour le partage de soi avec quiconque t'apportera du plaisir, jusqu'à ce que tu trouves celui dont tu ne pourras jamais te passer. J'ai un pressentiment sur ces choses, et je ne pense pas qu'aucun de ces deux hommes soit brisé de façon irréversible.

Elle soutint le regard de Savannah.

— Tu es l'entremetteuse personnelle de Jack ou quoi ? s'enquit cette dernière.

— Non, dit Elizabeth. Je décèle juste quelque chose entre vous deux. Je ne sais pas pourquoi, mais…

Elle haussa les épaules. Lorsque le campement apparut, Elizabeth attrapa leurs bras et s'immobilisa. Elle leva le menton vers Jack et Aiden, assis côte à côte. En face d'eux, près du feu, Lou et Pratt manipulaient chacun une longueur de corde. On aurait dit que Jack leur apprenait à faire un nœud.

— Ils n'ont pas l'air d'hommes brisés, commenta Elizabeth.

Jack passa un bras autour d'Aiden pour l'attirer à lui. Sa voix grave retentit dans l'air du soir.

— Bon travail ! Tu seras bientôt un maître de la survie.

Aiden enroula ses bras autour de la taille de Jack et le serra fort. Savannah ne fut pas surprise de voir le corps de Jack se raidir. Son bras resta suspendu en l'air au-dessus du petit garçon, comme si l'étreindre constituait un saut de géant. Il abaissa lentement ce bras vers le dos d'Aiden, semblant redouter de lui rendre son étreinte et, l'instant d'après, il attirait le petit contre lui. La douceur de ce moment, dans la lumière tamisée du soleil, émut Savannah aux larmes. Jack posa la tête sur les cheveux d'Aiden, avant de remarquer que les trois femmes contemplaient la scène.

CHAPITRE SEPT

Jack redoutait la nuit à venir depuis qu'il s'était réveillé ce matin-là. Il savait qu'à la minute où il se coucherait, il serait assailli par des réminiscences de son baiser avec Savannah, et que ces images seraient chassées par le visage confiant et déçu de Linda. Il ne l'avait jamais trompée de son vivant et maintenant, deux ans après sa mort, il était presque paralysé par la culpabilité en raison d'un simple baiser… qui lui faisait penser à beaucoup d'autres choses cochonnes que les lèvres de Savannah. Il n'arrivait pas à oublier qu'il avait négligemment bafoué ses vœux de mariage. Le souvenir de Linda l'amena à repenser à Aiden et à tout le bien qu'il retirait du temps passé avec un enfant.

Il s'assit sur le rocher à côté du camp, les genoux remontés, les mains jointes devant la bouche et le menton posé sur les coussinets de ses pouces. Quel homme serait-il s'il avait mené une vie normale ? *Normale.* Jack n'était même plus sûr de savoir à quoi correspondait la normalité. Deux adultes avec des dreadlocks et un fils génial étaient-ils normaux ? Ou une femme seule qui se cachait dans les bois pour soigner ses maux du moment ? Ou deux jeunes gens cherchant des réponses… à quoi ? Peut-être que la normalité n'existait pas. *Est-ce que je retrouverai un jour la mienne, quelle qu'elle soit ? Aurai-je la famille que j'ai toujours voulue ?*

Jack s'allongea sur le rocher et regarda les étoiles en songeant à ses frères et à sa sœur. Il était l'aîné de six enfants. Avant la mort de Linda, il voyait souvent ses quatre jeunes frères et sa sœur. Maintenant, il avait de la chance s'il les voyait une fois par an. Il ferma les yeux et écouta Elizabeth et Lou chanter des chansons pour Aiden. Leurs voix se turent quand, il l'aurait parié, Aiden eut enfin fermé les yeux et se fut endormi. Quelques minutes plus tard, le bruit métallique de la fermeture Éclair de la tente de Pratt et Josie rompit le silence. Les gloussements étouffés de Josie firent naître un sourire sur les lèvres de Jack, malgré les émotions contradictoires qui l'habitaient. Comment serait-ce, de camper avec une femme qui aimait vraiment le plein air ? Linda n'en avait jamais été fan, et maintenant, alors qu'il était étendu sous les étoiles, il se demandait si Savannah s'y convertirait un jour. Il passa le bras sur ses yeux pour bloquer la lumière de la lune. Allait-il s'endormir là, avec la roche froide et dure dans son dos ?

Il n'entendit pas ses pas, ne sentit pas le souffle du vent et n'entendit pas le frottement de son pantalon. Ce fut son odeur qui incita Jack à écarter son bras de ses yeux et à se hisser sur un coude. Elle lui tournait le dos, plantée à l'orée des bois. Il distinguait à peine sa silhouette dans l'obscurité, mais il aurait été bien incapable d'oublier les courbes séduisantes qu'il avait vues plus tôt, ce matin-là. Il ne voulait pas se faire une nouvelle fois traiter de voyeur, mais n'était-ce pas ce qu'il faisait ? La reluquer ? Non, il ne l'avait pas cherchée. Elle était apparue à l'improviste. *N'est-ce pas ? Ou bien je l'attendais ? En espérant qu'elle apparaisse ?* Ou peut-être était-ce elle qui avait espéré qu'il la trouve.

S'il fermait les yeux et feignait de dormir, on ne pourrait pas le traiter de voyeur, mais pas question de la laisser s'aventurer seule dans les bois après ce qui s'était passé la nuit précédente. Devait-il l'appeler par son prénom ? Faire comme s'il se promenait. *Merde. Emmener des élèves dans les bois n'a jamais été aussi compliqué !*

Il ne s'était jamais considéré comme quelqu'un qui se cachait, mais n'était-ce pas justement ce qu'il faisait depuis deux ans ? Se cacher du monde ? Se cacher de lui-même ? Jack s'écarta du rocher. *Et puis zut. En route.*

— Savannah ?

Elle tourna la tête.

— Jack ? fit-elle en louchant dans l'obscurité.

Il réduisit la distance entre eux.

— Tu pars à la chasse au lynx ?

C'était une blague de mauvais goût.

— Ha ha. Je voulais aller aux toilettes, mais ensuite je me suis souvenue…

— Je t'emmène, mais on ne va pas tenter le diable en retournant à l'endroit où tu as croisé le lynx. Viens.

Il posa une main dans le creux de ses reins et le léger frôlement de son corps contre le sien suffit à faire naître une drôle de sensation dans son ventre, comme s'il dévalait une montagne russe. Il fourra les mains dans les poches de son jean. C'était plus sûr ainsi.

Savannah s'immobilisa.

— Qu'est-ce qui ne va pas ? demanda-t-il.

— Tu me rends complètement dingue, voilà ce qu'il y a, avoua-t-elle.

Ils se tenaient à environ cinq mètres de la limite du camp. Le peu de clair de lune qui les éclairait près du rocher était maintenant bloqué par les hauts arbres.

Jack se rapprocha, mettant son visage en évidence.

— Si ça peut te consoler, la réciproque est vraie.

S'il y avait une chose que Jack savait sur lui-même, c'était que sa taille, ses muscles et l'inflexion de sa voix déterminaient la réaction de ses interlocuteurs. Il savait comment paraître sévère et agressif. Putain, c'était devenu un mode de vie, ces dernières années. Et il savait comment laisser transparaître son côté sensuel et charmeur à chaque respiration. Mais cette partie de lui, il la camouflait depuis si longtemps qu'il n'était pas sûr qu'elle existe encore. Ce soir, pour la première fois, il voulait que son côté dur disparaisse. La prise de conscience de ce désir réveilla la culpabilité et le dégoût de soi qu'il nourrissait depuis deux ans et qu'il avait essayé d'ignorer ces dernières vingt-quatre heures. *Je ne devrais pas la désirer.*

— Super. Maintenant que ce point est établi, pourquoi est-ce que tu te montres chaque fois que je suis seule ? reprit Savannah en croisant les bras.

— Ça t'arrive de ne pas penser comme une avocate ?

Elle mettait en émoi tous les nerfs de son corps et, en trois minutes, son pouls était déjà si rapide qu'il avait le souffle lourd.

— Ça t'arrive de parler gentiment aux femmes ?

Il détourna le regard et sourit. Elle était dure… et il aimait ça.

— Je ne suis pas quelqu'un de très gentil, répliqua-t-il.

Savannah arqua un sourcil.

— Tu sais ce que je pense ?

Elle fit un pas de plus vers lui, et l'agitation dans le ventre de Jack se déplaça vers le sud, ressuscitant la chaleur qui avait éclaté entre eux la nuit précédente.

Elle vint se poster à un souffle de sa joue et murmura :

— Je pense que tu dois m'accompagner dans les bois.

Les pulsions sexuelles de Jack demandaient à être satisfaites et, alors qu'il se voyait déjà le faire, elle se pencha à nouveau et ajouta :

— Il faut que je fasse pipi.

CHAPITRE HUIT

Savannah était incapable de déterminer le moment exact où Jack passa du connard revêche à une personne qu'elle avait envie de comprendre, mais elle était presque sûre qu'il se situait autour des minutes où elle l'avait vu tenir la main d'Aiden sur le sentier, plus tôt dans l'après-midi – et peut-être sa prise de conscience avait-elle eu lieu quand il avait passé un bras autour d'Aiden près du feu, ce soir-là. À travers ces petits gestes, elle avait vu son armure de rage s'effriter, dévoilant un panel d'émotions qui semblaient l'effrayer autant que l'adoucir. Et même si elle cherchait à se remettre de son histoire avec Connor, elle n'avait pu empêcher les paroles d'Elizabeth de résonner dans son esprit au cours des dernières heures. *« Je suis pour le partage de soi avec quiconque t'apportera du plaisir, jusqu'à ce que tu trouves celui dont tu ne pourras jamais te passer. »* Plus elle observait Jack, plus elle s'ouvrait. Elle pensait à Rex, son frère aîné, et au fait qu'il avait toujours été bourru avec les femmes, jusqu'à ce qu'il tombe amoureux de Jade Johnson, la fille de l'ennemi juré de son père, un homme avec lequel Hal Braden s'était battu pendant les quarante dernières années. La relation entre Rex et Jade avait été conflictuelle au début et, d'après ce que Rex avait décrit, ils avaient lutté tous les deux à chaque étape. Elle n'avait jamais vu Rex plus heureux, plus satisfait et moins sur ses gardes que depuis qu'il était tombé amoureux de Jade.

Savannah sourit devant la surprise qu'elle lut dans les yeux de Jack. Il avait été cruel de le taquiner comme elle l'avait fait, mais, forte de ce qu'elle avait vu avec son frère, elle se disait qu'un homme plus gentil, plus doux se cachait peut-être derrière le colérique en façade. Elle n'était pas Jade Johnson, il n'y avait pas de querelle de famille à affronter. La seule chose qui l'empêchait d'enrouler les mains autour de son beau corps dur et de l'embrasser jusqu'à faire craquer cette armure, c'était le souvenir de la blessure qu'elle avait reçue de Connor. Elle devait se persuader que ce n'était pas parce que Connor l'avait blessée qu'il en irait ainsi de tous les hommes.

Jack s'éclaircit la gorge.

— Bien.

Ils traversèrent le campement et pénétrèrent dans la forêt à son autre extrémité. Savannah était consciente de chacune de ses respirations alors qu'elle marchait juste derrière Jack, un peu gênée d'avoir à faire pipi, mais bien moins d'avoir besoin d'une baby-sitter pour le trajet.

— Tu vois ce rocher là-bas ? demanda Jack en désignant un gros rocher. Je vais l'examiner. Pas bouger.

— Je ne suis pas un chien, tu sais.

Pourquoi devait-il parler aussi grossièrement ?

Il avança d'un pas puis s'arrêta et se retourna. Il allait parler quand il porta le regard ailleurs, comme s'il avait changé d'avis.

— Je suis désolé, lâcha-t-il, un peu moins grincheux. S'il te plaît, attends-moi ici.

Se sentant légitimée, Savannah sourit.

— D'accord.

Elle le regarda disparaître derrière le rocher, une main sur le holster de cuir à sa ceinture. Puis il revint de l'autre côté et lui fit signe de s'approcher.

— Besoin d'autre chose ?

Il était toujours si brusque que les nerfs de Savannah se tendirent. Elle brandit ses lingettes humides biodégradables et les agita devant ses yeux.

— Je vais attendre là-bas, lâcha-t-il.

Savannah rougit.

Après avoir terminé, elle le trouva qui lui tournait le dos. Bien décidée à briser les murs qu'il avait érigés autour de lui, elle s'approcha sur la pointe des pieds et lui posa les mains sur les yeux.

— Devine qui c'est ? le taquina-t-elle.

Elle ne sentit pas ses joues s'étirer sur un sourire ou son dos secoué par un rire étouffé. Au contraire, elle sentit sa mâchoire se contracter. Savannah laissa retomber ses mains : c'en était terminé de ses espoirs de légèreté.

— Désolée.

Il se retourna vers elle avec le regard irrité qu'il lui avait si souvent lancé depuis leur arrivée qu'il était déjà gravé dans son esprit.

— Pourquoi fais-tu ça ? grogna-t-il en lui saisissant les poignets.

Ses yeux étaient devenus presque noirs, et le mot « danger » flottait à nouveau dans l'esprit de Savannah. Peut-être l'avait-elle mal jugé après tout. Il n'avait pas ce côté doux, elle avait dû l'imaginer.

— Pourquoi, Savannah ? Je suis un connard en colère, murmura-t-il avec dureté.

Elle pouvait à peine respirer. Ses yeux étaient encore noirs comme la nuit, mais en y regardant de plus près, elle réalisa qu'elle ne l'avait pas mal jugé. C'était de la retenue qu'elle lisait dans sa mâchoire serrée, les muscles tendus de son cou, mais c'était du désir, épais et lascif, qui brûlait au fond de ses yeux.

— Je ne sais pas, réussit-elle à répondre. Peut-être… Je…

Ses jambes faiblissaient et son pouls s'accélérait à la vue des flammes qui s'allumaient entre eux.

— Je suis brisé, Savannah. Je ne suis peut-être pas réparable. Tu ferais mieux de retourner dans les tours de béton de ta ville et d'utiliser tes charmes sur l'un des hommes qui la peuplent.

Les narines de Jack se dilataient à chaque inspiration et Savannah voyait bien qu'il était à son point de rupture.

— Je suis là maintenant.

Elle effleura ses abdominaux d'acier. Elle le sentit frémir sous son contact et regarda sa main avec surprise. Dès qu'il relâcha ses poignets, elle plaça une paume sur son cœur qui tambourinait et se rapprocha. Il sentait la terre et la masculinité pure et, alors qu'il la regardait fixement, elle tendit la main pour lui toucher la joue. C'était exactement comme elle l'avait imaginé alors qu'elle était allongée dans sa tente, plus tôt dans la soirée, à se remémorer chaque ligne de ses traits frappants. Suivant du doigt le bord de sa mâchoire serrée, effleurant les muscles qui se soulevaient et se relâchaient à plusieurs reprises, Savannah ne put s'empêcher de se hausser sur la pointe des pieds et de lui déposer un doux baiser sur le menton, puis de passer le doigt sur le renflement de sa lèvre inférieure.

Il grogna un dangereux avertissement qu'elle ne put déchiffrer et ne fit que l'exciter encore, avant de murmurer :

— Savannah.

Son appel retentit à ses oreilles comme une invitation. Sans réfléchir, elle se haussa à nouveau sur la pointe des pieds et passa la langue sur la lèvre qu'elle venait de toucher.

— Jack, chuchota-t-elle, espérant qu'il entende aussi l'invitation dans sa voix.

Il ouvrit grand les yeux, puis les plissa à nouveau et, dans la seconde qui suivit, il lui attrapa les hanches pour l'attirer à lui, lui donnant le même baiser profond et passionné que la première fois où ils s'étaient embrassés. Sa langue pénétra avec force dans sa bouche tandis qu'il se saisissait d'une poignée de ses cheveux et lui tirait le cou en arrière, pour lui ouvrir encore la bouche. Le plaisir et la douleur étaient si intenses que Savannah gémit lorsque les dents de Jack trouvèrent son cou. Il glissa les mains sous la ceinture de son jean, sous lequel elle était nue, et il lui effleura la peau. Rouvrant les yeux en grand, il passa les doigts autour de ses hanches et lui empoigna les fesses.

— Jésus, Savannah.

L'attirant à lui, il la prit dans ses bras, se régalant de sa bouche comme s'il l'avait attendue toute sa vie. Savannah aspira l'air de ses poumons, s'agrippant précipitamment à sa chemise, l'extirpant de son jean et saisissant la chair chaude et nue de son dos balafré. Elle se pencha alors contre son torse, caressant son mamelon de la pointe de la langue jusqu'à ce qu'il pointe d'excitation. Puis elle le lécha, décrivant des cercles autour de la peau dure. Il lui écarta de nouveau la tête et la prit dans un autre baiser brutal dont ils sortirent tous les deux haletants.

— On devrait arrêter, lâcha-t-il.

Mais, sans attendre sa réponse, il souleva son sweat-shirt et gémit à la vue de ses seins nus avant de les prendre dans ses mains et de passer la langue sur la peau sensible entre les deux.

— Tu es si belle.

Il prit son sein droit dans sa bouche, effleurant le mamelon avec ses dents. Savannah haleta quand il passa à l'autre sein. Ses mains étaient rugueuses et sûres sur sa peau, alors qu'ils trébuchaient, enlacés, jusqu'au rocher derrière eux. Il la plaqua contre la roche froide et dure. Chaque centimètre de son sexe épais s'écrasait contre le ventre de Savannah alors qu'il lui faisait passer son sweat-shirt par-dessus la tête, puis, d'un bras dans son dos, retirait son propre sweat-shirt de la même façon. Le choc de l'air froid contre son corps déjà chaud poussa Savannah à tendre à nouveau les mains vers lui. Et – oh bon sang, que son torse était massif et puissant ! Il lui agrippa les flancs et l'embrassa dans le cou. Il esquissa le geste de lui déboutonner son jean, mais se retira, pour la transpercer d'un regard brûlant : un lion féroce prêt à prendre sa lionne. Elle alla déboutonner elle-même son jean puis, elle s'en débarrassa, frissonnante de désir tout autant que de froid. Elle n'avait jamais été aussi audacieuse avec un homme, mais Jack était tout simplement un homme jusqu'au bout des ongles et elle en désirait chaque parcelle.

Il suivit des yeux son corps glabre, la gorge visiblement nouée, la pomme d'Adam montant et descendant dans son cou épais. Il posa les yeux sur la petite tache couleur peau sur son bas-ventre.

— Un patch contraceptif, se hâta-t-elle de chuchoter.

Il l'embrassa à nouveau.

— Merci. Je n'ai même pas pensé aux préservatifs. Ça fait tellement longtemps.

Jack déboutonna son jean, puis en descendit lentement la fermeture Éclair, la maintenant contre le rocher avec en tout et pour tout son regard avide et la promesse silencieuse d'une partie de jambes en l'air bestiale. Il se débarrassa de son pantalon et Savannah promena les yeux sur son corps incroyable, sentant la tension naître entre ses cuisses et la douleur du désir mijoter jusqu'à l'ébullition. Elle savait, à la manière dont les mains puissantes de Jack s'agrippaient à sa cage thoracique, qu'il était torturé par le même désir incendiaire. Il la souleva sur le rocher et s'insinua entre ses jambes. Elle se pencha pour l'embrasser tandis qu'il trouvait son sexe humide et la caressait avec frénésie. Il enfonça plusieurs doigts en elle et la sonda rudement tandis qu'il dévorait les courbes de sa bouche avec sa langue. Savannah gémit. Ce n'était pas assez. Elle avait besoin de plus. C'était déjà bon, mais il fallait qu'elle en ressente davantage, qu'elle éprouve tous les plaisirs possibles.

Il s'écarta et regarda les doigts qu'il avait enfouis dans son corps.

— Je dois te goûter.

Impossible de se méprendre à cet ordre.

Elle écarta largement les jambes.

— Goûte-moi.

Savannah ferma les yeux pendant qu'il effleurait son sexe gonflé de la pointe de sa langue, pour gémir quand il retira ses doigts, surprise par le son guttural qui monta de sa gorge. Elle s'agrippa à ses épaules avec ses ongles alors qu'il replongeait un doigt en elle, puis se dirigeait vers son anus, frottant le repli de peau sensible dont elle n'avait jamais laissé aucun homme approcher.

— Oui, Jack, chuchota-t-elle, en cambrant les hanches pour s'ouvrir encore à lui.

Il glissa un doigt à l'intérieur, la pénétrant là où elle ne l'avait jamais été auparavant. Elle haleta en éprouvant le mélange émoustillant de plaisir et de douleur. Il enfonça le doigt plus profondément dans ses fesses tandis qu'il trouvait son clitoris de la langue et le léchait avidement. Puis ses dents prirent le relais et un choc secoua le corps de Savannah.

— Jack ! cria-t-elle.

Elle se couvrit alors la bouche tandis que le son se perdait dans la nuit et que l'orgasme le plus puissant qu'elle ait jamais ressenti s'emparait de son corps. Elle se heurta à sa bouche, puis se cambra en arrière, ouverte à lui comme elle ne l'avait jamais été. Les sensations tordaient tous ses nerfs, les enfiévrant au point qu'elle ne pouvait plus rien contrôler alors qu'ils pulsaient, fort et serré, autour de lui. Jack retira son doigt et passa la langue sur sa peau désormais trop sensible pendant qu'elle tremblait sous les répliques du plaisir. Savannah ignorait – et elle s'en moquait – pourquoi elle avait permis à Jack Remington de la toucher de cette façon, mais elle savait qu'elle avait besoin de plus.

Toucher Savannah ne ressemblait pas à ce que Jack avait imaginé. Il n'avait été qu'avec une poignée de femmes avant d'épouser Linda, et leur vie sexuelle avait été épanouie. Il n'avait jamais eu l'impression de manquer de quoi que ce soit. Mais lorsqu'il touchait Savannah, l'animal en lui ressortait et ses désirs allaient bien au-delà d'une partie de jambes en l'air le mercredi et le samedi soir. La culpabilité qui le tenaillait s'était tue au moment où il avait posé les lèvres sur la poitrine de Savannah. Et tout ce qui avait suivi était alimenté par un besoin viscéral. Il n'avait jamais touché Linda de cette façon. Il avait toujours pensé que c'était trop dépravé. Déplacé. Mais avec Savannah, ce n'était ni l'un ni l'autre et, devant son corps qui tremblait sous son emprise, il savait qu'il n'allait pas s'arrêter là. Il était impuissant face aux désirs qu'elle avait déclenchés. D'un geste rapide, il la souleva du rocher, enroula ses cheveux dans ses poings et lui donna un autre baiser profond. Chaque partie d'elle était délicieuse. Le besoin de la posséder se révélait si puissant qu'il ne se rendait pas compte de la force qu'il devait déployer et, quand le dos de Savannah heurta le rocher, elle miaula.

Il s'écarta, relâchant ses cheveux.

— Je suis désolé. Je suis…

Les paupières à demi voilées, elle esquissa un sourire.

— C'était une bonne douleur, chuchota-t-elle.

— Putain…

Il posa à nouveau sa bouche sur la sienne. Sa langue poussa fort et vite, lui caressant le palais avant de se retirer encore une fois. Il ne voulait pas la blesser ni profiter d'elle.

— Je suis désolé, je…

Il baissa les yeux pour s'empêcher de prendre à nouveau sa bouche pulpeuse.

— Eh bien, pas moi.

On aurait dit qu'elle l'appelait doucement.

Un gémissement sortit du fond de la poitrine de Jack alors qu'il lui écartait les jambes et poussait ses hanches vers les siennes. Son érection était chaude et dure contre sa peau. Il posa son front contre le sien.

— Savannah, ça fait deux ans que je n'ai pas été avec une femme. Je suis surpris d'avoir tenu aussi longtemps. À la minute où je vais entrer en toi, je…

Elle le serra contre elle alors qu'il essayait de s'éloigner. *Putain de merde.* Il la désirait. Putain, il avait besoin d'elle ! Il n'avait pas été aussi dur depuis des années et ce n'était pas parce qu'il avait renoncé aux autres femmes. Il aurait pu en avoir des dizaines s'il avait voulu. C'était Savannah. Savannah Braden, intelligente, sexy, sensuelle, la femme qui défiait tout ce qu'il croyait sur lui-même.

— C'est bon, dit-elle.

Le besoin qu'il lut dans ses yeux rivalisait avec le sien et, quand elle lui toucha les bourses, il dut se concentrer pour ne pas jouir. Elle glissa le long de son corps et le lécha de la base à la pointe. Il frissonna, obligé de serrer les poings pendant qu'il luttait contre l'envie de la prendre sur-le-champ. Elle se baissa sur son gland et y fit tournoyer la langue, puis s'écarta, exposant la peau humide de son sexe à l'air frais, ce qui déclencha une fureur charnelle en lui. S'étant redressée, elle lui enroula la main autour de la nuque, pour attirer son oreille vers sa bouche et prendre son lobe entre ses dents, avant d'en lécher le point sensible.

— Je vais me retourner, murmura-t-elle. Tu tiendras peut-être plus longtemps sans mes seins contre toi.

Elle se retourna donc, posa ses paumes à plat sur le rocher et écarta les jambes. Puis elle lui jeta un regard par-dessus son épaule. Ses cheveux qui lui tombaient sur le visage ne laissaient plus voir qu'un de ses yeux qui le reluquait avec la lueur la plus aguicheuse que Jack ait jamais vue. Il posa une main à plat sur le bas de son dos, afin de calmer les tremblements nerveux qui le traversaient.

— Savannah, chuchota-t-il.

Posant la tête contre son dos, il enroula les mains autour de son ventre, sentant son cœur s'emballer contre sa joue. La sensation de sa peau laiteuse sous ses paumes, quand il les referma sur ses seins, et de ses fesses nues contre son bas-ventre était presque trop forte pour lui. Il la fit pivoter doucement et pressa sa joue sur la sienne.

— Tu n'as pas besoin de faire ça, dit-il.

Il se moquait si cela le rendait moins homme à ses yeux. La vérité était importante pour Jack, elle l'avait toujours été, et les yeux noisette de Savannah la reflétaient.

Elle s'agenouilla à nouveau et le lécha, puis le prit dans sa bouche et le suça, le caressant avec sa main jusqu'à ce qu'il doive la repousser, de peur d'exploser. Lui écartant les jambes, il s'enfonça doucement dans sa chaleur étroite. Prenant une profonde inspiration, Savannah enroula les doigts dans ses épaules.

— Je vais m'arrêter, proposa-t-il.

Les larmes lui montaient aux yeux, non pas parce qu'il pensait l'avoir blessée, mais à cause de la beauté de ce qu'il ressentait alors que son cœur s'ouvrait à elle. C'était un miracle qu'il ressente autre chose que de la colère ou de la culpabilité, et c'était tellement à l'opposé.

— Ne fais pas ça, protesta-t-elle, le regard brûlant.

Et elle attrapa sa taille, pour le pousser à aller plus loin.

Alors il s'enfonça plus profondément et ils étouffèrent tous les deux un cri quand ses hanches rencontrèrent les siennes. Savannah se servit du rocher comme support pour répondre à chacune de ses poussées prudentes. Jack était au fond d'elle et il avait encore besoin de plus. Passant la main autour de sa cuisse, il lui toucha les fesses, insinua un doigt en elle et lui tira un autre gémissement délicieux alors qu'elle levait son genou contre sa hanche, pour lui permettre de la pénétrer plus profondément.

— Je te veux encore plus, dit-elle, haletante.

Elle prit sa main libre pour la lui poser sur son sein.

Abaissant la bouche vers son cou, il goûta sa saveur salée, mordillant la peau délicate, puis il fit glisser ses dents sur la crête de son épaule et posa les lèvres sur le muscle, faisant courir sa langue en cercles sur la peau soyeuse. Les sensations de son fourreau humide enveloppant son érection palpitante, de l'anus étroit qui se refermait autour de son doigt et de son sein rebondi dans sa paume le firent monter, monter, monter jusqu'au sommet d'un orgasme explosif qui le traversa et le fit basculer. Il serra les dents, grognant à chaque secousse, sentant Savannah grimper vers sa propre libération, l'engloutissant de pulsations de plaisir rapides et dures. Elle renversa le cou en arrière, frissonnant contre lui. Les bruits de la forêt s'estompèrent, et tout ce que Jack entendait désormais, c'étaient leurs respirations haletantes, qui finirent par se calmer pour se caler sur le rythme de la satiété.

CHAPITRE NEUF

Savannah s'attendait à ce que l'embarras la rattrape alors qu'elle passait son sweat-shirt par-dessus sa tête et l'ajustait autour d'elle. Ses mamelons étaient encore trop sensibles. Elle frissonna lorsque le coton chaud les frotta. Elle n'aurait jamais cru qu'elle laisserait un homme la toucher là où Jack venait de le faire, et encore moins qu'elle en aurait envie. Elle jeta un coup d'œil à cet homme encore nu contre le rocher, les yeux fixés sur le sol, et elle eut envie de tellement plus. Tout en cet homme était complexe. C'était un mélange frappant de masculinité brute et, Savannah en était sûre, d'un grand cœur aimant enfoui au fond de lui. Un homme sans cœur n'aurait pas cette attitude après leur étreinte. Un homme sans cœur jubilerait.

Elle s'adossa au rocher à côté de lui.

— Ça va ?

Il hocha la tête et, quand il leva les yeux, elle en remarqua l'humidité.

Le cœur de Savannah s'arrêta.

— Qu'est-ce qui ne va pas ?

Oh, bon sang ! Il regrette.

— Rien et tout en même temps, dit-il doucement.

— Je ne suis pas sûre de comprendre ce que cela signifie.

Il passa un bras autour d'elle et l'attira à lui.

— Savannah, je n'ai pas été avec une femme depuis que la mienne est morte et, avant elle, eh bien, il n'y en avait pas eu beaucoup. Mais jamais, jamais, je n'ai fait ce que nous venons de faire, et je veux juste être sûr que je ne t'ai pas fait mal. Tu sais…

Il lui passa la main sur les fesses.

Il était là, son cœur tendre.

— Jack, tu ne m'as pas fait mal. Je ne me suis jamais sentie aussi proche de quelqu'un et je n'ai jamais laissé personne me toucher à cet endroit. Je ne sais vraiment pas pourquoi j'en ai eu envie, ce soir, mais…, ajouta-t-elle avant de s'interrompre et de hausser les épaules. Je n'arrivais pas à me rassasier de toi. Tu avais beau me toucher, ce n'était pas assez. Et ce n'est toujours pas assez, admit-elle.

Il hocha la tête.

— Ça me fout la trouille.

Elle ne savait pas comment réagir. *Que dire : Moi aussi ?* Ce serait un mensonge. Ça ne lui faisait pas peur. En fait, elle en voulait plus. Elle vint se camper devant lui, entre ses jambes.

— Tu n'as pas promis de m'épouser. On a partagé nos corps. On a partagé des émotions. Pourquoi ça te fait peur ?

Elle vit la réponse dans ses yeux alors qu'il fronçait les sourcils et déglutissait à nouveau. *La culpabilité.*

Il secoua la tête et ses yeux sombres étincelèrent de larmes.

— Il est tard, et c'est difficile à expliquer. Prenons des serviettes et allons nous laver. On pourra en parler une autre fois.

La façon dont il avait coupé court à la discussion la blessa et, alors qu'ils finissaient de se rhabiller, Savannah se demanda si elle avait commis une erreur. S'approchant d'elle, il la regarda avec une telle douleur dans les yeux qu'elle regretta de s'être sentie si rejetée. Le mot « complexe » ne commençait même pas à dépeindre Jack.

— Savannah, je ne suis pas doué pour tout ça, admit-il. En ce moment, j'ai envie de tendre la main et de toucher ta joue. Je veux repousser les cheveux de ton épaule et te sentir dans mes bras, mais je viens de te toucher dans tous les endroits intimes imaginables et je ne te connais pas assez bien pour reposer mes mains sales sur toi. On n'a même pas de vraie douche où je pourrais faire disparaître mes souvenirs de ton corps.

Son cœur fondit à l'idée qu'il puisse seulement songer à une chose pareille. Où était passé l'homme bourru et en colère ?

— Bon, on a fait les choses un peu à l'envers. On peut apprendre à se connaître maintenant.

Elle voulut lui attraper les mains, mais il les lui retira.

— Je dois me laver.

— Je ne t'avais pas catalogué comme un maniaque de la propreté, le taquina-t-elle.

Elle pressa son corps contre le sien, attirée par sa prévenance.

— Allons nous laver. Je n'ai pas d'attentes. Pour être honnête, je suis encore sous le choc du fait que tu me parles au lieu de me grogner dessus.

— Je ne peux rien te promettre sur mon état d'esprit dans dix minutes ou demain. Je n'ai aucune confiance en mes propres émotions pour l'instant, mais je ne regrette pas d'être avec toi.

CHAPITRE DIX

— C'est quelque chose qui manque dans ma ville de béton, convint Savannah en plongeant dans l'eau froide.

Ses dents claquaient et elle était couverte de chair de poule.

— Tu es gelée, constata-t-il en l'enlaçant.

— Non, c'est juste ma peau qui a froid. À l'intérieur, je suis plus réchauffée et plus heureuse que je l'aie été depuis très longtemps.

— Tu es vraiment incroyablement belle, chuchota Jack.

Il avait brûlé de toucher son visage après leur étreinte et, maintenant, alors qu'il tendait la main vers sa joue, il devait fermer les yeux. Ce visage s'adaptait parfaitement à sa paume et, sentant qu'elle se coulait dans sa main, il frissonna au souvenir de ce qu'ils avaient fait dans la forêt.

Savannah toucha le dos de sa main et la pressa contre sa joue.

— Merci, dit-elle. Tu n'es pas mal non plus.

Il lui prit le gant de toilette des mains et lui lava le dos, lentement, doucement, tout en apprenant chaque courbe de son corps.

— Jack, es-tu différent de celui que tu pensais être ? demanda Savannah.

— C'est une question étrange, constata-t-il, tout en sachant exactement ce qu'elle voulait dire.

Elle ramassa ses cheveux et les rejeta sur son autre épaule, pour qu'il puisse laver l'endroit qu'elle venait de dégager.

— Je sais. Le truc, c'est qu'ici, je n'ai rien à voir avec celle que je suis à la maison. Je suis très forte, chez moi. Je peux tout faire et je ne demande jamais d'aide. Mais ici, je suis, je ne sais pas… faible ou quelque chose comme ça.

Il l'obligea à pivoter vers lui.

— Tu es tout sauf faible. Je vois une femme forte et en même temps féminine, et la combinaison est… frustrante.

Savannah fronça les sourcils.

— L'honnêteté, c'est bien, mais après ce qu'on vient de faire, tu pourrais édulcorer un peu.

Il se rapprocha et lui souleva le menton pour l'obliger à le regarder.

— C'était édulcoré.

Il lui sourit, puis rencontra ses lèvres et, malgré l'air froid qui les enveloppait, chaque mouvement de sa langue augmentait son désir et durcissait son érection. Elle pressa son corps contre le sien et il l'enveloppa dans ses bras, comme si c'était le seul endroit auquel elle puisse appartenir. Comment avait-il pu vivre sans elle pendant ces deux dernières années ? Lorsqu'elle noua les mains autour de son cou et se souleva, ce fut tout naturellement qu'il lui attrapa les cuisses et l'aida à nouer les jambes autour de sa taille. Savannah approfondit leur baiser, l'accompagnant de petits gémissements sexy qui ne firent qu'augmenter son excitation.

— Prends-moi, chuchota-t-elle entre deux baisers.

Incapable de répondre – chaque fois qu'il était avec elle, il n'arrivait pas à penser correctement –, il ne put que laisser échapper un profond grognement alors qu'elle glissait le long de son corps et que son sexe chaud et humide avalait chaque centimètre du sien. Se soulevant et s'abaissant à l'unisson de ses va-et-vient, son fourreau était comme un velours doux qui le caressait.

— Oui, lâcha-t-elle dans un souffle précipité. Ah… Jack.

Entendre son nom sur ses lèvres le stimula. Il agrippa ses fesses, pour la faire aller et venir plus fort, plus vite, alors qu'elle se resserrait autour de lui et le vidait de son sperme.

— Oui, oui, répéta-t-elle jusqu'à ce que sa voix soit étouffée par des halètements rapides.

Savannah se cramponna à ses épaules tandis que leur passion allait crescendo sous les ombres de la lune.

Il était presque 3 heures du matin quand ils regagnèrent enfin le campement et, alors qu'il l'embrassait pour lui souhaiter bonne nuit, Jack se demanda comment il allait passer les prochaines heures sans elle. Puis, dans le souffle suivant, une autre question surgit : comment Savannah avait-elle pu trouver le chemin de son cœur en si peu de temps ? Il s'était toujours trouvé chanceux d'avoir rencontré et épousé Linda, dont il pensait qu'elle le complétait de toutes les façons possibles. Maintenant, avec Savannah, il réalisait qu'il y avait en lui bien d'autres dimensions insoupçonnées qui demandaient à être complétées. Un homme pouvait-il être aussi chanceux deux fois dans sa vie ? Jack ferma les yeux, s'attendant à voir revenir en force la colère qui le rongeait depuis des années, mais, pour la première fois depuis qu'il avait perdu Linda, il put s'endormir sans avoir à endurer des heures de souffrance.

CHAPITRE ONZE

Savannah se réveilla avec le soleil et, bien qu'elle n'ait dormi que quelques heures, elle se sentait fraîche et prête à affronter la journée… ainsi que Jack Remington. Putain, il l'avait stupéfiée. Elle s'attendait à du sexe torride, mais elle n'aurait pas pu prévoir les choses salaces qu'elle avait envie de faire avec lui, et le temps qu'ils retournent au campement, il était devenu tendre avec elle. Or plus il se montrait tendre, plus son corps à elle réagissait à lui.

En s'habillant, elle essaya de calmer ses nerfs à la perspective de le revoir. Avant de sortir de sa tente, elle prit quelques minutes pour s'armer de courage et de forces. Comment se comporterait-il à son égard ? Ils avaient convenu de ne pas cacher leurs sentiments, mais de ne pas les afficher non plus. Savannah devinait que cela risquait de lui poser problème. Elle était une Braden, après tout, et les Braden avaient tendance à être trop affectueux avec ceux qui comptaient pour eux. *Comptaient pour eux.* Savannah réalisa que même si elle connaissait à peine Jack, son cœur l'avait déjà accueilli.

— Je vais la chercher !

La voix d'Aiden traversa les fines parois de sa tente. Elle entendit une petite cavalcade de pas rapides et Aiden passa sa tête blonde par l'ouverture. Ses grands yeux étaient pleins de malice.

— Salut, Savannah. On apprend à construire un abri. Un vrai abri. Tu es bientôt prête ? Jack dit qu'on ne peut pas y aller tant que tu n'es pas prête.

Savannah lui effleura la pointe du nez.

— Je suis aussi prête que possible, mais tout le monde est déjà debout, si tôt ?

— Ouaip.

— Alors je ferais mieux de me magner le train.

La nuit dernière lui revint en mémoire et elle piqua un fard.

Aiden s'enfuit de sa tente en criant :

— Elle magne ses trains !

Savannah enfouit son visage entre ses mains, avant de ramper hors de sa tente sous le regard amusé de quatre paires d'yeux d'adultes. Ceux de Jack étaient rivés au sol.

— J'ai dit que j'allais me magner le train, petit nigaud, s'esclaffa-t-elle.

Elizabeth s'approcha d'elle.

— Qu'as-tu fait hier soir ?

Savannah regarda autour d'elle pour voir si quelqu'un d'autre l'avait entendue.

— Que veux-tu dire ?

— Détends-toi. Personne d'autre n'est au courant. Je suis sortie faire pipi et j'ai entendu quelque chose pendant que je me trouvais dans les bois. Au début, je pensais que c'était Josie et Pratt, mais, ensuite, j'ai clairement entendu le nom de Jack, et pas vraiment chuchoté, si tu vois ce que je veux dire... J'en déduis que tu as suivi mon conseil, conclut-elle, sourcil arqué, en donnant un petit coup dans les côtes de Savannah.

— Oh, mon Dieu ! Tu crois que quelqu'un d'autre nous a entendus ? Je suis tellement gênée.

Elle dévisagea successivement Lou, Josie puis Pratt, qui ne lui prêtaient aucune attention particulière.

— Je viens de te dire que personne d'autre n'est au courant. Pfff, tu as encore la tête dans les nuages, non ? Il n'y a rien de mieux que l'euphorie post-coïtale d'une nouvelle relation, soupira Elizabeth, le regard rêveur, avant de désigner Jack d'un signe de tête. Il semble plus détendu aujourd'hui, lui. Il est loin d'être aussi grincheux.

— Je ne sais pas si j'appellerais ça une relation, nuança Savannah.

Elle observa Jack pendant qu'il remplissait un sac à dos de matériel. Il bougeait en effet avec moins de rigidité, et sa bouche avait perdu son expression pincée. Il leva les yeux et Savannah remarqua ses sourcils froncés – et sa beauté –, sauf que cette fois, ce n'étaient pas ses traits qu'elle évaluait. Tout en examinant son nez anguleux, ses pommettes hautes et son menton fort, c'étaient ses mots qu'elle entendait. « *Je vois une femme forte et en même temps féminine, et la combinaison est… frustrante.* » Son honnêteté était sa qualité la plus séduisante, et un changement rafraîchissant pour Savannah, qui évoluait dans un monde d'image et de fausseté. Jack croisa son regard… Elle retint son souffle. Lorsqu'il sourit, les rides creusées par l'inquiétude sur son front disparurent et elle laissa échapper le souffle qu'elle avait retenu.

Elle s'obligea à maintenir une certaine distance entre Jack et elle afin de ne pas le mettre mal à l'aise, et elle n'avait pas besoin d'avoir l'air d'une nigaude énamourée devant les autres. Elle savait que, quand elle le regarderait, tout le monde verrait clair dans son jeu, en dépit des efforts qu'elle pourrait déployer pour masquer les palpitations de son ventre et l'emballement de son pouls.

Malgré un soleil éclatant, la température sous le couvert des arbres était carrément fraîche. Savannah venait juste d'enfiler son sweat-shirt quand elle sentit la main de Jack dans le creux de ses reins. Cela ne pouvait être que sa main immense car elle la recouvrait presque entièrement, d'une hanche à l'autre, et, si elle se concentrait assez fort, elle sentait encore la chaleur de cette main sur sa peau nue. Mais elle glissa aussi vite qu'elle s'était posée. Savannah scruta le campement. Pratt et Josie préparaient leurs sacs à dos ; quant à Lou, Elizabeth et Aiden, ils jouaient au morpion sur le sol. Personne ne semblait leur prêter attention.

— Tu as bien dormi ? demanda Jack avec sérieux.

Elle se retourna vers lui, une ébauche de sourire sur les lèvres. Il affichait de nouveau son air sombre.

— Oui. Qu'est-ce qui ne va pas ?

Les yeux de Jack esquivèrent à gauche, puis à droite, pour finalement croiser ceux de Savannah.

— Rien.

Savannah entendit : « Tout ». Elle toucha son bras aux muscles tendus.

— Jack ? chuchota-t-elle. Qu'est-ce qui m'échappe, là ?

Il secoua la tête.

— Rien. La journée va être longue. Tu as tout ce dont tu as besoin ?

— Oui, Jack. Tu nous as donné une liste très précise. S'il te plaît, dis-moi ce qui se passe.

Elle regarda par-dessus son épaule, soulagée de voir que les autres étaient toujours occupés. Quand elle se retourna vers Jack, la sensation de légèreté dans son ventre se transforma en un coup de massue.

Jack serra la mâchoire.

— Viens ici.

Il se dirigea d'un pas raide vers l'orée des bois. Savannah le suivit, les entrailles tordues par le regret. *Il va dire que c'était une erreur. Que c'est fini ! Merde. Depuis quand cette histoire compte-t-elle autant pour moi ?*

— Savannah, ce qu'on a fait hier soir…

Elle leva une main. L'entendre prononcer ces mots allait être bien trop douloureux. Alors, autant le faire à sa place.

— C'était une erreur et tu veux oublier ce qui s'est passé.

Les yeux de Jack projetèrent des éclairs noirs. Il se pencha sur elle pour lui attraper le coude et la détourner des autres.

— Quoi ? Qu'est-ce qui te fait penser ça ?

— Ce n'est pas ce que tu veux m'annoncer ?

Jack lui caressa le bras.

— Non. Je voulais te dire que ce qu'on a fait hier soir signifiait beaucoup pour moi. Mais, si tu veux arrêter, dis-le-moi maintenant, Savannah. Je ne suis pas du genre à vouloir ou à avoir besoin d'une simple aventure. Putain, je ne saurais même pas comment faire.

Savannah secoua la tête. Ça n'était pas clair. Son esprit juridique s'était mis en marche et elle voulait comprendre précisément ce qu'il entendait par là. En termes non équivoques.

— Qu'essaies-tu de me dire exactement ? demanda-t-elle.

Il lâcha son bras et se passa une main dans les cheveux.

— C'est vraiment dur pour moi. Pendant deux ans, je n'ai pas regardé une seule femme. Puis tu as fait irruption dans ma vie, autoritaire et conflictuelle, et non seulement je suis incapable de détacher mon regard de ton corps, mais je ne peux pas m'empêcher de penser à toi. J'ai eu le plus grand mal à ne pas me glisser dans ta tente, ce matin. Et quand tu en es sortie pour rejoindre les autres, si belle avec ton sourire qui m'atteint un peu plus chaque fois, j'ai dû étouffer mon envie de te prendre dans mes bras et de t'embrasser, voire de t'emmener au fond des bois. C'est fou, conclut-il en détournant le regard. J'ai l'air fou et je le sais.

Lorsqu'il reposa les yeux sur elle, ce fut pour la dévisager. Il fallait qu'elle réponde quelque chose, n'importe quoi, pour apaiser la nervosité de Jack, mais elle ne trouvait pas sa voix. Son esprit était toujours bloqué sur : « *je ne peux pas m'empêcher de penser à toi* ».

— Écoute, commença-t-il. J'ai été avec une seule femme pendant dix ans. Je me souviens à peine de quoi que ce soit, et encore moins de qui que ce soit, avant qu'elle n'entre dans ma vie. Puis je l'ai perdue, et mon monde s'est arrêté de tourner. Il s'est brisé, Savannah. Tu sais l'effet que ça fait ?

Elle secoua la tête.

— Depuis, je réussis tant bien que mal à fonctionner comme un être humain normal. Je peux enseigner les techniques de base de la survie, piloter mon avion, aller en ville…

Il se mit à faire les cent pas.

— OK, peut-être que ce n'est pas normal normal, mais ça fonctionne. C'est fou, non ? Que j'aie mis ma vie en pause comme je l'ai fait ?

Jack arrêta de faire les cent pas, croisa, puis décroisa les bras et reprit :

— Bref, maintenant… je suis à nouveau un peu perdu.

— À cause de moi ?

Elle n'arrivait pas vraiment à suivre le cheminement de ses pensées. Était-il malheureux de ce qui s'était passé entre eux ou heureux que cela se soit produit ?

Il s'avança et la prit dans ses bras.

— Putain, Savannah. Même ça, lâcha-t-il en reculant d'un

pas. Te toucher de cette manière innocente fait passer mon corps en surrégime. Regarde.

Savannah baissa les yeux sur l'impressionnant renflement de son jean et haussa les sourcils. *C'est la réponse que j'attendais.* Ramenant les yeux vers lui, elle sourit.

— Super. C'est vrai que c'est drôle, marmonna-t-il.

Il se passa à nouveau la main dans les cheveux, signe de nervosité que Savannah se surprit à apprécier.

— Je dois conduire des gens dans une forêt pleine de dangers et, au lieu de penser à la construction d'un abri, à des attelages roulants et à des nœuds de corde solides, je ne vois que ton corps nu pressé contre le mien. Je ne peux même pas aller au ruisseau sans avoir la gaule.

Savannah éclata de rire. Elle savait exactement ce qu'il ressentait, parce que ce désir l'habitait, elle aussi. Le regarder suffisait à la faire frémir de désir.

— Super ! commenta-t-il en secouant la tête. Vas-y, rigole, mais ce n'est pas si facile à cacher, figure-toi ! Sans compter que j'ai tellement envie de t'embrasser en ce moment que je pourrais jouir dans mon pantalon rien qu'à cette pensée.

Elle prit appui sur ses avant-bras et se haussa sur la pointe des pieds, pour déposer un rapide baiser sur ses lèvres. Attrapant ses bras, il approfondit le baiser. Quand ils s'écartèrent, elle l'interrogea.

— Est-ce que c'est mieux, comme ça ?

— Non. Ça ne me permettra pas de tenir le coup. Maintenant, je vais être dans cet état toute la journée.

Elle aimait la façon dont les muscles de ses bras se contractaient quand il était nerveux, et la possessivité de ses mains qui semblaient incapables de la laisser repartir.

— Eh bien, je ne peux pas faire grand-chose pour toi maintenant, si ? plaisanta-t-elle.

Jack recommença à faire les cent pas.

— Pourquoi es-tu si agité ?

— Je ne suis pas agité, aboya-t-il.

— Excité ? ironisa-t-elle.

Il interrompit ses déambulations et la regarda fixement.

— Deux ans, ça doit vraiment faire long, admit-elle.

— Je ne veux pas en parler. Je ne sais pas ce que je veux. Si. Je sais ce que je veux, mais…

Il haussa des sourcils enjôleurs.

— Arrête, s'esclaffa-t-elle.

Tout en elle bondissait, applaudissant silencieusement. *Oui ! Mon Dieu, oui !* Elle jeta un coup d'œil au camp et remarqua que tous les sacs à dos étaient prêts et que les membres du groupe s'agitaient, attendant probablement que Jack et elle se décident pour commencer leurs activités de la journée. Vu qu'aucun d'entre eux ne regardait dans leur direction, elle doutait qu'on les ait vus s'embrasser.

— Il faut qu'on y aille, lâcha Jack.

— Je sais que tu as un travail à faire ici et loin de moi l'idée de me mettre en travers de ton chemin.

— Tu ne le pourrais pas, répliqua-t-il d'un ton froid.

Elle sentit son visage se décomposer.

— Je suis désolé. Tu vois ? Je suis frustré et je vais me conduire en salopard avec toi. Je le sais. Je ne me rappelle pas comment m'en empêcher.

Il lui toucha le bras, puis laissa retomber sa main.

— Je dois arrêter de te toucher, conclut-il en enfonçant les mains dans ses poches, avant de les en retirer aussitôt.

— Jack…

Elle le voyait s'énerver. En tant qu'avocate, elle avait observé ce comportement des millions de fois chez ses clients. Quand ils abandonnaient le masque qu'ils portaient comme un bouclier, les sentiments longtemps refoulés faisaient des ravages dans leurs émotions et les précipitaient dans le même état frénétique.

— Je suis désolé si…, commença-t-il.

— Jack.

— Je ne voulais pas…

— Jack ! le coupa-t-elle plus fermement.

Il ouvrit la bouche pour parler et elle lui toucha la joue, pour l'obliger à se taire et à se concentrer sur elle.

— Tu ne te comporteras pas en salopard avec moi, parce que je ne te laisserai pas faire.

Surprise par sa propre véhémence, elle se demanda pourquoi elle avait été si faible avec Connor alors qu'elle pouvait être si forte avec Jack.

Il la fixait avec le plus grand sérieux.

— On en rediscutera ?

— J'y compte bien.

Et mon corps aussi.

CHAPITRE DOUZE

Ils commencèrent la matinée par une randonnée de cinq kilomètres à flanc de montagne. Jack avait parlé pendant le premier kilomètre de l'importance de trouver le bon endroit pour construire un abri. Il leur avait décrit ce qu'il fallait rechercher en cas de conditions météorologiques défavorables, montré comment choisir un emplacement qui soit exempt de tanières d'animaux et enseigné les dangers qu'il y avait à ne pas être conscient de son environnement : ils devaient prendre garde aux branches menaçant de chuter et aux troncs d'arbres pourris. Pendant qu'il parlait, ses yeux étaient systématiquement attirés vers Savannah. Elle était encore plus belle qu'en début de matinée, avec ses joues rougies par leur énergique ascension et ses cheveux ébouriffés par les branches. Jack était soulagé que sa culpabilité familière ne soit pas revenue le ronger.

Il les ramena au pied de la montagne, flanqué d'Aiden et de Pratt. Ce dernier avait revêtu un autre de ses tee-shirts foncés et le bonnet noir qu'il portait depuis son arrivée. Lou marchait de l'autre côté d'Aiden, tandis que les femmes discutaient derrière eux. Il comptait les heures avant que Savannah soit à nouveau dans ses bras, mais, aussi dévorante que soit cette pensée, chaque fois qu'il regardait Pratt, il ressentait le besoin de lui parler. Ses yeux pleins de sombres pensées lui rappelaient tellement son jeune frère Sage qu'il n'envisageait pas de le laisser se débrouiller seul avec ses problèmes.

En se basant sur son expérience avec ses propres frères, Jack était presque sûr que Pratt ne parlerait jamais de ce qui le tracassait. Pourvu qu'il trouve un moyen détourné de l'amener à s'épancher… Il détestait voir un si jeune homme aussi en colère en permanence. C'était une chose d'avoir perdu la femme que l'on aimait, mais c'en était une autre d'être simplement en colère contre le monde entier. Il réfléchissait à la bonne approche lorsqu'Aiden rompit le silence.

— Quand je serai grand, moi aussi, je serai un survivant, déclara-t-il.

— Tu peux être tout ce que tu veux si tu y mets du tien, confirma Lou.

— Non, c'est pas vrai, dit Aiden. Je ne peux pas être Superman, même si j'essaie très fort.

— Comment peux-tu savoir si tu n'essaies pas ? fit Lou en lançant un clin d'œil à Jack.

Pratt marqua sa réprobation d'un petit ricanement.

Il n'en fallut pas davantage pour que Jack comprenne : Lou avait mis le doigt sur quelque chose.

— Je pense…, commença Aiden, qui fronçait les sourcils en réfléchissant à la question. Je pense que je dois essayer et ensuite je saurai.

— Bonne idée, convint Lou.

— Pratt, parle-moi de ce que tu fais. Ton formulaire d'inscription indiquait « artiste ».

Jack espérait que son commentaire paraîtrait innocent.

Pratt tira sur l'ourlet de son tee-shirt noir.

— Je sculpte, répondit-il.

Jack avait si rarement entendu sa voix que chaque fois qu'il parlait, la profondeur de son timbre le prenait au dépourvu.

— Quel matériau tu utilises ? demanda Lou.

Pratt haussa les épaules.

— Principalement du métal. Bronze, laiton, aluminium, fer. Je fais aussi des sculptures plus petites, avec de l'argile, et des sculptures en bois.

Jack remarqua le soupçon d'enthousiasme dans sa voix.

— Ma mère est sculptrice et peintre. J'ai toujours été fasciné par sa capacité à faire surgir des choses fantastiques de son imagination. Comment en es-tu arrivé là ?

Pratt haussa de nouveau les épaules.

— Par des amis, je suppose. À l'université, j'étudiais sur la pelouse du bâtiment des arts. Ce côté-là du campus était le plus ombragé et les gens étaient... je ne sais pas... plus intéressants.

— Que ? demanda Jack.

Il entendit Savannah s'esclaffer et jeta un coup d'œil derrière lui. Elle tenait la main de Josie avec qui elle riait aux éclats. Elizabeth, large sourire aux lèvres, agita la main à l'attention de Jack. Il sourit.

— Que quoi ? demanda Pratt.

— Les étudiants en art étaient plus intéressants que qui ou quoi ? précisa Jack.

— Oh, que les futurs ingénieurs. De vrais abrutis, eux. Des refoulés. Tu vois le genre. Qui se croient plus intelligents que tout le monde et tout ça.

Pour la première fois depuis leur arrivée, Pratt regarda Jack avec un soupçon d'amusement dans les yeux.

— Tu n'es pas ingénieur, j'espère ?

Jack rit.

— Plus maintenant.

— Merde.

Pratt secoua la tête et esquissa un sourire de travers.

Percevant un changement dans son attitude, Jack fut heureux de déceler les traces d'un gars plus gentil sous son extérieur maussade.

— C'est bon. J'ai étudié l'ingénierie, mais je me suis engagé dans l'armée après l'université et j'ai fini dans les Forces spéciales.

Cette année-là, Jack avait rencontré les hommes qui allaient devenir comme des frères pour lui. Et des années plus tard, après la mort de Linda, il les avait effacés de sa vie, tout comme il avait abandonné sa propre famille. Il avait même supprimé leurs numéros de son téléphone portable.

— Tu as raison pour l'école d'ingénieurs. C'est plutôt sérieux. Alors, tu as été diplômé ?

— Oui, répondit Pratt.

Jack ne parvenait pas à concilier le jeune homme au bonnet noir rabattu sur le front avec les autres têtes d'œuf qu'il avait connues à l'université. Des hommes formidables, certes très intelligents, mais dénués de tout sens créatif.

— Alors, pourquoi la sculpture ? Le domaine de l'ingénierie te déplaisait ?

Aiden tira sur la jambe du pantalon de Jack.

— Excuse-moi, Jack, mais c'est quoi sculpter ?

— Je vais laisser Pratt répondre à cette question.

— Eh bien, c'est quand on prend quelque chose, comme un morceau de métal ou d'argile, et qu'on le remodèle jusqu'à ce qu'il ressemble à autre chose. Parfois, il faut utiliser du feu très chaud, ce qui est cool, et parfois on peut simplement utiliser sa main ou des outils, expliqua Pratt. Est-ce que tu te sers parfois de pâte à modeler ?

— Oui, répondit Aiden.

— Donc tu sculptes, déclara Pratt.

— Cool. Alors je peux être survivant et sculpteur, annonça Aiden, tout sourire, à son père.

Lou lui tapota la tête.

— C'est vrai. Tu peux faire tout ce que tu veux, et si tu as besoin d'apprendre, on te trouvera un professeur.

Pratt soupira.

— Tu ne devrais probablement pas lui dire ça, parce que ce n'est pas tout à fait vrai.

— Quoi donc ? voulut le faire préciser Lou.

— Qu'il peut faire tout ce qu'il veut.

— Je ne comprends pas. Bien sûr que si. Si tu travailles assez dur, tu peux accomplir à peu près tout. Pas vrai, Jack ? insista Lou.

Deux jours plus tôt, Jack aurait été d'accord avec Pratt. Son avenir semblait devoir se limiter à celui d'un homme reclus et en colère, sans espoir de bonheur. Maintenant, en regardant Savannah avec des palpitations dans la poitrine, il sentait une lueur d'espoir : peut-être ne serait-il pas éternellement otage de cette colère. Il était en revanche moins affirmatif, concernant la culpabilité qui avait tendance à l'étrangler.

— Je pense que tout le monde devrait essayer d'aller au maximum de ses capacités, dans la vie. Peu importe que l'on soit éboueur ou président. Travailler dur, ça paie.

Jack avait dû puiser dans toute son énergie, son esprit et sa volonté pour abandonner la vie publique qu'il avait menée et se réfugier dans la solitude afin de faire taire la culpabilité née de l'accident de Linda. Il connaissait le prix à payer quand il l'avait fait. Même s'il voulait disparaître, il lui était difficile de tourner le dos aux gens qu'il aimait. Maintenant, il se demandait s'il avait suffisamment essayé. Quand il avait déclaré à Savannah qu'avant de la rencontrer, il avait finalement été capable de fonctionner comme un être humain normal, il disait la vérité. Ce qu'il n'avait pas réalisé alors, et qui devenait plus clair de minute en minute, c'était qu'en réalité, il ne fonctionnait pas du tout comme une personne normale. Il fonctionnait comme un homme en colère, coupable, qui n'était pas capable de gérer grand-chose en vivant au milieu des civils – et le terme « fonctionner » était exagéré. *Peut-être qu'il est temps de faire face à toute cette merde.*

— Je ne parle pas de la capacité à faire ce dont on rêve. Je parle de la valeur qu'accorde la société à ce qu'on fait et des attentes des autres, expliqua Pratt.

Jack avait l'impression de ne pas être le seul à se livrer à un peu d'introspection.

— Je sais tout sur les normes sociétales, fit Lou en tapotant la tête d'Aiden. Certaines personnes pensent que nous nous rebellons contre le système en scolarisant notre fils à la maison, mais nous voulons simplement qu'Aiden ait une chance d'apprendre plus que ce que les écoles permettent. Nous voulons qu'il détermine ce qu'il aime et n'aime pas, et nous voulons nourrir ses préférences à travers les enseignements que nous lui dispensons. Mais il y a des parents qui pensent que c'est bizarre et refusent de l'inviter à jouer avec leurs enfants, ou ce genre de choses.

Jack regarda Lou, avec ses épaules un peu voûtées et son ventre un peu mou. Il y avait une lueur de satisfaction dans ses yeux, mais aucune bravade dans son allure. Lou portait un short en chanvre et un tee-shirt en coton ample. Il semblait très à l'aise dans sa peau, ce que Jack lui enviait.

— Alors pourquoi vous faites ça ? demanda Jack.

Lou lui posa une main sur l'épaule.

— Pourquoi vivre dans les bois ?

Parce que je suis trop en colère pour vivre avec des gens.

— Ça me rend heureux.

— Exactement. Aiden est heureux quand son esprit est épanoui, donc nous sommes là pour l'y aider, dit Lou en ébouriffant les cheveux de son fils. Qu'est-ce que papa n'arrête pas de te répéter, fiston ?

— Fais toujours ce que tu aimes. Ceux qui n'aiment pas ça ne comptent pas et ceux qui comptent s'en fichent, débita Aiden avec l'intonation de qui a dû le rabâcher un million de fois.

— J'ai entendu ça un million de fois, lâcha Pratt. Je ne pige pas, car mes parents me poussent à retourner dans le monde de l'entreprise et ils comptent pour moi. En fait, parfois les gens vous aiment trop.

— Ma famille n'aime pas ce que je fais, et ils comptent plus pour moi que, eh bien, tout le reste.

Les mots avaient quitté les lèvres de Jack avant qu'il puisse penser à les arrêter. Sa famille lui avait tendu très souvent la main dans les semaines qui avaient suivi la mort de Linda, et il s'était éloigné, ignorant leurs efforts et l'aide qu'ils lui offraient. Au début, cela lui faisait trop mal de voir les gens qu'il aimait alors que sa bien-aimée ne serait plus jamais avec lui. Plus le temps avait passé, plus la culpabilité de ne pas les voir l'épuisait et il avait peur de les affronter, mais pas un jour ne s'écoulait sans que sa famille ne lui manque. Avant la mort de Linda, il téléphonait toutes les semaines à sa mère, parfois deux fois par semaine. Elle lui parlait de ses jardins ou de sa dernière sculpture, et il appréciait ces conversations. Quant à Siena et Dex, sa sœur et son frère jumeaux, ils venaient d'avoir vingt-six ans en juin et il leur devait une visite.

— Alors, comment tu gères ça, Jack ? demanda Pratt.

— Pas bien, j'en ai peur, mais ma position est un peu différente. J'ai en quelque sorte perdu la tête après ma... pendant un certain temps, éluda-t-il.

Leur randonnée touchait à sa fin et ils étaient presque parvenus au ruisseau. Il ne voulait pas parler de Linda ni remuer à nouveau toute sa colère et sa culpabilité. Il appréciait ce court répit.

— La vraie question, Pratt, c'est comment toi, tu gères ça ?
Pratt soutint le regard de Jack.

— Pas très bien non plus, j'en ai peur. Je me dispute avec mes parents. Je pensais que cette merde s'arrêterait quand je partirais pour l'université, mais ils veulent contrôler ma vie.

— Trop de parents agissent ainsi, et c'est vraiment regrettable, commenta Lou. J'espère ne jamais infliger ça à Aiden, mais qui sait ce qui se passera dans dix ans, ou dans vingt ans. Vis dans l'ici, le maintenant. Peut-être que tu pourrais faire savoir aux membres de ta famille que c'est ce dont tu as besoin pour être heureux. S'ils t'aiment – et je suis sûr que c'est le cas –, ils finiront par s'y habituer, mais te disputer avec eux pour prouver ton point de vue ne le rendra pas plus audible. Au contraire, ils feront la sourde oreille.

Lou était peut-être en train de parler à Pratt, pourtant, en écoutant ses conseils, Jack se rendit compte qu'il s'était disputé avec sa famille, qu'il avait exigé d'eux qu'ils le laissent tranquille, qu'il voulait gérer à sa façon la mort de Linda et la culpabilité qu'il ressentait. Pas une seule fois en revanche il n'avait eu avec eux une discussion à cœur ouvert, calme et rationnelle sur toute la situation. Il était trop en colère et ils étaient trop blessés.

Peut-être qu'il est temps de guérir plus que mon seul cœur brisé.

CHAPITRE TREIZE

De retour au ruisseau, ils cuisinèrent un ragoût de lentilles, de riz, de carottes et de pommes de terre et, après avoir mangé en groupe, Jack leur octroya quelques minutes pour se vider la tête et se préparer à la leçon de préparation de l'abri. Bien qu'il s'adresse au groupe, ses yeux volaient souvent vers Savannah et, chaque fois, son ventre se serrait comme celui d'une ado prépubère voyant pour la première fois son idole.

Savannah et Elizabeth observaient Pratt et Josie sur un rocher niché à côté de deux grands arbres. Pratt était allongé sur le dos, la tête sur les genoux de Josie, et Savannah fut frappée par la rapidité avec laquelle les gens se connectaient les uns aux autres, ici.

— Ils sont mignons, hein ? commenta Elizabeth.

— Quand je les regarde, je vois à quel point ils sont libres. Comme si la vraie vie n'existait pas et qu'ils n'étaient que tous les deux, sans se soucier du reste du monde, renchérit Savannah.

— Mais ils seront de retour bien trop vite dans le monde réel, et qui sait ce qui se passera ou s'ils se reverront un jour.

Le sourire de Savannah s'effaça. *Bien trop vite.*

Jack les rejoignit quelques minutes plus tard.

— Mesdames, comment vous sentez-vous ?

— C'était incroyable, Jack, répondit Elizabeth en jetant un

regard vers sa tente. Je crois qu'Aiden s'est beaucoup attaché à toi.

— C'est un enfant adorable. Il a l'air vraiment intéressé par tout ça. J'espère qu'il pourra garder cette capacité en grandissant, lâcha Jack.

— Nous lui inculquerons les leçons que tu lui as enseignées. Ne t'inquiète pas, promit Elizabeth avant d'effleurer le bras de Savannah et d'ajouter : Je vais aller les rejoindre.

Elizabeth tourna le dos à Jack et haussa les sourcils en adressant un large sourire à Savannah. À Manhattan, celle-ci avait une amie très proche, Aida Strong, bien différente d'Elizabeth. Aida était une avocate sarcastique et agressive, avec qui Savannah aimait passer du temps à cancaner autour d'un verre ou d'un dîner et échanger des plaisanteries lorsqu'elles se croisaient au détour d'un couloir. Aida était une citadine dans l'âme et, en portant les yeux sur le paysage de montagne qui les entourait, Savannah savait qu'Aida n'aurait jamais été plus loin que la piste d'atterrissage en terre battue. Aussi savourait-elle la compagnie d'Elizabeth.

Les bras croisés, les jambes écartées, Jack surveillait leur groupe. Cette posture, Savannah le savait maintenant, signifiait soit qu'il était en colère, soit qu'il entendait prendre soin d'eux et leur prodiguer ses connaissances. En le voyant frotter l'arrière de son bras gauche avec son bras droit, elle avait le sentiment qu'il était fier non seulement de diriger leur groupe, mais aussi de leur avoir enseigné certaines choses en cours de route.

Les battements de son cœur s'accélérèrent alors qu'elle descendait lentement les yeux le long de son corps de profil. La façon dont son tee-shirt et son jean moulaient ses muscles impressionnants et contractés lui rappelait sa posture lorsqu'ils avaient atterri au début du séjour, mais, à présent, alors qu'elle le regardait, ce qu'elle remarquait d'abord, ce n'était plus son apparence de dur à cuire. C'était la tache de naissance juste à droite de son oreille gauche et la façon dont il frottait l'épaisse cicatrice blanche qui courait à l'arrière de son bras gauche.

Sans se retourner, Jack lâcha :

— Certaines personnes considèrent qu'il est impoli de reluquer autrui.

Savannah s'esclaffa.

— Comme lorsque cet autrui se baigne dans un ruisseau et que le reluqueur dégringole de la colline ?

Il la regarda alors : il retenait un sourire, c'était visible.

— Je veillais sur ta sécurité.

— Menacée par… ?

— Les lynx, répondit-il, le sourire enfin sur les lèvres.

Il lui prit la main.

— Tu réalises que c'est un cours de quatre jours, n'est-ce pas ? C'est notre dernière nuit ensemble.

Savannah se refusait à y penser.

— Oui.

— Juste pour être sûr, dit-il.

— C'est quel genre de réponse, ça ? s'enquit Savannah en ouvrant de grands yeux. Attends. C'est ta façon de me dire que quoi qu'il y ait eu entre nous, ce sera fini après notre départ ?

Je pensais que tu n'étais pas le genre de gars à avoir une aventure.

— Non. Je m'assure juste que tu y penses.

Il ramassa une pierre et la jeta dans le ruisseau.

— Tu veux en parler ?

Sans doute devaient-ils le faire, même si elle aurait préféré attendre un jour de plus et profiter des heures à leur disposition sans avoir à s'inquiéter de la suite des événements.

— Non. Mais j'aimerais passer du temps avec toi, ce soir.

Il regarda l'eau une fois de plus.

— Moi aussi.

Quelque chose le tiraillait, c'était évident, et des lignes d'inquiétude se dessinaient sur son front.

— Jack, quelque chose ne va pas ?

— Non. Je pense juste à des trucs. Viens. Je vais t'apprendre à construire un abri. On ne sait jamais quand on se retrouve coincé en dehors de la jungle de béton.

Une partie de Savannah voulait savoir où mènerait leur histoire, mais cela l'effrayait aussi. Ils auraient tout le temps d'y penser plus tard dans la soirée.

Ils rejoignirent le groupe, et Savannah ne put se défaire du sentiment que Jack avait quelque chose d'important en tête. Pourvu que cela ne s'explique pas par un désir de mettre un terme à leur relation au-delà du week-end.

De retour au feu de camp, ils écoutèrent Jack expliquer comment construire un abri en utilisant des matériaux disponibles dans la montagne et les bois.

— Les éléments clés à prendre en compte sont la longueur, la chaleur, la direction du vent et bien sûr… quoi ?

Jack regarda Aiden pour obtenir ses réponses.

— S'installer loin des tanières d'animaux, répondit le gamin.

Il regarda sa mère, puis son père avec un sourire plein de fierté. L'attirant à elle, Elizabeth l'embrassa sur le sommet du crâne.

— Bien. Excellent. Tout ce dont nous avons vraiment besoin, ce sont des bâtons et des feuilles. Plus tard, je vous montrerai comment utiliser de la boue et des lianes pour sécuriser et isoler un abri, mais, pour l'instant, concentrons-nous sur la structure de base. La première chose que je veux, c'est que vous rassembliez des bâtons d'à peu près cette hauteur.

Il leva une main au niveau de son torse.

— Nous allons les positionner en diagonale, donc assurez-vous qu'ils ne sont pas trop courts. Rappelez-vous : personne ne va chercher seul, donc prenez un copain et partez.

Aiden se précipita à ses côtés.

— Jack, après avoir fait ça, tu m'aideras à préparer mon propre sac de survie avec des cordes et du matériel ?

Jack haussa un sourcil à l'intention de la mère du gamin, laquelle haussa les épaules, puis hocha la tête.

— Bien sûr, mon grand. On s'en occupera dès qu'on aura terminé, conclut Jack.

Elizabeth apparut aux côtés de Savannah.

— Prête ?

— Bien sûr.

Savannah jeta un dernier coup d'œil à Jack par-dessus son épaule avant qu'elles ne partent en quête de bâtons.

La tâche ne fut pas aussi facile que Savannah l'avait imaginée. La plupart des bâtons étaient trop courts, certains trop lourds et d'autres craquaient comme des os fragiles. Elles ramassèrent les quelques bâtons de taille appropriée qu'elles purent trouver. Pendant toute l'expédition, elle les imagina, Jack et elle, dans un abri fait maison au fond des bois. *On n'aurait pas besoin d'isolation du tout.*

— Comment tu tiens le coup ? demanda Elizabeth.

— Bien, pourquoi ?

— Je ne sais pas. Ce soir, c'est notre dernière nuit ici. Lou m'a raconté que Jack et lui avaient parlé à Pratt et il a le sentiment que Jack a tout autant que Pratt besoin d'aide pour retrouver le chemin vers sa famille.

Savannah avait déjà chassé cette pensée de son esprit. Elle ne voulait pas penser que c'était sa dernière nuit sur la montagne avec Jack.

— Que veux-tu dire ? demanda-t-elle en ramassant un bâton.

— Lou n'a pas dit grand-chose. Juste que lorsque Jack a parlé de la façon dont il a géré les choses avec sa famille, après la mort de sa femme, il avait l'air un peu stressé.

— Eh bien, ça explique pourquoi il semble un peu distant aujourd'hui, constata Savannah. Comment as-tu su pour sa femme ?

Son interlocutrice détourna le regard.

— Elizabeth ?

Celle-ci soupira.

— Tu me promets de garder le secret, d'accord ?

— OK. Je promets, dit Savannah, sans pour autant savoir si elle pourrait tenir sa promesse.

— La famille de Linda s'est vraiment inquiétée pour lui. Je connais sa jeune sœur, Elise, mais nous n'étions pas très proches avant la mort de Linda, donc Jack et moi ne nous étions jamais rencontrés. Bref, Jack a en quelque sorte disparu de la surface de la Terre et, maintenant, le père de Linda ne va pas bien. Il a un cancer en phase terminale.

— Oh, non, c'est terrible ! murmura Savannah.

— Vraiment triste. C'est un homme bien et ils sont très inquiets parce que la dernière fois que Jack l'a vu, ils se sont disputés, et Ralph – le père de Linda – lui a dit des choses qu'il regrette. Des propos méchants. Or il voudrait s'excuser avant de mourir. Bref, Lou et moi nous sommes inscrits pour ce séjour et, quand j'en ai parlé à Elise, elle m'a demandé si nous pouvions lui donner des nouvelles de Jack avant qu'ils... enfin... ne reviennent dans sa vie.

Elizabeth haussa les épaules. Savannah rumina l'information pendant plusieurs secondes avant de répondre.

— Donc vous êtes ici pour l'espionner ?

— Non. Nous sommes ici parce que Jack a la meilleure réputation dans le métier et que nous voulions participer à ce type de retraite. Nous pensions que ce serait bon pour Aiden et pour nous en tant que famille. Mais quand Elise l'a découvert… Ils l'aiment tellement… et si tu pouvais voir le père d'Elise. Il est très fragile en ce moment, et ce qu'il veut plus que tout au monde, c'est arranger les choses avec Jack. Et puis, je venais de toute façon. Qu'est-ce que j'allais faire ? Répondre à Elise que non, je ne lui dirais pas comment allait son beau-frère ?

— Non, bien sûr que non. Jack a assurément une colère et une culpabilité non résolues. Que vas-tu faire ? Tu vas finir par le lui avouer ?

Le ferais-je ?

— Non, je ne pense pas. Je vais leur indiquer qu'il a l'air de souffrir encore beaucoup. Tu l'as vu quand on est arrivés. Il pouvait à peine parler sans que sa colère jaillisse dans toutes les directions. Depuis que vous vous êtes rapprochés, il s'est adouci, mais il se bat toujours contre ces démons et il pourrait le faire pendant des années. D'après ce qu'Elise a dit, il n'était jamais en colère avant l'accident. Elle pense qu'il s'en veut et, si ce qu'elle dit est vrai, alors parler à Ralph pourrait soulager une grande partie de cette culpabilité.

Elizabeth toucha le bras de Savannah.

Celle-ci se dit que Jack risquait de lutter contre sa colère et sa culpabilité pendant des années. *Des années.*

—Je suis désolée de ne pas te l'avoir dit quand on s'est rencontrées, mais je ne savais pas si c'était mon rôle ou pas. Quand j'ai vu l'intérêt naissant entre vous deux, je ne voulais rien gâcher avec ce genre de considérations, toutefois il n'était pas non plus question pour moi de te le cacher lorsque tu m'as interrogée sur le sujet.

— C'est bon. Je comprends. Ça l'aiderait probablement de parler au père de Linda, mais il faut vraiment que la décision vienne de lui. Est-ce qu'il est au courant de la maladie de son beau-père ?

Savannah avait l'impression de tenir cette information nouvelle dans sa main, et c'était une position lourde et précaire.

— Non. Au moment où le cancer a été diagnostiqué, Jack avait pratiquement disparu de la circulation, mais, bien sûr, pas de leur cœur, déclara Elizabeth. La maladie a progressé très rapidement. C'est terrible : d'abord Linda, maintenant son père. Et l'accident de Linda a été si tragique.

— Jack n'en a pas partagé les détails avec moi, et je ne sais pas s'il le fera un jour, mais je préfère l'entendre de sa bouche quand il sera prêt.

Elle détestait agir dans le dos de Jack et, même si Elizabeth avait planifié ce voyage avant même de connaître la requête d'Elise concernant Jack, elle se sentait mal de lui taire qu'elle connaissait la famille de Linda. Trop confuse pour réfléchir correctement, Savannah était incapable de décider quoi que ce soit pour l'instant.

— J'espère qu'ils pourront tous parvenir à tourner cette page, ils en ont bien besoin.

Savannah repensa à son père, qui n'avait cessé de leur assurer qu'il était toujours en contact avec sa défunte mère. Ne se préparait-elle pas à être blessée en poursuivant sa relation avec Jack ?

Personne ne peut rivaliser avec le fantôme d'un amour.

CHAPITRE QUATORZE

Plus tard dans la soirée, une fois Aiden mis au lit, ils racontèrent des histoires de fantômes autour du feu de camp. Lou et Elizabeth étaient assis côte à côte, la main d'Elizabeth posée sur la cuisse de Lou, sa tête sur son épaule. Josie et Pratt se blottissaient l'un contre l'autre de l'autre côté du feu. Savannah avait envie de ce genre de réconfort. Elle avait passé tant d'années à être la carriériste courageuse et forte que le fait de pouvoir baisser sa garde et se reposer sur quelqu'un lui semblait plus attrayant que le sexe et le chocolat réunis. Ses précédents petits amis se moquaient bien de discuter sentiments ou de la câliner juste pour le plaisir d'être proches d'elle. Leur idée du réconfort, c'était de lui acheter une boîte de chocolats une fois par mois. C'était peut-être pour ça qu'elle ne s'était jamais sentie à l'aise dans une relation. Elle avait toujours l'impression d'être sur ses gardes, avec ses petits amis comme au travail. Avec Connor, elle était considérée comme un cran en dessous de lui parce qu'il était une célébrité, alors elle avait travaillé très dur pour les impressionner, ses pairs et lui, et en tant qu'avocate : elle devait être au sommet de son art à chaque instant. Dans l'odeur de bois brûlé du feu de camp, elle s'autorisa à rêver d'une vie où elle pourrait se détendre plus souvent auprès d'un feu comme celui-ci.

Savannah jeta un coup d'œil à Jack, assis à quelques centimètres d'elle sur l'herbe. Les bras sur les genoux, il regardait droit devant lui, dans l'obscurité. Elle avait envie de tendre la main et de toucher la courbe de son dos, mais elle savait que Jack devait rester professionnel, même si elle n'avait pu s'empêcher de l'embrasser plus tôt ce matin-là. Heureusement, comme elle l'avait pensé, personne ne semblait y avoir prêté attention. Du moins, personne ne les traitait différemment pour autant. Ils n'avaient pas besoin de jeter leur relation – ou quoi que ce soit d'autre – à la figure de quelqu'un. Savannah ne savait même pas où ils allaient et, maintenant qu'elle savait à quel point la famille de Linda était inquiète pour lui, elle se demandait si elle n'avait pas encore plus de raisons de s'inquiéter. Jack était-il vraiment trop brisé ? Ignorait-elle une fois de plus les signaux d'alarme ? Ou bien son sentiment d'être venue dans son camp pour une bonne raison était-il fondé ? Elle lui jeta un nouveau regard, espérant qu'il voudrait la voir même après qu'ils auraient quitté la montagne. Non seulement elle aurait pour sa part envie de continuer à le fréquenter, mais elle savait aussi qu'elle aimerait passer des soirées avec lui autour d'un feu de camp. Juste elle et lui.

—Je pense que nous allons aller nous coucher, annonça Elizabeth en se levant, la main de Lou dans la sienne. Jack, cette journée a été incroyable, et merci d'avoir aidé Aiden à préparer son sac de survie. Il l'a posé à côté de la tente : quand nous l'avons mis au lit, il a affirmé savoir tout ce dont il avait besoin pour survivre dans la nature.

Elle rit.

— Je pense que tu as un encore plus grand fan maintenant.

— Ravi de l'entendre, répliqua Jack. Dormez bien.

— Nous allons nous coucher aussi, renchérit Pratt.

Attirant Josie à lui, il l'embrassa sur le front.

— Jack et Lou, vous m'avez donné beaucoup de sujets de réflexion, pendant la randonnée d'aujourd'hui. Merci.

— Content que ça ait pu t'aider, répondit Lou avec un signe de la main.

Sur quoi, il grimpa jusqu'à sa tente, derrière Elizabeth.

— Tu t'es bien débrouillée aujourd'hui, lâcha Jack.

Il avait senti la présence de Savannah près de lui toute la soirée. Si, au début, ça avait été une torture de ne pas être assis assez près pour coller sa jambe contre la sienne ou lui toucher la main, il avait aussi réfléchi à ce que Lou avait dit sur la famille et cela lui avait donné un autre sujet de réflexion. *Argumenter pour prouver ton point de vue ne le fera pas mieux entendre.*

Il surprit Savannah qui le regardait avec un sourire sur les lèvres, mais de l'inquiétude dans les yeux.

— Coucou, dit-il.

— Coucou.

— Ça va ? demanda-t-il.

— Oui, répondit-elle avant que son sourire ne s'efface. Tu avais l'air plongé dans tes pensées ce soir. Tout va bien ?

Il se rapprocha d'elle.

— J'ai beaucoup de choses en tête, mais oui, je vais bien. Il y a une chose que je meurs d'envie de faire depuis le début de l'après-midi.

Posant les mains sur ses joues, il l'embrassa. Putain, rien que le goût des lèvres de Savannah et l'odeur de sa peau fraîche faisaient réagir son corps. Il avait prévu un baiser léger, juste assez pour ne plus penser à elle, mais, ayant approfondi celui-ci, il ne fut plus capable de s'arrêter.

Savannah, cependant, ne semblait pas avoir les mêmes difficultés.

— Nous sommes au milieu du camp, chuchota-t-elle en s'écartant.

D'un clignement d'yeux, il chassa le brouillard du désir. Putain, qu'est-ce qu'il faisait ? Il se pencha plus près.

— D'accord. Mais j'ai envie de t'embrasser toute la nuit. Sauf que j'aimerais vraiment parler et apprendre à te connaître. Donc c'est probablement mieux si nous n'allons nulle part pour le moment. Je ne peux pas me faire confiance quand je suis seul avec toi.

Il appuya son front contre le sien. Elle fit courir son index sur son torse.

— Je vais prendre ça comme un compliment.

— Je vais chercher une couverture, et nous pourrons rester ici près du feu.

Il revint et étendit la couverture, où Savannah le rejoignit, pour se blottir contre lui, sous les étoiles.

— Je n'arrive pas à croire que ce soir soit notre dernier ensemble.

— C'est notre dernier soir ici, mais pas forcément notre dernier ensemble, répliqua-t-il en lui prenant le visage dans les mains. Je ne peux pas m'en empêcher, Savannah, chuchota-t-il. Je sais que nous sommes au milieu du camp, mais je dois t'embrasser à nouveau.

Il déposa un doux baiser sur ses lèvres.

— Je ne suis pas très doué pour la conversation, admit-il.

De qui je me moque ? Je suis nul en bavardage. Depuis la mort de Linda, il avait peur de dire ce qu'il ne fallait pas. Il craignait que sa culpabilité et sa colère ne s'insinuent dans chaque discussion, ce qui suffisait à le pousser au silence. Heureusement, Savannah combla ce vide.

— Pour ma part, je peux parler pendant des heures. Mes frères lèvent les yeux au ciel : parce que je dis ce qu'ils pensent, et ce n'est pas toujours la chose la plus appropriée. Nous sommes si proches qu'on peut presque lire dans les pensées les uns des autres. J'ai tendance à les interpeller sur des questions qu'ils aimeraient pouvoir garder cachées, résuma-t-elle en haussant les épaules.

Jack réalisa qu'elle avait fait la même chose avec lui.

— Combien de frères as-tu ?

Les yeux de Savannah s'illuminèrent.

— Cinq. Je suis la sœur adoratrice typique, j'en ai bien peur.

Jack s'esclaffa.

— C'est mignon. Je pense que ma sœur se comporte de la même façon envers moi. J'ai quatre frères et une sœur.

— Tu as une grande famille, toi aussi. Tu n'aimes pas ça ? Mon Dieu, je ne peux pas imaginer la vie sans eux. Nous sommes tous très proches, et mes frères te ressemblent, grands, costauds, très masculins.

Il devinait à l'excitation dans sa voix qu'elle les adorait vraiment, et cela lui donna envie d'être à nouveau proche de sa famille.

— Ils sont aussi très protecteurs, ajouta Savannah. Si j'avais du réseau, ils m'auraient probablement déjà appelée seize fois pour s'assurer que j'allais bien. Tu es proche de ta famille, toi ?

Jack songea à mentir. Ce serait plus facile que d'admettre les avoir fait fuir. Mais il ne voulait pas entamer avec Savannah une relation basée sur des mensonges.

— Nous l'étions autrefois. Je suis l'aîné et, jusqu'à il y a deux ans, nous étions tous très proches.

Il sourit à cette pensée, puis reprit.

— Il y a onze ans entre Siena et Dex, les plus jeunes, et moi. Ils ont vingt-six ans, ce sont des jumeaux. Siena est mannequin. C'est un vrai feu follet. Elle te plairait. Dex est un *gamer*. Enfin, il se dit *gamer* mais, en fait, il est développeur de jeux.

— C'est cool, mais tu ne trouves pas drôle qu'il existe même une carrière de *gamer* ? Je n'imagine même pas à quoi ça peut ressembler, s'esclaffa Savannah.

Elle riait sans se demander s'il trouvait ses propos amusants. Son assurance et son aisance étaient deux des qualités qu'il admirait le plus chez elle, mais le son de son rire, la joie désinhibée qui sortait de ses lèvres lui arrachèrent un sourire.

Avant de s'échapper dans les montagnes, Jack tenait le même genre de discours à Dex à propos de sa carrière, et son frère le taquinait sur son âge. *Mon Dieu, ce qu'il me manque.*

— Non pas qu'il y ait quelque chose de mal à ça, ajouta Savannah. C'est juste si différent de tout ce avec quoi j'ai grandi. Même la télévision, on la regardait rarement dans le ranch de mon père, soupira-t-elle. Donc, il y a onze ans entre eux et toi ? Tes parents se sont remariés ?

Jack aimait la facilité avec laquelle elle égrenait ses pensées, comme s'ils se connaissaient depuis toujours.

— Un accident, répondit-il avec un sourire. À moins que ça n'ait été intentionnel. Va savoir avec eux ? Sage a vingt-huit ans. Je suis sûr que tu le connais.

— Sage Remington est ton frère ? Sage Remington l'artiste ?

Jack hocha la tête.

— Le seul et unique. Je n'en reviens pas de la vitesse avec laquelle il a gravi les échelons de la gloire. Ses sculptures sont exposées dans les musées du monde entier. C'est aussi un type formidable.

Savannah le dévisagea plus attentivement.

— J'aurais dû voir une ressemblance, mais j'ai toujours du mal à effectuer des rapprochements.

— Il a hérité du talent artistique de ma mère. Bon Dieu, elle sculptait et peignait déjà avant ma naissance. Mais elle a fait passer sa famille avant tout et cela a probablement freiné ses ambitions. C'est difficile de mettre son cœur et son âme dans l'art quand on les met déjà au service de six enfants et d'un mari. Mais elle n'a jamais semblé nous en vouloir pour autant. Ma mère est comme un soleil brillant. C'est la femme la plus heureuse que je connaisse.

Sa famille avait tellement manqué à Jack au cours des deux dernières années que, lorsqu'il prononça leurs noms, il fut frappé par le sentiment de nostalgie qu'il avait ressenti récemment lorsqu'il était rentré à New York.

— Ensuite, il y a Rush et Kurt. Rush a trente-deux ans. C'est un skieur de compétition, et Kurt en a trente, il écrit.

Jambes massives et bras puissants, Rush mesurait un mètre quatre-vingts. Skieur de compétition, il était tout en muscles fermes et, malgré leur différence d'âge de cinq ans, ils avaient toujours été proches... jusqu'à ce que Jack quitte Bedford Corners pour les montagnes. Il regarda Savannah et repoussa une mèche de cheveux de son menton.

— Ils me manquent vraiment. Et toi ? Tu es la plus jeune, la plus vieille ?

— Je suis au milieu. Treat, Dane et Rex sont plus âgés que moi et Josh et Hugh plus jeunes.

— Pourquoi le nom de Hugh Braden me dit-il quelque chose ?

Jack tenta de se rappeler où il l'avait entendu.

— C'est l'un des meilleurs pilotes de course des États-Unis, il est aussi beau que Patrick Dempsey et aussi arrogant que le diable, s'esclaffa-t-elle. Je ne devrais pas dire ça. Hugh est le plus jeune. Il peut se montrer un peu égocentrique, mais il a beaucoup changé ces derniers mois. On ferait n'importe quoi l'un pour l'autre.

— C'est chouette. C'est comme ça qu'on a toujours été.

Comme il l'avait fait en venant de l'aéroport, Jack songea à retrouver le chemin de la vie qu'il avait laissée derrière lui et de la famille qu'il aimait. Savannah touchait tant de cordes sensibles dans son cœur que, lorsqu'il la regardait, il le sentait s'adoucir, il était prêt à le jurer. En même temps, ses nerfs se tendaient. Elle lui donnait envie de sauter les obstacles qu'il croyait trop grands pour seulement essayer, ce qui l'effrayait.

— Vous n'êtes plus comme ça ? demanda-t-elle.

— Eux si, j'imagine, mais…, fit-il avant de lui prendre la main. Tu sais quoi ? Je ne peux pas en parler. Je suis désolé. Je m'en pensais capable, mais ça me rend un poil anxieux. On peut marcher un peu ?

Ils descendirent la colline en direction du ruisseau. Le ciel était dégagé et le clair de lune filtrait à travers le feuillage des arbres, illuminant leur chemin. La poitrine de Jack se contracta, en pensant à tout ce qu'il voulait confier à Savannah. Avant qu'ils ne s'engagent davantage dans leur histoire, elle devait savoir qui il était, et les secrets qu'il avait enfouis. Il devait trouver un moyen d'amener les choses en douceur.

— Parle-moi de tes parents, dit-il.

Les yeux de Savannah s'illuminèrent à nouveau.

— Mon père est le meilleur. Il est éleveur de pur-sang et vit toujours dans le ranch où j'ai grandi, à Weston, dans le

Colorado. C'est un grand cow-boy costaud. Mon Dieu, je l'aime tellement !

Elle se détourna avec une expression rêveuse dans les yeux et Jack repensa à son père, dont il avait toujours été si fier. Son père s'était battu pour son pays, il avait pris soin de sa famille. Pour Jack, il était tout, jusqu'à ce que leur relation s'effondre. Ressentirait-il à nouveau cela un jour ?

Savannah continuait.

— Rex l'aide à gérer le ranch. Treat, mon frère aîné, possède des centres de villégiature dans le monde entier, mais, lorsqu'il s'est fiancé avec Max, sa femme, il est revenu à la maison pour aider au ranch et pour être plus proche de Max. Maintenant, c'est de là qu'il dirige son entreprise.

Jack voulait tout savoir d'elle ; or, quand elle parlait de sa famille, son visage rayonnait. Loin de lui l'idée de lui enlever cette étincelle, mais il voulait en savoir plus sur sa famille et sur la perte de sa mère.

— Tu as dit que tu avais perdu ta mère. Tu peux partager ça avec moi ou c'est trop douloureux ?

Ils marchaient le long de la rivière. Savannah resta silencieuse un peu trop longtemps. Jack réalisa qu'il avait abordé un sujet sensible.

— Elle est morte quand j'étais petite.

Elle lui jeta un coup d'œil : elle essayait de sourire, il le voyait bien, mais ses lèvres refusaient de lui obéir. Il lui prit la main et la porta à ses lèvres, pressant un baiser plein de chaleur sur ses doigts.

— Je suis désolé, Savannah. Elle doit terriblement te manquer. Si c'est trop difficile d'en parler, on laisse tomber.

— C'est bon. Elle me manque, mais je venais d'avoir quatre ans. Je ne la connaissais pas vraiment et je n'en garde pas beaucoup de souvenirs. Je ne me rappelle vraiment que ce que Treat et mon père m'ont raconté au fil des ans. Voilà mon histoire, conclut-elle sur une profonde inspiration. Pourquoi n'es-tu pas plus proche de ta famille ?

Jack avait essayé de trouver une façon de lui parler des retombées de la mort de Linda, mais il avait beau retourner les choses dans sa tête, il en revenait toujours à la même conclusion : Savannah apprendrait que la mort de Linda était de sa faute, peu importait la manière dont il raconterait l'histoire. Rien ne comptait au-delà de ça. Une fois qu'elle le saurait, elle s'en irait sans jamais se retourner, il en était certain.

— Après l'accident de Linda, j'ai été assez perturbé. On venait d'installer une chambre d'enfant et on allait essayer d'avoir un bébé.

Il resserra encore sa main, juste pour pouvoir ressentir autre chose que la culpabilité qui s'insinuait dans sa nuque et lui griffait la gorge.

— Mais on n'en a jamais eu l'occasion. Elle est morte le week-end avant qu'on se lance.

— Je suis vraiment désolée, Jack. Ça a dû être dévastateur.

— J'ai toujours voulu fonder une famille, donc oui, ça a été vraiment difficile. Ma famille ne me lâchait pas d'une semelle, ils essayaient de prendre soin de moi, de me pousser à rencontrer des thérapeutes, figure-toi. Ils ont cherché à m'aider à traverser cette épreuve.

— C'est bien, non ? Ils t'aiment.

— Ça aurait dû l'être, oui. Mais j'ai résisté à leurs tentatives. J'étais incapable d'accepter leur aide. Je ne suis pas sûr de savoir comment expliquer ça. On aurait dit que quelqu'un avait pris mon âme et l'avait taillée en pièces, puis jetée au vent, alors j'ai dû m'accrocher aux morceaux et essayer de les rassembler.

La nuit de l'accident lui revint en mémoire : l'orage aveuglant qui avait doublé d'intensité au cours des trente minutes qui s'étaient écoulées depuis le départ de Linda, les gyrophares des ambulances et des camions de pompiers. L'odeur d'huile et de caoutchouc brûlés et les flammes. *Oh, bon sang, les flammes !* Jack respira bruyamment, essayant d'empêcher le souvenir de se loger à nouveau au premier plan de son esprit. Il avait enfin l'impression d'avoir la tête à l'endroit, et cela lui avait fait du bien de ne pas vivre sous un nuage de culpabilité, ne serait-ce que l'espace d'une journée. Il voulait ressentir ça plus qu'il avait voulu quoi que ce soit dans sa vie – y compris Linda... et cette pensée fit renaître la sensation de strangulation que causait la culpabilité. *Putain. Est-ce que ça s'achèvera un jour ?*

— Jack ? murmura Savannah en lui touchant les épaules. Jack, tu trembles.

Il tenta d'oublier la culpabilité, mais c'était trop tard. Son corps souffrait.

— Elle doit vraiment te manquer.

La voix de Savannah contenait tant de compassion qu'il fut attiré par elle malgré la culpabilité. Il y avait quelque chose chez elle qui taillait la culpabilité en pièces et l'attirait, lui, vers la lumière de l'autre côté. *Si seulement je pouvais m'accrocher à cette lumière au lieu de retomber dans l'obscurité.*

— Oui.

Mais la culpabilité me ronge. En dépit de son désir de lui avouer que Linda était morte à cause de lui, il ne pouvait s'y résoudre. Il ne voulait pas lire de la déception dans ses yeux.

— Je suis sûre que ta famille comprend. Tu as cherché à leur parler ? demanda-t-elle.

Il secoua la tête.

— J'ai réalisé aujourd'hui que je ne l'avais pas fait. Eux ont essayé, mais je n'étais pas en mesure d'entendre l'aide qu'ils m'offraient. J'étais trop en colère. Trop coupable.

Jack lui lâcha la main et croisa les bras, frottant à nouveau la cicatrice sur son coude.

— Savannah, je t'ai déjà dit que je ne suis pas quelqu'un pour toi et, plus j'y pense, plus je doute d'être quelqu'un pour qui que ce soit.

— Pourquoi continues-tu à le ressasser ? Beaucoup de gens perdent des êtres chers et renouent avec une autre personne.

Percevant la douleur dans sa voix, il sentit le nœud dans ses tripes se resserrer. Il ne voulait surtout pas la blesser, et la douleur qu'il lisait dans ses yeux confiants le tuait.

— Je ne suis pas comme eux. J'ai trop de problèmes dans la tête et, chaque fois que je te regarde, j'ai envie de plus. Je veux avoir une vie normale à nouveau. Je veux pouvoir marcher dans la rue sans rêver de me cacher, mais…

Il ne supportait pas qu'elle connaisse la vérité et, quand la colère obligea des mots tout différents à sortir de sa bouche, il fut incapable de les ravaler.

— Écoute, je ne suis pas comme toi. Je ne vis même pas dans une maison. Je me cache dans les montagnes la plupart du temps. L'idée d'être en ville avec des milliers d'yeux rivés sur moi me donne la chair de poule.

— Donc… Que cherches-tu à me dire, là ? fit Savannah en reculant d'un pas, comme si ses paroles venaient de la brûler.

Les mots qu'il avait prononcés se fixèrent dans son esprit et il réalisa qu'ils ne cachaient pas du tout la vérité : ils étaient la vérité, au contraire. Il devait régler sa propre merde avant de tomber encore plus amoureux de Savannah – ou de la laisser tomber encore plus amoureuse de lui.

— Ça ne peut pas marcher, OK ? On dirait que tu as une

famille dont tu es très proche. Tu es une avocate de haut vol, et je suis un ancien des Forces spéciales devenu ermite. Je ne suis pas certain de pouvoir venir à bout de toutes les conneries que j'ai dans la tête et d'être en mesure d'avancer. Même si j'en meurs d'envie.

Savannah plissa les yeux et croisa les bras. Jack visualisa cette posture dans une salle d'audience.

— Comment comptes-tu faire taire tes émotions ? Tu es complètement fou, ou c'est un stratagème ?

Elle se rapprocha, pour qu'ils ne soient plus qu'à quelques centimètres l'un de l'autre.

Il détourna le regard.

— Regarde-moi, Jack. Tu me dois bien ça.

Il obéit, la mâchoire tellement serrée qu'il eut peur de se fissurer les dents. Il aurait voulu l'embrasser et effacer les paroles blessantes qu'il venait de prononcer et oublier la vérité, telle qu'elle lui était tout juste apparue. *Je me cache dans les montagnes. Je ne suis pas certain de pouvoir venir à bout de toutes les conneries que j'ai dans la tête et d'être en mesure d'avancer. Même si j'en meurs d'envie.*

— Je ne sais peut-être pas grand-chose de ce que tu traverses, mais je connais l'honnêteté, Jack. J'y fais face tous les jours avec mes clients et les gens qui les poursuivent. Je sens le bobard à un kilomètre. Ton attitude ne pue pas le bobard, mais je ne pense pas non plus que ce soit toute l'histoire.

— Je ne suis pas un de tes clients, Savannah.

— Non, mais tu es l'homme avec qui je viens de baiser. Deux fois. L'homme que j'ai laissé me toucher d'une manière inédite pour moi, tu es donc bien plus qu'un client.

Sa poitrine se soulevait et s'abaissait au rythme de sa colère.

— C'est tout ce que c'était, notre histoire ? Une baise rapide ? Je ne t'ai pas forcée à faire quoi que ce soit, gémit-il. Putain, Savannah. Tu ne vois pas à quel point je suis perturbé ? Tu ne le sens pas ?

Il serra les poings. Comment gérer toute cette merde ? Si seulement il savait…

— Si, chuchota-t-elle. C'est d'ailleurs pour ça que je ne m'en vais pas. Je suis perturbée moi aussi, Jack. Je ne sais pas si tu es fou, ou si tu es la personne que je pense – ou espère – voir sous toute cette colère.

Il sentit ses narines se dilater, son visage s'échauffer, furieux d'être aussi confus. Pourquoi ne pouvait-elle pas l'écouter et tenir compte de ses avertissements ? Elle était géniale. Il ne la méritait pas.

— Veux-tu savoir pourquoi je suis venue ici ? demanda-t-elle.

Il opina d'un mouvement de tête sec et furieux.

— Parce que ces deux dernières années, je suis sortie avec un connard qui m'a trompée. Plusieurs fois.

En dépit de son rire, il remarqua la douleur dans ses yeux.

— Je ne l'aimais même pas, Jack, mais pour une raison quelconque, j'en redemandais. Je suis peut-être une reine de glace dans le domaine juridique, mais avec lui ? Avec lui, j'étais faible et stupide.

Elle essuya avec colère la larme qui coulait sur sa joue et atteignait la commissure de ses lèvres.

— Alors… alors je viens ici pour essayer de reconstruire ma confiance en moi et me prouver que je peux vraiment être à nouveau une Savannah forte et que je ne retomberai pas dans le rôle de complice comme je l'ai été avec lui.

— Savannah…, commença-t-il en s'approchant d'elle, mais elle repoussa son bras.

— Et puis je te rencontre, et tu es ce connard qui en veut à tout le monde, mais je suis attirée par toi comme un aimant. Et maintenant, je découvre que j'ai répété la même erreur. Je me suis amourachée d'un homme des montagnes bon à rien, en colère et peu sûr de lui.

Jack la rejoignit alors qu'elle se détournait.

— Je ne suis ni bon à rien, ni peu sûr de moi.

Elle retira son bras.

— Bien. Désolée. Mais ce n'est pas à propos de toi. C'est à propos de moi. Je suis retombée dans le rôle de la complice d'une relation folle qui ne pourra jamais marcher. J'en ai fini avec ça.

Sa lèvre inférieure tremblait et des larmes coulaient sur ses joues.

Jack tendit le bras pour sécher ces larmes avec la pulpe de son pouce, et la simple sensation de sa peau douce lui rappela qu'elle ne méritait pas la colère dont il l'accablait.

— Tu ne vois pas ? dit-il en serrant les dents.

Après quoi il prit une grande inspiration qu'il relâcha lentement. Quand il rouvrit la bouche, il avait maîtrisé sa colère.

— Avant que toute cette merde m'arrive, j'étais normal. Je n'étais pas un connard en colère. Je n'étais pas un homme des montagnes. J'étais un mari aimant et un homme qui travaillait dur.

— Dommage que tu ne puisses pas vivre dans le passé, Jack.

La froideur dans le regard de Savannah faillit le faire tomber à la renverse.

— Savannah, je veux ça. Nous. Je veux voir ce qu'il y a entre nous. Simplement, je ne sais pas comment y parvenir.

Savannah carra les épaules, comme elle l'avait fait le jour où il l'avait rencontrée, quand elle avait défendu Pratt juste après leur atterrissage.

— Je le veux, moi aussi. Mais je ne peux plus être la femme dont je viens de te parler. Je ne peux pas te réparer, ni te servir de punching-ball, le temps que tu t'en sortes.

Tournant les talons, elle prit la direction du camp.

— Savannah, lança-t-il.

En cinq longues et rapides enjambées, il l'avait rejointe et marchait à pas vifs pour suivre son rythme déterminé.

— Savannah, demain c'est notre dernier jour ici. S'il te plaît, ne laisse pas les choses en l'état. Je suis désolé. J'ai essayé de te prévenir et de rester loin de toi, mais j'en ai été incapable, je ne sais pas pourquoi. Merde, Savannah. Je suis désolé. Je ne voulais pas te faire de mal.

Elle se retourna vers lui, les larmes ruisselaient à présent sur ses joues.

— Trop tard.

CHAPITRE QUINZE

Le lundi matin, Savannah était allongée dans sa tente, les yeux gonflés, le cœur brisé. Elle avait pleuré une bonne partie de la nuit et s'en voulait de s'être amourachée aussi fort et vite de Jack. Ce qu'elle ressentait ne pouvait pas être réel, il devait s'agir d'une réaction émotionnelle due à la blessure infligée par Connor et au fait qu'elle s'était autorisée à tomber amoureuse de Jack. Personne ne s'attachait autant après seulement quelques jours. Peut-être avait-elle besoin de parler à Danica, la femme de son cousin Blake. Danica avait été psy avant de tomber amoureuse de Blake, nouveau client de son cabinet à l'époque. Peut-être pourrait-elle aider Savannah à comprendre pourquoi elle tombait amoureuse des hommes qu'il ne fallait pas.

Savannah ne parvenait même pas à regarder Jack pendant qu'ils démontaient leurs tentes et inspectaient le campement pour s'assurer de n'avoir rien laissé derrière eux. Elle était trop énervée contre elle-même. Elle avait décelé les signes avant-coureurs, les avait même envisagés, et elle s'était quand même laissé prendre au piège.

— Tout le monde est prêt ? lança Jack à la cantonade.

Sa voix était dépourvue de timbre, comme s'il avait lui aussi du mal à passer le cap de la matinée, et ce constat serra le cœur de Savannah.

Il poursuivit :

— Dès que Pratt et Lou seront de retour, on décolle.

Lou et Pratt étaient descendus au ruisseau pour rincer la vaisselle du petit déjeuner.

Jack ramassa les bâtons de leur abri de fortune – celui que Savannah avait fantasmé de partager avec lui – et les remporta dans les bois. Elle se força à ne pas le regarder, pour ne pas voir ses yeux bleu nuit ou la barbe naissante sur ses joues, si agréable sous ses paumes. Au lieu de quoi, elle attrapa ses sacs et jeta un dernier coup d'œil au campement qu'elle n'oublierait jamais, elle le savait. Elle avait ouvert son cœur à Jack comme elle ne l'avait jamais fait auparavant, et elle avait été blessée. Même si ça la mettait en colère, ça la rendait aussi plus forte, et c'était dans ce but qu'elle était venue dans les montagnes. *Au moins, ce n'était pas un échec.*

— Aiden ? lança Elizabeth, tournée vers les bois. Aiden ?

Savannah scruta le site désert. Sa gorge se serra. *Aiden !* Elle vit de la panique dans les yeux d'Elizabeth et s'approcha d'elle.

— Quand l'as-tu vu pour la dernière fois ?

Josie se mit à courir vers le ruisseau et lança par-dessus son épaule :

— Je vais aller voir s'il est avec Pratt et Lou.

— Je ne sais pas, fit Elizabeth d'une voix tremblante. Vingt minutes ? J'étais occupée à faire mes bagages.

Savannah courut vers Jack. Le masque de colère qu'il arborait à leur arrivée était réapparu sur son beau visage et elle détestait ça.

— Aiden a disparu.

Jack balaya rapidement le site du regard, puis le périmètre.

— Elizabeth, cela fait combien de temps que tu ne l'as pas vu ?

Celle-ci faisait le tour du site, appelant son fils.

— Environ vingt minutes, répondit Savannah. Je vais aller le chercher.

— Non. Tu restes ici. C'est moi qui y vais, répliqua Jack. Il est probablement au bord de la rivière avec son père.

— S'il n'y est pas, j'y vais. Je ne vais pas rester assise ici pendant que ce petit garçon est tout seul dans la nature. Tu n'as pas oublié le lynx ? ajouta-t-elle en baissant la voix.

Jack lui saisit les épaules.

— Tu ne vas pas dans les bois toute seule. Pas question que je te perde, toi aussi.

Lou et Pratt dépassèrent Josie en courant vers le camp. La voix de Josie retentit depuis la crête de la colline. Essoufflée, elle était incapable de cacher la peur dans ses yeux.

— Il n'est pas à la rivière !

Le visage rouge pivoine, Elizabeth hurlait le nom d'Aiden.

— Où est Aiden ? cria Lou en attrapant Elizabeth.

— Je ne… sais pas. Il était juste là, et puis…

Les pleurs d'Elizabeth redoublèrent. Jack balaya le site du regard.

— Où est son sac de survie ? Elizabeth, c'est toi qui as son sac ?

Elle secoua la tête.

— Je vais le trouver, déclara Lou en se dirigeant vers la colline.

— Attends, lui ordonna Jack avec un regard à Pratt. Accompagne-le. Laissez une trace sur les arbres, comme je vous l'ai montré, pour retrouver votre chemin. Ne vous séparez pas. Vous deux, partez à l'est. Je vais à l'ouest.

— Josie, tu restes avec Elizabeth et tu ne la laisses pas quitter ce site. Tu m'entends ? Si quelqu'un le trouve, il crie aussi fort que possible et il le ramène ici, au camp. Si le petit se montre, vous ne le laissez pas repartir. Quoi qu'il arrive. On se retrouve ici dans…

Il consulta sa montre.

— … trente minutes. Tout le monde. Ici même. Elizabeth, on va le trouver. Il ne peut pas être loin et, puisqu'il a pris son sac, il est probablement dans les environs, en train de jouer les survivants.

— Je vais aller par là, déclara Savannah en indiquant sa gauche.

— Savannah…

La poitrine de Jack se gonflait alors qu'il se portait à sa hauteur.

— Je suis parfaitement capable de le chercher et je ne me laisserai pas dicter ma conduite, ni par toi ni par qui que ce soit. Un petit garçon est perdu dans la nature, et il a besoin de toute l'aide possible pour être retrouvé.

Elle fixa sa mâchoire, puis rencontra son regard. Elle n'avait pas l'intention de se laisser distraire.

— Alors tu viens avec moi.

Il lui attrapa le bras, sans cesser d'observer les taillis. Puis, il l'entraîna de trois mètres sur sa gauche et, tenant toujours son bras, s'enfonça dans les bois.

— Je ne sais pas pourquoi tu es aussi têtue.

— Tu peux lâcher mon bras maintenant, maugréa-t-elle. Comment va-t-on le trouver ?

— On va faire ce que je vous ai appris pendant la randonnée. Chercher des signes de passage récents : brindilles fraîchement cassées, empreintes de pas.

Il s'arrêta de marcher et la fixa d'un regard dur et brûlant, puis relâcha son bras.

— C'était quoi, ce regard ?

Et pourquoi ça me donne encore envie de toi ?

— Nom de Dieu, Savannah. Comment puis-je me concentrer sur quoi que ce soit avec toi dans les parages ? Je suis une épave. Tu ne le vois pas ? Merde, je l'entends dans ma propre voix.

Il s'éloigna dans la forêt, hurla le nom d'Aiden, puis il lui fit face à nouveau.

— Tu ne comprends pas ? Je n'ai jamais voulu changer pour qui que ce soit avant, et toi, tu me donnes envie de changer. Je sais que je suis foutu. Je n'ai jamais prétendu que je ne l'étais pas. Mais tu me donnes envie d'avoir une vie à nouveau.

Elle ressentit un élan de compassion.

— Une vie, ou ton ancienne vie ? demanda-t-elle doucement.

Elle scrutait le terrain à chaque pas alors qu'ils s'enfonçaient dans la forêt.

Jack fit halte encore une fois.

— C'est ce que tu penses ? Que je veux retrouver mon ancienne vie ? Que tu es en quelque sorte une autre Linda ? Tu n'as rien à voir avec elle. Elle était calme, docile, petite, blonde. Elle ne protestait jamais. Je ne pense pas que nous ayons élevé la voix plus de deux fois en dix ans.

Il repoussa une mèche de cheveux qui avait glissé sur l'épaule de Savannah.

— Ce que j'avais, c'était l'amour et une vie normale. Voilà ce que je voulais dire. Ces choses me manquent et, grâce à toi, je les désire à nouveau.

Il se retourna et reprit les recherches.

Confuse, elle était à court de mots. Voulait-il avoir une relation avec elle ? Le silence se prolongea entre eux jusqu'à ce qu'elle lâche enfin :

— On devrait appeler Aiden.

Ils s'exécutèrent, puis Jack reprit la parole pendant qu'ils continuaient leur ascension de la montagne.

— Je pensais être heureux, autrefois, complètement épanoui, et je l'étais. À l'époque. Mais quand je suis avec toi… pendant la nuit qu'on a passée dans les bras l'un de l'autre, ça m'a fait réaliser qu'il y avait des parties de moi que je n'avais jamais devinées ou comprises, et tu as donné vie à ces autres parties.

Sur quoi, Jack cria d'une voix grave : « Aiden ! » Puis il se tourna à nouveau vers elle.

— C'est toi, Savannah. Je veux changer à cause de toi. Tu m'as ouvert les yeux.

Puis il se détourna et hurla le nom d'Aiden avant de revenir à elle.

— Je n'attends pas de toi que tu te cales sur moi, que tu sois à mes côtés ou quoi que ce soit. Ce que tu as dit a du sens. Tu es la dernière femme sur terre que je veux blesser, et tu ne mérites pas mes sautes d'humeur. Je vais essayer de régler enfin ma propre merde et, si je peux retrouver mon équilibre et que tu es toujours intéressée, on partira de là. Je ne peux qu'essayer de faire de mon mieux, ajouta-t-il en haussant les épaules. Et si je n'y arrive pas, eh bien, qu'est-ce que j'aurai perdu ?

Une boule se forma dans la gorge de Savannah.

— Bon sang, Jack.

Elle se détourna avant qu'il puisse voir ses yeux se remplir de larmes. Du coin de l'œil, elle aperçut plusieurs bâtons appuyés contre un arbre.

— Jack, chuchota-t-elle. Regarde.

Il suivit son regard jusqu'à la base d'un grand arbre, où il remarqua l'extrémité de plusieurs bâtons appuyés verticalement contre le tronc dont la majeure partie disparaissait derrière un grand buisson. Ils s'approchèrent de l'arbre et poussèrent un même un soupir de soulagement devant cet abri de fortune. Jack s'accroupit pour regarder à l'intérieur.

— Merci, mon Dieu, murmura-t-il en pénétrant dans l'abri d'où il ressortit, Aiden dans les bras. Salut, mon pote, c'est un sacré abri que tu as construit là.

Aiden cligna des yeux plusieurs fois, comme s'il sortait d'un rêve brumeux.

— Jack ! J'ai survécu dans les bois, comme toi.

Jack le plaqua contre son corps. Sa main droite alla se placer sous la tête d'Aiden.

— Oui, mon petit pote. On était inquiets pour toi. Tu avais oublié la règle de ne jamais aller seul dans les bois ?

Aiden regarda Savannah.

— Non.

— Alors pourquoi tu as désobéi ? demanda Jack.

— Je savais que maman ne pouvait pas venir parce qu'elle devait faire les bagages et que papa était à la rivière. Je voulais juste survivre dans les bois, expliqua le petit.

— Aiden, regarde-moi.

L'enfant posa sur Jack ses grands yeux bleus.

— Je suis fier que tu te souviennes de ce qu'il faut faire, mais la forêt est dangereuse. Il y a des ours, des lynx et toutes sortes de choses méchantes par ici. Promets-moi de ne plus jamais y aller, même si tu as envie de prouver quelque chose. D'accord ?

Savannah sentit des larmes lui monter aux yeux, tant elle était heureuse d'avoir retrouvé Aiden et devant la tendresse que Jack manifestait à l'égard du petit.

— Promis. Je suis désolé, bredouilla Aiden.

— Vu qu'on s'apprête à prendre l'avion, on doit quitter les bois.

Aiden se dégagea de ses bras.

— OK. Laisse-moi récupérer mes affaires, dit-il en remontant dans l'abri.

Quand il revint, il avait un morceau de corde qu'il posa dans la main de Jack.

— J'ai fait des nœuds coulissants, comme tu m'as montré.

Jack prit Aiden dans ses bras et le serra fort.

— Je m'inquiétais pour toi, admit-il en tendant une main pour toucher la joue de Savannah. Aiden, on va se faire une promesse.

— Une promesse ?

— Oui, une promesse. Promettons de ne plus nous cacher dans les bois. Ni toi ni moi. Je promets si tu promets.

Savannah pouvait à peine respirer. Tantôt cet homme la mettait en colère, tantôt, juste après, il remplissait son cœur d'espoir. Ce n'était pas sain, comme mélange, mais bon sang, elle était attirée par lui d'une manière qui, elle le savait, perturberait ses jours et hanterait ses nuits.

CHAPITRE SEIZE

Jack ouvrit la soute et commença à décharger les bagages. Le vol vers New York se déroula sans encombre et lui donna le temps de réfléchir aux journées précédentes. Normalement, il atterrissait, faisait ses adieux à ses élèves, prenait quelques provisions et repartait dans les montagnes avec l'impression de s'être soulagé d'un grand poids. Cet après-midi-là, l'anxiété qui le poussait habituellement à prendre rapidement congé de ses clients se retourna contre lui et il traîna les pieds. Il n'était pas pressé de retourner dans les montagnes ni de prendre congé de Savannah.

— Jack, on ne te remerciera jamais assez, dit Elizabeth en récupérant ses sacs. Je pense qu'aucun d'entre nous n'oubliera ce voyage. Merci de nous avoir ramené Aiden. Lui non plus n'oubliera jamais ce que tu lui as appris. N'est-ce pas, mon chéri ?

Aiden enroula les bras autour des jambes de Jack.

— Je promets de ne plus me cacher dans les bois. Tu promets aussi, hein ?

Jack s'accroupit et le regarda dans les yeux.

— Je veux, mon neveu. Fini de se cacher, conclut-il en lui ébouriffant les cheveux avant de se redresser pour serrer la main de Lou. Tu m'as bien aidé là-bas. Merci.

— Je ne sais pas trop comment, mais si tel est le cas, tu m'en vois ravi, répliqua l'intéressé en prenant Jack dans une accolade. Merci pour tout. J'espère qu'on se reverra un jour.

Pratt prit son sac à dos et le hissa sur son épaule, avant de baisser son bonnet sur son front.

— Je n'arrive toujours pas à croire que tu sois ingénieur. Tu es bien plus cool que les gars avec qui j'allais à l'école.

— Toi aussi, Pratt. Qu'as-tu décidé de faire au sujet de tes parents ?

Jack sourit en voyant Josie venir se planter aux côtés de Pratt, lequel entrelaça ses doigts aux siens.

— Je vais leur parler. Vraiment parler, pas me battre et, s'ils n'aiment pas mon idée, ajouta-t-il en haussant les épaules, eh bien, je suppose qu'ils devront faire un choix. Me voir et accepter de ne pas être d'accord avec mes projets de carrière ou oublier qu'ils ont un fils.

— Pratt, le réprimanda Josie.

L'interpellé esquissa un petit sourire en coin.

— Je plaisante. Je sais que ça n'arrivera pas, assura-t-il tout en regardant Jack. Elle aime bien me donner des ordres.

— Josie, à toi de le cadrer, hein ?

— Je ferai de mon mieux, promit-elle. On traîne juste un peu ensemble, rien de sérieux.

Elle leva les yeux vers Pratt. Jack voyait parfaitement qu'il y avait plus entre eux que deux jeunes gens qui « traînent ensemble ».

— Profite du moment présent, Jack, lui lança Pratt.

— Merci, Pratt. Toi aussi. Josie, attention aux serpents.

Alors qu'ils s'éloignaient, Jack aperçut Savannah serrant Elizabeth dans ses bras, puis Aiden et Lou. *Je dois réparer le passé pour profiter du présent.* Il détourna le regard, pensant à la première fois qu'il avait vu Savannah : il avait alors supposé que c'était une citadine gâtée. *Putain, j'ai eu faux sur toute la ligne.* Ils se dirigèrent vers le terminal de l'aéroport, le laissant seul avec Savannah sous le chaud soleil de l'après-midi. Elle vint le retrouver, les joues rougies.

— Tu as l'air différente de quand tu es arrivée, constata Jack. Plus jolie.

Le rouge s'accentua sur les joues de Savannah. Elle fourra les mains dans les poches avant de son jean et regarda l'avion.

— Tu sais, le jour de notre arrivée, j'ai pensé que tu étais un connard égoïste en te voyant te conduire aussi durement avec Pratt.

— Et maintenant ?

Il avait peur de ce qu'elle pourrait dire, mais il ne parvenait pas à détacher ses yeux d'elle. Le soleil brillait, faisant ressortir le mélange de jaunes et de verts de ses beaux yeux. Jamais il n'oublierait le regard qu'elle lui avait lancé quand elle lui avait noué les jambes autour de la taille dans le ruisseau, avec autant de ferveur que si elle avait rêvé de lui toute sa vie. Et même si ce n'était pas le cas, il allait garder cette image en tête pour s'acquitter de sa promesse.

— Maintenant, je vois Jack Remington, un homme, veuf, survivant au cœur tendre et pilote… Qui peut être un vrai con quand il a peur.

Elle se passa la langue sur la lèvre inférieure

— Tu m'as eu pendant une minute, avoua-t-il. J'ai cru que j'allais m'en tirer sans reproche. Tu étais vraiment obligée de te montrer aussi brutalement honnête ?

— Je ne sais pas faire autrement, répliqua Savannah. J'ai bien peur que les Braden ne mentent pas très bien. Mon *grand* rancher de père a enfoncé au quotidien la morale et l'éthique dans nos petits cerveaux.

— Tu vas me manquer, Savannah, lâcha-t-il.

Il se rapprocha, inhalant son parfum frais et féminin : c'était peut-être la dernière fois. Son cœur se serra à cette idée et il se jura de faire tout ce qui était en son pouvoir pour réparer sa vie afin de pouvoir entrer dans la sienne. Mais une femme comme Savannah pouvait sans doute se choisir des hommes mieux que lui.

— Tout cela semble si bizarre. Il y a deux nuits, j'aurais juré que nous allions partir main dans la main aujourd'hui.

Il posa une main sur sa joue et elle y pressa le visage.

— Tu as pris un homme brisé et, en quelques jours seulement, tu lui as ouvert les yeux sur ce qui lui manquait. Tu mérites bien mieux. Tu mérites un homme entier.

Savannah s'éloigna de sa main.

— Les gens croient toujours savoir ce que les autres méritent et j'en ai ras le bol. Qu'est-ce que ça signifie de dire que je mériterais un homme qui ne soit pas brisé ? Putain, peut-être que je suis brisée, moi aussi. Tu y as déjà pensé, à ça ?

Jack sourit, même s'il n'en avait pas l'intention. Il voyait à la façon dont les lèvres de Savannah se pinçaient qu'elle n'appréciait pas sa réaction, mais elle était sacrément belle quand elle s'emportait.

— Tu n'es pas brisée, Savannah. Tu es blessée. Il y a une grande différence. Tu es une femme intelligente, forte, à la carrière solide, qui a probablement mieux à faire que de s'inquiéter de mes problèmes.

Il chercha de la compréhension dans ses yeux, mais n'y vit que de la colère et de la douleur.

— Savannah...

— Tu sais quoi, Jack ? Peut-être que tu as raison. Tu vas me manquer, toi aussi.

Chassant d'un battement de cils les larmes dans ses yeux, elle l'embrassa sur la joue, attrapa ses sacs et s'en fut.

Le ventre de Jack se tordit. Il leva le menton et essaya de sourire quand elle se retourna, mais il fut incapable de se ressaisir assez pour lui adresser un signe de la main. Elle disparut derrière les portes du terminal… Jack laissa échapper le souffle qu'il avait retenu. S'emparant de son équipement, il se dirigea vers le terminal. Était-il assez fort pour affronter la vie qu'il avait abandonnée ?

CHAPITRE DIX-SEPT

Savannah monta dans un taxi et indiqua son adresse au chauffeur. Elle regarda par la vitre, repensant à l'arrogance et à la froideur de Jack lorsqu'ils s'étaient vus pour la première fois à l'aéroport. Elle avait été excitée par tout ce qui le concernait. Les yeux fermés, elle appuya sa nuque contre l'appui-tête. *Qu'est-ce que je suis en train de faire ? Je suis passée d'un homme qui voulait toutes les femmes du monde à un homme qui a peur d'en vouloir une.*

Savannah sortit son téléphone portable et l'alluma. Les messages commencèrent à affluer. À quoi avait-elle pensé ? D'habitude, elle ne pouvait pas passer une journée sans consulter ses messages, et encore moins plusieurs. Sa boîte vocale serait certainement saturée, et elle n'était pas d'humeur à traiter avec des clients. Un autre avocat la remplaçait, il allait devoir tenir le fort un peu plus longtemps. Elle avait besoin d'une bonne et forte dose de bon sens. Elle appela donc son père.

— Savannah, comment vas-tu, ma chérie ?

Entendre la voix profonde de son père lui noua encore plus la gorge et, tout à coup, elle redevint la petite fille qui grimpait sur ses genoux lorsque quelqu'un de l'école l'avait blessée. Hal Braden mesurait près de deux mètres, comme Treat, son frère aîné, et il était l'exemple même du cow-boy vieillissant à la poitrine large : robuste, peau tannée et grand cœur. Exactement ce dont elle avait besoin.

— Salut, papa, réussit-elle à lancer. Comment ça va ?

— Oh, très bien. Nous avons eu deux pouliches et Rex s'occupe d'elles. J'ai déjà des acheteurs.

Hal Braden était un éleveur de pur-sang prospère et bien que Savannah et chacun de ses frères détenaient des fonds en fidéicommis, assez importants pour n'avoir pas besoin de travailler un seul jour dans leur vie, il les avait élevés de façon qu'ils n'aient pas peur de mouiller le maillot et ni d'aimer de tout leur cœur. Savannah regrettait d'avoir considéré ce dernier point avec autant de sérieux.

Elle sourit à la mention de Rex, son frère aîné. Ce dernier lui faisait tellement penser à Jack qu'elle se demanda si elle n'aurait pas dû l'appeler, lui, au lieu de leur père. Il pourrait être en mesure de l'éclairer sur les manières des hommes en colère.

— Assez parlé de moi. Comment va ma petite fille ? demande son père.

Oublie Rex. Appeler papa était bel et bien la bonne décision. Elle avait besoin de sa voix familière et attentionnée qui l'enveloppait dans son étreinte virtuelle. Des larmes perlèrent à ses yeux, l'obligeant à presser son index et son pouce dessus.

— Bien, papa. Je vais bien. Je… je rentre juste du camp de survie dont je t'ai parlé.

— Dirigé par Jack Remington ?

— Bon sang, papa. Comment es-tu au courant de ça ?

— Treat a effectué quelques recherches sur le gars.

Encore une fois, le téléphone arabe des Braden avait fonctionné à vive allure. Savannah regardait défiler les rues animées de New York alors qu'ils roulaient vers son appartement de Manhattan.

Évidemment.

— Je suis une grande fille, papa. Je n'ai pas besoin que Treat me surveille.

— Il ne te surveillait pas. Il s'assurait que tu n'allais pas dans les montagnes avec un fou. N'importe qui peut mettre n'importe quoi sur interweb, d'après lui. Et puis, tu ne changeras pas Treat.

Savannah soupira.

— « Internet », pas « interweb ».

En tant qu'aîné, Treat avait toujours pris soin de ses frères et sœur, les avait toujours protégés. Elle ne devrait pas être surprise ou dérangée que Treat se soit renseigné sur son voyage, mais elle avait quand même l'intention de lui faire sa fête. Elle n'était plus une enfant et n'avait pas besoin qu'on décide ce qui était bon ou mauvais pour elle. Quand ses frères comprendraient-ils qu'elle n'avait pas besoin d'être protégée ? *Seul mon cœur en a besoin.*

— OK, inter-ce-que-tu-veux. Ce Remington, il t'a bien traitée ? Ton frère dit qu'il a un solide passé militaire, pas d'antécédents douteux, une licence de pilote sérieuse.

— Papa, c'est quelqu'un de bien. Vraiment.

Pourquoi est-ce que cela m'irrite autant ? Treat a toujours été surprotecteur.

— Très bien. C'est bien que tu sois sortie de cette forêt sans encombre. Tu as appris quelque chose ? demanda-t-il.

Elle réfléchit aux réponses honnêtes qu'elle pourrait donner. *Que j'aime les mauvais garçons. Que je comprends maintenant pourquoi les femmes laissent les hommes les pénétrer à des endroits qui me semblaient exclus auparavant. Que je suis plus vulnérable que je ne le pensais. Que je veux retourner dans les bois et retrouver Jack.* À la place, elle lui donna une réponse plus sûre, mais néanmoins honnête.

— Oui, tout ce que j'avais besoin de savoir. Je suis maintenant capable de construire un abri, de faire des nœuds et de reconnaître les plantes qui pourraient me tuer.

Si seulement je savais reconnaître les hommes susceptibles de mettre mon cœur en péril avant qu'ils ne causent des dégâts.

— Je ne sais pas pourquoi tu as besoin de tout ça à New York, mais bon, j'imagine que tu es mieux placée pour le savoir, lâcha son père.

Il avait toujours veillé à les soutenir dans ce qu'ils entreprenaient. Mais là, il lui fallait un soutien d'un autre genre.

— Papa, je suis une personne plutôt forte, non ?

— À part ta mère, tu es la femme la plus forte que je pense avoir connue, Savannah. Quelque chose te préoccupe ?

Elle l'imaginait appuyé contre le plan de travail de la cuisine, ses longues jambes écartées, ses épais sourcils froncés, attendant qu'elle lui expose ses problèmes. *Qu'est-ce que je fais ?* Elle ne pouvait pas courir se réfugier dans les bras de papa quand les choses devenaient difficiles. Cela prouverait qu'elle n'était ni forte ni confiante.

— Non, papa. Je ne faisais que vérifier.

— D'accord, mais si tu as besoin de moi, tu sais où me joindre. Tu vas pouvoir aller à la cérémonie de remise des prix de Hugh ?

Hugh gagnait toujours un prix quelconque. Ils assistaient tous à l'événement, Hugh leur décochait un sourire, distribuait des accolades, avant d'être immanquablement emporté loin d'eux par une femme aux jambes interminables qu'ils ne reverraient jamais. Elle sourit. *Hugh était l'incarnation du rêve de toute femme : le visage de Patrick Dempsey sur le corps de Hugh Jackman, avec un amour de tout ce qui est risqué.* Malgré toute l'affection qu'elle portait à Hugh, elle ne pouvait s'empêcher de penser qu'il avait probablement laissé une traînée de cœurs brisés dans son sillage, à l'instar des hommes qu'elle devait éviter.

— Je ne manquerais jamais ça, répondit-elle. C'était chouette de te parler, papa.

— Vanny ?

— Oui ?

— Tu peux apprendre toutes les compétences fantaisistes dont tu penses avoir besoin, mais la force et la capacité de survie viennent de l'intérieur. Ne l'oublie pas, ma chérie. Et tu es une survivante. Il n'y a rien que ce monde puisse mettre sur ta route et que tu ne sois en mesure de supporter.

Les larmes qu'elle avait retenues jaillirent. *J'espère que tu as raison.*

L'Indian Chief, la moto vintage de Jack, remontait rapidement la longue allée de gravier de la maison de Bedford Corners que Linda et lui avaient partagée. Il se penchait dans les virages qui lui apportaient jadis un tel plaisir. Maintenant, rouler sous le couvert des arbres qui s'élevaient au-dessus de sa tête lui semblait bizarre et l'air en dessous étrangement froid.

Il gara sa moto devant son chalet de cèdre et posa son casque à l'arrière. Après la mort de Linda, il s'y était reclus pendant des jours, se complaisant dans la culpabilité et se cachant de leurs deux familles, jusqu'à ce que la vue de son fantôme sur chaque photo et les souvenirs de ce qu'ils avaient partagé le fassent sombrer dans les ténèbres et qu'il s'échappe dans les montagnes. Il passa devant un rocking-chair de bois, en haut des marches du porche, et se remémora le jour où Linda et lui l'avaient acheté à un homme ressemblant à Grizzly Adams, sur un marché de petits producteurs, à la périphérie de la ville. Jack déverrouilla la lourde porte en bois. Quand il entra, ce ne fut pas la fraîcheur de la température qui le figea sur le seuil de l'espace ouvert. Ce fut le vide qui l'accompagnait. L'effet que produisait une pièce quand elle était inhabitée depuis trop longtemps. L'air vicié. La solitude. La mort. Comme un jardin après que les légumes et les feuilles ont fané et qu'il ne reste plus que des tiges fragiles.

Jack se força à entrer. Prenant son courage à deux mains, il referma la porte derrière lui. Il suivit les larges lattes de bois jusqu'au salon en contrebas, juste derrière la table de la salle à manger, à sa droite. La cheminée en pierre, qui crépitait autrefois de chaleur, était maintenant vide devant les riches canapés bleus. Il fit quelques pas dans cette direction et sentit la cuisine se profiler à sa gauche. Linda cuisinait avec talent. En se tournant vers la cuisinière en acier inoxydable, il se souvint de son grand sourire lorsqu'elle se penchait sur les multiples casseroles en train de mijoter, les hanches bougeant au rythme d'une musique imaginaire. Il sentait presque les yeux de Linda quitter la casserole qu'elle surveillait pour croiser les siens, il imaginait l'inclinaison de sa tête et ses cheveux blonds qui lui tombaient dans les yeux alors qu'elle lui envoyait un baiser. Les battements de son cœur s'accélérèrent et il tourna entièrement son corps dans cette direction.

Merde, Jack. Ressaisis-toi. Il ferma les yeux. Quand il les rouvrit, l'image avait disparu. Ignorant l'étau qui lui enserrait la poitrine et l'emballement de son cœur, il se força à dépasser la cuisine pour atteindre l'escalier de bois.

Ses jambes avaient la lourdeur du plomb. Sur le palier supérieur, les portes de deux chambres étaient fermées. Il n'y était pas entré depuis des mois. Il se retourna, sous l'impulsion de ses muscles qui l'incitaient à une retraite précipitée, mais son esprit le ramena à Savannah. Il serra les mains, puis reprit sa progression avec un grognement.

— Pas question de reculer.

Baissant les yeux, il se précipita vers la porte de la première chambre, saisit le métal froid de la poignée et la tourna brusquement, avant de pousser le battant. Il entra en trombe dans la chambre principale, avec la colère qui bouillonnait dans ses veines. La voix de Savannah traversa son esprit. « *Dommage que tu ne puisses pas vivre dans le passé, Jack.* » La chaleur se répandit dans son cou et sur ses joues. Il ouvrit les doubles portes du placard, la poitrine gonflée à chaque respiration. Cela faisait deux ans qu'il vivait étouffé par la culpabilité et le dégoût de soi. Deux putains de longues années. Plongeant la main dans la penderie, il attrapa une brassée de vêtements ayant appartenu à Linda, puis les arracha des cintres et les jeta par terre. Ses bras tremblèrent à leur vue.

Il s'empara ensuite de trois tenues, qu'il arracha de l'armoire dans un bruit sec. Les cintres se brisèrent sous la force de la traction. Propulsé par l'adrénaline, il se jeta à deux mains sur les vêtements encore contenus par l'armoire pour les en extirper... et de sa vie aussi.

— Putain de Linda. Putain de tempête.

Une brassée après l'autre, les vêtements s'empilaient à ses pieds. Farfouillant au fond du placard, il attrapa une housse à vêtements blanche. Les larmes aux yeux, il enfouit son visage dans le sac en plastique blanc qui contenait la robe de mariée de sa femme. Les épaules voûtées, il sentit la douleur couver dans ses tripes, puis se déplacer vers sa poitrine, où elle tourbillonna et gagna en force avant de trouver comment s'échapper de sa gorge gonflée pour remplir la pièce d'un gémissement informe. Le souffle court, il haletait sous les sanglots. Ses biceps tendirent le tissu de ses manches, tremblant tandis qu'il arrachait le sac de son cintre et s'effondrait à genoux, le visage enfoui dans le plastique froid. Les larmes ruisselaient sur ses joues.

C'est terminé. Il faut que ça se termine ici.

CHAPITRE DIX-HUIT

Deux heures plus tard, Jack transporta plusieurs sacs-poubelle remplis de vêtements de Linda hors de la maison et les déposa sous le porche. Il regagna la chambre principale. Le matelas était nu, dépouillé de ses draps et de sa couette ; les tiroirs vides de la commode restaient ouverts et branlants, les portes du placard béaient, exposant le premier espace qu'il avait conquis. Il s'essuya le visage avec le pli de son coude et inspira bruyamment. Ses yeux brûlaient de trop avoir pleuré et, alors qu'il quittait la pièce pour s'approcher de l'autre porte, il se dit qu'il n'avait plus de larmes à verser.

Il tourna lentement la poignée. Ses bras refusaient d'ouvrir la porte. Peu importaient ses efforts, ses muscles s'opposaient à son esprit. Les veines de ses avant-bras serpentaient sous sa peau, épaisses et bleues. Il gémit et se détourna, plongea la main dans ses cheveux et se pencha en avant, crachant :

— Putain. Putain, putain.

Après plusieurs rapides inspirations, il se retourna et fit face à la porte. Il ne pouvait pas se résoudre à tourner la poignée. Serrant les poings, il leva sa jambe la plus puissante. Un coup de pied féroce libéra la porte de ses charnières, fit voler la serrure en éclats. Le suivant l'abattit sur le sol. Jack pénétra en trombe dans la pièce, les yeux rivés sur le berceau sous la fenêtre. Il traversa la pièce et s'agrippa aux barreaux du lit, de nouvelles larmes ruisselant sur son visage. Il baissa les yeux vers l'éléphant en peluche dans le coin du berceau et l'attrapa, puis le pressa sur sa poitrine avant de s'asseoir dans le fauteuil à bascule dans le coin de la pièce, serrant la peluche dans ses bras sous le flot des réminiscences qui affluaient. « *Préparons la chambre d'enfant, juste pour nous faire à l'idée d'avoir un bébé. Je vais acheter des vêtements de bébé et tout le reste.* » Elle avait été si excitée, pendant le mois au cours duquel ils avaient préparé la chambre d'enfant. « *Il aura tes yeux, Jack. Et ta taille. J'espère qu'il aura ta taille.* » Il approcha l'éléphant de son visage et l'appuya contre sa joue. « *Et si c'est une fille ? Elle sera aussi belle que toi* », avait-il dit à Linda. « *Commençons lundi. C'est le 1er du mois. Le bon moment pour commencer ! Oh, Jack, je suis si excitée.* » Linda était une planificatrice, elle l'avait toujours été. L'idée d'essayer d'être enceinte et d'avoir une date de « début » correspondait parfaitement à son style de vie organisé et efficace. Aucun d'eux ne pouvait savoir qu'elle ne passerait pas le week-end. Il écrasa l'éléphant entre ses deux mains et permit à son corps de ressentir toutes les larmes de son âme, tous les déchirements de son cœur, tous les coups de pied dans le ventre d'avoir à dire adieu à l'enfant qu'ils n'avaient même pas eu la chance d'essayer de concevoir.

Un rayon de lumière passa à travers la fenêtre et se déplaça lentement sur le parquet de la chambre d'enfant. Les larmes de Jack avaient séché depuis des heures, mais il n'avait pas été capable de bouger du rocking-chair. Sa gorge était sèche et sa poitrine lui faisait mal. Il se leva, ouvrit lentement les portes du placard, pour prendre avec précaution les vêtements de bébé sur les cintres, plier chaque petite tenue et la placer dans le berceau. Après quoi, il s'empara de la pile de vêtements non portés et descendit l'escalier avec la raideur d'un robot, à la fois épuisé et soulagé. *Il est temps. Je me suis caché assez longtemps.*

Il déposa sous le porche les vêtements du bébé soigneusement emballés dans un sac. La porte une fois verrouillée, il s'appuya contre et se laissa glisser sur le sol, réfléchissant à ce qu'il allait faire. Il y avait pensé toute l'après-midi. Il n'y avait qu'une seule option possible concernant les vêtements de Linda, et il lui faudrait pour cela tendre la main et tenter d'abattre une barrière qu'il avait dressée. Il devait appeler la sœur de Linda, Elise, et lui donner les vêtements de Linda. Sauf que cet appel lui semblait impossible à passer.

Les vêtements du bébé pourraient aller à une organisation caritative, mais ceux de Linda devraient aller à sa famille. *Je suis sa famille. Je l'étais. J'étais sa famille.* Jack ne voulait garder aucun des vêtements de Linda. Même s'il avait l'impression d'arracher une partie de son âme, il ressentait une bouffée d'espoir chaque fois qu'il pensait à Savannah et cet espoir touchait son cœur d'une manière différente, meilleure. Il ne voulait plus s'accrocher au passé. Ces quelques jours avec Savannah lui avaient rappelé ce que cela faisait de ne pas être consumé par la colère et la culpabilité. Et, plus important encore, pendant quelques moments intimes, la solitude qui l'avait consumé jour après jour avait disparu. Il n'avait pas réalisé à quel point sa vie était devenue sombre jusqu'à ce que Savannah, avec son obstination et sa beauté, fasse irruption et illumine son monde. Il était prêt à aller de l'avant.

CHAPITRE DIX-NEUF

Savannah était heureuse de retourner au travail mardi matin. Elle avait passé une bonne partie de la nuit précédente à penser à Jack. Elle s'était tournée et retournée toute la nuit, souhaitant le voir, même si elle savait que c'était probablement une erreur. *Pourquoi hante-t-il chacune de mes pensées ?* Elle allait se jeter dans le travail qui s'était accumulé pendant son absence.

Elle raccrocha après une conversation avec un client et passa en revue la pile de messages sur son bureau. *Comment vais-je pouvoir en venir à bout ?* Elle les classa par ordre de priorité : les clients dont la vie allait basculer si elle ne les rappelait pas immédiatement, les clients qui pensaient seulement que leur vie allait basculer et les personnes qui pourraient un jour devenir des clients. Les deux autres piles étaient constituées d'autres affaires juridiques dont elle devait s'occuper et… de Connor Dean. Non seulement il avait rempli sa boîte vocale et lui avait envoyé trop de SMS pour qu'elle puisse les compter, mais il avait aussi laissé sept messages à son assistante, Catherine. Pourquoi essayait-il de la contacter ? Elle avait déjà rompu leur relation de travail et transmis ses dossiers à un autre avocat. La période au cours de laquelle il aurait dû lui présenter des excuses était arrivée à échéance un an auparavant. Elle avait espéré que face à son absence de réaction, il comprendrait le message et la laisserait tranquille, mais il semblait maintenant prêt à la harceler tant qu'elle ne lui aurait pas répété que c'était fini. Alors qu'elle décrochait son téléphone pour le rappeler, on frappa, puis la porte s'ouvrit.

— Salut, ma belle. Regarde-moi ça.

Aida Strong, son associée, franchissait la porte avec un gros bouquet de roses. Elle était presque aussi grande que Savannah, avec les mêmes hanches fines et de longues jambes. Sur sa jupe et son chemisier blancs ajustés, les roses rouges semblaient encore plus éclatantes.

Le pouls de Savannah se mit à battre plus vite quand elle fit le tour du bureau.

— Qui les a envoyées ?

Jack ? Peut-être qu'il n'est pas le Neandertal que je me suis imaginé, après tout.

—Je n'ai pas lu la carte. Catherine a dit qu'elles venaient d'arriver. Comme je passais te voir, de toute façon, je les ai prises en passant. Elles sont magnifiques.

Aida coinça ses longs cheveux blonds derrière son oreille et déposa le vase sur le bureau de Savannah, à qui elle tendit l'enveloppe qui accompagnait les fleurs.

Savannah lut la carte, puis la déchira en deux et la jeta à la poubelle.

— Tu sais quoi ? Je vais demander à Catherine de les apporter au personnel du service courrier. Ils vont les apprécier.

Aida arqua un sourcil.

— Connor ?

Savannah soupira.

— Malheureusement. Je vais l'appeler tout de suite et lui répéter de laisser tomber.

Aida se renfrogna.

— Je suis désolée. Comment s'est passé ton week-end ? Est-ce que ce type est aussi beau qu'il en a l'air sur son site web ?

Savannah soupira.

— Jack Remington est encore plus sexy qu'il n'y paraît.

Et encore plus sensuel, et c'est le meilleur embrasseur de tous les temps et… il est brisé. Jack Remington est brisé.

— Ah oui ? Pourquoi est-ce que je ressens comme une tension sexuelle ? demanda Aida avec un petit sourire. Je savais que j'aurais dû t'y accompagner en tant que chaperon. Raconte-moi ce que j'ai manqué.

Aida et Savannah avaient commencé au cabinet d'avocats à un mois d'intervalle, cinq ans plus tôt, et elles étaient devenues des amies proches du jour au lendemain. Aida était aussi sarcastique que Savannah était coriace et, dans le secteur juridique du divertissement dominé par les hommes, elles avaient besoin de tout le soutien possible.

Le téléphone de Savannah sonna et elle jeta un coup d'œil à l'écran.

— C'est Josh. On se voit tout à l'heure.

— D'accord, mais je les prends, ces fleurs. Ne les gaspille pas avec le personnel du courrier.

Aida s'empara des roses et passa la porte sur un clin d'œil.

Savannah prit l'appel.

— Comment va mon frère le plus élégant ?

Josh était l'un des principaux créateurs de mode new-yorkais et, en tant que tel, toujours impeccablement habillé.

— Bien. J'ai entendu dire que tu étais de retour en ville. Comment s'est passé ton week-end de survie ? On te retrouve dans une télé-réalité, la semaine prochaine ?

— Tu peux toujours courir, même si j'ai vraiment apprécié. C'était bien de s'éloigner de la ville et, à part un lynx, c'était plutôt amusant.

Sentant presque encore le corps de Jack pressé contre son dos, comme cette nuit-là, elle fut obligée de secouer la tête pour se débarrasser de ce souvenir.

— Un lynx, Savannah ?

Josh s'était récemment fiancé à Riley Banks, son amour d'enfance, et ils étaient maintenant associés à part entière chez JRB Designs. Depuis ses fiançailles, Josh contactait Savannah plus fréquemment. Ils vivaient tous les deux à Manhattan, mais avant que Riley n'entre dans sa vie, Josh était très secret. Savannah était contente de ce changement, car elle aimait voir son frère.

— Juste un petit. Il m'a foutu la trouille, mais Jack l'a fait fuir. Comment va Riley ?

— Incroyable, comme toujours.

Savannah s'assit sur le bord de son bureau.

— Pourquoi tout le monde a-t-il une vie amoureuse in-croyable sauf moi ?

— Toujours déprimée par ton histoire avec Connor ? demanda Josh.

— Je n'en reviens pas d'être restée avec lui aussi longtemps. Pourquoi ne m'avez-vous pas fait entendre raison ?

Savannah se leva et fit les cent pas, frottant une zone dou-loureuse à la base de son cou. Elle n'avait pas révélé à ses frères que Connor l'avait trompée et elle n'avait pas l'intention de le faire maintenant. Elle aurait aimé oublier jusqu'à l'existence de ce triste individu.

— Parce que tu nous aurais écoutés ?

Tu me connais trop bien.

— OK, assez parlé de lui. Quoi de neuf, sinon ?

— Kaylie donne un concert à Central Park, ce soir. Blake et

Danica seront là, et avec Ri, on a pensé que tu voudrais peut-être te joindre à nous.

Kaylie était la sœur de Danica.

— Kaylie chante à nouveau ?

Celle-ci avait abandonné sa carrière de chanteuse lorsqu'elle avait eu des jumeaux, quelques années auparavant. Savannah caressa l'idée d'aller au concert. Elle n'avait rien de prévu et la perspective de rester assise dans son appartement à penser à Jack s'apparentait à une torture.

— Je pense qu'elle tâte le terrain. Blake a dit qu'ils comptaient la soutenir, parce que c'est son premier grand événement depuis qu'elle a eu Trevor et Lexi. Je pense que ça va être amusant. On pourra bavarder un peu, peut-être aller boire un verre.

Savannah voulait interroger Danica sur son apparente incapacité à sortir avec des hommes sans problèmes.

— Bien sûr, à quelle heure ? J'ai beaucoup de travail à rattraper ici.

— À 20 heures ?

— Je pense que c'est bon. Je te retrouve au pont.

Savannah coupa la communication et, avant d'être interrompue, appela Connor.

— Salut, Savannah. Je commençais à croire que tu avais disparu de la surface de la Terre.

Bien qu'elle déteste la façon dont il l'avait traitée, sans ménager ses sentiments ni lui témoigner le moindre respect, elle fut traversée d'un élan de désir au son de la voix douce et sensuelle de Connor. Elle se racla la gorge et posa une main sur sa hanche, manière de se prémunir contre ses manières enjôleuses.

— Non. Je suis toujours là, mais je ne sais pas pourquoi tu t'obstines à m'appeler. On a rompu, tu te souviens ?

Putain, pourquoi gaspillait-elle sa salive avec lui ?

— Merde, Savannah. Ce n'était rien. Mimi est juste une amie.

L'amusement qu'elle perçut dans sa voix la mit en rogne.

— Juste une amie. C'est censé tout expliquer ? Connor, est-ce que tu t'entends ?

— Bébé, calme-toi.

— Tu n'as jamais lu *Dating 101* ? Ne dis jamais à une femme de se calmer. C'est terminé, Connor. J'ai gaspillé assez de temps avec toi. S'il te plaît, ne me contacte plus.

Elle coupa la communication d'une main tremblante. Des applaudissements retentirent dans son dos et elle se retourna, bien disposée à engueuler l'intrus. Treat, son frère aîné, se tenait dans l'encadrement de la porte, vêtu d'un costume sombre et d'une cravate. Ses épais cheveux noirs étaient parfaitement coiffés.

— Bravo, la félicita-t-il, avec un sourire plein de fierté.

Il la prit dans ses bras. Avec ses deux mètres ou presque, il la dominait.

Elle l'enlaça sans enthousiasme et s'éloigna, encore perturbée par sa conversation avec Connor.

— Que fais-tu ici ?

— Réunion d'affaires. Je prends l'avion pour rentrer à 18 heures.

Treat et Max, sa femme, vivaient à Weston sur une propriété adjacente à celle de leur père.

— J'ai un compte à régler avec toi.

— Papa m'a dit que tu étais un peu fâchée contre moi, convint-il en haussant les sourcils. Je redoute ta colère après t'avoir vue t'en prendre à Connor Dean. Fais donc preuve de gentillesse avec ton frère.

Elle fit semblant de le pousser tandis qu'il se laissait tomber sur une chaise.

— Tu t'es renseigné sur Jack Remington ?

Treat ne broncha même pas.

— Bien sûr.

— Comment ça, « bien sûr » ? Treat, j'ai trente-quatre ans. Je pense que je peux prendre soin de moi.

— Je n'en doute pas, répliqua-t-il en croisant les jambes tout en étendant un bras musculeux sur le dossier de la chaise voisine. Vanny, pourquoi es-tu aussi en colère ?

— Parce que…

Connor est un con, j'aime vraiment Jack et j'ai encore été blessée.

— Je ne vois pas pourquoi tu es toujours en train de surveiller ce que je fais, reprit-elle. C'est… indiscret.

— Indiscret…

Il croisa son regard qui ne plaisantait pas.

— Oui et embarrassant. Dégradant.

— Dégradant ? Vraiment ?

— Treat, arrête. Tu sais ce que je veux dire. Je suis une grande fille et ta surveillance me donne l'impression d'être encore une enfant.

Elle faisait les cent pas devant les fenêtres, ne sachant même pas elle-même où elle voulait en venir ni pourquoi elle lui lançait ces reproches.

Treat se leva et s'approcha d'elle.

— Savannah, je ne t'ai pas surveillée, toi. Je l'ai surveillé, lui. Tu es ma sœur. Ma sœur attirante et fortunée, et il y a beaucoup de sales types par le monde. Je ne fais que te protéger. Qu'est-ce qui se passe ? Qu'est-ce qui a changé ?

Elle s'appuya contre le rebord de la fenêtre et se couvrit le visage des mains.

— Oh, Treat, ma vie est un tel bordel. Je sais que tu voulais bien faire, mais Jack est un type bien, vraiment.

— Oui, je sais.

Elle leva les yeux vers lui.

— Tu le sais ? Je pensais que tu t'étais juste renseigné sur lui, sur son passé, pas pour savoir si c'était un type bien ou pas.

— Eh bien, si.

Il vint s'adosser à côté de Savannah.

— Il s'avère que son frère Rush est skieur de compétition, donc j'ai appelé Blake. Il connaît bien Rush, et... Jack est un bon gars, résuma-t-il en haussant les épaules. Il a même reçu la médaille d'honneur du Congrès quand il était dans les Forces spéciales.

— Bien sûr, soupira Savannah. Et Connor est l'acteur le plus sexy à se balader dans le coin.

— Vanny, quel est le rapport ? Donne-moi un indice.

Savannah pinça les lèvres et plissa les paupières, puis elle secoua la tête, mais sans pouvoir empêcher ses yeux de se remplir de larmes.

— Oh, Savannah. Jack et toi ? s'esclaffa-t-il.

Elle lui tapa sur le bras.

— Ce n'est pas drôle.

— Non. J'aurais simplement dû le savoir. Tu es la femme la plus obstinée et compétitive que je connaisse et, d'après ce que Blake a dit, Jack est aussi têtu qu'une mule. Bien sûr que vous avez été attirés l'un par l'autre. Bon, ajouta-t-il en frappant dans ses mains. Dis-moi ce que je peux faire. Je suppose d'après ta moue que ça a mal tourné ?

— Je ne sais pas ce que c'était, mais je sais que je n'arrive pas à me le sortir de la tête, admit Savannah.

Il plongea son regard dans le sien sans plus aucune trace d'amusement.

— Alors tu sais pour sa femme ? fit-il avec les mêmes intonations paternelles que leur père.

Elle baissa les yeux.

— Oui. Je sais qu'elle est morte. Je ne sais pas comment ou quoi que ce soit d'autre, et je sais que la dernière chose dont j'ai besoin, c'est d'un type qui vit encore avec le fantôme de sa femme morte. Mais, Treat, pourquoi n'arrivé-je pas à me le sortir de la tête ? Je veux dire, avec la plupart des gars, je suis forte. Je les fais galérer pour décrocher un rendez-vous avec moi. Bon, peut-être pas Connor. Dieu seul sait à quel point je suis perturbée de l'avoir laissé m'embrouiller la tête pendant si longtemps. Mais tu me connais. Je ne suis pas une mauviette, pourtant, à la minute où j'ai vu Jack, j'ai été…

Elle se couvrit à nouveau le visage de ses mains et secoua la tête en gémissant.

— Il y a en lui quelque chose d'étrange, un mélange de dureté et de tendresse. C'est à la fois frustrant et effrayant, et je ne sais pas si je dois fuir ou courir vers lui.

— Tu sais, quand j'ai rencontré Max, elle était pareille, répliqua-t-il d'une voix adoucie. Elle portait une armure si épaisse que je ne pensais pas pouvoir la percer un jour. Mais dans les moments où nous étions proches, j'ai vu des indices de sa douceur et j'ai su que je devais essayer.

Treat détourna le regard, comme si un souvenir se déroulait sous ses yeux.

— Je ne suis pas sûr que Jack possède le même genre de dureté. Il a perdu sa femme et je pense qu'il a l'impression de ne pas mériter d'être heureux ou quelque chose du genre.

Treat lui prit la main.

— Savannah, la douleur provient de toutes sortes de sources. On construit des murs pour se protéger, et on reste derrière, à l'abri du monde. Ou de nos peurs, ou de n'importe quelle merde qui nous traverse l'esprit. Et puis quelqu'un arrive qui ouvre une petite brèche dans ce mur et, soudain, un flot de lumière se déverse à travers. La douleur, c'est la douleur. Peu importe d'où elle vient. Ça fait mal. Jusqu'à ce que la lumière de la bonne personne filtre à travers, on n'a pas l'énergie de changer.

Il plaça un bras sur son épaule.

— Alors, quoi ? On ne change jamais ?

— Alors on se cache encore un peu plus dans notre trou. Mais quand la bonne personne arrive à percer nos défenses, tout est possible.

— Tu pourrais rendre une crotte de chien romantique.

Elle reposa sa tête contre lui.

— Se reprocher la mort de son conjoint fait sacrément mal, Savannah. Il a probablement besoin de temps.

Treat passa un bras autour de son épaule lorsqu'elle se redressa.

Se reprocher ?

— Que veux-tu dire par « se reprocher » ?

— Je pensais que tu le savais. D'après Rush, Jack s'accuse de la mort de sa femme. Apparemment, il y avait une tempête. Il revenait d'une longue tournée et il était épuisé, alors il l'a laissé prendre seule la voiture. Or, peu après son départ, l'orage s'est intensifié et...

— Et c'est là que l'accident s'est produit. Mince, pas étonnant qu'il soit hanté.

Savannah se souvint de l'angoisse qu'elle avait vue dans les yeux de Jack lorsqu'il lui avait dit qu'il n'était pas sûr d'être en mesure de surmonter son passé.

— C'est pire que ça, Vanny. C'est lui qui l'a trouvée.

— Mon Dieu, Treat, c'est affreux !

Elle souffrait de ce que Jack devait vivre à chaque instant de chaque jour.

— À quel point aimes-tu ce gars, Savannah ?

— Je ne sais pas. Beaucoup, répondit-elle honnêtement.

— Eh bien, alors, tout ce que je peux faire, c'est soutenir ce que tu décideras. On dirait que c'est un type bien qui n'a pas eu de chance. Alors, dis-moi : que puis-je faire pour t'aider ? Tu veux que je te dissuade de penser à lui ?

Il parlait d'un ton sérieux, pourtant Savannah décela une lueur de taquinerie dans son regard.

— Tu sais que je n'écouterai pas, admit-elle. Ça n'a pas d'importance. Je ne le contacte pas et il ne m'a pas contactée, donc toute cette histoire finira par être oubliée. Je me retrouverai encore une fois avec le cœur brisé. Je deviens plutôt bonne en la matière.

Treat se leva et l'attira dans ses bras. Elle se détendit contre lui, avide de sa sécurité et de sa force. Il l'obligeait à admettre une pensée qu'elle avait cherché à étouffer.

— Ce cœur brisé est bien différent de tous ses prédécesseurs.

CHAPITRE VINGT

Jack était assis sur la terrasse arrière de son chalet alors que l'après-midi se transformait en soirée. L'air vif lui piquait la peau, mais il écoutait les grillons, les grenouilles arboricoles et autres bruits nocturnes sur les trois hectares qui séparaient son chalet du reste du monde, tout en réfléchissant à la façon dont il allait aborder son avenir. Chaque fois qu'il songeait à appeler Elise, son esprit revenait sur son frère Rush, et ses tripes se serraient. Rush n'avait jamais compris le besoin qu'avait eu Jack de se détacher de la vie qu'il connaissait et de la famille qu'il aimait. Après la mort de Linda, Rush avait essayé de le soutenir, et plus Jack refusait son soutien, plus son frère devenait froid. Les dernières fois qu'il l'avait vu, Rush lui avait rappelé que s'il n'avait pas été aussi absorbé par lui-même, il n'aurait pas laissé Linda sortir dans la tempête. Jack avait vu rouge, et il avait finalement traité Rush de ce qu'il était. « *Tu es un coureur de jupons gâté qui ne saurait même pas ce que c'est que l'amour s'il te bottait le cul, et encore moins ce que ça fait de perdre celle que tu aimes.* » Il était tellement en colère qu'il était allé encore plus loin. « *Si je ne te revois jamais, ce sera bien assez tôt.* »

Il considéra le téléphone sur la table près des portes vitrées. Tout ce qu'il avait à faire, c'était passer un coup de fil. Elise viendrait chercher les vêtements de Linda et il pourrait en finir avec tout ça et aller enfin de l'avant. L'instinct de Jack lui soufflait le contraire. Il ne pouvait pas renouer avec un sentiment de normalité si le chaos familial continuait à peser sur lui.

Jack se leva et marcha jusqu'à l'orée du bois, brûlant d'y entrer, de disparaître ou de retourner dans les montagnes pour un mois de plus. Il avait été tenté de parler à Savannah du chalet dans le Colorado qu'il appelait sa maison depuis quelques années, mais la peur l'avait retenu. Son attirance pour Savannah avait été si intense, si puissante dès l'instant où il avait posé les yeux sur elle, que ça l'avait effrayé. Il avait essayé de la nier, mais c'était trop fort. Sa résolution s'était fissurée et il avait laissé Savannah entrer. *Et profondément.* Mais le chalet était sacré. C'était sa cachette, le seul endroit où il n'avait pas à s'inquiéter du fantôme de Linda, puisqu'il l'avait acheté après sa mort. Même sa famille ne savait pas où il se trouvait. Il n'était pas prêt à dévoiler le seul filet de sécurité qu'il avait. *Et si je n'arrive pas à me ressaisir ?*

Le visage de Savannah surgit dans son esprit et il sentit son cœur s'ouvrir. À son souvenir, un sourire se dessina sur ses lèvres. Il passa un doigt sur l'arc de ses lèvres, incrédule : il avait pu ressentir cette émotion dans ce lieu ? L'endroit l'avait pourtant plongé si profondément dans la culpabilité et la colère qu'il avait dû s'enfuir. *Le bonheur.* Même le fait d'y penser était étrange pour lui. Jack fut secoué d'un rire rapide et inattendu, puis se retourna vers le chalet.

— Fils de pute, dit-il avec un autre petit rire.

Il se dirigea vers l'intérieur, soudain poussé par un élan puissant, et décrocha le téléphone.

Pendant une minute, Jack fixa le récepteur, à répéter ce qu'il pourrait répondre à son frère quand il décrocherait. *« Salut, Rush. C'est moi, Jack. »* Ou, *« Rush, salut, c'est Jack. »* Prendre le téléphone pour appeler son frère aurait dû être un geste simple. Alors pourquoi sa poitrine se contractait-elle et sa mâchoire se serrait-elle ? Pourquoi sentait-il son corps glisser dans une sorte de posture défensive, les nerfs tendus à craquer ? Parce que chaque fois qu'il pensait à Rush, il voyait le visage stoïque de son père juste derrière lui.

Jack posa le récepteur et se laissa tomber dans un fauteuil de la salle à manger. Il planta les coudes sur ses cuisses et enfouit son visage entre ses mains. *Je suis vraiment dans la merde. C'est de la folie.* Les mots de Savannah lui revinrent à l'esprit. « *Je me suis amourachée d'un homme des montagnes bon à rien, en colère et peu sûr de lui.* » Il se redressa et inspira, carrant son torse et ses larges épaules à leur maximum. *Bon à rien.* Il se leva et serra les poings. *Peu sûr de lui.* Il était tout sauf bon à rien et peu sûr de lui. En colère, oui. Quel fils de pute ne serait pas en colère ? Il avait tué sa femme, putain. Mais peu sûr de lui ? Bon à rien ? C'était donc ce qu'on pensait de lui maintenant ?

Il descendit la marche vers le salon en contrebas et prit la médaille encadrée sur l'étagère à côté de la cheminée, afin de l'examiner. Il avait besoin de se rappeler sa valeur dans son propre esprit. *Médaille d'honneur du Congrès. Bien au-delà de son devoir.* Il toucha la protection vitrée au-dessus du mot « courage ». La fierté enfla en lui, tirant ses épaules en arrière. Il fléchit les muscles de ses jambes, pour en sentir la force, et se redressa. Il reposa la médaille sur l'étagère et, drapé de son courage comme d'un manteau, il retourna vers le téléphone. Sans plus aucune hésitation, il composa le numéro de Rush. Son cœur tambourinait contre sa cage thoracique. Chaque sonnerie du téléphone de Rush accélérait son pouls.

— Allô ?

La voix profonde et familière de son frère fit naître une vive douleur dans la poitrine de Jack. Il déglutit pour tenter de s'éclaircir la gorge et ouvrit la bouche, mais elle était si sèche qu'il ne put former un seul mot.

— Allô ? répéta prudemment Rush.

— Rush, réussit enfin à sortir Jack.

Le silence envahit les ondes.

— Rush, c'est Jack.

Merde. Il cherchait les bons mots. Putain, il était partant pour n'importe quel mot.

— Ne raccroche pas.

— Je ne raccroche pas.

La tension dans la voix de Rush était égale à la peur dans celle de Jack. Il imaginait Rush debout, tout comme lui, le corps crispé des pieds à la tête, les jambes enracinées dans le sol, les biceps contractés.

— Je sais que c'est trop tard et je ne t'en voudrais pas de raccrocher après les choses que je t'ai dites.

Que nous nous sommes dites l'un à l'autre.

— Rush, j'ai fini de fuir.

Incrédule, il ferma les yeux : il venait vraiment de lâcher les mots qu'il avait juré de ne jamais dire, sans même parler d'avoir envie de les dire. Après la mort de Linda, il ne pensait pas qu'il aurait un jour envie d'arrêter de fuir. Savannah lui avait permis de réaliser à quel point il avait tort.

Il entendit Rush relâcher un souffle, et Jack visualisa ses yeux d'un bleu stupéfiant – aussi clairs que les siens étaient sombres – emplis d'un mélange d'émotions contradictoires, colère froide et amour fraternel chaleureux.

— Je vais appeler Elise pour qu'elle vienne chercher les affaires de Linda.

Putain, Rush. Parle-moi !

— Surtout pas.

La déclaration emphatique de Rush prit Jack au dépourvu.

— Que je n'appelle pas Elise ?

— Son père est très malade. En phase terminale. Ne la bouleverse pas plus qu'elle ne l'est déjà.

— En phase terminale ? répéta Jack d'une voix confinant au murmure. Ralph ?

Avant la mort de Linda, Jack et Ralph avaient été proches. Il se rappelait très bien avoir parlé de l'armée et de la politique avec Ralph, avoir regardé le football avec lui, à Thanksgiving, et partagé de nombreuses conversations à cœur ouvert sur les différences entre les hommes et les femmes. Il sourit en y repensant, mais son sourire s'effaça rapidement au souvenir de leur dernière interaction, juste après l'accident de Linda, lorsque Ralph n'avait pas hésité à blâmer Jack de sa mort. C'était le chagrin qui parlait, Jack le savait, mais les mots de Ralph n'avaient fait que confirmer son analyse.

Il frotta la cicatrice à l'arrière de son bras.

— Jack, tu as causé assez de tracas à cette famille. N'empire pas les choses, ajouta Rush.

Ses mots perforèrent le courage de Jack comme un couteau. Sentant sa force lui échapper, il se laissa retomber sur le fauteuil.

— Rush, je dois le voir.

Jack ferma les yeux. Il devait voir Ralph et tirer les choses au clair. Ce n'était pas seulement le vieil homme qui avait lancé des paroles blessantes.

— Le type est sur son lit de mort, Jack. À quoi ça va servir ?

La voix de Rush s'était adoucie et Jack fut heureux de ce changement. Peut-être qu'il y avait de l'espoir pour eux après tout.

— Je ne sais pas exactement, mais je le dois à Linda. On

avait une relation solide avant qu'elle… avant l'accident.

— C'était il y a longtemps, Jack. Il a fallu des mois avant qu'il puisse passer à autre chose, et il y a finalement réussi. Beaucoup de choses se sont passées ces deux dernières années, pendant que tu te planquais comme ce putain de Saddam Hussein.

Jack étouffa l'envie de répliquer à son frère d'aller se faire foutre. Il avait gagné sa médaille lors de la capture de Hussein. Autrement dit, Rush essayait juste de le pousser à bout. Leur père se tenait-il derrière lui, à l'encourager ? Il les poussait toujours dans leurs retranchements. *Sois un homme.*

Jack ne pouvait pas se laisser distraire par les conneries qui se passaient avec Rush. Si son frère ne voulait pas le laisser revenir dans sa vie, il réglerait la question à un autre moment. Avec l'information qu'il venait de recevoir, le constat de fragilité de la vie se répercutait à travers lui comme une lame à double tranchant. Chaque tranche essayait de lui dérober sa force et son courage. Jack se leva et plongea le regard dans l'obscurité par-delà la fenêtre.

— Et puis merde. Je le dois à Linda et je le dois à Ralph.

Les paroles de Savannah lui traversèrent l'esprit. « *Je vois Jack Remington, un homme, veuf, survivant au cœur tendre et pilote… Qui peut être un vrai con quand il a peur.* » Fini d'avoir peur. Aujourd'hui, il allait changer et rien ne l'arrêterait. Pas même son amour pour son frère.

— J'ai appelé parce que je voulais essayer de tirer les choses au clair avec toi, Rush. Tu es mon frère et je t'aime, mais je pige le truc : tu me vois toujours comme un connard qui a fui sa vie, et je ne sais pas comment arranger ça. Mais je peux arranger la situation merdique avec Ralph, et j'en ai l'intention. Avec ou sans ton soutien.

— Plus égoïste que jamais, lâcha Rush avant de raccrocher.

Jack écarta le récepteur de son oreille, le serrant si fort que ses jointures blanchirent.

— Merde.

Il ne se laisserait pas dissuader. Il alla récupérer son sac à dos sur sa moto et feuilleta le formulaire d'inscription de Savannah, puis il décrocha son téléphone et l'appela. Il avait le front moite de sueur malgré la brise fraîche qui entrait par la fenêtre ouverte de la salle à manger. Les secondes s'écoulèrent et il y eut deux, trois, quatre sonneries avant qu'il ne tombe finalement sur la messagerie vocale. L'espoir monta en flèche au son de sa voix enregistrée, lui répétant la raison pour laquelle il voulait changer. *Savannah.*

— Salut, c'est Jack.

Pourquoi ai-je l'air si sévère ? Il fournit un effort pour adoucir son ton, sans cesser de déambuler dans son salon pendant qu'il laissait le reste de son message pour essayer d'évacuer la frustration qui subsistait de sa conversation avec Rush.

— Savannah, je… euh…

Merde. J'aurais dû me préparer.

— …J'aimerais te revoir. Te parler. Tout ce que tu veux. Je me fiche qu'on parle au téléphone ou… j'ai l'air d'un idiot. Je suis désolé. Si ça t'intéresse, rappelle-moi.

Il lui laissa son numéro et raccrocha, aussi nerveux qu'un lycéen invitant une fille pour la première fois.

Avant de perdre son courage, il appela les renseignements et obtint le numéro d'Elise. Le téléphone ayant sonné trois fois, il se prépara mentalement à laisser un message. *Elise, c'est Jack. Je…*

— Allô ?

Linda ? Jack retint son souffle. *Putain, sa voix est identique à celle de Linda. Elise. C'est Elise.* Cela faisait si longtemps qu'il ne lui avait pas parlé qu'il avait oublié à quel point leurs timbres étaient similaires.

— Elise, c'est Jack. Jack Remington. S'il te plaît, ne raccroche pas, supplia-t-il.

— Jack ? Oh, mon Dieu, Jack. Pourquoi je raccrocherais ?

Ses yeux se remplirent de larmes.

— Pourquoi ? Je vois une centaine de raisons à cela.

Les mots étaient sortis avant qu'il ait eu le temps de réfléchir. Le soulagement fit disparaître la tension de son corps. Il s'appuya contre le mur, la tête renversée en arrière, les yeux rivés au plafond. *Dieu merci.*

— Je suis si heureuse que tu aies appelé, Jack ! J'allais essayer de te joindre, mais j'avais peur de le faire. Je ne savais pas si tu serais en colère, ou si, tu sais, ce serait un rappel trop cruel pour toi.

La gentillesse d'Elise lui faisait aussi penser à Linda et il s'attarda un instant sur ce souvenir agréable avant de répondre :

— J'ai appris pour ton père, Elise, et je suis vraiment désolé. Je sais qu'il ne veut probablement pas avoir affaire à moi, mais j'aimerais beaucoup m'excuser auprès de lui. En personne, s'il me le permet.

Allez. Donne-moi cette chance.

— Il le désire, lui aussi, Jack. Il se sent horriblement mal à propos de ce qu'il t'a dit. Il s'est rendu chez toi une fois par semaine pendant des mois, juste pour essayer d'entrer en contact avec toi. Il a dit qu'il t'avait laissé des lettres.

Jack ravala le goût épais et acide de la culpabilité.

— Oui, c'est vrai. Je les ai reçues, mais je ne les ai jamais ouvertes. Je ne pouvais pas, Elise. J'arrivais tout juste à respirer. Je sais que cela semble exagéré et probablement fou, mais pendant un moment, je pense que j'étais fou. Il m'a fallu beaucoup de temps pour retrouver mes esprits, et ma colère était si profonde que je n'arrivais pas à la gérer.

— On sait, Jack. Rappelle-toi qu'on te connaissait tous avant l'accident de Linda, et les gens ne changent pas du jour au lendemain. On savait que tu étais en deuil.

L'entendre évaluer ses émotions aussi facilement et sans jugement – à mille lieues de la réaction sévère de Rush – lui fit monter les larmes aux yeux. Il ferma les paupières et pressa ses doigts dessus, mais il ne put endiguer le flot de ses larmes. Il eut beau inspirer rapidement pour essayer de se calmer, rien n'y fit.

— Jack, murmura Elise, tu es en colère depuis si longtemps que tu n'as probablement pas fait ton deuil.

Jack prit un autre souffle.

— Je…

Mais sa voix fut avalée par d'autres larmes. Sa mâchoire tremblait sous l'intensité de son chagrin.

— Je suis désolé, réussit-il finalement à lâcher, mais à peine plus fort qu'un murmure.

Ai-je été tellement en colère que je n'ai jamais vraiment fait mon deuil ? Il n'en avait aucune idée, mais il s'en fichait tant il était reconnaissant à Elise de sa gentillesse, ainsi que du souvenir et des sentiments qu'elle évoquait. S'il n'avait pas encore fait son deuil, il pouvait l'affronter. Maintenant, il pouvait faire face à tout.

— Jack, s'il te plaît. On a dépassé les accusations et la colère, mais on est tous très inquiets pour toi. Linda n'aurait pas voulu que tu te caches du monde pendant si longtemps. Tu le sais. Elle aurait voulu que tu sois heureux et que tu vives une vie épanouie. Linda t'aimait, et c'est ce qu'espèrent les gens qui s'aiment.

Il se laissa tomber sur le sol.

— Merci, bredouilla-t-il d'une voix tremblante.

— Tu n'as pas à me remercier, Jack. Je tiens à toi. Comme nous tous.

Il prit une profonde inspiration, essayant de retenir les sanglots qui lui déchiraient la poitrine et menaçaient à nouveau d'engloutir sa voix.

— Elise, j'ai… J'ai les vêtements de Linda. Je ne peux pas les garder.

— Les vêtements de Linda ? Tu les as encore depuis tout ce temps ?

Jack hocha la tête, puis réalisa qu'elle ne pouvait pas le voir.

— Oui. Et les vêtements de bébé, aussi.

De nouveaux sanglots éclatèrent et il enfouit les yeux dans le creux de son coude.

— Jack, chuchota Elise. Tu es chez toi ?

— Oui.

— J'arrive.

La ligne fut coupée, mais il n'eut pas la force de tendre le bras pour poser le récepteur sur la console. Incapable de relever la tête, il avait toutes les peines du monde à respirer tandis que le chagrin envahissait chaque cellule de son corps. Ses membres tremblaient, son ventre lui faisait mal et ses dents n'arrêtaient pas de claquer. Jack s'abandonna à son état d'impuissance, la pièce se remplit de ses cris alors que la détresse se frayait un chemin depuis les recoins les plus profonds de son cœur et de son âme, le laissant épuisé et vidé.

CHAPITRE VINGT ET UN

Savannah s'appuya sur le mur du pont Gapstow, pour scruter Central Park à la recherche de Josh et Riley. Il y avait plus de familles que d'habitude qui se promenaient dans le parc. À cause de la fraîcheur inhabituelle de la soirée ou de l'imminence du concert, elle n'en était pas sûre, mais il était agréable de voir les gens se promener au lieu de se bousculer au rythme frénétique qui caractérisait la ville. Les feuilles changeantes lui rappelaient les montagnes du Colorado, ce qui la ramenait à Jack. Savannah soupira, regrettant de ne pas s'être défendue au bout du compte. Ce n'était pas comme s'il l'avait maltraitée ou qu'il avait cherché à la blesser. Il lui avait répété combien il était désemparé. Il avait été honnête. *Qu'est-ce qui ne va pas chez moi ?*

Elle voyait son visage dans chaque homme qu'elle croisait et entendait sa voix quand il n'y avait personne dans la pièce. Elle songea à le contacter par le biais de son site internet, mais cela ne ferait qu'alimenter sa faiblesse vis-à-vis des hommes. Cette fois, elle n'allait pas être la femme qui poursuivait un amant indigne de ses assiduités. Elle avait assez donné avec Connor. *Mais Jack n'est pas indigne !* Il n'y avait aucune comparaison entre Connor et Jack. Connor n'avait jamais exprimé le moindre sentiment pour Savannah, alors que Jack n'avait pas hésité à mettre son âme à nu et à dire exactement ce qu'il ressentait.

Une main se referma sur son épaule et elle sursauta, puis se retourna pour découvrir son jeune frère Josh qui la regardait en riant.

— Tu m'as fait une peur bleue.

En le serrant dans ses bras, elle réalisa qu'il faisait à peu près la même taille que Jack. En revanche, elle sentit la différence entre la corpulence mince et musclée de Josh et le corps épais et puissant de Jack.

— Salut, Savannah, lança Riley en la prenant dans ses bras. J'ai l'impression de ne pas t'avoir vue depuis une éternité.

Ils formaient un couple étonnant. Riley paraissait jeune et heureuse dans un jean moulant et un tee-shirt rouge à bretelles. Ses cheveux, qui tombaient à hauteur d'épaules, lui encadraient le visage, et Josh était beau avec son pantalon kaki et une chemise blanche à manches courtes, qui mettait en valeur ses yeux sombres et ses cheveux noirs.

— Je sais. C'est l'impression que ça donne, mais, depuis que Josh et toi êtes ensemble, je vous vois tous les deux plus que jamais, donc je ne peux pas me plaindre, dit Savannah.

Josh enroula un bras autour de la taille de Riley.

— On a essayé de t'appeler, pour se voir plus tôt, mais tu dois filtrer tes appels.

— Pas les tiens, répliqua-t-elle en sortant son téléphone avant de faire claquer sa langue. Flûte ! Il est resté en mode silencieux depuis ma réunion. Je suis désolée. Waouh ! J'ai six messages. Tu m'as appelée autant de fois ?

— Trois, dit Josh. Allons au concert.

Savannah se couvrit l'oreille et écouta ses messages pendant qu'ils se dirigeaient vers Rumsey Field. Lorsque la voix de Jack retentit dans le téléphone, elle s'arrêta et attrapa le bras de Josh.

Quoi ? demanda-t-il sans bruit.

Savannah leva un doigt pendant qu'elle écoutait, puis fourra son téléphone dans la poche de son jean et serra Josh dans ses bras tout en couinant de joie.

— Bonne nouvelle ? demanda Riley.

Le sourire de Savannah s'effaça. Elle n'avait rien dit à Josh à propos de Jack et, à présent, elle n'était pas sûre de devoir le faire. Il penserait qu'elle était folle d'être excitée par un homme alors qu'elle subissait encore le contrecoup de sa rupture avec Connor.

— Oh, euh…

Merde.

— Je parie que c'était Ja-ack, lâcha Riley d'une voix chantante.

— Jack ? répéta Savannah en fusillant Josh du regard. Putain, vraiment ? Treat t'a appelé ? Je jure devant Dieu que cette famille est vraiment dérangée parfois.

Elle partit d'un pas lourd en direction du champ. Josh et Riley la rattrapèrent.

— Il est passé avant de quitter la ville, il sortait de ton bureau. Une chose en entraînant une autre… Il était juste inquiet pour toi, expliqua Josh.

— Peu importe. Vous devez penser que je suis complètement folle.

Elle sentit le rouge lui monter aux joues. Les mains dans les poches, elle garda les yeux rivés sur le sol.

— J'étais là, Savannah. Treat était vraiment inquiet, mais pas parce qu'il pense que tu es folle. Il était inquiet parce que, d'après lui, pour la toute première fois, il a vu quelque chose dans tes yeux qui lui faisait croire que ce qui s'était passé entre Jack et toi était très fort. Et il était inquiet que tu le regrettes toute ta vie si tu n'en prenais la pleine mesure. Il nous a juste demandé de nous assurer que tu allais bien. C'est tout. Je te le promets.

Riley prit une grande inspiration. Elle avait parlé si vite que Savannah avait dû surveiller sa bouche pour s'assurer de ne pas manquer un mot.

Bouche bée, elle cligna des yeux pour cacher sa surprise.

— Il dit ça ?

— Oui, confirma Josh, qui embrassa la joue de Riley.

— Qu'est-ce qu'il a vu ?

— Peut-être ce que nous, nous avons vu, quand tu as écouté le message de Jack ? suggéra Josh avec un sourire.

Savannah sentit qu'elle rougissait.

— Je ne m'étais pas rendu compte que j'avais posé la question à voix haute.

Treat voit ce que je ressens ? Je suis fichue.

Ils atteignirent le champ où le concert avait déjà commencé. La voix de Kaylie retentissait dans les haut-parleurs. La foule se massait devant la scène et scandait son nom. Elle était radieuse sous les lumières. Ses cheveux blonds tombaient en cascade sur ses épaules alors qu'elle chantait au micro, se déhanchant et interagissant avec la foule.

— J'avais oublié à quel point Kaylie chante bien, commenta Riley alors qu'ils se dirigeaient vers la scène, à la recherche de Danica et Blake.

Savannah entendit la musique et le commentaire de Riley, mais elle ne pensait qu'à rappeler Jack et à ce que son appel lui-même signifiait. Son message était très mignon, comme s'il ne savait pas quoi dire. « *J'aimerais te voir. Parler avec toi. Tout ce que tu veux.* » Les papillons s'agitèrent dans son ventre. *Il pense à moi.*

— Savannah ! Riley ! Josh !

Danica se tenait sur le côté de la scène, agitant les bras. Ses boucles sombres sautillaient dans toutes les directions, juste au-dessus de ses épaules, bien différentes des cheveux blonds brillants de sa sœur.

— J'ai l'impression d'assister à une réunion de famille, commenta Savannah en embrassant Danica puis son mari, Blake.

Ce dernier avait grandi avec Savannah et ses frères et sœurs. Étant cousins, ils avaient passé de nombreux étés ensemble dans le ranch de sa famille.

— Toujours aussi magnifique, glissa Blake à Savannah.

Blake était grand, un beau ténébreux, et avant de rencontrer Danica, il avait utilisé cette beauté à son avantage et vécu la vie d'un joueur. Prenant n'importe quelle femme, n'importe quand, n'importe où. Mais dès qu'il avait posé les yeux sur Danica, il était tombé amoureux d'elle et avait fait le ménage dans sa vie.

— Pas à moitié aussi belle que ta femme, le taquina Savannah.

— Très vrai. Et regardez ces deux-là, ajouta-t-il avec un signe de tête vers Josh et Riley qui, penchés l'un vers l'autre, chuchotaient en se regardant dans les yeux. On dirait qu'ils vont à une séance photo pour le magazine *Romance*, s'esclaffa-t-il. Mec, tu ne veux pas faire un câlin à ton cousin ? Te détacher de ta fiancée une seconde ?

— Tu manques toujours autant d'affection, plaisanta Josh.

— Blake, tu as l'air vraiment heureux, constata Riley alors qu'il l'enveloppait de ses bras puissants.

— Comment ne pas être heureux ? J'ai une belle femme, sa sœur chante des chansons mélancoliques, et je suis avec ma famille. Je suis un homme chanceux.

Il passa son bras autour de Danica.

— Savannah, Treat me dit que tu es passée par le camp de survie de Jack Remington. Il a une excellente réputation. Comment c'était ? demanda-t-il.

Elle ne put s'empêcher de sourire.

— Génial. J'ai appris des tas de choses.

Josh haussa les sourcils et ravala son commentaire – *« ce n'est pas tout »* – derrière une petite toux.

Savannah et Riley lui flanquèrent toutes les deux une petite tape dans le bras.

— Oh, tu as rencontré quelqu'un là-bas ? demanda Blake. Je serais surpris que Jack ait autorisé cela. C'est un revêche, depuis quelque temps.

Revêche et passionné.

Savannah s'écarta du chemin pour laisser passer un badaud et se replaça à côté de Danica.

— Il est revêche, pour la plupart des gens. Mais un jeune couple s'est formé, là-bas, et il n'a pas semblé y prêter beaucoup d'attention. Il a en quelque sorte ignoré cet aspect et juste continué ses cours.

Probablement parce qu'on était trop occupés à essayer de garder nos sentiments sous contrôle.

— Remington ? Le frère de Rush ? Celui qui a perdu sa femme ? demanda Danica.

— Oui, confirma Blake. Il s'est fermé à tout le monde, et je ne pense pas que Rush sache seulement où il vit, maintenant. Quoi qu'il en soit, tu as rencontré quelqu'un de spécial là-bas ou ça a juste été une aventure d'un week-end ?

Sa famille ne sait pas où il est ?

— Je ne suis pas encore sûre, répondit Savannah.

Kaylie entama une autre chanson et Savannah fut heureuse de cette distraction. Elle allait causer de son cas à Danica. Alors que les autres tournaient leur attention vers la scène, elle se rapprocha de son amie.

— Je peux emprunter ton cerveau de thérapeute pour quelques minutes ? demanda-t-elle.

— Bien sûr. Que se passe-t-il ? répondit Danica en se détournant de la scène pour se rapprocher d'elle et lui accorder toute son attention.

— Je sais que tu as aidé mon frère Dane et sa petite amie, Lacy, à gérer sa peur des requins et ses angoisses relationnelles, et je suis un peu inquiète de ma capacité à choisir les bons hommes dans ma vie. Je me demandais si tu pourrais m'aider à comprendre pourquoi ou, au moins, comment arrêter de douter.

— Lacy est ma sœur, donc je savais déjà beaucoup de choses sur ce qu'elle avait traversé. En revanche, je ne sais pas grand-chose de tes antécédents, si ce n'est que ta mère est décédée quand tu étais petite et que ton père t'a élevée. Il semble chaleureux et aimant, mais aussi assez sévère puisqu'il vous a tous élevés pour que vous réussissiez et, je pense, pour que vous ayez confiance en vous.

Danica fronça les sourcils.

— Souvent, on trouve des indices sur nos problèmes dans nos propres pensées. Pourquoi penses-tu choisir les mauvais gars ? Et à quelle fréquence choisis-tu ce genre de types ?

— Eh bien, j'ai trente-quatre ans et je n'ai pas encore choisi le bon, donc ça doit vouloir dire que j'en ai choisi beaucoup de mauvais, et je ne sais pas trop pourquoi.

La musique était devenue un bruit de fond dans leur conversation. Heureusement, les autres étaient absorbés par le concert et non par Savannah qui s'épanchait.

— Parle-moi de tes trois dernières relations, proposa Danica.

Savannah soupira.

— Les trois dernières. Eh bien, je suis sortie avec Connor Dean, et il m'a trompée plusieurs fois, mais je suis toujours retournée avec lui. Avant lui, il y a eu Paul Chaste, un avocat. On est sortis ensemble pendant quelques mois, mais il était trop ennuyeux. Il n'y avait pas d'étincelle entre nous, tu vois ce que je veux dire ?

Danica hocha la tête.

— Et avant Paul, je suis sortie avec Matt Brewer. On s'entendait très bien, au niveau intime c'était super, mais on avait des objectifs différents dans la vie. Il ne voulait pas de famille et moi si, expliqua Savannah en haussant les épaules.

— Je ne vois pas de schéma qui se répète ici, Savannah. Donne-moi un indice sur ce que je manque.

— Que veux-tu dire ? Il y a un schéma précis. Je n'arrive pas à choisir les hommes qu'il me faut. Je suis anxieuse ? En manque d'affection ? Autoritaire ? Je sais que je suis vraiment casse-pieds et que je peux me montrer têtue. C'est ça, le problème ? Je peux supporter de l'entendre, Danica. Peu importe ce que c'est, parle-moi sans détour.

Savannah croisa les bras, se préparant à la douloureuse vérité. Danica sourit.

— Quoi ? reprit Savannah. C'est une combinaison de toutes ces choses ?

C'est *pire que ce que je pensais*.

— Non, non, répondit Danica qui se tourna vers Blake : Je

reviens tout de suite.

— Tout va bien ? demanda ce dernier.

— Oui. On va juste s'éloigner de la scène pendant un petit moment.

Super. On a besoin d'intimité. La situation doit être grave.

Quand elles furent loin des autres, Danica tira Savannah à côté d'elle sur l'herbe.

— OK, c'est parti. Un schéma, c'est quand tu répètes immanquablement le même processus, comme Blake ou Kaylie avant qu'ils ne s'installent. Ils sont allés d'aventure en aventure, sans jamais s'attacher. C'est ça, un schéma, Savannah. Tu es sortie avec les mauvais gars. Il y a une énorme différence, à moins que chacun de ces gars possède une qualité particulière qui rendait impossible toute relation avec eux.

— Eh bien, Connor était un coureur de jupons. Cela rend la chose plutôt impossible.

— C'est vrai, et on peut en parler, mais les autres ? insista Danica en soutenant le regard de Savannah.

Elle secoua la tête.

— Ennuyeux et aucun désir d'enfants. C'étaient des motifs de rupture pour moi. Mais c'étaient des hommes sympas, sérieux, sans autres défauts flagrants.

— Alors pourquoi penses-tu qu'il y a un problème chez toi ?

Savannah prit une profonde inspiration.

— Je suis restée avec Connor pendant presque deux ans. Il m'a trompée à d'innombrables reprises et j'ai continué à revenir avec lui, et maintenant… maintenant, je suis intéressée par un homme qui n'est émotionnellement disponible que de temps en temps. Quand son passé le paralyse, il est bloqué par un mur si épais que je ne peux pas le franchir.

— Tu ne peux pas ou tu ne veux pas ?

— Je pensais que ça allait être facile. Tu sais, je te raconte mes problèmes et tu me dis : « Oh, Savannah, c'est parce que tu n'es pas sûre de toi, parce que ta mère n'était pas là pour t'élever, ou parce que tu es trop têtue pour qu'un homme t'aime. » M, je ne sais pas, moi.

Elle se détourna, embarrassée : même ses problèmes ne pouvaient pas être simples.

— Savannah, je n'ai pas dit que tu n'avais pas de problèmes. On en a tous. Je dis que je ne vois pas de schéma répétitif dans ton choix d'hommes. Donc, ce type récent, il est tellement bloqué que tu ne peux pas l'atteindre ou que tu ne fais pas l'effort de l'atteindre ? En d'autres termes, est-ce que tu essaies et qu'il résiste ?

— Mince, Danica. Voilà pourquoi je ne vais pas chez les thérapeutes. Tu poses des questions difficiles auxquelles je ne veux pas répondre.

Savannah était irritée, mais seulement contre elle-même.

— Eh, c'est toi qui es venue me voir. On n'est pas obligées d'en parler.

Danica se redressa et épousseta son jean. Savannah tendit la main pour la ramener sur l'herbe.

— Ça, c'est un autre problème. Les thérapeutes n'ont pas l'envie de se battre ? Tu t'en irais et tu me laisserais dans cet état de conflit non résolu ?

— Parfois, la seule façon d'arranger les choses, c'est d'aller au fond de soi et de retirer la boue pour y voir un peu plus clair. Si je suis là pour te sortir de là à chaque étape, tu n'auras jamais envie ou besoin de dégager le chemin toi-même. Mince, je parle vraiment comme une thérapeute. Pourtant, ça fait des années que j'ai fermé mon cabinet, et me voilà débitant cette litanie, s'esclaffa Danica.

Savannah vit Riley murmurer à l'oreille de Josh et, encore une fois, elle aspira à cette proximité. Vu qu'elle appréciait Danica et lui faisait confiance, quelque chose lui soufflait qu'elle devait être honnête avec elle pour obtenir des réponses.

— Tu vois, même toi, tu n'aimes pas ça. Mais la vérité, c'est que j'ai besoin que tu me pousses… C'est Jack Remington. C'est avec lui que je suis sortie ce week-end et c'est à lui que je n'arrête pas de penser.

— Et c'est celui dont la femme est morte, compléta Danica en lui posant une main sur le bras. C'est un problème difficile, mais, à moins qu'il ne couche avec d'autres femmes, il n'y a aucun lien avec ce que tu as vécu avec Connor, donc je ne vois toujours pas de schéma se dessiner.

— Il n'est pas coureur de jupons. Avant moi, il n'avait pas couché avec une femme depuis deux ans.

Savannah s'attendait à ce que Danica reste bouche bée ou rie et dise : « Non, vraiment, depuis combien de temps ? ». Mais Danica n'en fit rien. Elle hocha la tête et fronça les sourcils.

— Waouh, sa douleur devait être immense et, s'il est vraiment devenu aussi reclus que Blake l'a dit, alors il a probablement enterré tout ça sous une autre émotion.

— La colère, confirma Savannah. Il est assez bourru quand on le rencontre pour la première fois, et il est rongé par la culpabilité, mais pas toujours, et quand ces sentiments le lâchent, il est tendre, aimant, passionné et…

— Est-ce qu'il a des accès de colère ? Il est agressif ? demanda Danica.

— Non, répondit Savannah en secouant sa tête. Quand je l'ai rencontré la première fois, il était juste fermé. Et il passait son temps à essayer de ne pas me regarder. Ou de me parler. Tu vois le genre. Il parlait énergiquement, quel que soit le sujet, d'un ton ferme. Aucun sourire, sauf quand il s'adressait au petit garçon qui était là. Il souriait vraiment quand il lui parlait.

— Il a l'air un peu renfermé. Comment vous êtes-vous mis ensemble ? Qu'est-ce qui a changé ?

Savannah se pencha en arrière, en appui sur ses paumes. Elle croisa les jambes au niveau des chevilles, se rappelant la nuit où elle avait vu le lynx et la peur qu'elle avait éprouvée.

— Une nuit, je suis allée dans les bois pour me soulager et un lynx a surgi. Or, soudain Jack était là pour me sauver. Avant, il y avait toute cette attirance entre nous, une accumulation d'énergie sexuelle torride, mais on avait dressé tous les deux un mur de briques – moi à cause de Connor et lui… eh bien, tu sais déjà pourquoi. Et quand il m'a sauvée du lynx, on aurait dit que tous ces murs étaient tombés, qu'on le veuille ou non.

Danica s'appuya à côté de Savannah.

— Eh bien, tout cela me semble très normal, pas du tout inquiétant. Maintenant, si c'est vraiment toi qui l'as sorti de son célibat, alors il n'y a que deux options. Soit il s'agit d'une connexion significative qui ne peut que continuer à se développer, soit il va affronter ses soucis et passer à autre chose. Comme si tu avais brisé le barrage, que c'était merveilleux, mais qu'il allait avoir envie d'explorer ce qui en résultera.

— Tu n'enjolives pas les choses, n'est-ce pas ?

Savannah scruta les yeux de Danica, qui manifestaient toujours le plus grand sérieux.

— Quoi ?

— Rien. C'est drôle, tu sais ? Je suis avec Blake, qui a eu trop de femmes pour un seul homme, et te voilà avec le problème inverse, mais le souci est le même. Savannah, je vais prendre des risques et te dire ceci, même si je ne connais pas ton histoire complète ou ce que tu as traversé dans tes relations. Et je vais te le dire en tant que femme appartenant à ta famille par le mariage. Pas en tant que thérapeute, mais en tant qu'amie. Je pense que si tu as choisi des hommes qui ne te convenaient pas, c'est uniquement parce que tu as beaucoup de succès et que tu es belle, ce qui met de nombreux hommes en insécurité. Mais au-delà de ça, tu cherches simplement un amour qui dure, alors suis ton cœur. Si Jack n'est pas prêt – et il y a de fortes chances qu'il ne le soit pas –, alors qu'auras-tu perdu ?

Mon cœur.

— Un peu de respect de moi-même.

Ses joues s'enflammèrent à nouveau, au souvenir des choses que Jack et elle avaient faites dans les bois.

— J'ai déjà fait plus de choses intimes – et différentes – avec lui qu'avec n'importe quel autre de mes amants, et j'en avais envie.

Un sourire se dessina sur les lèvres de Danica, qui s'approcha et murmura :

— Ça ne signifie pas que quelque chose cloche chez toi. Cela signifie que tu es sauvagement attirée par lui.

Danica regarda Blake traverser la pelouse et, en scrutant son regard, Savannah lut tout l'amour, le désir et l'intimité qui existaient entre eux. Treat avait-il vu ça dans ses yeux, cet après-midi ? Josh et Riley l'avaient-ils remarqué lorsqu'elle avait écouté le message de Jack ? Était-ce similaire à ce qu'elle avait vu dans les yeux de Danica ? Elle sentit son téléphone portable dans sa poche et comprit : la réponse n'était qu'à un coup de fil.

CHAPITRE VINGT-DEUX

Le coup fut si faible que Jack faillit ne pas l'entendre. Il souleva sa tête de ses bras et se repoussa du sol où il était assis depuis qu'il avait raccroché le téléphone avec Elise. À la seconde où il ouvrirait la porte, il n'y aurait pas de retour en arrière possible. Jack tenta d'imaginer la sœur de Linda. La dernière fois qu'il l'avait vue, c'était peu après l'accident. Elle était aussi bouleversée que lui. Prenant une profonde inspiration, il ouvrit la porte.

— Jack.

Elise entra sans lui laisser le temps de réagir et l'enlaça tout en pressant son visage contre son torse.

Il en eut le souffle coupé. Elle mesurait environ trente centimètres de moins que lui et elle avait toujours opté pour une coupe courte, mais, à présent, ses cheveux blonds lui tombaient sur les épaules, si semblables à ceux de Linda qu'en les effleurant de la main, il dut ravaler la tristesse qui montait. Elle s'éloigna de lui et secoua la tête. Ses yeux bleus pleins de chaleur ne contenaient ni colère ni reproche et le sourire sur ses lèvres lui procura un soulagement encore plus intense. Il sentit la tension se relâcher dans ses épaules.

— Salut, Elise, réussit-il à lâcher, en fermant la porte derrière elle. Entre. Asseyons-nous.

Elise et Linda étaient aussi proches que des sœurs peuvent

l'être. Elle avait vingt-huit ans lorsque Linda était morte, et Jack se souvenait de la douleur qui avait persisté par la suite dans ses yeux... et cette douleur avait enfoncé sa culpabilité de plus en plus profondément dans sa psyché. Maintenant, le désespoir d'Elise ne se décelait plus que dans l'ombre qui vacillait au fond de ses yeux et qui s'éteignit aussi vite qu'elle était apparue. Il était peut-être la seule personne à reconnaître cette ombre pour ce qu'elle était.

Ils s'assirent l'un en face de l'autre sur le canapé, Elise avec une jambe repliée sous l'autre et un bras en travers du dossier, Jack avec les coudes appuyés sur ses cuisses. Il avait le cœur plus lourd que quelques instants auparavant, et bien qu'il ne lise aucun reproche dans le regard d'Elise, la culpabilité qu'il éprouvait l'obligeait à fixer les yeux sur la cheminée.

— Jack, je suis très heureuse de te voir, déclara-t-elle en lui touchant le bras.

Il tourna la tête et la regarda, priant pour avoir la force de dire et de faire les choses qui lui permettraient d'aller de l'avant, mais soudain, le chemin qui menait des intentions à leur exécution lui parut pavé de tessons de verre.

Il se força à sourire.

— Je ne pensais pas revoir les Gray un jour et te voilà, assise sur mon canapé.

Le sourire d'Elise n'était pas contraint et, lorsqu'il illumina ses yeux, Jack se redressa, notant toutes les similitudes entre Linda et elle. Ses pommettes hautes, la façon dont une fossette se creusait dans ses joues lorsque le sourire atteignait un certain point, et juste une inclinaison de la tête, qui faisait retentir la voix de Linda à son oreille : *« Oh, Jackie, ne sois pas stupide. »* Combien de fois avait-elle prononcé cette phrase avec le même regard au fond des yeux ?

Elise baissa la tête.

— Je sais, Jack. Je lui ressemble. Depuis toujours, mais maintenant que mes cheveux sont plus longs…

— C'est remarquable. Ta voix, aussi.

Il se tourna vers elle pour pouvoir l'étudier de plus près. Un souvenir s'insinua dans son esprit, qu'il devait partager avec elle.

— Un jour, elle était assise là avec le même regard. On venait de décider d'essayer d'avoir un bébé.

Sa gorge se noua et il s'arrêta, parcouru d'un frisson, plissant les yeux pour empêcher ses larmes de couler.

— Elle a dit… Elle a dit : « Faisons-le, Jackie. » Rien de plus. « Faisons-le, Jackie. »

— Elle t'aimait, Jack, et elle aurait aimé vos enfants, fit Elise avant de lui toucher le bras. Tu te souviens de votre mariage ? Tu te souviens qu'elle m'a fait promettre de ne jamais la laisser devenir l'une de ces sœurs qui oublient qu'elle a une vie en dehors de son mariage ?

Jack hocha la tête.

— Elle ne l'a jamais fait, Jack. Elle a toujours trouvé du temps pour toi et moi.

Une larme coula sur la joue du jeune homme. Il tenta de la faire disparaître, mais d'autres coulèrent et il baissa les yeux sur le canapé.

— Elle me manque aussi, Jack, avoua Elise en essuyant ses propres yeux.

— Je suis vraiment désolé, Elise. Pas seulement pour l'avoir laissée sortir ce soir-là, mais pour avoir été un tel crétin après. Je l'aimais à la folie et elle m'a manqué, tellement manqué.

— Je sais, Jack. On le sait tous.

La voix d'Elise n'était pas plus forte qu'un murmure, mais quand elle reprit la parole, elle avait recouvré son assurance.

— Jack, tu manques à tout le monde. À ta famille, à la mienne. Tu as encore toute ta vie devant toi, et on s'inquiète à ton sujet.

— Je sais, fit-il d'une voix brisée. Je pensais pouvoir échapper à la douleur, qu'en ne voyant personne, je pourrais oublier les reproches et les accusations dans vos regards.

— Jack, personne ne t'a blâmé sauf toi-même.

Il secoua la tête.

— Ton père, si, et je suis sûr que tout le monde était de son avis.

— Non, Jack. Papa a parlé sous le coup de la colère et du chagrin. Tu ne te rappelles pas ? La dernière fois que tu l'as vu, vous vous êtes disputés. Je m'en souviens comme si c'était hier. C'était le jour de l'anniversaire de Linda, après sa mort, et il t'a dit d'arrêter de t'en vouloir et de te ressaisir.

Jack s'en souvenait bien, lui aussi. Le choc de la rage qui l'avait déchiré. Le culot de ceux qui lui disaient d'oublier sa douleur, d'oublier Linda et de reprendre le cours de sa vie. Ils ne comprenaient pas qu'il en était incapable. Il ne pouvait pas, physiquement, rassembler l'énergie nécessaire pour penser à oublier ou à se débarrasser de sa culpabilité.

— Jack, regarde-moi.

Il croisa son regard plein de compassion.

— C'est toi qui t'es blâmé, Jack. Vous vous êtes tellement disputés que mon père avait le visage tout rouge. Tu te souviens ? Réfléchis-y, s'il te plaît. Il est important que tu voies comment les choses se sont réellement passées. Tu lui as dit en face que tu ne lui parlerais plus jamais s'il continuait à te dire de la laisser partir et, pendant tout ce temps, il ne te disait rien de tel. Il te donnait la permission d'avancer dans ta vie.

Jack se prit la tête à deux mains et planta de nouveau les

coudes sur ses genoux.

— Non. Je l'ai vu dans ses yeux, Elise. Je l'ai vu. Sa haine était flagrante.

— Non, Jack.

La force de sa déclaration lui fit lever les yeux vers elle. Il sentit sa poitrine se soulever et s'abaisser tandis que sa respiration s'accélérait.

— C'était toi, Jack. Tu te détestais. Tu t'en es voulu. Tu nous as fait peur. Papa redoutait que tu fasses quelque chose d'horrible, que tu penses au suicide ou autre, et plus il essayait de te libérer de la culpabilité que tu t'imposais, plus tu étais en colère. Il a finalement renoncé et dit : « Bien, Jack. Va te vautrer dans ta culpabilité. Passe ta vie dans la prison que tu t'es imposée. C'est ce que tu veux entendre ? »

Elise se leva et se mit à déambuler dans le salon.

— Putain, Jack. Tu as toujours été tellement têtu. Tu l'as regardé dans les yeux et tu as répliqué : « Oui, bon sang. C'est la vérité. »

Elle s'accroupit devant lui et lui attrapa les genoux de ses petites mains, attendant que Jack la regarde avant de continuer.

— Jack, c'est à ce moment-là qu'il l'a dit, que tu étais la raison de sa mort. Il l'a dit pour t'apaiser, Jack, parce que chaque tentative de t'en dissuader semblait augmenter ta fureur et ton agressivité. Et tu te souviens de ta réaction ?

La poitrine de Jack lui faisait si mal qu'il ne parvenait pas à distinguer si ses larmes provenaient de la douleur ou du chagrin qui la comprimait.

— Tu l'as remercié, Jack, et tu as passé la porte. Et c'était il y a presque deux ans. Mon père vit depuis avec la culpabilité de cette conversation. Et toi ?

Elle se pencha en avant, fit courir sa main le long de son

bras, où elle trouva la cicatrice derrière son biceps gauche.

— Tu as vécu avec ça, aussi.

Elise se dirigea vers l'âtre de pierre et s'assit en face de Jack. Les mains croisées sur ses genoux, elle attendit, détournant respectueusement les yeux tandis qu'il séchait ses larmes et soupesait ses mots, permettant à la vérité de franchir le barrage qu'il avait érigé en lui, obstacle qui l'empêchait de se coucher et de dormir paisiblement, la nuit. Ils gardèrent le silence pendant dix ou quinze minutes qui leur parurent durer une éternité, sans être pour autant inconfortables. Jack ne réfléchit pas à ce qu'il allait dire ou faire ensuite. Il s'autorisa simplement à être présent, à accepter et à ressentir la douleur de la réalité qu'elle lui avait apportée – et cela seul constituait un énorme pas en avant.

— Je me suis mariée, Jack, et j'ai une fille.

Ce dernier releva la tête. Cette fois, un sourire se dessina sur ses lèvres.

— Une fille ?

Linda avait brûlé d'avoir une famille, et lui aussi. Voir Aiden lui avait rappelé à quel point il en avait envie et avec quelle énergie il avait repoussé ce désir.

Elise acquiesça.

— Linda Marlene Rollins. Elle a eu un an le mois dernier.

— Linda, répéta-t-il alors qu'un petit rire s'échappait de ses lèvres. Linda Rollins.

Elle hocha encore la tête.

— J'ai épousé Harry Rollins. Je ne sais pas si tu te souviens de lui.

— Si. Tu as commencé à sortir avec lui quelques mois avant…

Elise revint sur le canapé et s'assit à nouveau à côté de lui.

— Oui, c'est lui. C'est un père formidable et un mari merveilleux. Tu l'apprécierais, Jack. À un moment donné, si tu le souhaites, j'aimerais que tu le rencontres… Cela te dérange si je l'ai appelée Linda ? J'ai essayé de te contacter avant sa naissance, mais personne n'a pu te joindre.

— J'aime que tu l'aies appelée Linda. Est-ce qu'elle te ressemble ? Et à Linda ?

Elise a un enfant. Son père est en train de mourir. La vie avançait pour tout le monde, se terminait pour d'autres, et Jack était resté dans le même état de laideur et de colère que deux ans auparavant. Son esprit dériva vers Savannah, et il réalisa que ces derniers jours, il s'était mis à voir de la lumière au bout du tunnel de colère où il était coincé.

— Non. Elle ressemble à Harry, mais elle a nos yeux. Cheveux bruns, yeux bleus et la voix d'enfant la plus sonore que j'aie entendue. Totalement différente de Linda ou de moi.

La fierté dans les yeux d'Elise était indéniable. Jack acquiesça.

— Je suis très heureux pour toi. Je suis sûr que tu es une mère formidable.

— Et un jour, Jack, j'espère que tu t'autoriseras à être le père merveilleux que Linda a toujours pressenti en toi.

Une heure plus tard, Jack chargeait les sacs de vêtements de Linda et les vêtements de bébé non portés dans la voiture d'Elise.

— Promets-moi que tu viendras voir papa demain. Pas de fausses excuses ? Il est très fragile en ce moment. Je ne veux pas lui annoncer ta venue pour que tu te décommandes ensuite.

Elise le regardait avec tant d'espoir que le cœur de Jack en vibra.

— Je te le promets. Je le veux, Elise. Je veux affronter toutes les choses que j'ai enterrées. J'ai vraiment, vraiment l'intention d'aller de l'avant. Je ne peux pas ramener Linda et la colère n'est pas une solution non plus.

— Tu sais que Linda ne t'aurait jamais laissé dans cet état plus longtemps que…

— Dix minutes. Je n'y ai pas pensé depuis…

La tristesse le saisit à nouveau, mais, d'une certaine manière, la colère qui l'accompagnait habituellement avait été lavée par leur conversation.

— Tu te souviens de la règle des dix minutes ? demanda Jack avec un sourire.

À l'unisson, ils récitèrent :

— On a dix minutes pour être en colère, dix minutes pour être triste, dix minutes pour être autre chose qu'heureux d'avoir une onzième minute à attendre avec impatience.

— Tu crois qu'elle a toujours pressenti que quelque chose pourrait arriver ? demanda Elise en démarrant sa voiture.

— Non. Je lui ai posé la question une fois, et elle m'a répondu que c'était un gaspillage d'énergie que d'être autre chose qu'heureux.

Il détourna le regard, prenant conscience de la déception qui aurait été celle de Linda si elle avait su que, non content d'avoir enfreint sa règle sacrée, il avait aussi vécu avec sa colère pendant deux ans.

— En parlant de colère, tu as parlé à ta famille ?

— J'y travaille. Je vais faire ça bien, Elise. Merci d'être venue ici et de ne pas m'avoir tourné le dos alors que tu en avais parfaitement le droit.

Elle tourna des yeux souriants vers lui.

— Je suis la sœur de Linda. Comment pourrais-tu t'attendre à autre chose ? Je t'aime, Jack. Je ne peux pas te dire ce que cela représente pour moi de te voir sans ta mine sombre et crispée. Je suis fière de toi.

— Ne le sois pas. À part épouser Linda, je n'ai rien fait dont je puisse être fier depuis mes années de service.

Il repensa à la fierté qu'il avait ressentie à l'époque : le simple fait de revêtir son uniforme lui avait gonflé la poitrine de fierté. L'homme qu'il avait été ne se serait jamais recroquevillé derrière un extérieur froid et des centaines d'hectares de bois. *Comment ai-je pu tomber si bas ?*

— J'ai oublié de te demander. Où vis-tu ? Parce que tout le monde sait que ce n'était pas ici.

Jack songea à lui avouer la vérité, mais il n'en était pas encore là. Son chalet dans les bois était toujours sa couverture de sécurité, même s'il essayait de s'en passer.

— Dans les environs, répondit-il en se penchant pour lui déposer un baiser sur la joue. Je t'aime aussi, Elise. À demain.

Elle hocha la tête et démarra, puis s'arrêta et passa la tête par la vitre.

— Une dernière chose : n'abandonne pas, avec Rush. Il est aussi têtu que toi, il a appris auprès du meilleur.

Jack la regarda s'éloigner et se sentit un peu plus léger quand il traversa l'allée et retourna à l'intérieur. Il n'avait jamais autant pleuré de sa vie et il avait maintenant l'impression d'avoir été vidé de toute sa substance : de son sang, de son énergie et, étonnamment, de sa colère. Refermant la porte derrière lui, il attendit le retour du sentiment inquiétant qui le suivait habituellement dans la maison, mais rien ne vint. Il jeta un coup d'œil prudent à la cuisine, s'attendant à ce que l'image de Linda le regarde. Rien. Il éprouva alors un petit pincement de tristesse et une vague plus grande de soulagement. Fermant les yeux, il inspira profondément. Il avait besoin d'air.

Il ouvrit les fenêtres à battants du salon, puis les portes vitrées de la salle à manger qui donnaient sur la terrasse. L'air vif de la nuit balaya sa petite maison. L'odeur de l'automne envahit ses sens et fit naître un sourire sur ses lèvres. Fermant à nouveau les yeux, il se rappela la sensation de Savannah dans ses bras, ses seins pressés contre son torse, ses lèvres douces sur les siennes. Il avait combattu l'envie de penser à elle depuis qu'il lui avait laissé son message, plus tôt dans la soirée. Il s'était débattu avec la culpabilité de ce qu'ils avaient fait et du stade où il en était, dans sa vie. Comme elle ne l'avait pas rappelé, il craignait d'avoir gâché son unique chance d'être avec elle. Le monde lui avait échappé, heure par heure pendant des mois, sans même qu'il le remarque et maintenant, chaque seconde où il se figurait ne plus jamais revoir Savannah lui paraissait aussi longue que l'éternité.

Le téléphone fixe sonna, le tirant de ses pensées. Jack avait un téléphone portable, mais il l'utilisait rarement et ne donnait jamais son numéro. Alors que retentissait la troisième sonnerie du téléphone, il se demanda ce qu'Elise avait oublié de lui dire ou si elle appelait juste pour s'assurer qu'il était vraiment toujours là.

— Allô ?

— Jack ?

Avant de pouvoir s'arrêter, il inspira bruyamment.

— Savannah…

Sa voix était si douce et si hésitante qu'il avait eu envie de ramper à travers le fil du combiné pour voir ses beaux yeux verts et la prendre dans ses bras.

— Salut. J'ai eu ton message, annonça-t-elle.

Il balaya la pièce du regard, incapable de trouver quoi dire. Il savait juste qu'il avait besoin de la voir, d'être avec elle.

— Désolé d'avoir divagué.

— J'aime les divagations. Comment vas-tu ?

Il entendit le sourire dans sa voix, et son cœur s'emballa.

— Bien. Un peu mieux, même. Savannah, on peut se voir ?

Il ne voulait pas se montrer aussi direct, ou l'énoncer aussi énergiquement, mais il n'avait aucun contrôle quand il s'agissait de Savannah. L'attrait qu'elle exerçait sur lui était trop puissant.

— Je pensais que tu voulais régler les problèmes de ton existence.

Jack fit les cent pas.

— C'est le cas.

— En un jour ?

Il l'imagina froncer ses sourcils parfaitement épilés, et cette image le fit sourire.

— Je n'ai pas dit que j'étais guéri. J'ai dit que j'y faisais face. Savannah, je n'arrête pas de penser à toi.

Elle baissa la voix pour adopter une intonation séductrice.

— Parce qu'on a fait des tas de cochonneries et que ça faisait longtemps depuis…

— Non, Savannah, ce n'est pas ça, arrête. Je n'ai jamais été quelqu'un qui prend son pied à coucher à droite et à gauche et cette partie de moi n'a pas changé tout à coup. Beaucoup de femmes ont voulu coucher avec moi. Ce n'est pas bien difficile de trouver une personne avec tirer un coup, si tu en as envie.

— Avec qui coucher ? s'esclaffa-t-elle, mais Jack voyait bien qu'elle ne trouvait pas ça drôle.

— Que tu peux être agaçante ! Tu vois ce que je veux dire. Il y a eu des opportunités et, si c'était tout ce que je cherchais –

enfin, ce que *j'avais cherché* –, j'aurais sauté sur l'occasion, mais je n'étais pas en quête de ça.

— Mais maintenant, si ? demanda-t-elle.

La question le déconcerta et, avant qu'il puisse songer à une réponse, la vérité s'échappa de ses lèvres.

— Non, je ne cherchais personne à l'époque et je ne cherche toujours pas maintenant. Putain, Savannah. Je n'ai aucune idée de pourquoi ou de comment tu es arrivée jusqu'à moi, mais tu l'as fait, et c'est quelque chose, non ?

Ou était-il si déconnecté de ses émotions qu'il ne savait même plus ce qui était réel ?

— Je ne cherchais pas, moi non plus, Jack.

Il secoua la tête et se couvrit les yeux maintenant qu'un autre type de larmes lui montaient aux yeux. *Mais qu'est-ce qui ne va pas chez moi ?* Le masque de pierre de Jack s'était fissuré, et il ne savait pas comment réagir. Se laissant tomber sur une chaise, il lâcha d'une voix tremblante :

— Tu ne cherchais pas, et tu as rappelé. Je ne pouvais pas rester loin de toi. Peut-être que nous étions destinés à nous rencontrer.

— Destinés, chuchota Savannah.

— Je veux te voir.

Elle reprit son intonation séductrice.

— Moi aussi.

— Pardonne-moi d'être nul, mais ça fait longtemps que je n'ai plus entrepris ce genre de choses.

— Comme téléphoner à une femme ?

— Eh bien, oui, ça aussi, mais je pensais plus à fixer un rendez-vous.

Jack se redressa. Avec Savannah, même les situations les plus inconfortables étaient plus faciles à gérer.

— Un rendez-vous ? Genre, un rendez-vous du vendredi soir ?

L'idée d'attendre si longtemps était une torture.

— On n'est que mardi.

— Où es-tu ? demanda-t-elle.

— Chez moi.

Le mot retrouvait une consonance qu'il avait perdue depuis longtemps.

— À Bedford Corners.

Jack se leva et, en quatre enjambées déterminées, il avait ses clés en main.

— À une heure dix de chez toi si je me dépêche.

Il s'immobilisa, son téléphone dans une main, ses clés et la poignée de porte dans l'autre, attendant sa réponse.

— Dépêche-toi.

CHAPITRE VINGT-TROIS

Savannah n'avait jamais été aussi nerveuse de sa vie. Elle appuya ses paumes contre la fenêtre et fixa l'obscurité, observant la rue en contrebas. Il y avait tellement de papillons dans son ventre qu'elle avait peur de les voir s'envoler de sa bouche si elle essayait de parler. Elle se doucha et changea de vêtements cinq fois, pour finalement se décider pour un jean de marque et un tee-shirt noir sans manches à col en V.

Le vrombissement d'un moteur de moto dans la rue lui donna des frissons. Elle regarda le conducteur manœuvrer la moto sur une place de parking et scruta la rue à la recherche d'un autre espace libre pour Jack. Les bras puissants du conducteur tenaient le guidon et, lorsqu'il se tourna pour regarder derrière lui, Savannah vit clairement son dos large et musclé, et ses yeux tombèrent sur le V sexy et familier de sa taille. *Jack.* Elle haleta. *Une moto ? C'est trop sexy.* Ses cuisses puissantes enserraient la selle. Les mêmes jambes puissantes qui l'avaient retenue dans le ruisseau et qui s'étaient frottées contre les siennes sur le rocher. Elle le regarda descendre de moto et ôter son casque, puis secouer ses épais cheveux pour les libérer. Elle se détourna de la fenêtre, son corps bourdonnant d'anticipation.

Quelques minutes plus tard, Savannah ouvrait la porte. Les

larges épaules de Jack en remplissaient le cadre. Ses jambes écartées tiraient sur le jean de son Levi's. D'une main, il tenait son casque noir, tandis que sur son autre bras, planté sur sa hanche, les veines de ses biceps saillaient après sa chevauchée. Dans la montagne, rien ne permettait de prendre toute la mesure de la taille de Jack. Maintenant, avec sa tête qui touchait presque le cadre de la porte, il semblait encore plus imposant. Un sourire se dessina sur ses lèvres alors qu'il faisait un pas en avant. De sa main libre, il enveloppa la courbe de sa hanche.

— Salut, chuchota-t-il en se penchant pour l'embrasser.

Ce seul mot de sa voix riche et douce suffit à lui couper le souffle et à lui faire perdre toute chance de faire la conversation. Les poils rugueux de la joue de Jack lui effleurèrent le visage. La combinaison de son doux baiser et de l'éraflure mit son cœur en émoi.

Il ferma la porte derrière lui, et Savannah prit une grande inspiration, qu'elle relâcha lentement, pour essayer de recouvrer son calme. Il avait une odeur de terre et de propre à laquelle elle avait fini par identifier Jack.

—Comment s'est passé ton trajet ? Demanda Savannah, pour s'empêcher de supplier : « Embrasse-moi encore. S'il te plaît, embrasse-moi encore. »

— Bien trop long, répondit Jack sans sourire.

Immobile, il ne cherchait même pas un endroit où poser son casque.

Il la fixait du regard et ce fut Savannah qui avança d'un pas, plaça une main sur la taille de son pantalon et enroula ses doigts autour du ceinturon de cuir. Elle posa son autre main sur son épaule et se haussa sur la pointe des pieds, mais la distance entre eux était encore trop grande. Jack la rejoignit à mi-chemin, pour poser ses lèvres sur les siennes. Elles étaient tendres, son haleine mentholée. Chaque mouvement de sa langue sensuel, érotique. Il s'écarta le temps de poser son casque sur un guéridon, puis l'attira à nouveau contre lui, dans un long et délicieux baiser. Les genoux de Savannah faiblirent et, comme s'il avait senti le changement dans son énergie, Jack la pressa contre lui en plaquant sa grande main au centre de son dos, tandis que l'autre trouvait sa nuque comme la première fois qu'ils s'étaient embrassés. Être enveloppée par sa force alors qu'il s'occupait de sa bouche était si somptueux qu'un gémissement avide s'échappa de ses poumons pour s'insinuer dans ceux de Jack. Il s'écarta, et Savannah haleta, non pas pour reprendre son souffle, mais pour qu'il revienne vers elle.

— Je suis désolé. Je n'arrive pas à m'arrêter de t'embrasser.

Il abaissa la bouche vers son cou, l'effleurant de ses dents avant de caresser l'endroit le plus sensible avec sa langue, dure et obstinée.

Savannah renversa la tête en arrière et il plongea les mains dans ses cheveux pour lui attraper la nuque et ramener ses lèvres vers les siennes.

— Savannah…

Son nom était une longue et chaude respiration.

Aucun homme n'avait jamais pris le contrôle de son corps avec en tout et pour tout un baiser. Elle pouvait à peine penser et encore moins trouver les mots pour répondre. Alors elle lui prit la main et le conduisit dans le couloir étroit qui menait à sa chambre. Mais, alors qu'elle y entrait, il s'arrêta sur le seuil. Elle leva la main et toucha la joue à laquelle elle avait pensé toute l'après-midi et sentit la tension sous sa paume.

— Jack ? chuchota-t-elle.

Il posait sur elle un regard ardent, mais Savannah sentit une autre émotion émaner de lui comme une vague : nervosité, peur, tristesse ? Elle ne savait pas trop.

— Ta chambre, lâcha-t-il en baissant les yeux vers elle, la gorge nouée. Savannah, je ne suis pas sûr de pouvoir y entrer. Je n'ai pas confiance en moi.

— Jack, je pense qu'on a dépassé ce stade. Je sais que ça fait longtemps que tu n'as pas été avec une femme, mais quand une femme te demande d'entrer dans sa chambre, tu n'as pas besoin de te faire confiance.

Il l'attira à lui et repoussa les cheveux sur son épaule.

— Ce n'est pas ce que je voulais dire, répliqua-t-il. Je n'ai pas dormi dans une vraie chambre depuis des lustres et encore moins partagé une chambre avec une femme. Si ça se trouve, des trucs bizarres vont me passer par la tête. Savannah, je suis désolé. Je sais que cela doit paraître étrange venant d'un homme, mais je suis juste sur le point de gérer tous mes problèmes : je veux être proche de toi plus que je ne peux l'exprimer, mais je ne veux pas risquer de voir mon passé se faufiler entre nous.

Le fantôme de Linda se dresserait-il donc toujours entre eux ? Puis la culpabilité l'envahit, suivie par les conseils de Danica. *« Si Jack n'est pas prêt – et il y a de fortes chances qu'il ne le soit pas –, alors qu'auras-tu perdu ? »* Elle connaissait les risques. Jack l'enveloppait toujours de ses yeux sombres. L'inquiétude et le désir se mêlaient dans son regard, tellement attirant. Elle réalisa qu'elle voulait tout le temps qu'elle aurait la possibilité de passer avec lui. Une heure, un jour, une semaine. Son instinct de survie l'empêchait de penser à l'avenir.

— Je n'aurais probablement pas dû venir, mais je ne pouvais pas tenir une seconde de plus sans te voir, marmonna-t-il.

— Ne sois pas stupide, dit-elle en le ramenant dans le salon. J'ai un magnifique canapé-lit qui n'a jamais été ouvert. Ce sera nouveau pour toi et moi. On pourra se faire nos propres souvenirs.

Il était hors de question qu'elle attende encore pour se blottir contre lui et, à la façon dont les yeux de Jack la suivaient alors qu'elle traversait l'étage et éteignait les lumières, puis allumait des bougies sur la table de la salle à manger et sur le rebord de la fenêtre, elle voyait bien qu'il ne voulait pas attendre non plus. Jack déplia le canapé, que Savannah recouvrit des draps en satin décadents offerts par Josh au Noël précédent. À l'époque, elle avait trouvé qu'il s'agissait d'un achat ridiculement luxueux dont elle n'aurait jamais la moindre utilité. Maintenant, elle brûlait d'en sentir la douceur soyeuse contre sa peau, quand elle serait sous le corps dur de Jack.

La lumière de la lune filtrait par la fenêtre et dansait sur la flamme, projetant des ombres romantiques sur les draps luxueux. Jack n'avait jamais désiré une femme comme il désirait Savannah et, alors qu'il la regardait s'approcher de lui, puis sentait ses doigts fins se glisser sous son tee-shirt et sur ses abdominaux, il crut devenir fou à ce simple contact. Il devait la goûter à nouveau, sentir ces douces lèvres sur les siennes… alors il abaissa sa bouche vers la sienne. Il avait presque oublié à quel point c'était bon d'embrasser une femme et, en découvrant les contours de la bouche de Savannah, il avait l'impression qu'aucune autre femme n'avait jamais existé. Il rouvrit les yeux quand cette idée lui vint et s'écarta d'elle. Les lèvres de Savannah étaient rougies après leur baiser, ses yeux flamboyaient de désir.

C'est bien. Très, très bien.

Comme Savannah atteignait la boucle de son ceinturon, il lui attrapa la main.

— Pas encore. Je ne veux pas me précipiter. Je veux savourer chaque seconde avec toi.

Elle ouvrit des yeux ronds, puis les plissa tandis qu'un sourire se dessinait sur ses lèvres. Il fit courir ses mains le long de ses épaules soyeuses.

— Putain, ce que c'est bon d'être avec toi.

Elle rougit et il embrassa la peau empourprée de sa joue, puis sema des baisers le long de sa mâchoire jusqu'à la base de son oreille dont il mordilla le lobe. Le souffle plus court, elle resserra les bras autour de lui. Quand il posa les lèvres sur la courbe délicate à la base de son cou et qu'elle inclina la tête en arrière – Dieu, comme il aimait quand elle faisait ça ! – en pressant les seins contre lui, chaque atome de son être voulut lui arracher ses vêtements et la prendre sur-le-champ. Mais l'intérêt qu'il avait pour elle était plus profond que le sexe, et il avait l'intention de le lui montrer.

Glissant le doigt sous les bretelles de son tee-shirt, il les fit glisser le long de ses bras jusqu'au creux du coude, exposant ses seins ronds et fermes. Il lui souleva alors le menton pour embrasser la nouvelle rougeur qui avait envahi son visage.

— Tu es magnifique.

Le rose de ses tétons lui faisait de l'œil et il n'eut d'autre choix que d'abaisser la bouche vers l'un de ses seins et de caresser sa pointe tendue du bout de la langue. Il sentit durcir le petit renflement de chair, Savannah laissa échapper un soupir de plaisir. Jack avait besoin de plus. Empaumant ses deux seins, il les rapprocha, puis passa la langue de l'un à l'autre. Glissant les doigts sous son tee-shirt, Savannah les lui enfonça dans le dos, ce qui le stimula. Il voulait faire des tas de choses avec elle, qu'il n'avait jamais faites avec qui que ce soit d'autre. Alors qu'il déboutonnait le jean de Savannah, puis descendait la main vers son ventre, il passa le doigt sur son patch de la taille d'un pansement. Elle lui faisait perdre la tête, et savoir qu'elle avait pris ce soin pour eux deux la lui rendait encore plus chère.

— C'est mon patch contracep…, chuchota-t-elle.

— Je sais.

Il posa les dents dans son cou et l'embrassa brutalement, puis poussa sa main plus bas vers son pubis épilé. Elle passa la langue sur sa lèvre inférieure et toutes sortes de pensées sexuelles lui traversèrent l'esprit. Des pensées qu'il n'avait jamais eues avec aucune autre femme. Il voulait découvrir chaque centimètre carré du corps de Savannah, et de toutes les manières possibles, et il voulait aussi qu'elle fasse de même avec lui.

Approfondissant son baiser rugueux, il passa le doigt le long de sa moiteur. Elle était si chaude et si prête qu'il dut étouffer l'envie de craquer. Le frottement du jean de Savannah contre sa main et la pulsation de son sexe le poussaient pourtant à aller plus loin, si bien qu'il ne résista plus. D'un geste rapide, il descendit le jean de Savannah sur ses chevilles pour qu'elle s'en débarrasse, puis il lui arracha son tee-shirt par-dessus la tête, sachant que sa faim se lisait dans son regard dur et dans sa queue enragée, coincée sous son jean.

Savannah s'attaqua à son ceinturon, mais, une fois de plus, il lui retint le poignet en secouant la tête. S'il voulait avoir la moindre chance de durer, il devait d'abord se rassasier autrement et l'amener jusqu'aux sommets qu'elle méritait. Il la plaça donc sur le bord du matelas et l'allongea, puis il se servit de ses pieds pour lui écarter les jambes afin de s'insérer entre elles en collant son corps au sien.

— Laisse-moi te chérir.

La rudesse de sa propre voix le surprit, ce qu'il masqua par un autre baiser. Il aurait pu l'embrasser toute la nuit sans se lasser. Elle l'embrassa avidement, frottant sa langue contre la sienne, puis prenant sa lèvre inférieure entre ses dents pour tirer doucement dessus.

— Tu vas me faire jouir rien que comme ça.

Savannah se passa la langue sur les lèvres, et il gémit à nouveau. Depuis quand était-il devenu aussi avide ? Il descendit le long de son corps, léchant la pointe de ses seins, fourrant le nez dans le creux parfait de sa taille… pour finalement attraper la tendre courbe de ses hanches et la remonter sur le lit. *Vas-y doucement. Lentement, lentement, lentement.* Elle poussa ses épaules, pour l'inciter à descendre le long de son corps. Elle était si ouverte à lui que ce constat lui remplissait le cœur. Alors qu'il faisait lentement glisser sa langue sur la surface douce entre ses cuisses, son seul désir était de lui procurer du plaisir partout sur le corps. Elle se cambra à sa rencontre. Le corps secoué par l'impatience, il lui donna un nouveau coup de langue, cette fois plus profondément, si bien qu'il sentit les légères pulsations de son excitation. Il sentit son sexe palpiter et les battements de son cœur redoublèrent de vitesse. Savannah lui enfonça les ongles dans les épaules et le précipita contre l'arc de ses hanches. Tout espoir qu'il avait d'y aller doucement s'envola. Après un ultime coup de langue, il posa la bouche sur son sexe et passa la langue sur son clitoris, puis l'enfonça profondément en elle. Il sentit alors les cuisses de Savannah se resserrer contre lui et son corps trembler sous ses mains. Il la taquina d'un doigt tandis qu'il léchait son humidité, puis enfonça l'index de son autre main en elle, pour l'imprégner de sa chaleur. Elle haleta et enfonça les ongles plus profondément dans sa peau. La douleur fut aiguë et Jack serra les dents tout en faisant glisser son doigt humide sous ses fesses, à la recherche du seul autre endroit où il pouvait s'insinuer en elle. Il leva les yeux juste pour voir ceux de Savannah se refermer.

— D'accord ? fit-il d'une voix tremblante.

— Oui. Mon Dieu, oui !

Alors il plongea les doigts en elle, tout en la frottant avec son autre main et en continuant à la caresser de sa langue.

— Jack. Jack. Jack.

Les mots étaient sortis entrecoupés de longs halètements enivrants.

— Jouis pour moi, mon ange, la pressa-t-il.

Il la lécha plus vite, plus fort, faisant entrer et sortir son doigt alors que l'orgasme la submergeait et qu'elle ruait contre lui. Elle balançait la tête d'un côté à l'autre, le souffle rauque, un poing serré sur les draps tandis qu'elle lui griffait l'épaule de son autre main.

— Ohpuréeohpuréeohpurée ! cria-t-elle.

Jack brûlait d'arracher son jean et s'enfoncer dans son corps, mais elle était si belle quand elle jouissait. Ses seins se soulevaient et s'abaissaient alors qu'elle était sur la crête de sa libération. Un sourire satisfait se dessina sur ses lèvres et la tension dans ses jambes se relâcha. Jack savait qu'elle serait dix fois plus sensible à cette seconde précise. Posant la langue sur elle une fois de plus, il la taquina avant de la frôler de ses dents.

— Oh mon Dieu, Jack !

Elle se tordit sous son corps et il eut l'impression d'être le gars le plus chanceux du monde pour lui avoir donné un tel plaisir : son corps convulsait à nouveau dans un autre déferlement de pulsations.

Un cri aigu s'échappa de ses lèvres, qu'il dut capturer. Elle poussa un hoquet déçu quand il retira lentement son doigt, mais, dans la seconde qui suivit, il était sur elle, sa bouche sur la sienne, et elle léchait ses propres sucs sur sa langue, enfonçant la langue dans sa bouche avec une telle ferveur que le corps de Jack en tremblait. Seigneur, chaque sensation avec Savannah était plus intense, plus érotique. Jack se demanda ce qu'il avait vécu auparavant et réalisa que ça l'avait bel et bien rendu heureux sur le moment. Ce qu'il avait eu avant était bien. Ce qu'il avait avec Savannah était génial.

Elle lui attrapa les joues, rouvrant ses yeux sombres, si pleins de passion.

— Prends-moi, Jack. Je te veux.

Une fois qu'il aurait commencé, il ne pourrait plus s'arrêter, il le savait. Chaque baiser lui donnait encore plus envie d'elle. Il aurait voulu que chaque contact tendre, chaque goût et chaque moment durent éternellement, mais rien de tout cela ne serait suffisant. Il se releva du lit et déboucla sa ceinture, puis ôta son jean et son boxer. Sa formidable érection était enfin libre… Alors qu'il fermait les yeux et retirait son tee-shirt par la tête, il sentit les doigts fins de Savannah s'enrouler autour de son sexe. Elle le caressait d'une main et lui effleurait les bourses de l'autre. Jack jeta son tee-shirt par terre et la regarda avant de fermer les yeux sur le plaisir de sa bouche humide sur son érection. Plongeant les mains dans son épaisse chevelure, il la laissa mener la danse tandis qu'elle le prenait profondément dans sa bouche, puis se retirait lentement. Putain, elle le tuait, à petit feu et avec cruauté. Il ne voulait pas jouir dans sa bouche. Il voulait être en d'elle. Il voulait être doux et aimant, mais chaque fibre de son corps avait envie de se libérer.

Attrapant sa main, elle la lui pressa plus fort contre sa tête, afin qu'il l'aide à aller et venir sur sa queue. Jack rejeta la tête en arrière et prit une grande inspiration, excité par son agressivité.

Il accéda donc à sa requête et, à l'aide de ses deux mains, il lui fit accélérer le mouvement et s'enfonça plus profondément dans sa bouche, jusqu'à sentir le fond de sa gorge contre son gland.

— Savannah, non. Pas comme ça.

Elle leva les yeux vers lui, les lèvres toujours autour de lui. Il faillit perdre la tête. Elle le relâcha alors lentement.

— Je veux tout faire avec toi, Jack.

Ses yeux étaient grands, innocents, mais, une seconde plus tard, les ténèbres prirent le pas sur l'innocence, ne laissant plus subsister qu'un pur appétit sexuel. Il lutta contre ce qu'il eut alors envie de faire. Putain, il brûlait d'être en elle, mais comment lui refuser une telle demande ?

— Explore avec moi. Je n'ai jamais exploré ma sexualité comme ça avec quelqu'un, Jack, dit-elle en se levant. Je te veux bien plus fort que je n'ai jamais voulu personne.

— Putain, Savannah.

Il prit sa bouche dans un baiser brutal. Leurs dents s'entrechoquèrent, leurs langues s'enfoncèrent profondément, rudement. Tout espoir de retenue s'envola. Il la coucha sur le lit et grimpa sur elle, la plaquant contre le matelas quand il la chevaucha. Il lui immobilisa les bras sur le côté à l'aide de ses genoux.

— Oui, Jack, le pressa-t-elle, en levant la tête afin de lui lécher ses bourses.

Sa tête partit en arrière et sa queue durcit encore. Il aurait fait n'importe quoi pour elle. Avec elle. Pour elle. Tout ce qu'elle voulait, mais c'était si bien et si mal à la fois. Il voulait qu'elle sache à quel point il commençait à tenir à elle. Il n'avait pas été élevé dans l'idée qu'il fallait traiter une personne chère aussi durement, même si c'était ce qu'elle voulait. Même si ça réveillait tous les fantasmes sexuels qu'il avait pu avoir. Il ne pouvait pas. Libérant ses bras, il abaissa son corps sur le sien et lut de la déception dans ses yeux.

— Je veux plus avec toi, Jack. Je veux tout expérimenter, sexuellement et sur les autres plans, lâcha Savannah. Je ne sais pas pourquoi, mais j'en ai envie.

Il l'embrassa à nouveau.

— Moi aussi. Mais je veux que tu saches ce que je ressens pour toi. Ce n'est pas juste une histoire de sexe pour moi.

— Pour moi non plus, chuchota-t-elle. Aime-moi, Jack. Je sais que c'est fou. On ne se connaît que depuis quelques jours, mais je ne peux pas faire semblant. Et si tu pars en courant, tant pis. Je veux tout ce que je pourrai avoir. Un jour, même une heure.

Elle avait exprimé tout ce qu'il ressentait et dont il se cachait.

— Une vie.

Les mots étaient sortis avant qu'il puisse les ravaler et, quand il réalisa ce qu'il avait dit, il comprit qu'il les pensait.

— Je suis brisé, Savannah, mais je suis réparable. Je le sais.

Elle le poussa sur le dos et lui passa les mains le long du torse. Il ferma les yeux, savourant sa caresse pleine d'affection. Elle trouva ses mamelons, y posa les lèvres et les taquina de la langue, tout en lui caressant le torse avec ses petites mains. Jack pouvait à peine respirer. Son monde vide se remplissait à nouveau et, lorsqu'elle l'enjamba et s'enfonça sur lui, absorbant chaque centimètre de son érection, il rouvrit les yeux pour croiser son regard. Les paumes plaquées sur son torse, elle se mit à bouger rapidement contre lui. Il attrapa alors ses poignets et la tira vers lui pour pouvoir goûter ses lèvres une fois de plus. Sa bouche était chaude comme le paradis, humide, affamée. Ses hanches minces se déplaçaient en parfaite synchronisation avec lui, jouant sur ses nerfs tendus à l'extrême. S'écartant de lui, elle arqua le dos pour bouger plus rapidement, tandis que les parois de son sexe se serraient de plus en plus autour de lui.

— Jack ! cria-t-elle.

— Savannah !

Il lança son nom juste avant que tous ses muscles ne se contractent et qu'il ne soit obligé de serrer les dents, submergé par la vague puissante de son orgasme.

Savannah poussa un gémissement fort et aigu.

Les gémissements de Jack, eux, ressemblaient à des grondements sourds : le plaisir lui déchirait la poitrine, lui volait sa respiration et lui contractait tous les muscles au point de le faire souffrir. Il poussa fort, la remplit de son amour, répondant à ses pulsations rapides avec ses propres coups de boutoir, jusqu'à ce que des frissons de béatitude remplacent l'urgence et qu'elle s'immobilise sur son torse.

Savannah s'installa à côté de lui, une main sur lui, la tête dans le creux de son épaule. Il l'attira à lui, savourant la sensation de ses jambes nues sur les siennes et de ses seins contre son flanc.

Elle lui toucha la joue et l'obligea à tourner le visage vers elle. Son cœur se gonfla d'émotions éteintes depuis si longtemps qu'il en était venu à se demander s'il les ressentirait à nouveau un jour. Au lieu de l'effrayer, ce constat le rassura. Il allait s'en sortir. Finalement, son âme n'était pas morte avec Linda.

Les lèvres de Savannah effleurèrent les siennes.

— Aucune pensée bizarre ne s'est glissée dans ta tête ? demanda-t-elle.

— Pas du genre dont je m'inquiéterais.

Il roula vers elle et l'embrassa encore, surpris de sentir son sexe durcir à nouveau.

CHAPITRE VINGT-QUATRE

Savannah se dressa sur un coude et regarda Jack dormir. *Si seulement tous les mercredis matin pouvaient être aussi beaux.* Quand ils étaient sur la montagne, elle avait remarqué qu'il n'avait pas beaucoup dormi, alors qu'en cet instant, sa poitrine se levait et s'abaissait sur une cadence paisible. Son corps splendide était détendu. Il n'y avait pas de veines saillantes ou de muscles tendus, juste un homme endormi, un mètre quatre-vingt-quinze de corps parfaitement sculpté. Elle repensa aux cicatrices qu'elle avait senties dans son dos et se demanda comment il se les était faites. Jack traversait pour l'heure tant de bouleversements qu'elle pouvait attendre pour connaître tous ses secrets. Il y avait des choses qu'il lui révélerait quand il se sentirait à l'aise et en sécurité. Pour lui, elle pouvait se montrer patiente.

Elle avait envie de passer le doigt sur le duvet sexy de son torse. Putain, elle avait envie de poser ses lèvres sur les siennes et de sentir son sexe enfler à nouveau contre elle, mais il n'était que 5 h 30 et ils n'avaient pas fermé les yeux avant 3 h 30. Elle se rallongea donc et fixa le plafond, pensant aux heures qu'ils avaient passées à caresser chaque centimètre carré de leurs corps respectifs. Un frisson la parcourut. Elle pouvait pratiquement le sentir à nouveau en elle. Une série de questions inquiètes traversa son esprit. *Va-t-il me prendre pour une Marie-couche-toi-là après ce qu'on a fait ? Est-ce que j'ai été trop entreprenante ? Oh, mon Dieu. Il a dit que je n'étais pas du tout comme Linda. Et s'il voulait quelqu'un qui lui ressemble ?* Elle ferma les yeux. *Linda sera-t-elle toujours entre nous ?*

Elle sentit le matelas bouger et la grande main de Jack se posa sur son ventre nu. Il déposa un doux baiser sur sa tempe.

— Bonjour, ma belle, chuchota-t-il.

S'il te plaît, ne pense pas que je suis une Marie-couche-toi-là. Elle ouvrit les yeux : il souriait. Des restes de sommeil flottaient dans la profondeur de ses yeux bleus et, juste au-delà, une étincelle palpitait. Une étincelle affamée.

— Bonjour.

— Quelle heure est-il ?

Il fit courir une main le long de ses côtes, sur l'arc de sa hanche, et lui agrippa une cuisse.

Le contact de Jack, sa voix, ses baisers – *oh, bon sang, ses baisers !* – avaient comblé une faim qu'elle n'avait jamais eu conscience d'éprouver.

— Il est 5 h 30, répondit-elle.

Il soupira et se recoucha. La couette qui le couvrait à partir des hanches ne laissait planer aucun doute sur ce qui la soulevait.

— Je dois être quelque part à 9 heures, murmura-t-il en roulant à nouveau sur le flanc pour se presser contre elle.

Elle brûlait de lui grimper dessus et d'oublier le travail ainsi que tout ce qu'il avait à faire. Elle posa une main sur sa joue, sa barbe naissante fit naître une autre pensée dévergondée dans son esprit déjà excité.

— Je dois être au travail à 8 heures, réussit-elle à dire.

Il l'embrassa doucement, puis passa la pulpe de son pouce le long de sa pommette, suivant la ligne de sa mâchoire jusqu'à son menton, où il déposa un baiser. Elle aimait quand il la touchait de cette manière, comme s'il mémorisait tout d'elle.

— À propos de la nuit dernière, chuchota-t-il.

Savannah ferma les yeux. *Ne le dis pas. Si c'était une erreur, s'il te plaît, ne me le dis pas. Envoie-moi un texto. Laisse-moi un message. Laisse-moi juste vivre dans ce fantasme incroyable pendant quelques minutes de plus, s'il te plaît.* Elle ouvrit les yeux, se préparant à recevoir le coup de pied au cœur qu'elle redoutait.

— Je pensais chaque mot que j'ai dit, murmura Jack en appuyant son front contre le sien. Chaque mot, Savannah. Je sais que c'est rapide et peut-être même fou.

Elle n'arrivait plus à respirer.

Il repoussa les cheveux de son front et l'embrassa à cet endroit.

— Mais ce que je ressens pour toi est trop profond. Tout ce qu'on a fait ensemble…

La gêne lui enserra la poitrine et la comprima. *Ohmon-DieuohmonDieu.*

Jack secoua la tête. Avec une tendresse extrême, il remonta sa main le long de sa cage thoracique et effleura du pouce le dessous de son sein. Savannah poussa un petit cri.

— Je veux m'immiscer sous ta peau et ne faire plus qu'un avec toi.

Le regard de Jack était une caresse sensuelle, sa voix un fil noué autour de son cœur.

Elle passa une main derrière sa nuque et l'attira à elle pour l'embrasser comme elle l'avait fait tant de fois la nuit précédente. Elle avait mémorisé la façon dont il caressait sa langue sur un rythme qui lui était propre. Et quand il trouva ses seins, le poids de sa main était déjà devenu familier, et elle se pressa contre lui. Elle le croyait, parce que chacune de ses confessions était accompagnée d'une preuve. Jack ne se cachait plus derrière la colère et la culpabilité, et cela se voyait dans ses yeux, ses mots, ses caresses.

Savannah posa sa joue contre la sienne et murmura :

— Pourquoi a-t-il fallu si longtemps pour qu'on se trouve ?

Il la dévisagea avec la plus grande attention tandis qu'il glissait la main entre ses jambes.

— Le destin. Je n'aurais pas été prêt avant.

Il la caressa légèrement, la taquinant jusqu'à ce que ses chairs enflent et deviennent moites sous ses doigts. Elle ferma les yeux, savourant son contact. Lorsqu'elle était avec Connor, elle s'était toujours sentie obligée d'être performante, mais avec Jack, c'était tout le contraire. Elle voulait le toucher, lui faire plaisir, et elle voulait être aimée par lui, mais sans aucune urgence ni obligation de réciprocité.

Jack l'embrassa, puis passa lentement la langue le long de son cou avant de faire glisser ses dents le long du bord saillant de sa clavicule. Savannah inspira rapidement, désireuse de l'avoir en elle, son sexe avait besoin de lui. Il remua les doigts lentement, érotiquement, sans jamais entrer en elle. Elle arqua le cou, puis attrapa son poignet, pour le pousser à la pénétrer. Bientôt la bouche de Jack fut sur la sienne, qui l'embrassait avec une telle intensité qu'une boule de feu explosa dans son sexe. Il accéléra les mouvements de ses doigts, lui dévorant la bouche et pressant son érection contre sa jambe. Elle prit une profonde inspiration, inhala son odeur masculine. Jack ouvrit les yeux et l'authenticité de ce qu'elle y lut la précipita par-dessus bord. Les muscles de ses jambes se contractèrent, son estomac fut secoué de spasmes...

— Jack.

Dans la seconde qui suivit, il était en elle, à l'aimer vite et fort.

— Ah ! cria-t-elle, en attrapant ses hanches.

Voyant qu'il ralentissait, elle comprit qu'il redoutait de lui avoir fait mal. Elle le tira aussitôt vers elle, pour l'inciter à y aller plus profond.

— Encore, réussit-elle tout juste à dire.

Il gémit. À la tension de son corps, elle devina, comme elle l'avait appris la nuit précédente, qu'il était tout aussi près qu'elle de lâcher prise. Elle cambra le dos pour répondre à ses coups de reins et écarta ses genoux au maximum, lui permettant de la pénétrer encore plus profondément. Les yeux écarquillés, il se mit à haleter, plus rudement, plus vite, tandis qu'il accélérait le rythme.

Elle serra les draps soyeux dans ses poings et recroquevilla les orteils sous les sensations qui allaient croissant. Elle voulait jouir, mais avec lui.

— Jack, insista-t-elle. Jouis avec moi.

Il poussa plus fort. Savannah enfonça ses talons dans le matelas pour ne pas remonter sur les draps glissants. La sueur perlait sur leurs corps, et Jack effleura ses lèvres des siennes.

— Maintenant, Savannah.

À la poussée suivante, elle hurla son nom, précipitant ses hanches contre les siennes, excitée par les grognements virils qui parvenaient à ses oreilles et lui serraient le cœur. Elle se sentait attirée par tout ce qui le concernait, des muscles qui ondulaient sous ses doigts à la douceur de ses confessions de minuit. La façon dont il lui demandait l'autorisation de la toucher à certains endroits et dont il forçait le contrôle à d'autres. Son corps trembla sous celui de Jack avec le dernier soubresaut de son orgasme.

Le corps luisant de Jack se posa sur le sien. Il haletait aussi fort qu'elle. Il était grand. Lourd et fort. Quand il la regarda, elle vit une douceur qui ne collait pas tout à fait à l'ensemble, mais qui déroba un autre morceau de son cœur.

Il appuya son front contre le sien.

— Savannah, je veux que tu saches quelque chose.

— Ça m'a l'air sérieux.

Il la dévisagea.

— Je ne sais pas si c'est le moment d'en parler, mais j'ai besoin que tu entendes ça. Je sais que j'ai un long chemin à parcourir pour tout régler. Et je suis sûr que tu te demandes si je me remettrai jamais de Linda. J'ai passé deux ans à me poser cette question. La nuit dernière, j'ai réalisé que je l'aimerai toujours et que je me sentirai probablement toujours coupable de l'avoir perdue. Mais la façon dont tu as touché mon cœur est à cent quatre-vingts degrés différente de la façon dont elle l'a fait. Tout ce qui nous concerne – nos conversations, nos caresses, notre façon de faire l'amour – est différent. Plus profond. Il n'y a aucune comparaison entre elle et toi, et je ferai de mon mieux pour ne plus mentionner son nom.

Elle pouvait le croire, elle le savait, mais elle savait aussi la pression qui pèserait sur lui. Elle voyait déjà les rouages de l'esprit de Jack s'activer, s'inquiéter, se préparer à affronter la culpabilité pour le jour où le nom de Linda sortirait. Ce n'était pas un sentiment avec lequel elle voulait qu'il vive.

— Jack, Linda a constitué une grande partie de ta vie, et je n'attends pas de toi que tu l'oublies ou que tu fasses comme si elle n'avait jamais existé. Elle a existé et c'est bien ainsi. Tu es qui tu es grâce à tout ce que tu as traversé et à tout ce que vous avez vécu ensemble. Je ne pense pas qu'il soit facile de surmonter la douleur et de faire son deuil.

— Je peux le faire, dit-il. Je vais y arriver.

— Je sais que tu le peux et je crois que tu réussiras. Mais s'il te plaît, comprends bien que Linda n'est pas une menace pour moi.

En disant ces mots, elle réalisa que c'était vrai.

— Tu auras probablement des moments où tu te souviendras d'elle – cela te rendra heureux ou triste – et tu auras besoin de parler d'elle. Je suis une grande fille, Jack. Je le comprends. J'ai vu mon père pleurer ma mère depuis toujours.

Non pas que je veuille te voir tenir des conversations avec ta femme morte.

— Tu n'es plus seul. Je suis là et je ne m'en irai nulle part.

Elle repoussa quelques mèches égarées sur le front de Jack et prit sa joue dans sa main.

— Je t'aime, Jack.

Les mots étaient venus sans effort ni réflexion et elle n'avait aucune envie d'interrompre leur flot. Elle se fichait de savoir si elle le connaissait depuis une heure, un jour ou un an. Elle savait qu'elle risquait de l'effrayer, mais, après les choses qu'il lui avait confiées, même cette pensée ne pouvait la retenir une seconde. Il y avait toutes sortes de choses dont elle devrait s'inquiéter, comme de savoir s'il se remettrait un jour complètement de Linda, s'ils seraient un jour capables de partager une chambre ou si la colère et la culpabilité reviendraient le hanter plus tard, dans l'après-midi ou le lendemain. Mais les mots de son père lui revinrent en mémoire, clairs et nets. *« La force et la capacité de survie viennent de l'intérieur. »* Quand Jack la regarda, elle sut qu'il possédait tout ce dont il avait besoin pour survivre. Il était le plus fort de tous les hommes qu'elle connaissait. Il devait l'être pour avoir survécu à ce qu'il avait déjà traversé.

Quand Jack la regarda dans les yeux avec tant de sincérité

qu'elle eut envie de lui refaire l'amour, il lui dit alors « Je t'aime, moi aussi. Je t'aime vraiment, de tout mon cœur », elle eut la certitude de pouvoir le croire.

CHAPITRE VINGT-CINQ

Le soleil du matin brillait dans le dos de Jack alors que sa moto gravissait la colline escarpée où se trouvait la maison coloniale des Gray. Il se sentait plus fort qu'il ne l'avait été depuis des années, certain de pouvoir faire face à tout ce qui l'attendait. À force de repasser la soirée de la veille en boucle dans son esprit, il identifia enfin le moment où il avait su que tout irait bien. Ce n'était pas quand Savannah et lui avaient fait l'amour ou partagé des secrets. Cela n'avait rien à voir avec l'insatiabilité de son envie d'elle, à laquelle elle semblait répondre par un désir tout aussi grand pour lui. Ce n'était pas non plus ses orgasmes intenses à répétition, bien que des répliques continuent de le secouer quand il y pensait. C'était ce que Savannah avait dit et l'amour dans ses yeux quand elle l'avait dit. *« Je t'aime, Jack »*, et puis : *« Tu n'es plus seul. »*

Jack gara sa moto dans l'allée circulaire et posa son casque à l'arrière. Il carra les épaules et inspira profondément, essayant d'ignorer la nervosité qui lui tourbillonnait dans le ventre et le pincement au cœur provoqué par tous les souvenirs – heureux et tristes – qu'il avait accumulés dans la maison des Gray au cours de la dernière décennie. Il devait le faire et il n'allait pas se dégonfler. Il marcha jusqu'à la porte d'entrée et, alors qu'il s'apprêtait à sonner, la porte s'ouvrit.

— Jack, lança Elise en lui ouvrant ses bras.

Jack l'enlaça. L'odeur unique de vanille chaude qui caractérisait la maison des Gray gagna le seuil de la porte.

— Je suis très heureuse que tu aies pu venir, dit-elle.

— Je ne t'ai pas menti, Elise. Je suis prêt à le faire. C'est le moment.

Elle le conduisit du vaste hall d'entrée au sol de céramique jusqu'à un grand salon décoré de tentures de velours et de canapés en bois sculpté décorés de riches couleurs, de mûre, de verts et de bleus. Les murs étaient tapissés d'étagères en merisier et une cheminée de marbre occupait l'espace entre deux immenses baies vitrées. Tout se conformait au souvenir que Jack en gardait. Tout, sauf le lit médicalisé placé juste à côté du piano à queue, sur le côté gauche de la pièce. Tenaillé par la tristesse, Jack sentit sa gorge se nouer. La peau de Ralph Gray était gris cendre. Sous les draps de coton blanc, son corps, autrefois viril, s'était rabougri. La force dans laquelle Jack avait trouvé du réconfort en remontant l'allée s'évanouit. Une autre fissure se forma dans son cœur. Il avait l'impression de livrer une partie de bras de fer. D'un côté, il y avait une vie qui attendait d'être vécue. *Et Savannah.* De l'autre côté, il y avait la culpabilité, non seulement d'avoir perdu Linda, mais également tous les gens à qui il avait tourné le dos. Comment un homme était-il censé survivre à un tel chagrin et profiter du plaisir qui l'attendait ?

— Jack ?

La voix de Ralph était à peine plus forte qu'un murmure, rauque et douloureuse.

— Oui. Je suis là.

Il s'approcha de Ralph, et toute la colère qu'il avait éprouvée au cours des deux dernières années fut remplacée par de la tristesse et du regret. Ralph l'avait accueilli dans sa famille, traité comme un fils, respecté, et Jack avait tout gâché. Il pensait avoir pleuré toutes les larmes de son corps au cours des dernières vingt-quatre heures, mais alors qu'elles ressurgissaient, il comprit que le puits n'avait pas tari.

Il s'empara de la main frêle de Ralph.

— J-Jack, balbutia celui-ci, les yeux déjà humides. Je suis content que tu sois là, mon salopard.

— Papa ! le réprimanda Elise.

Le cœur de Jack se réchauffa, heureux de voir un peu de son ami revenir.

— Je suis là, Ralph, et je suis désolé pour tout le temps que j'ai laissé passer.

Ralph fronça les sourcils.

— Arrête tes balivernes, protesta-t-il d'un ton faible. Écoute-moi bien. Il ne me reste plus beaucoup de souffle. Cette histoire de cancer, ça craint vraiment. Mais il faut que tu saches : je ne t'ai jamais reproché la mort de Linda.

Les muscles de Jack se crispèrent et une larme coula sur sa joue.

— Ralph…

— Bon Dieu. Tu es la même tête de mule que tu as toujours été. Je t'ai dit d'écouter, s'emporta-t-il avant d'être interrompu par une quinte de toux. Je suis toujours ton aîné de plusieurs années, alors, ferme-la et écoute. Tu es un homme bon, Jack. Tu étais un mari formidable, et je sais que Linda était du même avis. Je n'aurais pas pu rêver meilleur gendre. Elle t'aimait, Jack. Pour ton entêtement, pour l'amour que tu as dans ton gigantesque cœur et pour tout ce que tu avais espéré devenir.

Jack cilla pour éloigner les larmes, mais il n'arrivait pas à endiguer le flot.

— Merci, balbutia-t-il.

— Je n'ai pas encore terminé.

Ralph prit une longue et lente inspiration, puis son corps fut secoué par une nouvelle toux grasse. Elise s'approcha, munie d'une boîte de mouchoirs en papier et l'aida à nettoyer ce qu'il avait recraché.

Elise repoussa les mèches qui étaient tombées sur le front de son père.

— Ça va, papa ?

Ralph hocha la tête.

— Tu es une bonne âme, Elise. Merci, dit-il avant de se tourner vers Jack. Tout comme Linda, n'est-ce pas ?

Jack acquiesça, craignant de ne pouvoir s'empêcher de sangloter s'il ouvrait la bouche.

— Il y a encore une chose que je veux dire, et je sais que ça va te faire mal au ventre, Jack, mais tu dois l'entendre. Cette connerie que tu as faite, de t'enfuir dans un chalet au fond des bois et te cacher de la vie, ce n'est pas l'homme que tu es. Tu es un survivant, d'accord, mais un survivant d'un genre différent, et je pense que tu le sais maintenant, sinon tu ne serais pas ici.

— Vous êtes au courant pour mon chalet ?

Le chalet dont je n'ai parlé à personne ?

— Ne sous-estime jamais les gens, Jack. Tu le sais grâce à ta carrière militaire. Penses-tu que j'aurais laissé tomber Linda en t'autorisant à sortir de nos vies pour toujours ? Hors de question. N'oublie jamais qu'il n'y a rien qu'un homme ne puisse faire s'il le veut vraiment. Je devais savoir que tu allais bien. Même si ça tanguait toujours sur le plan émotionnel. Je devais savoir où tu étais au cas où tu aurais vraiment besoin de quelqu'un.

Il leva la main pour empêcher Jack de seulement envisager

de réfuter ses paroles.

— Un bon détective privé vaut chaque centime dépensé sur lui. Je sais où tu as été, et je suis presque certain de savoir où tu vas maintenant.

— Où je vais ?

Jack était stupéfait par la distance que Ralph avait parcourue après la façon dont lui-même l'avait traité.

— Tu te souviens d'Elizabeth et de Lou ?

Jack plissa les yeux.

— Oui.

— Ce sont mes amis, Jack, précisa Elise en lui touchant le bras, avant de poursuivre : On ne t'a pas espionné. Lou et elle s'étaient inscrits à ton cours, et je l'ai découvert après coup, mais avant leur départ. Papa voulait vraiment te parler et nous n'étions pas sûrs que tu serais accessible. Tu étais tellement en colère et depuis si longtemps. J'ai demandé à Elizabeth de me prévenir si tu semblais assez bien pour que papa te parle. Je suis désolée, Jack. C'est comme si le destin s'en était mêlé.

— Tu es allée jusque-là pour t'assurer que j'allais bien ?

Elle hocha la tête.

— Et leur fils, Aiden, t'adore.

Jack repensa à l'affection qu'il avait éprouvée pour le petit blondinet et à la facilité avec laquelle il lui avait enseigné ce qu'il savait. Puis la peur qui avait été la sienne, le jour où Aiden avait disparu : il avait eu l'impression que son monde s'écroulait jusqu'à ce qu'il retrouve le gamin sain et sauf dans son abri de fortune.

— Jack, Elizabeth nous a parlé d'une femme. Savannah, ajouta Ralph d'une voix faible.

Il soutenait son regard et Jack ne put s'en détourner, la poitrine contractée.

— Oui.

— Elizabeth nous a raconté qu'elle t'appréciait beaucoup et que c'était réciproque.

Les yeux de Ralph ne quittaient pas ceux de Jack, l'empêchant d'éluder la question.

Il ne pouvait pas mentir au sujet de Savannah, mais il détestait l'idée de blesser Ralph et Elise en leur avouant la vérité de ses sentiments. Il opta pour l'honnêteté. C'était le moins qu'il pouvait leur offrir en retour.

— Oui, monsieur. Elle avait raison, répondit-il à Ralph de manière formelle en raison de l'importance du sujet qu'ils abordaient.

Il espérait que son ton transmettrait à son beau-père tout le respect qu'il lui inspirait. Il carra les épaules, prêt à affronter tout ce qu'ils pourraient lui infliger. Dieu seul savait à quel point il le méritait.

Un faible sourire apparut sur le visage de Ralph, qui tendit un peu la peau lâche autour de sa bouche et multiplia les fines ridules qui entouraient ses yeux.

— C'est bien, Jack. C'est bien.

Ralph lui fit un signe de la main pour qu'il approche. En se penchant, Jack sentit son haleine médicinale.

— Tu le mérites, Jack. Sois heureux. Laisse l'amour te trouver et construis la famille dont tu as toujours rêvé. Linda l'aurait voulu.

Ralph tendit lentement la main et lui tapota le dos. Jack approcha sa bouche de l'oreille du vieil homme.

— Merci, Ralph. Merci, dit-il en s'écartant.

Ralph lui attrapa le bras de ses doigts frêles qui se pressèrent sur la peau de Jack.

— Écoute-moi. Tu dois en finir avec ta culpabilité. Des

gens meurent tous les jours. On va tous mourir un jour ou l'autre. Cette femme, Savannah, n'a pas besoin de vivre avec la corde de Linda autour de ton cou. Autorise-toi à être heureux. Linda le voudrait pour toi. Tu le sais.

Il lâcha le bras de Jack et se recoucha sur l'oreiller, l'air encore plus épuisé qu'à l'arrivée de Jack.

— Ralph, je suis vraiment désolé pour tout ce qui s'est passé et pour ce que vous traversez maintenant, bredouilla Jack en lui touchant le bras.

Le vieil homme croisa son regard.

— Je le sais. Laisse filer, chuchota-t-il.

— Je vous aime, Ralph, et j'aimerai toujours Linda.

De nouvelles larmes se pressaient sous les paupières de Jack.

Son beau-père hocha la tête.

— Elle le sait, Jack. Elle le sait.

Une heure plus tard, alors que Jack remontait sur sa moto et s'en allait, il avait enfin l'impression d'avancer au lieu de faire du surplace.

CHAPITRE VINGT-SIX

Aida franchit à toute allure la porte du bureau de Savannah et la referma derrière elle. Ses seins faisaient pratiquement éclater les boutons de son chemisier à chacune de ses lourdes respirations. Elle s'adossa au battant.

Savannah sursauta.

— C'est quoi ce bordel ? Il y a un homme en arme, dehors ?

— J'ai fui la réception.

— Pourquoi ? Et surtout, comment as-tu fait ?

Savannah, qui avait contourné son bureau, regardait la jupe crayon noire d'Aida et les talons de dix centimètres de ses Jimmy Choo.

— Tu plaisantes ? Je peux galoper comme une gazelle avec ça. Je peux même faire des acrobaties, si je veux, ajouta-t-elle sur un clin d'œil.

— Tu es très bizarre.

— Tu te souviens du client louche d'Ed ? Il était là quand je revenais des toilettes, expliqua Aida avec un frisson. Purée, il me fout la trouille.

— Tu en fais des caisses.

Aida saisit la main de Savannah et l'entraîna vers les chaises devant son bureau, où elle s'assit avant d'obliger Savannah à l'imiter en face d'elle.

— Assez parlé de ce pervers. J'ai eu le plus sexy des rendez-vous hier soir avec l'avocat du bureau de Greenberg.

— Le blond ?

Aida leva les yeux au ciel.

— Oui, le blond. Cet homme a un corps qui devrait porter la mention : « Trop sexy pour être touché » tatouée dessus.

— Vrai ? Tu as passé un bon moment ? Il était sympa ?

Aida ne se caractérisait pas par des relations de longue durée. Les autres femmes du bureau l'appelaient « la mangeuse d'hommes ». Elle sortait rarement plus de trois fois avec le même spécimen masculin.

Elle haussa les épaules.

— Pas mal… Mais il était incroyablement doué au lit. Assez pour mériter une deuxième fois. On verra, conclut Aida en pinçant les lèvres pendant qu'elle reluquait Savannah de la tête aux pieds. C'est quoi ce rayonnement post-coïtal ?

Savannah lui agita une main devant le visage, en assortissant son geste d'une petite moue évasive.

— Tu crois que je n'ai pas remarqué que tu fredonnais à la réunion de ce matin ? Putain, tu aurais tout aussi bien pu porter un signe sur ton front annonçant : « Je viens de baiser et non, je ne peux pas m'arrêter de sourire. »

— Tu es vraiment une cochonne, la taquina Savannah. Tu crois toujours remarquer quelque chose en rapport avec le sexe.

— Alors ? Raconte, raconte, insista Aida en agitant à vive allure ses fins sourcils.

Savannah s'assit et regarda par la fenêtre, se rappelant comment son cœur s'était arrêté quand elle avait vu Jack sur le seuil de sa porte.

— Jack est venu hier soir.

Aida arqua un sourcil. Savannah n'avait pas hésité à partager tous les détails sordides de sa liaison avec Connor. *Le bon, le mauvais et l'embarrassant.* Mais il y avait quelque chose de différent dans sa relation avec Jack. De privé. De plus intime.

— Et ? insista encore Aida.

— Et on a passé une excellente soirée.

Elle se leva et fit le tour du bureau, puis se pencha dessus en faisant mine d'y chercher quelque chose.

— Oui, et tu crois m'avoir comme ça.

Aida lui avait emboîté le pas, se glissant entre le bureau et Savannah, les bras croisés.

— OK, très bien, capitula-t-elle, le rouge aux joues.

— Attends une seconde, la coupa son amie en l'examinant de haut en bas. Pourquoi tous ces mystères ? Tu rougis. Donne-moi ta main, fit-elle en tendant la sienne.

Savannah passa les bras derrière son dos.

— Hmm Mains moites à la simple mention de son nom.

Aida plissa ses beaux yeux bleus pour scruter chaque mouvement de Savannah.

— Des mystères, une certaine gêne, on fredonne. Tu aimes vraiment ce gars. Et quand je dis : « vraiment », c'est « vraiment ». Avocat, que plaidez-vous ?

Elle se hissa sur le bureau et croisa ses longues jambes.

— Putain, je te déteste.

Savannah fit un pas vers la porte et Aida lui attrapa le poignet.

— Eh, ça va ?

Savannah se couvrit le visage de ses mains et gémit.

— Oui, ça va.

Puis elle baissa les mains et se pencha vers Aida.

— Tu vas penser que je suis folle, mais…, ajouta-t-elle avant de s'interrompre en fermant les yeux pour murmurer : Je crois que je l'aime.

— Quoi ? ! s'écria Aida.

Savannah recula d'un bond.

— Je sais, OK ? C'est beaucoup trop tôt et il a des tas de problèmes à gérer, et je dois gérer une rupture et un million d'autres choses qui devraient me faire partir en courant.

Aida croisa les bras et se tapota la joue.

— Non, ma chérie, c'est à cause de ça que tu t'es impliquée avec lui en premier lieu… Il est doué au lit ?

— Très.

— Il te traite bien ?

— Adorablement, répondit Savannah.

— Il est gentil ?

— Oui, mais il a un côté revêche jusqu'à ce qu'il se sente en sécurité.

— Des squelettes dans le placard ? insista Aida, en plissant les yeux.

La capacité d'Aida à ne pas se laisser abuser quand on lui racontait des salades était l'un des nombreux traits que Savannah appréciait chez elle.

— Sa femme est morte dans un accident de voiture. C'est lui qui l'a trouvée. Il s'en veut.

— Aïe.

— Hmm.

— Ses antécédents ?

— Pas de relations ou de femmes depuis deux ans. Il a reçu une formation militaire. Il est aussi pilote.

Elle savait qu'Aida avait un faible pour les hommes qui vivaient à cent à l'heure.

— Attends, attends, attends. Minute. Deux ans ? Tu plaisantes, n'est-ce pas ? Soit ça, soit ce type est si bon au lit qu'il t'a transformée en idiote.

Savannah secoua la tête.

— Il n'a eu aucune femme depuis que la sienne est morte.

— Tu es sûre qu'il n'est pas gay ?

Savannah s'appuya sur le bureau à côté d'Aida.

— À cent cinquante pour cent. Qu'est-ce que je vais faire ? Je ne peux pas garder mes mains loin de lui, et j'aime sa voix. Putain, sa voix, c'est comme… c'est comme du chocolat chaud par un jour de grand froid.

Aida leva les yeux au ciel.

— Oh, mon Dieu. C'est parti pour les roucoulades.

— Je suis sérieuse. Quand il me parle, je me pâme comme une adolescente. Et quand il me touche, je me transforme en tigresse en manque de sexe.

— Hmm. Maintenant, ça pourrait devenir intéressant. Vous avez quelque chose en commun ? À part le sexe, je veux dire.

Savannah haussa les épaules.

— Attends. Tu penses l'aimer et tu ne sais rien de lui ? Mademoiselle Savannah, que dirait votre père ? Ou Treat ? Mon Dieu, Treat serait fumasse.

— En fait, j'ai avoué à Treat que je l'aimais bien et il s'est montré très compréhensif.

Savannah se leva et afficha le site web de Jack sur l'ordinateur.

— Treat s'est montré très compréhensif en apprenant que tu couches avec un type dont tu ne sais rien ? Fit Aida en secouant la tête. Je ne te crois pas.

— Il a fait des recherches sur lui. Tu connais mon frère, toujours surprotecteur. Il a déclaré que c'était un type bien. Il a juste beaucoup de choses à gérer. Écoute, je l'aime bien, d'accord ? Beaucoup. Je pense que je…, commença-t-elle avant de se taire puis d'ajouter dans un murmure : je suis amoureuse de lui.

— Oui, j'avais pigé. Alors quand est-ce que je peux le rencontrer ? Laisse-moi l'évaluer par moi-même.

Aida s'éloigna du bureau et observa le site web de Jack par-dessus l'épaule de Savannah. Elle plissa les yeux, se rapprocha de l'écran, puis s'en éloigna à nouveau.

— Cet homme est monté comme un cheval. Regarde la bosse de son jean.

Savannah quitta la page du site web.

— Putain, Aida. C'est vraiment tout ce que tu as vu ?

— Non. J'ai vu des bois, des cheveux noirs, des yeux dangereux et un corps de tueur avec un énorme gourdin. Pas étonnant que tu l'aimes autant.

Savannah lui désigna la porte.

— Dehors. Je dois finir ce document.

Aida ouvrit la porte et regarda par-dessus son épaule.

— Bien, j'y vais, mais je veux une date et une heure. Si tu craques vraiment pour un montagnard, je dois y jeter d'abord un coup d'œil. En promettant de ne pas reluquer son paquet.

Et sur un petit sourire, elle sortit.

Aida avait mis le doigt sur un nouveau problème que Savannah n'avait pas encore envisagé. *« L'idée d'être en ville avec des milliers d'yeux rivés sur moi me donne la chair de poule. »* Sa vie était en ville et peu importait qu'elle ait apprécié sa brève retraite dans les bois, elle avait travaillé trop dur pendant trop longtemps pour abandonner sa carrière, or celle-ci était en ville. Elle regarda son téléphone portable en se demandant si elle recevrait bientôt des nouvelles de Jack. Il avait dit qu'il allait voir le père de Linda. Ses émotions étaient déjà à vif et Elizabeth lui avait appris que Ralph était malade. Pourvu que cette visite ne soit pas trop dure pour lui.

Qu'est-ce que je fais ?

On n'est pas en train de planifier notre avenir.

On est… en train de tomber amoureux.

Je suis dans la mouise.

CHAPITRE VINGT-SEPT

Jack avait oublié à quel point il aimait conduire la vieille Ford F-150 de son père. Celui-ci la lui avait donnée quand Linda et lui avaient acheté le chalet. Jack était un motard, pas un amateur de pick-up et, à l'époque, il avait considéré le véhicule comme un moyen de conserver le souvenir de ses trajets, assis à côté de son père, alors qu'il n'était qu'un gamin. Malgré l'extérieur bourru de son père, cette façade semblait tomber quand il était dans le vieux pick-up. Il déblatérait sur la vie, les histoires de guerre, mais pas de la manière dont il prêchait habituellement. Quand ils étaient dans le pick-up, c'était presque comme si son père oubliait que Jack était son fils aîné et il parlait alors avec la facilité d'un conteur. Jack aimait le vieux pick-up en raison de ces souvenirs. Au début, quand il l'avait conduit, il l'avait trouvé trop exigu, trop lent et trop quelconque, avec ses bandes bleu marine au-dessus et au-dessous d'une large bande argentée qui courait autour de sa carrosserie. Au fil des ans, Jack l'avait utilisé pour transporter du bois, déplacer des rochers, récupérer des meubles, etc. Aujourd'hui, alors que le vieux pick-up remontait l'allée après un voyage à Home Depot, Jack se sentait bien dans ce véhicule. Il aimait savoir que son père l'avait conduit avant lui, et il commençait à s'habituer à sa taille et à son poids. *Ça n'aura pris que douze ans.*

Il gara le pick-up et déverrouilla la porte d'entrée du chalet, en pensant à sa visite à Ralph. Il ne s'était pas préparé à la réalité de la détérioration de l'état du vieil homme ni à sa réaction vis-à-vis de tout ce qui s'était passé entre eux. L'amour de Ralph pour Jack et le fait qu'il accepte l'idée d'une autre femme dans sa vie auraient dû être tout ce dont il avait besoin pour aller de l'avant, mais réparer la fissure qui s'était ouverte avec sa propre famille le préoccupait toujours. Il utilisa le bénéfice qu'il avait retiré de sa visite à Ralph pour se pousser à l'action. S'il ne pouvait pas changer le passé, il était en mesure de se créer un avenir meilleur. Il fallait pour ce faire reprendre d'abord le contrôle de sa propre vie.

Jack portait la nouvelle porte au-dessus de sa tête pendant qu'il gravissait l'escalier conduisant à l'étage. La vue des éclats de bois sur le sol de la chambre d'enfant lui retourna l'estomac. *Et si Savannah avait vu ça ?* Jack ne chercha guère à se leurrer. Il savait que Savannah avait vu sa colère. Putain, tout le monde l'avait vue. Mais elle n'avait pas besoin d'avoir la preuve de sa coquille brisée. Il ne voulait plus être cet homme en colère et, avec la bénédiction de Ralph et un plan en tête, il était déterminé à changer.

La nouvelle porte installée et l'ancienne à l'arrière du pick-up, il balaya les derniers gravats, puis passa l'aspirateur dans la petite pièce et ouvrit les rideaux. Le soleil de l'après-midi avait déjà disparu, le soir s'installait. Il consulta sa montre et se demanda à quelle heure Savannah quittait son travail. *Savannah.* Même son nom lui semblait exotique. Elle l'avait stupéfié, la veille au soir, avec son honnêteté, sa franchise et ses caresses affectueuses. Ce n'était pas leur intimité physique. C'était la façon dont elle mettait son cœur dans chaque caresse, chaque mot et chaque baiser de ses lèvres douces et pulpeuses. Elle l'acceptait avec ses problèmes. Au lieu de le pousser à aller de l'avant ou de se moquer de sa faiblesse, elle l'avait simplement éloigné de la chambre. Ce n'était certainement pas la façon dont la plupart des femmes auraient réagi. Mais encore une fois, Savannah n'était pas comme toutes les femmes qu'il avait connues. Il avait été très nerveux quand il l'avait touchée, mais quelle sensation divine de la sentir en dessous et au-dessus de lui. *Putain, divine, la sensation.* Mais une relation ne se limitait pas au sexe et si quelqu'un le savait, c'était bien Jack. Quand il était dans l'armée, il avait vu trop de mariages s'effondrer pendant que les hommes étaient en mission. Un tiers des membres de son équipe avait perdu sa femme pour cause d'infidélité. Il ne l'avait pas compris à l'époque, et il ne le comprenait toujours pas maintenant. Le sexe était une grande libération, mais l'intimité englobait tellement plus, et c'était la proximité que procure la connaissance mutuelle qui lui manquait le plus.

Jack descendit et se saisit de son téléphone portable dans le tiroir de la cuisine. Il composa le numéro de Savannah, qui lui trottait dans la tête depuis la veille au soir, et créa un raccourci pour pouvoir l'appeler. Il fit défiler les quelques noms de son carnet de contacts. Elise, Kurt, maman et papa, Ralph, Rush, Sage, Dex et Siena. Il continua jusqu'au nom de Linda et survola l'icône de modification. *Je t'aimerai toujours.* Il cliqua sur « Modifier », prit une profonde inspiration et ferma les yeux, se préparant à affronter les émotions qui pourraient se manifester... puis il ouvrit les yeux et cliqua sur « Supprimer ». Relâchant son souffle, il resta figé, attendant l'assaut émotionnel. La maison était silencieuse, à l'exception du froufrou des rideaux. Le pouls de Jack resta régulier. Ses tripes ne se serrèrent pas. Il remporta le téléphone sur la terrasse et s'assit dans un fauteuil.

— Ça y est. J'ai avancé.

Jack regarda le ciel, réfléchissant à la prochaine étape. Il avait l'impression de participer à une partie d'échecs géante : le bon coup lui donnerait l'avantage, mais le mauvais coup risquait tout simplement de l'éliminer du jeu ; or il en était déjà sorti depuis bien trop longtemps. Il appuya sur le numéro de Savannah, qui répondit à la deuxième sonnerie.

— Allô ?

La voix de Savannah le fit frissonner.

— Salut, beauté.

— Salut, Jack. Comment ça s'est passé ?

Il se souvint de leur baiser d'adieu, plus tôt ce matin-là, de la façon dont son pantalon noir épousait ses courbes et une vague de jalousie s'éleva dans son cœur. Il n'avait pas eu de concurrence quand ils étaient dans la montagne ; or l'idée qu'elle soit reluquée par d'autres hommes était perturbante.

— Ça s'est bien passé. Ralph ne va pas bien, mais on a parlé et c'était chouette.

— Ah oui ?

Il entendait la retenue dans sa voix et savait qu'elle devait avoir un million de questions à poser.

— Oui. Je te raconterai quand on se verra.

Merde. Je ne devrais pas supposer que tu es forcément libre pour me voir.

— OK. Je sors du travail dans une heure environ. Qu'as-tu de prévu pour ce soir ?

— J'espérais t'avoir au programme.

On dirait un film ringard.

— Je veux dire…

Savannah éclata de rire. Il aimait son sens de l'humour.

— Ça me paraît bien. Tu veux venir chez moi ? On pourrait dîner et discuter ?

— Rien ne me ferait plus plaisir. Je dois passer quelques appels, mais je peux partir d'ici dans une demi-heure environ. Je devrais être là dans moins de deux heures. Est-ce que ça marche ?

Deux heures lui apparaissaient comme une éternité.

— Parfait. Je prendrai du vin sur le chemin du retour, proposa Savannah.

Si je dois le faire, je dois le faire jusqu'au bout. Jack n'avait pas passé de temps en ville depuis la mort de Linda. Il y avait trop de gens à éviter et il avait cru voir des accusations dans le regard de tous. Comme si tout le monde savait qu'il avait laissé Linda quitter la maison la nuit de l'accident. Mais après avoir parlé à Ralph et réalisé qu'il avait eu tort et mal interprété des tas de choses, Jack se demandait s'il n'avait pas projeté sa culpabilité sur tout et tous. Il était sur le point de le découvrir.

— Sortons dîner au restaurant. Rien d'extravagant.

Un autre pas dans la bonne direction.

— C'est bon, ou tu seras trop fatiguée après le travail ?

— Je suis fatiguée… mais pas à cause du travail.

Son ton enjôleur lui fit étouffer un gémissement.

— Savannah, si tu savais ce que tu me fais avec tes sous-entendus.

Il baissa les yeux sur l'érection qui déformait sa braguette.

— Oh, j'en ai une idée assez précise.

Il l'entendit sourire, ce qui ne fit qu'augmenter son désir.

— À ce soir.

Jack mit fin à l'appel et arpenta sa terrasse, pour s'efforcer de calmer ses pulsions. Qui devait-il appeler en premier ? Il ne lui fallut que quelques minutes pour se décider.

— Allô ?

La voix de sa sœur lui donna l'impression de rentrer à la maison après un long voyage : chaleureuse et accueillante.

— Siena ?

Le silence qui lui répondit l'arrêta dans son élan.

— Jack ? demanda-t-elle dans un halètement étouffé.

— Salut, ma choute.

— Jack, je n'en reviens pas, c'est bien toi ? Oh mon Dieu, Jack. Où es-tu ? Comment vas-tu ?

Elle avait débité sa tirade à toute allure.

— Je suis de retour à Bedford Corners, et je vais plutôt bien, en fait. J'ai une faveur à te demander…

Avant qu'il ne puisse finir sa phrase, Siena l'interrompit :

— Tout ce que tu veux, Jack. Tout ce dont tu as besoin.

Jack savait qu'il ne méritait pas cet amour inconditionnel, mais il en était tout de même heureux. Il s'éclaircit la gorge, afin de ravaler la boule qui tentait de lui couper la voix.

— Je veux voir tout le monde, mais je sais que Rush ne viendra pas de son plein gré. Cela te dérangerait d'organiser un dîner ou autre chose chez toi, ou peut-être chez papa ? Je… j'ai des choses à vous dire. Putain, j'en ai beaucoup, et je veux les dire en présence de tout le monde.

Jack se sentait plus comme un oncle préféré que comme un frère pour Siena, Dex et Sage, à cause de la différence d'âge entre eux, alors qu'entre Rush, Kurt et lui, il n'y avait que sept ans.

— Je ne peux pas te dire à quel point ça me rend heureuse. Papa et maman vont être aux anges, donc oui, bien sûr que je vais le faire. Je vais trouver une solution. Vu que Rush est assez grognon ces temps-ci quand on évoque ton nom, je ne sais pas trop à quoi tu dois t'attendre, mais je m'en occupe.

Elle marqua une pause et Jack l'imagina passer sa main dans ses longs cheveux bruns. Siena était mannequin depuis qu'elle avait huit ans. Bien qu'il n'ait pas vu sa famille plus de deux fois au cours des deux dernières années, il s'était efforcé de garder un œil sur ce qui se passait dans leur vie : Siena était plus belle que jamais, avec la silhouette élancée de sa mère et les yeux bleus profonds de son père.

— Merci, ma choute. J'apprécie vraiment ton aide.

À la mort de Linda, Jack avait secrètement regretté que sa famille réside aussi près, à une heure et demie de New York. Maintenant, il en était heureux.

— Eh, Jack ? Tu vas vraiment essayer cette fois ?

L'inquiétude dans la voix de sa sœur lui serra le cœur. Il n'avait pas voulu lui donner de faux espoirs auparavant, mais vouloir et faire étaient deux choses très différentes. Jack n'avait pas l'intention de la décevoir – ou de se décevoir lui-même – encore une fois. Et il n'avait pas non plus l'intention de laisser tomber Savannah.

— Ma choute, tu sais que j'ai vraiment essayé de disparaître ?

— Je ne le sais que trop bien, admit Siena avec un soupir.

— Eh bien, je vais vraiment essayer d'arranger les choses, maintenant. Je dois me dépêcher, là, mais, Siena ?

— Oui ?

— Je t'aime. J'espère que tu en es convaincue. Et j'aime Dex, Sage, Kurt, et Rush, aussi. Ça n'a jamais changé. Je me suis juste perdu pendant un petit moment.

Jack avait l'impression que les arbres s'étaient écartés et qu'un chemin était apparu devant lui.

— Je sais, Jack. On le sait tous, même Rush. Il fait juste l'imbécile. Je t'aime. Il faut que je puisse te joindre quand j'aurai tout organisé. Tu as vraiment l'intention d'utiliser à nouveau ton portable ou tu vas encore le laisser éteint ? Je n'ai jamais compris pourquoi tu as fait ça. C'était beaucoup de dépenses pour ne pas t'en servir.

Parfois, Jack oubliait la prudence de Siena en matière de finances. Elle avait plus d'argent que lui n'en aurait jamais, pourtant elle vivait toujours comme si elle devait compter chaque centime.

— C'était pour les urgences, mais je le laisse allumé maintenant. Appelle-moi quand tu veux, d'accord ?

Après avoir mis fin à son appel avec Siena, il gravit l'escalier deux à deux jusqu'à la chambre principale. Entendre le sourire dans la voix de sa sœur avait reboosté sa détermination. Trop longtemps il avait redouté la tombée de la nuit et l'aube du lendemain. Il allait réparer ça, quoi qu'il lui en coûte. Être avec Savannah l'avait réveillé et lui avait donné l'espoir d'un avenir. Ralph avait ouvert une autre porte dans son cœur, celle qui lui permettrait de guérir des blessures qu'il avait infligées à ses relations avec sa famille.

Il choisit un jean et une chemise noire dans son placard et se dirigea vers la salle de bain. Sous le jet chaud de la douche, il réalisa ce qu'il avait fait sans y penser. Son cœur avait choisi la douche intérieure et son corps n'avait pas hésité. Il regarda les deux flacons de shampoing, l'un lavande, l'autre bleu foncé, puis il s'empara du flacon violet, sortit de la douche et traversa le sol, nu et ruisselant. Il jeta la bouteille de shampoing de Linda à la poubelle, puis se tourna vers le lavabo. Récupérant la poubelle, il ouvrit le meuble en dessous et y déversa toutes les affaires de Linda. Puis il reposa la poubelle et retourna sous la douche. *J'ai éteint mes émotions. Il est temps de les rallumer.*

CHAPITRE VINGT-HUIT

Savannah acheva de se sécher les cheveux et de se maquiller, repassant mentalement la liste de ses tenues afin de tenter de décider ce qu'elle porterait pour son dîner avec Jack. Elle resserra la serviette autour de son corps et traversa le couloir vers sa chambre, s'arrêtant pour répondre à son téléphone portable.

— Salut, Aida. Je suis pressée, désolée.

— Est-ce qu'on aurait un rendez-vous galant ? demanda son amie.

— Oui, mais tu dois me laisser le temps de le connaître avant que je ne te le mette dans les pattes. Ce serait comme le donner en pâture aux loups pour son premier jour dans la forêt. Je n'arrive pas à croire qu'il veuille sortir dîner. Il m'a dit qu'il n'aimait pas trop la ville.

Elle se sécha, le téléphone coincé entre l'oreille et l'épaule, puis enfila son string en dentelle le plus sexy.

— Un dîner ? Ça a l'air sympa. Où allez-vous ?

— Je n'y ai même pas pensé. Des suggestions ? Je pense que j'aimerais manger dehors, si tant est que je puisse avaler la moindre bouchée. J'ai l'impression d'en être incapable. Tu y crois, toi, que j'ai des papillons dans le ventre depuis qu'il a appelé ?

Elle parcourut son armoire et décida de s'habiller un peu

plus sexy pour Jack. Il ne l'avait vue qu'en jean et en tenue de travail. *L'heure des sensations fortes a sonné.*

— Des papillons ? Tu as quoi, douze ans ? Je ne pense pas avoir jamais eu de papillons de ma vie.

Aida était aussi confiante et agressive avec les hommes qu'elle l'était dans la salle d'audience, et Savannah ne pouvait pas imaginer que quoi que ce soit la rende nerveuse.

— Je sais. C'est stupide, pas vrai ?

— Je n'en sais rien. Catherine croit à tout le truc de l'amour et des papillons. Mais là encore, je pense que toutes les assistantes de notre bureau y croient. C'est tellement bizarre, soupira-t-elle. Que dirais-tu du nouveau petit bistro au coin de la rue près de chez toi ? On peut manger dehors et ce n'est pas trop guindé. J'ai du mal à imaginer qu'un type qui n'aime pas la ville veuille se retrouver entouré d'une foule collet monté.

Savannah sortit une mini-robe blanche de son armoire et la tint contre elle devant le miroir.

— Ça semble être une excellente idée. Maintenant, aide-moi à choisir une robe. Que penses-tu de ma mini-robe blanche à col rond ? Il a parlé de tenue décontractée, mais il ne m'a vue qu'en jean.

— Tu connais les signaux que lance cette robe, non ? Tu te souviens de la réaction de Connor quand il t'a vue dedans ? lui rappela Aida. Vous avez fini par quitter le cocktail pour faire l'amour dans sa voiture.

Savannah plissa le nez à ce souvenir.

— Merci pour ce rappel. Je brûlerai la robe demain.

Elle passa en revue quelques tenues supplémentaires.

— La mini noire à manches longues ?

— Elle aussi, elle dit : « Baise-moi », mais elle pourrait faire l'affaire. Au moins toute ta peau ne sera pas exposée. Donc, vous allez dîner, puis retour chez toi ? s'enquit Aida.

Savannah laissa tomber sa serviette et passa la robe.

— Je le suppose. Je ne sais pas, je m'en fiche. Je veux juste passer du temps avec lui… Sexy, la robe, commenta-t-elle en pivotant sur elle-même avec un sourire.

— Bien sûr. Comment pourrait-il en être autrement ? Bottes, escarpins ou chaussures plates décontractées ?

— Eh bien, les bottes sont sexy et les escarpins ne conviennent pas. C'est un homme d'extérieur, pas un gars qui aime s'habiller. Mais il mesure un mètre quatre-vingt-quinze, donc je ne suis pas sûre que les chaussures plates soient le meilleur choix non plus.

Savannah regarda les chaussures rangées dans son placard, regrettant de ne pouvoir se déplacer pieds nus.

— Tu sais quoi ? Peut-être que je devrais juste porter un jean. J'ai l'impression de faire trop d'efforts.

Aida soupira bruyamment.

— Tu n'as même pas besoin d'essayer. Il est à fond sur toi, et tu le sais. Tu as dit que tu étais en train de tomber amoureuse de lui. Pourquoi es-tu aussi nerveuse ? Tu n'es pas censée reconnaître le véritable amour quand tu te sens à l'aise avec lui ?

— Ça fait partie de tout ça, je pense. Je ne sais pas. Je n'ai jamais été amoureuse avant. Bon, je me change, alors, lâcha-t-elle avant de regarder l'horloge. Merde. Il va arriver d'une minute à l'autre. On fait le point demain matin ?

— Bien sûr. Mais je vote pour la tenue sexy.

Un coup frappé à la porte la fit paniquer.

— Merde. Il est là. Je te laisse.

Elle mit fin à l'appel et envisagea d'arracher sa robe et d'enfiler un jean. Un autre coup l'amena à se ruer vers la porte d'entrée, regrettant de ne pas avoir planifié sa tenue, comme la plupart des femmes.

Elle ouvrit la porte avec un sourire de circonstance, qui s'effaça à la minute où elle reconnut Connor Dean. Près de deux mètres et de cent kilos, le Stetson sur la tête et une brassée de roses rouges. Elle secoua la tête et cilla. *C'est sans doute une mauvaise blague.*

— Connor.

— Bonjour, chérie.

Il s'approcha, lui passa un bras autour de la taille pour l'attirer contre lui et l'embrassa si fort que leurs dents s'entrechoquèrent.

Il fallut une minute à Savannah pour retrouver ses repères et réaliser que sa bouche était scellée à la sienne dans un baiser très intime et très profond, extrêmement bon, ce qui n'était pas du tout ce qu'elle voulait. Elle chassa la confusion qui l'habitait d'un battement de cils et tenta de le repousser lorsque le visage de Jack apparut au-dessus de l'épaule de Connor.

Merdemerdemerdemerde.

Depuis le palier du deuxième étage, Jack regarda le grand et bel homme, tenant un bouquet de roses, frapper à la porte de Savannah. Il baissa le menton et plissa les yeux. Le poignard de la jalousie qu'il avait ressenti plus tôt ce matin-là revint le frapper. Il était à trois mètres quand Savannah ouvrit la porte. À un mètre cinquante lorsque l'homme la prit dans ses bras et l'embrassa comme s'il était déjà passé par là, comme si ce baiser était pour lui aussi familier que le chapeau de cow-boy qu'il portait. Il était à quelques centimètres du dos de l'homme quand Savannah ouvrit les yeux et croisa son regard, puis repoussa l'homme en plein ventre pour tenter de se dégager de l'assaut qu'il menait sur sa bouche.

Posant une main sur l'épaule de l'homme, Jack tira et le déséquilibra. L'homme chancela avant de se retourner.

— Hé, tu permets ? cracha l'homme.

Il regarda à nouveau Savannah et réussit à grimacer un sourire.

Jack serra les poings et, le souffle court, combla l'écart entre eux. Il serra les dents et se rappela que Savannah n'était pas du genre à avoir besoin d'être protégée, et puis il n'avait aucune idée de qui était ce type.

— En fait, non, répondit Jack d'une voix froide comme la glace.

— Jack, fit Savannah en lui touchant le bras.

Il garda les yeux fixés sur l'homme aux roses.

— Connor, que fais-tu ici ?

Connor ?

Elle tenta d'éloigner Jack de lui, mais il était comme enraciné dans le sol. Mieux valait que le gars soit dos au mur jusqu'à ce qu'il comprenne ce qui se passait.

— Je suis venu m'excuser, lâcha Connor.

Il fit passer les fleurs sous le bras de Jack pour les tendre à Savannah.

— Pour t'excuser ?

Le regard de Jack se déplaça vers Savannah qui rougit et détourna les yeux.

— C'est à cause de lui que j'ai participé au week-end de survie.

Le sang de Jack se mit à bouillonner. Il ramena les yeux sur Connor.

— C'est le connard qui t'a trompée ?

Il brûlait de prendre ce salaud par le col et de le jeter dans l'escalier, puis de le frapper jusqu'à ce qu'il ne puisse plus bouger. Mais le regard de Savannah l'empêcha de bouger le moindre muscle. Gênée au plus haut point, elle avait encore rougi. Il ne parvenait pas à juger si elle était embarrassée par son agression ou par la présence de ce con. Et il n'avait pas assez confiance en lui pour déchiffrer la vérité.

Connor leva les bras. Il jeta un regard inquiet à Savannah, en passant sous le regard menaçant de Jack.

— Waouh, écoute. C'était un malentendu. Dis-lui, Savannah.

Savannah dévisagea Connor en plissant les yeux. Croisant les bras, elle lâcha d'un ton dur :

— Il n'en vaut pas la peine. Laisse-le partir.

Jack recula d'un pas et, comme Connor le contournait, il l'attrapa par le col. Son besoin de corriger ce connard infidèle était trop fort pour qu'il puisse faire comme si de rien n'était. Il ne voulait pas avoir à s'inquiéter que ce dernier revienne poser à nouveau ses lèvres sur Savannah. Serrant la mâchoire, il le souleva d'un bras à cinq centimètres du sol.

— Tu lui dois de vraies excuses.

— Je suis désolé. Vraiment désolé, Savannah, bredouilla Connor qui leva ses mains en signe de reddition.

— Jack, chuchota Savannah.

L'urgence qu'il perçut dans la voix de Savannah l'incita à le reposer et à le fixer d'un regard incendiaire.

— Je te suggère d'apprendre comment traiter une dame.

Jack regarda Connor disparaître dans l'escalier. Puis il prit Savannah dans ses bras. Et il réalisa alors qu'elle tremblait.

— Ça va ?

Elle hocha la tête, se blottissant contre son torse.

— Je suis désolé d'avoir été si agressif, mais je l'ai vu t'embrasser, et tes yeux exprimaient…

Elle leva les yeux vers lui, sans plus montrer la moindre trace de peur.

— Tu n'as pas à t'excuser. Je suis contente que tu aies été là. C'est la dernière personne sur terre que j'ai envie d'embrasser.

Les bottes de Jack ajoutaient près de trois centimètres à sa taille et, comme Savannah était pieds nus, elle mesurait vingt bons centimètres de moins que lui. Elle avait l'air vulnérable et petite et, même s'il savait qu'elle était tout sauf cela, son envie de la protéger était puissante, peu importait la férocité qu'elle pouvait manifester dans une salle d'audience… ou quand elle s'éloignait de lui dans les montagnes. Il se pencha pour placer ses mains sur l'arrondi de ses joues et la ligne bien dessinée de sa mâchoire et déposer un doux baiser sur ses lèvres.

— Je ne pense pas que quelqu'un ne m'ait jamais protégée comme ça, à part mes frères.

Jack lui prit la main et la conduisit dans l'appartement.

— Je ne peux pas te mentir, Savannah. J'ai été jaloux. Ce qui ne m'était plus arrivé depuis… Bon Dieu… depuis dix ans ou plus.

Savannah fit courir un doigt au centre de son torse.

— Tu étais jaloux ?

Jack se frotta le visage et poussa un long soupir qui permit à ses muscles de se relâcher et à ses yeux de contempler la mini-robe de Savannah. Elle épousait chaque centimètre carré de sa séduisante silhouette.

— Ce n'est pas bien de reluquer une dame comme ça, le taquina-t-elle.

— Bon sang, tu… Savannah, je ne pense pas avoir jamais vu

une femme aussi jolie que toi en ce moment.

Il rassembla ses cheveux, puis se pencha pour l'embrasser dans le cou.

— Hum, en plus tu sens délicieusement le péché.

Elle noua les bras autour de son cou et l'embrassa juste sous le lobe de l'oreille.

Jack ferma les yeux, profitant de la montée de son désir. Il s'éloigna d'elle en souriant.

— On a des projets de dîner, tu te souviens ?

Elle leva les yeux au plafond.

— Ah oui, le dîner…

— Tu as envie de parler de ce type ? fit Jack, incapable même de prononcer son nom.

— Pourquoi pas sur le chemin du restaurant ? J'allais juste passer un jean, en fait.

Elle se dirigea vers la salle, mais Jack lui attrapa le poignet pour l'obliger à se tourner vers lui. Il posa une main dans le bas de son dos, tandis que de l'autre, il lui bloquait la main contre son torse.

— Ne fais pas ça, chuchota-t-il.

— Quoi ?

Jack secoua la tête. Il aimait voir les courbes de sa silhouette toute en souplesse, sentir l'arc de sa hanche et le creux à la base de sa colonne vertébrale sous sa main, avec seulement un tissu fin entre eux. Plus que tout, il aimait savoir que, quelques heures plus tard, ils seraient à nouveau seuls dans son appartement et que toute cette attente aurait valu la peine lorsqu'il pourrait enfin lui ôter cette petite robe.

CHAPITRE VINGT-NEUF

D'habitude, quand Savannah marchait dans la rue, elle avait un million de tâches qui lui trottaient dans la tête. Elle était toujours en train de planifier ou d'élaborer une stratégie, plusieurs heures, jours ou semaines à l'avance. Ce soir-là, en tenant la main de Jack et en marchant à ses côtés, elle ne parvenait pas à concevoir une seule idée claire, si ce n'était pour constater le bonheur qu'elle éprouvait. Toute sa vie, ses frères s'étaient levés pour elle et, en les regardant, elle avait appris à se défendre. Avant de rencontrer Jack, Savannah aurait pu frapper Connor à la mâchoire lorsqu'elle avait finalement réussi à décoller ses lèvres des siennes, mais lorsque Jack était apparu et qu'elle avait vu la colère et la jalousie dans ses yeux, la rapidité avec laquelle il était passé de la fureur à l'inquiétude pour sa sécurité, à elle, elle était devenue une… fille. *Une fille !* Et ça faisait du bien de baisser sa garde et de permettre à quelqu'un d'autre de s'occuper d'elle pour un petit moment.

— Alors, ce type, ce Connor. Est-ce que je dois m'inquiéter de le voir te déranger d'une autre manière ? Est-ce qu'il risque de te forcer à… tu sais, quelque chose de plus grave ?

Le sérieux de Jack était revenu.

— Non. Il est inoffensif. C'est un playboy. Les femmes ne lui disent pas « non » en général et je l'ai fait. Il est venu avec des roses, Jack, et il n'a fait que m'embrasser. Je ne veux pas minimiser, mais il ne tentait pas de coucher avec moi. Il voulait me reconquérir juste assez longtemps pour avoir la possibilité de me tromper à nouveau. Quoi ? fit-elle en le voyant froncer les sourcils.

Il la regarda et lui lâcha la main, pour lui enlacer la taille.

— Je pensais juste à vous deux. C'était bizarre de voir quelqu'un d'autre t'embrasser, mais c'était encore plus bizarre de me sentir jaloux. Et cette jalousie m'a ramené à l'idée de lui et toi…

Savannah grimaça.

— Jack.

— Quoi ? Je n'arrive pas à imaginer la chose. Je sais que tu as été avec d'autres hommes, pourtant quand j'essaie de te visualiser avec eux, je n'y arrive pas. Je ne vois que toi dans mes bras. C'est drôle, n'est-ce pas ? ajouta-t-il avec un sourire qui lui illumina le visage. Je peux m'accrocher à la culpabilité et à la colère comme à une bouée de sauvetage, mais conserver une pensée désagréable à ton sujet, impossible.

Savannah sentit son cœur s'ouvrir un peu plus. Elle se souvenait de ce qu'il avait dit sur le fait de séjourner en ville ; or, pendant qu'ils se dirigeaient vers le restaurant, elle n'avait pas perçu la moindre tension dans son corps ni sur son visage.

— Tu sens les yeux de la ville sur toi ? demanda-t-elle.

Il rit.

— Non, mais je pensais que oui. En fait, je pensais beaucoup de choses qui apparemment étaient faussées par ma culpabilité.

Elle se débarrassa de l'inquiétude qu'Aida avait éveillée plus tôt dans l'après-midi. Ils s'arrêtèrent à une intersection pour attendre que le feu change, et Jack l'attira contre lui. Après avoir vu l'effet de sa robe sur lui, elle avait décidé de l'aguicher encore plus et de chausser ses talons de dix centimètres, ce qui la rapprochait de ses lèvres : elle adorait ça.

— Tout est mieux quand je suis avec toi, murmura-t-il avant de l'embrasser.

Les lumières des restaurants voisins scintillaient dans ses yeux sombres et, lorsqu'il croisa son regard, elle se sentit envahie de chaleur. Pendant toutes les années où elle avait vécu à Manhattan, jamais la ville ne lui avait paru aussi romantique. Les lumières, les sons, l'air frais contre sa peau chaude, même les rues animées dégageaient une aura de romance et d'amour. Comment avait-elle pu manquer ça pendant tant d'années ? Ou était-ce un effet de l'amour ?

— Savannah ? C'est toi ?

Savannah se retourna au son de la voix d'Aida. Elle plissa les yeux et lui lança un regard dur censé signifier : « Je n'en reviens pas que tu m'aies fait un truc pareil ».

— Que fabriques-tu ici ?

Elle savait exactement ce qu'Aida était en train de fabriquer et, tandis que son amie scrutait Jack de la tête aux pieds, s'attardant un peu trop longtemps juste sous la ceinture, Savannah sentit les griffes du monstre aux yeux verts se planter en elle. Elle fusilla son amie bien intentionnée du regard.

— J'étais juste... en train de me promener. Tu es magnifique, lança-t-elle en se penchant pour embrasser Savannah sur la joue et lui murmurer : Sexy, sexy, sexy.

Aida fit courir ses mains sur les hanches de son jean noir. Comme d'habitude, ses seins tendaient à l'extrême la soie de son chemisier marine décolleté.

Même si Jack n'avait pas une seule fois baissé les yeux vers ceux d'Aida, Savannah avait envie d'ouvrir grand les bras et de se placer devant celle-ci en disant : « Interdiction de regarder. S'il te plaît, ne regarde pas. »

— Salut. Jack, dit-il en tendant la main.

Aida la lui serra, retroussant ses lèvres cramoisies sur un sourire.

— Aida Strong, répondit-elle en passant un bras autour de Savannah. Nous travaillons ensemble.

Impossible de rester en colère contre elle. Savannah savait qu'Aida voulait bien faire et, si son amie était rentrée après un week-end en prétendant être amoureuse, Savannah aurait probablement agi de la même façon. Elle lui lança un regard noir, mais en l'adoucissant d'un sourire.

— Aida est avocate, elle aussi.

— Allons prendre un verre, suggéra Aida.

Savannah essaya d'attirer son attention, mais son amie évita délibérément son regard, posant les yeux sur Jack, puis le restaurant, le sol – partout sauf sur Savannah. Celle-ci observa la mâchoire de Jack, attendant qu'elle se crispe, et fut à nouveau surprise de voir qu'il ne manifestait pas la moindre gêne. Son entrevue avec Ralph avait-elle quelque chose à voir avec sa décrispation ? Elle avait envie de lui poser la question, mais elle devait d'abord s'occuper d'Aida.

— Bien sûr, un verre et un seul, ça me va. Si ça ne dérange pas Jack.

— Bien sûr que non. Je veux apprendre à connaître tes amis, répondit-il.

— Super. Cela me donnera la possibilité d'apprendre à connaître l'homme qui a fait tourner la tête de Savannah, déclara Aida.

Jack haussa les sourcils et Savannah secoua la tête avec l'air de dire : « T'inquiète, c'est juste Aida. »

Ils s'installèrent dans un patio à côté du restaurant. Savannah y était déjà allée plusieurs fois, mais elle n'avait jamais remarqué le lierre qui grimpait sur le portail en fer ou les lumières jaunes accrochées partout, comme si c'était Noël en septembre. Jack rapprocha sa chaise de la sienne pour que leurs jambes se touchent et plaça un bras autour de ses épaules. Assise en face d'eux, Aida avait les mains croisées sous le menton et observait Jack avec le regard perçant d'un faucon.

— Aida, je suppose que tu veux des informations sur moi ? fit Jack d'une voix redevenue très sérieuse.

Savannah regarda Aida passer sans problème en mode « interrogatoire ». Fronçant ses fins sourcils, elle baissa le menton, regardant Jack avec un air de défi. Savannah grimaça, même si elle savait qu'Aida et Jack étaient en mesure de se défendre. Elle se sentait étrangement comme une élève de cinquième jouant au jeu de la vérité.

— En fait, j'étais juste venue pour boire à l'œil, mais bien sûr, je vais jouer le jeu, déclara Aida avec un clin d'œil à Savannah. Quelles sont tes intentions envers mon amie ?

— Aida ! protesta-t-elle.

Jack passa une main dans les cheveux de Savannah, comme s'il n'était pas sur le point de se faire passer au crible pour livrer des informations intimes. Il était plus détendu qu'elle ne l'avait jamais vu.

— J'espère tenir jusqu'au dîner et peut-être faire une promenade avant de la ramener chez moi et de la déshonorer pendant des heures.

La voix de Jack était si sérieuse que Savannah dut y regarder à deux fois. Aida se racla la gorge, mais, tout comme dans la salle d'audience, elle enchaîna.

— Que fais-tu dans la vie ?

— Je suis pilote de brousse et survivaliste. J'ai passé dix ans dans les Forces spéciales, décroché un diplôme d'ingénieur et gagné assez d'argent pour vivre confortablement.

Puis Jack opina, lui indiquant qu'elle pouvait poser d'autres questions.

Sérieux ?

— Tu as une famille ? demanda Aida.

— Je suis l'aîné de quatre frères et une sœur. Mes parents sont tous les deux vivants et en bonne santé, et je suis en train de me réconcilier avec eux après deux ans de…

Il fronça les sourcils et sa mâchoire se contracta nerveusement. Savannah détestait le voir mis ainsi sur la sellette. Elle posa la main sur sa cuisse et, quand il répondit, ce fut Savannah qu'il regarda, pas Aida.

— Deux ans à essayer de me ressaisir après la mort de ma femme.

Savannah ne put s'empêcher de tendre le bras pour lui caresser la joue. Il embrassa sa paume, puis reporta son attention sur Aida.

— Quoi d'autre ? demanda-t-il.

Aida vola un regard à Savannah qui inclina la tête et haussa un sourcil, lui enjoignant de se calmer. Fidèle à son caractère, Aida sourit et poussa encore un peu l'interrogatoire.

— Tu vis en ville ?

— Bedford Corners et dans les montagnes du Colorado.

— Les montagnes ? insista Aida.

— J'ai un chalet là-bas, répondit-il en serrant l'épaule de Savannah.

— Ah bon ? s'étonna Savannah. J'ai grandi à Weston, dans le Colorado.

— Je sais. Quand tu me l'as dit, je me souviens d'avoir

pensé que nous étions peut-être destinés à nous rencontrer, avoua Jack en lui touchant la joue.

Destinés à nous rencontrer. Voilà un autre morceau de mon cœur qui s'en va.

Il reporta son attention sur Aida, et Savannah pensa qu'elle était témoin d'un bref retour de l'homme confiant, efficace et intense que Jack avait probablement été à l'époque des Forces spéciales. Cela n'avait pas changé, mais l'homme réservé qu'elle avait rencontré dans les bois semblait très éloigné du livre ouvert assis à côté d'elle. Qu'est-ce qui avait pu changer aussi vite ? Alors qu'elle écoutait Aida lui poser de nouvelles questions et Jack lui répondre du tac au tac, son cerveau d'avocate se mit en marche et elle comprit pourquoi il s'était montré aussi disposé à cet interrogatoire. *Plus vite tu réponds à ses questions, plus vite on sera seuls. Que tu es malin !*

— Ton film préféré ?

— Tu lui poses vraiment cette question ? s'insurgea Savannah.

La serveuse apporta une bouteille de vin et Jack remplit leurs verres tout en répondant.

— Je n'ai pas regardé un film depuis des années, répondit-il en souriant à Savannah. Mais j'ai hâte de m'y remettre.

Aida se cala contre son siège et croisa les bras.

Jack sourit et leva le menton.

— J'ai réussi le test ? demanda-t-il.

Aida soupira.

— Tu n'as pas craqué, c'est une certitude. Et tu regardes Savannah comme si chaque seconde où tu détournes les yeux est une seconde de trop, alors oui, tu t'en sors bien. C'était très amusant. Je n'ai jamais eu l'occasion d'interroger des gens juste pour le plaisir. Merci, Jack. Tu es beau joueur.

S'emparant de sa boisson, elle leva son verre. Jack l'imita.

— À mon tour ?

Aida vida son vin et se leva.

— Je dois retourner à ma promenade. On remet ça à une prochaine fois ?

Savannah se leva et serra Aida dans ses bras.

— Tu es vraiment pénible, chuchota-t-elle.

— Je l'aime bien, répliqua Aida avec un sourire à Jack. Ravie de t'avoir rencontré. Déshonore-la bien.

Jack avait remarqué la tension de Savannah quand Aida les avait rejoints devant le restaurant et maintenant, alors qu'elle se réinstallait dans son siège à côté de lui, elle retrouvait le sourire et laissait échapper un soupir de soulagement. Il se pencha vers elle pour l'embrasser, heureux de l'avoir à nouveau pour lui tout seul.

— Elle a l'air sympa, dit Jack.

— Je l'adore, mais elle est un peu lourde parfois, fit Savannah en terminant son vin.

La serveuse remplit leurs verres et prit leurs commandes.

— Elle veille sur toi. J'aime savoir que tu as des amis comme ça. J'espère que ça ne t'a pas dérangée que je me sois débrouillé pour que les choses avancent.

Savannah secoua la tête. Un faisceau de lumière croisa ses prunelles : elle était radieuse et heureuse.

— Comment cela pourrait-il m'avoir dérangée ? Je savais que tu cherchais juste à te débarrasser d'elle au plus vite.

Il glissa une main sous ses cheveux et posa sa joue contre la sienne.

— Je pensais ce que je disais à propos de te déshonorer, chuchota-t-il.

Écarquillant les yeux, elle se sentit rougir. Jack commençait à reconnaître la différence chez elle entre une rougeur provoquée par la gêne et une rougeur née du désir. Quand elle était gênée, elle plissait légèrement les yeux ; quand elle était excitée, le vert de ses prunelles s'assombrissait, elle se mordillait la lèvre inférieure et respirait un peu plus fort. Alors que les dents de Savannah glissaient sur sa lèvre, Jack refoula l'envie de passer la langue sur la trace rose qu'elles laissèrent derrière elles.

La serveuse apporta leurs repas, mais l'esprit de Jack n'était plus au dîner. La jambe de Savannah était pressée contre la sienne depuis une heure et, s'il avait bien réussi à ignorer le désir qui montait dans son corps, il n'avait aucune chance de réussir à mettre quoi que ce soit de solide dans sa bouche, à part un certain nombre de parties du corps de Savannah. Laquelle ne baissait pas les yeux sur son assiette. Ils restaient à se manger du regard.

Elle se lécha la lèvre inférieure, signe qu'elle s'efforçait autant que lui de se comporter convenablement. Les autres clients pouvaient-ils percevoir leurs intentions secrètes, eux aussi ? Il devait contrôler ses émotions. Quel genre d'homme ne pouvait pas tenir le temps d'un repas avec sa petite amie ? Sa « petite amie ». Il sentit un sourire naître sur ses lèvres.

— Quoi ? demanda Savannah.

— Tout, trouva-t-il seulement à répondre.

Savannah lui effleura la joue. Bon sang, tout ce qu'elle faisait l'excitait. *Concentre-toi, Jack.* Il avait besoin d'une distraction pour étouffer ses désirs.

— Donc, c'était une façon intéressante de commencer notre

premier vrai rendez-vous.

— Connor ou Aida ?

— Les deux, répondit-il en buvant une gorgée de vin. Je suis désolé qu'il t'ait trompée. Ça a dû être très douloureux.

Savannah baissa les yeux et haussa les épaules.

— C'est un peu ma faute. J'aurais dû arrêter de le voir. Je ne sais pas pourquoi je ne l'ai pas fait. Je n'ai même pas vraiment apprécié d'être avec lui, l'année dernière, mais…

— Tu es une compétitrice. Peut-être que tu pensais pouvoir le changer, ou tu voulais prouver que tu le pouvais.

Jack ignorait d'où lui venait cette idée. Cela faisait des années qu'il n'avait pas évalué les motivations d'autrui. Il réalisa que des parties de lui-même qu'il avait perdues sans s'en rendre compte lui revenaient. Après la mort de Linda, il avait tout bloqué sauf la douleur, la colère et la culpabilité. En renonçant à ces sentiments durs, il laissait de la place à son ancien moi et il était heureux de ce rappel. Il avait l'impression qu'un vieil ami était passé lui dire bonjour et il espérait que cet ami amènerait d'autres amis et resterait plus longtemps. *Un jour, je serai vraiment à nouveau entier.* Sa réponse était venue naturellement et, en la disséquant, il réalisa que Savannah était en effet compétitrice et qu'il avait peut-être raison. Mais dans les montagnes, il avait aussi appris qu'elle était sensible et très, très féminine. Autrement dit, elle avait été blessée, quelle qu'ait pu être sa motivation. Et il voulait faire définitivement disparaître cette douleur.

— Peut-être. À dire vrai, je ne sais pas. Mais après avoir été avec toi, je ne pense pas avoir jamais été aussi heureuse dans une relation.

Il se tourna sur sa chaise pour lui faire face.

— Je ressens la même chose. Je ne me suis jamais senti aussi épanoui ou aussi vivant.

— Et tu as un chalet dans les montagnes ? demanda-t-elle.

Jack hocha la tête. Il avait eu l'intention de taire cette information, mais, quand Aida lui avait demandé où il vivait et qu'il avait senti le regard de Savannah sur lui, il avait répondu honnêtement.

— Oui. Je t'y emmènerai un jour.

— J'adorerais ça. Tu es très différent de ce que tu étais quand je t'ai rencontré. Quelque chose a changé ?

Elle quêta une réponse dans ses yeux.

— Tout, répondit-il honnêtement. Tu as éveillé quelque chose en moi qui m'a donné envie de vivre à nouveau, Savannah. On n'a pas vraiment eu le temps de parler de ce qui s'est passé et je veux partager beaucoup de choses avec toi. Tu as faim ? demanda-t-il avec un regard à leurs assiettes intactes.

Elle secoua la tête.

— Tu veux le prendre chez toi pour plus tard ? demanda-t-il.

Elle secoua la tête avec une voracité d'un autre genre dans les yeux.

Jack savait qu'à la seconde où ils entreraient dans l'appartement de Savannah, il serait incapable de rester éloigné de ses douces lèvres et encore moins du reste de ce qui se trouvait sous ce tissu moulant. Il ne se le pardonnerait jamais, s'il n'arrêtait pas de la prendre à la moindre occasion et s'il ne la traitait pas comme elle le méritait.

— La nuit est belle. On fait un tour de calèche dans le parc ?

Ses yeux s'illuminèrent.
— Je n'ai pas fait ça depuis des années.
— Ce sera une première pour moi.

Il posa la main au creux de ses reins et, tandis qu'ils marchaient vers le parc, Jack pensa au nombre de premières fois qu'il avait déjà vécues avec Savannah et au nombre d'autres encore à venir.

CHAPITRE TRENTE

Savannah se blottit contre le flanc de Jack. Elle aimait être enveloppée de ses bras musclés et, à mesure qu'elle voyait les côtés tranchants de Jack s'adoucir, elle se sentait la femme la plus chanceuse du monde.

— Je n'en reviens pas que tu n'aies jamais fait ça, dit-elle.

— Il y a beaucoup de choses que je n'ai pas faites et que j'ai hâte de faire avec toi.

Il lui déposa un baiser au sommet du crâne.

Le « clop-clop » des chevaux donnait une douce cadence à leur promenade dans le parc. La dernière fois qu'elle était montée dans une calèche, c'était avec Matt, et ils avaient passé tout le temps de la promenade à parler d'enfants... et du fait qu'il ne voulait pas en avoir. La promenade en calèche avec Jack était plus douce, plus intime. Elle sentait le doux balancement de la démarche des chevaux. S'ils ne faisaient rien d'autre ce soir-là, s'ils rentraient chez elle et s'endormaient, elle passerait une nuit heureuse et satisfaite.

— J'ai vidé l'armoire de Linda et donné ses vêtements à Elise, sa sœur, lâcha Jack.

Cet aveu, sorti de nulle part, avait été prononcé à mots hésitants, comme s'il cherchait à savoir comment elle allait réagir.

Elle se redressa pour pouvoir le regarder dans les yeux.

— Tu les avais gardés depuis tout ce temps ?

Il hocha la tête.

— Je suis rarement allé dans la chambre après l'accident. C'était trop difficile à affronter. Mais après notre retour de la montagne, j'ai réalisé que je me cachais de tout ça et j'ai compris qu'il était temps.

— Je suis désolée, Jack. J'espère que ce n'est pas moi qui t'ai poussé dans cette direction.

Mais je suis contente que tu ailles de l'avant.

— Tu ne m'as pas poussé à faire quoi que ce soit, mais être proche de toi a agi comme un catalyseur. C'était le coup de pouce dont j'avais besoin. Je me sentais un peu piégé dans mon propre esprit et je ne savais pas comment m'en libérer. Mais tout a changé quand on a été ensemble, toi et moi. Et même si ça n'est pas allé sans mal, c'était aussi libérateur.

— C'est une bonne chose, alors, non ?

Jack prit sa main et la porta à ses lèvres.

— Oui, très bonne. À un moment donné, j'aimerais te montrer où j'habite, mais je n'en suis pas encore là.

— Tu entreprends beaucoup de choses d'un seul coup, Jack. Il n'y a pas d'urgence.

Tu es l'homme le plus honnête que je connaisse, et j'aime ça.

— Merci de ta compréhension.

La voiture ralentit au détour d'un virage et Savannah aima que le regard attentif de Jack ne faiblisse pas. Il entrelaça ses doigts aux siens.

— Quand j'ai vu Ralph, on a brièvement parlé de toi, et il m'a donné sa bénédiction. Je ne m'attendais pas à vouloir être avec une autre femme, et je n'ai certainement jamais songé à dire au père et à la sœur de Linda que l'une d'elles occupait mes pensées. Je suis heureux qu'on soit ensemble, Savannah, et aussi qu'ils le sachent. Je ne veux plus jamais me cacher de quoi que ce soit.

Savannah retint sa respiration : le moment était peut-être venu de lui parler de la confession d'Elizabeth ? Il lui ouvrait son cœur et elle lui devait la même honnêteté.

— Jack, Elizabeth connaît la famille de Linda.

Il plissa les yeux.

— Tu étais au courant ?

— Et toi aussi, tu étais au courant ? demanda-t-elle.

— Non, mais Ralph me l'a révélé ce matin.

— Elizabeth me l'a confié quand on était là-haut. Je suis désolée de m'être tue, mais je ne savais pas comment, ou même si, je devais le faire. Tu paraissais tellement en colère.

Elle posa une main sur son torse et il déposa un baiser sur son front.

— Donc tu as placé ce lynx dans les bois et tu as profité de moi ? la taquina-t-il.

Le simple fait de penser au lynx lui donna des frissons dans les bras.

— C'était le plan, plaisanta-t-elle.

Les yeux de Jack s'assombrirent et il eut l'air soudain sérieux.

— J'ai aussi appelé ma sœur, avoua-t-il en haussant les épaules. C'est un début.

— Jack, chuchota-t-elle. Tu vas très vite. Ça ne t'inquiète pas du tout ?

Ce processus était extrêmement difficile pour lui, elle ne pouvait que l'imaginer, et il essayait de tout assumer en même temps.

Il hocha la tête.

—J'ai agi très rapidement quand il s'est agi de les exclure de ma vie. J'ai l'impression de ne pas pouvoir aller assez vite pour réparer les dégâts.

CHAPITRE TRENTE ET UN

Jack suivit Savannah dans l'escalier qui conduisait à son appartement et, lorsqu'ils atteignirent le palier de son étage, sa poitrine se serra au souvenir de Connor la prenant dans ses bras. Il secoua la tête en repensant à sa réaction, mais il savait que si cela devait se reproduire devant lui, il réagirait probablement de la même façon.

Il admira sa silhouette de dos et ne put s'empêcher de passer les mains le long de ses hanches lorsqu'elle fouilla dans son sac à main pour trouver les clés. Il suivit les lignes de son corps jusqu'à ses épaules et rassembla ses cheveux dans une main, exposant la courbe de son cou. Les lèvres plaquées sur sa peau, il passa son autre bras autour de sa taille fine.

— Hmm.

Elle rejeta la tête en arrière et il déposa un baiser dans sa nuque, tout en pressant les hanches contre ses fesses. Sentir ses courbes pulpeuses contre lui décupla son désir. Il fit glisser ses mains le long de ses côtes et sur ses seins.

— Jack, chuchota-t-elle.

Il la retourna dans ses bras et l'embrassa, avalant les mots qui s'échappaient de ses lèvres. Il plaqua son corps contre le sien, son dos contre la porte, et il approfondit le baiser, sachant déjà qu'il ne se lasserait jamais de l'embrasser. Elle lui posa ses mains chaudes sur les joues… Quand ils s'écartèrent l'un de l'autre, ils haletaient tous les deux.

— On devrait entrer, dit-elle, sans toutefois esquisser le moindre geste pour ouvrir la porte.

— OK, réussit-il à bredouiller.

Putain, il aurait pu la prendre en plein couloir et le regard qu'elle lui lançait lui indiquait qu'elle n'en aurait pas été le moins du monde dérangée. Quand elle se débrouilla pour lui empoigner les fesses, il lui arracha pratiquement les clés des mains et déverrouilla la porte. Ils entrèrent dans l'appartement en titubant, s'embrassant entre chaque pas. Jack repoussa la porte derrière eux. Savannah en profita habilement pour déboutonner la chemise de Jack, glissant les doigts sous le tissu entre chaque bouton.

Balayant l'appartement du regard, il aperçut le couloir qui devait mener à la chambre de Savannah. Laquelle remarqua son regard.

— On n'est pas obligés d'aller dans la chambre, Jack, murmura-t-elle en lui touchant la joue.

— Pourquoi es-tu si gentille avec moi ? Si patiente ?

Jack avait l'habitude d'être le mâle alpha dans tous les aspects de sa vie, mais, en plongeant le regard dans le couloir, il se rendit compte qu'au lieu d'avoir été viril – s'enfuir pour mener une vie solitaire –, il avait été tout le contraire. Les vrais hommes ne se cachaient pas de leurs peurs. Ils les affrontaient.

— Tu es quelqu'un de bien. Pourquoi ne devrais-je pas être gentille avec toi ? Tu as juste besoin de temps pour guérir.

— Savannah.

Il cherchait à croiser son regard, mesurant la chance qu'il avait d'être celui qu'elle voulait. Savannah méritait mieux que de faire l'amour sur un canapé déplié. *Et puis merde !* Prenant sa main, il l'entraîna vers la chambre avant de perdre son sang-froid.

— Jack ?

Il était incapable de lui répondre. Il lui fallut toute sa concentration pour franchir la porte. Au premier pas qu'il fit dans la chambre, sa poitrine se contracta. Dans le souffle suivant, l'odeur de Savannah emplit ses poumons. Il la voyait partout. Dans les foulards colorés qui pendaient de son miroir et lui faisaient penser à des tas de choses qui n'avaient rien à voir avec la fraîcheur de la météo. Les chaussures alignées selon la hauteur de leurs talons. Les bottes en cuir noir déclenchèrent une nouvelle bouffée d'adrénaline, d'autant que le tiroir à lingerie ouvert révélait un soupçon de satin et de dentelle. Il faillit gémir à voix haute en se tournant vers elle. Que portait-elle sous sa petite robe sexy ? En ramenant les yeux sur ses seins, son cou et son joli visage, il vit l'amour qu'il ressentait se refléter dans ses yeux. Il sentit sa poitrine se relâcher. Ce n'était pas seulement une chambre. C'était l'oasis de Savannah. Il lui prit la main et, quand elle avança d'un pas, leur amour remplit l'espace qu'occupait son anxiété. Jack se débarrassa de sa chemise, les mains de Savannah remontèrent le long de ses abdominaux et sur ses pectoraux... Percevait-elle l'amour qu'il éprouvait pour elle dans chaque battement de son cœur, de la même façon qu'il voyait l'amour qu'il lui inspirait dans sa façon de le regarder ?

Savannah le libéra de son jean qu'elle fit descendre jusqu'à ses chevilles.

— À mon tour, dit-elle en faisant sortir chacun de ses pieds de sa jambe de pantalon.

Il ne lui restait plus que son caleçon, avec son érection qui faisait pression contre sa ceinture.

« *À mon tour.* » La façon dont elle l'avait dit, comme si

chaque mot dégoulinait de lubricité, le torturait. Chacune de leurs étreintes était plus intense que la précédente. Toute la soirée, il avait attendu de la débarrasser de cette petite robe noire et de ces talons vertigineux, et il était là, en sous-vêtements, alors qu'elle était encore habillée comme une petite diablesse. Comment pourrait-il nier ses intentions cette fois-ci ?

Elle fit courir les mains le long de son cou, appuyant fortement sur sa pomme d'Adam avant de les faire glisser le long de son torse et de s'attarder sur ses tétons. Jack serra les dents et les poings pour ne pas la jeter sur le lit et faire d'elle ce qu'il voulait. Fermant les yeux, il prit une brève inspiration lorsqu'elle saisit son téton entre ses dents, puis y passa la langue pour calmer la douleur. De son autre main, elle lui caressait les pectoraux comme il aurait pu le faire d'un de ses seins. Derrière ses paupières closes, il se concentra sur la sensation de sa peau et, lorsque ses mains quittèrent son corps, il écouta sa respiration lourde qui s'apaisait. Son parfum l'entoura bientôt. Alors qu'il était sur le point d'ouvrir les yeux, elle posa les mains sur son ventre, pour suivre des doigts les ondulations de ses muscles. Sa langue parcourut alors le même chemin le long de ses abdominaux, puis plus bas, pour suivre le bord de sa ceinture. La gorge complètement nouée, Jack rouvrit les yeux, qu'il baissa juste au moment où elle positionnait les pouces au-dessus de son nombril et pressait les mains sur son corps, les faisant remonter le long de ses côtes et sur son torse, tout en pressant ses hanches contre les siennes. Il lui empoigna les fesses et la plaqua plus fort contre son érection, puis abaissa ses lèvres sur les siennes pour un baiser tempétueux qui précipita son esprit dans une spirale hors de contrôle. Les mains dans son dos, il se saisit de mèches de ses cheveux.

— Oui ! cria-t-elle.

Incapable de s'en empêcher, il enfonça les dents dans son cou et elle cria à nouveau.

— Ah, Jack. Oui !

Il embrassa la zone qu'il venait de mordre, palpant ses seins à travers le tissu de la robe, qui pointaient leurs tétons en dessous. Il abaissa sa bouche, pour prendre sa poitrine à travers le tissu fin. Elle enfouit les mains dans ses cheveux et l'attira plus fort contre elle. Putain, adieu la lenteur ! Adieu l'idée de la laisser prendre le contrôle. Il était fichu. Il remonta sa robe, révélant du même coup son string en dentelle.

— Doux Jésus, Savannah ! Tu es tellement sexy, gémit-il.

Elle passa la langue sur les lèvres qu'il venait d'embrasser. Il attira alors sa poitrine vers lui, avant de la pousser en arrière jusqu'à ce qu'elle se retrouve contre la porte de la chambre. Un baiser brutal et la porte se referma. Plaquant les mains de chaque côté de sa tête, Savannah le poussa vers le bas. Jack lui agrippa les hanches, passant les pouces sur la peau douce près de son nombril, puis plongea la langue dans ses replis. Savannah se tordit sous son corps. Elle était si sensuelle. Sa peau était chaude contre sa langue et, comme il embrassait de plus en plus bas, il la frotta à travers sa culotte.

— Tu es trempée, mon ange.

Il leva les yeux et elle croisa son regard, paupières lourdes, avant de prendre sa main dans la sienne et de la porter à sa bouche. Elle lui lécha les doigts, puis les prit dans sa bouche et les suça, faisant tourner sa langue autour d'eux. L'entrejambe de Jack se tendit et, lorsqu'elle retira les doigts de sa bouche pour les pousser entre ses cuisses, il en tremblait de désir. Abaissant la bouche vers le minuscule morceau de dentelle, il la lécha à travers le tissu humide, puis faufila les doigts dessous et suivit le chemin humide à l'intérieur d'elle. Savannah retint un souffle.

— Plus fort, Jack.

Plus fort. C'était ce qu'il voulait.

— Plus fort, Jack, exigea-t-elle.

Il lui arracha son string et, quand ce fut fait, elle passa l'une de ses longues jambes par-dessus son épaule, s'ouvrant ainsi à lui. Jack la dévisagea, désireux qu'elle sache à quel point il tenait à elle.

— Mon ange…

Ce fut le seul mot qu'il put trouver.

— S'il te plaît, le supplia-t-elle en élargissant sa position.

Jack lui agrippa les fesses de la main gauche et la tira vers lui pour laper sa douceur et enfoncer les doigts en elle. Savannah pressa ses hanches contre lui, remplissant la chambre de ses petits gémissements si sexy. Il déplaça sa bouche vers l'intérieur de ses cuisses et passa la langue le long du pli à côté de son sexe.

— Jack, murmura-t-elle, lâchant son nom en une longue expiration. Plus fort. Encore, Jack.

Putain, elle était si sexy, si avide de lui et lui d'elle. Il la souleva, plaçant son autre jambe sur son autre épaule, puis posa sa bouche sur son sexe.

Savannah enfonça les doigts dans ses cheveux.

— Oui. Oui.

Sa voix l'excitait, et lorsqu'elle écarta les jambes pour l'inciter à pousser sa main plus bas, il sut exactement ce qu'elle voulait. Il taquina le petit renflement de peau jusqu'à ce qu'elle balance le bassin en avant et palpite contre sa bouche, avant de laisser échapper un grand cri de plaisir.

— Oh, mon Dieu, touche-moi, Jack ! Touche-moi plus.

Il était sur le point de jouir et, tandis qu'il la reposait sur ses jambes tremblantes et que ses escarpins atterrissaient sur le parquet, il la caressa, l'amenant à nouveau au bord du précipice.

Elle resserra les cuisses alors qu'il enfonçait les doigts en elle, profondément.

— Jack…

Les dents serrées, elle l'invita à se relever. Elle tremblait de tout son corps tout en l'embrassant goulûment, puis elle s'agenouilla et le délesta de son boxer.

— Non, Savannah. Je ne vais pas tenir.

Elle le regarda en se passant la langue sur les lèvres.

— Tant mieux.

— Je veux être en toi.

Il la respectait trop pour faire ce qu'elle voulait, mais alors qu'elle le léchait de la base à la pointe, il avait toutes les peines du monde à se retenir.

— Ça va venir.

Elle le prit à nouveau dans sa bouche, fit tourner sa langue autour de son gland, tandis que ses mains caressaient son érection. Le gémissement qu'elle poussa vibra contre lui.

— Savan…

Elle lui attrapa les hanches et l'attira plus profondément dans sa bouche, le buvant tandis qu'il serrait les dents et se poussait en avant à chaque magnifique frisson qui le traversait. Il ne se souvenait pas de la dernière fois où il avait joui aussi fort et aussi longtemps. Lorsque l'étreinte de l'orgasme relâcha ses muscles, il regarda Savannah qui léchait la dernière goutte perlant à la pointe de son sexe.

Jack pressa une paume contre son front pour repousser ses cheveux en arrière, incapable de croire ce qu'ils venaient de faire – ou à quel point c'était incroyablement bon. Savannah se leva et pressa ses lèvres contre les siennes. Il essaya de résister, vu ce qu'elle venait de faire, mais son besoin d'elle était trop grand, son amour trop immense et, quand sa langue rencontra la sienne, tout ce qu'il goûta, ce fut la douce Savannah.

Savannah s'éloigna de Jack, car elle voulait plus de lui. Pourtant, quand elle tendit la main vers son entrejambe, elle s'attendait à le trouver flasque et repu.

— Je n'ai jamais fait ça avant, admit-elle.

Elle le prit dans sa main et le corps de Jack répondit instantanément : son sexe enfla à nouveau jusqu'à reprendre sa longueur impressionnante. Jack haleta. Ses yeux bleus étaient noirs comme la nuit.

— Pourquoi maintenant ? demanda-t-il enfin.

Elle secoua la tête.

— Je n'ai aucune idée de la raison pour laquelle tu éveilles en moi des pensées coquines, répondit-elle en se passant la langue sur la lèvre inférieure. Mais c'est bel et bien le cas.

Elle baissa les yeux sur son corps nu, puis sur la mini robe qu'elle portait, toujours serrée autour de sa taille, ses talons hauts fermement plantés de part et d'autre des pieds de Jack.

Il suivit des yeux la trajectoire des siens et, quand il parla, sa voix profonde gronda à travers elle.

— J'ai besoin d'être en toi.

— Oh oui, viens.

Elle entendit la douleur jusque dans sa propre voix.

Le regard perçant de Jack l'immobilisa tandis qu'il lui faisait passer sa robe par-dessus la tête, puis dévorait son corps d'un regard lubrique. Elle ne s'était encore jamais tenue devant un homme avec ses talons pour tout vêtement, et elle était surprise de ne pas ressentir le besoin de se couvrir. Elle était si à l'aise avec Jack que lorsqu'il prit son sein dans sa bouche, elle gémit bruyamment, sans aucune inhibition, ce qui, elle le savait déjà, empêchait toujours Jack d'y aller lentement avec elle.

Il enfouit ses deux mains dans les cheveux de Savannah pour se saisir de sa tête.

— Tu sais exactement comment réduire mes bonnes intentions à néant.

Il couvrit sa bouche avec la sienne et elle aima l'urgence et la rudesse du baiser. Elle gémit contre sa bouche, espérant l'exciter encore plus. Alors, la prenant dans ses bras, talons compris, il l'allongea sur le lit. Puis il lui écarta les jambes à l'aide de ses genoux et, avant de la pénétrer, il plongea son regard dans le sien.

Elle lui attrapa les hanches. *Dépêche-toi. Allez.*

Et enfin, Dieu merci, il la pénétra plus profondément que jamais, l'écrasant sur le matelas, la dominant de ses muscles tendus et de son regard puissant. Elle ferma les yeux, et, en un rien de temps, son corps bascula dans un autre orgasme puissant, se serrant contre lui, pour l'attirer plus profondément à l'intérieur.

— Ouvre les yeux, mon ange.

Sa voix lui était parvenue de l'autre côté des ténèbres.

« *Mon ange* ». *J'adore ça.* Elle ouvrit les yeux, mais le plaisir était trop intense et elle les referma.

Jack couvrit sa bouche de la sienne, la pressant contre le matelas sous son corps lisse, et quand il la relâcha enfin, elle était hors d'haleine.

— Ouvre les yeux.

Elle obéit, pour se faire voler son souffle suivant par le sourire de Jack. Ses muscles luisaient de sueur, mais il ne perdit pas pour autant son rythme rigoureux alors qu'elle levait ses hanches pour répondre à chacun de ses puissants coups de reins.

— Mon Dieu, je t'aime, lâcha-t-il.

Puis il l'embrassa rapidement avant que sa propre libération ne l'emporte et qu'il ne ferme les yeux, les muscles de son cou et de ses bras raidis tandis qu'il gémissait en franchissant le pic de l'orgasme, avant de s'abattre sur elle, haletant et rassasié. Il posa la joue sur sa poitrine, la main trouva sa joue, et un soupir de satisfaction s'échappa de ses lèvres.

CHAPITRE TRENTE-DEUX

L'odeur du café accueillit Savannah le lendemain matin alors qu'elle sortait de la salle de bain en titubant, en tee-shirt et sous-vêtements. Elle trouva Jack appuyé au plan de travail de la cuisine, douché de frais et portant un jean propre et une chemise à manches longues. Il tenait le journal dans une main et une tasse de café dans l'autre. Il se retourna lorsqu'elle entra et ses yeux s'illuminèrent.

— Bonjour, ma belle, l'accueillit-il en l'embrassant sur la joue avant de lui tendre une tasse de café. Je n'étais pas sûr de savoir comment tu l'aimais. Lait ? Sucre ?

Savannah jeta un coup d'œil à l'horloge. *5 h 30.*

— Les deux, s'il te plaît. Tu es déjà rentré chez toi et revenu ?

Elle cligna des yeux à travers sa brume de sommeil.

— Malheureusement, je n'ai pas apporté ma cape de Superman. Ce serait impossible vu l'heure à laquelle on s'est couchés.

Il lui lança un clin d'œil, puis lui prépara son café.

— J'avais un sac à dos sur ma moto. Je suis allé le chercher ce matin.

— Tu ne devrais pas laisser des choses comme ça en ville. Je suis surprise qu'elles soient encore là ce matin. Désolée de t'avoir fait veiller si tard.

Elle sentit qu'elle piquait un fard.

— Je ne regrette rien, répliqua-t-il en lui tendant la tasse. Au fait, je ne suis pas naïf. J'avais verrouillé le sac sur la moto.

Sur quoi, il l'embrassa sur la joue. Elle ne pouvait pas se concentrer sur les mots qu'il venait de dire, elle était perdue dans son parfum propre et frais. Elle lui toucha la joue quand il s'écarta.

— J'aime la sensation de ta barbe naissante.

— Alors je veillerai à sauter un jour entre deux rasages. Ton téléphone a vibré tout à l'heure.

Il désigna d'un signe de tête l'appareil sur la table de la salle à manger.

— Aussi tôt ? s'étonna-t-elle avant de lire le texto. C'est mon frère Hugh. Oh, mon Dieu, il vient en ville. J'ai hâte de le voir, mais je pensais que sa cérémonie de remise de prix se tenait à Washington. J'ai dû me tromper. C'est ici, ce samedi. C'est une bonne chose qu'il ait appelé, parce que je pensais que ça avait lieu le week-end prochain, et on a été tellement occupés que je n'avais même pas encore pris les dispositions pour le vol.

Elle traversa la cuisine d'un bond et enlaça Jack par la taille.

— Viens avec moi à la cérémonie. S'il te plaît ?

— Tout ce que tu veux, mon ange. Il va recevoir un prix pour quoi ? Une course particulière ?

— Je ne sais pas, juste qu'il a gagné un autre prix. Est-ce que ça fait de moi une mauvaise sœur ? fit-elle en plissant le nez. C'est le cas, non ?

Il la prit dans ses bras.

— Tu n'es pas une mauvaise sœur. Est-ce qu'il sait quelles affaires tu gagnes ?

— Eh bien, non, mais ce ne sont pas des prix.

— Ce sont des réalisations, et elles comptent tout autant.

— Tu es sûr d'être le même homme arrogant qui m'a emmenée dans les montagnes ? Parce que tu es si gentil que je ne peux plus vraiment voir l'autre partie de toi.

Elle sentit le corps de Jack se raidir contre elle.

— Je suis toujours le même, répliqua-t-il en se passant la main dans les cheveux. Tu te souviens quand je t'ai dit que je n'étais pas ce type avant ?

Il posa le journal et le café et lui prit sa tasse des mains pour l'abandonner sur le plan de travail. Les bras autour de sa taille, il la dévisagea.

— Le vrai moi commence à émerger, et c'est grâce à toi. Mais ne sois pas dupe. Je crains que le salopard en colère soit toujours là et qu'on n'ait pas encore fini de le voir.

Il lui embrassa le bout du nez.

— Eh bien, s'il revient, on devra simplement l'apprivoiser pendant qu'on s'occupera de ce qui le fait revenir.

Elle posa la tête contre son torse et ferma les yeux, écoutant les battements paisibles de son cœur, si différents des pulsations rapides qu'elle avait ressenties quelques heures auparavant.

— J'aime quand tu dis « on », mon ange.

Il appuya le menton sur le sommet de son crâne.

— J'aime quand tu m'appelles « mon ange ». Même si mes frères vont s'en donner à cœur joie. Je ne suis pas vraiment connue pour être angélique.

— Non. Vraiment ?

Jack écarquilla les yeux et se couvrit la bouche, feignant la surprise.

— Tais-toi, s'esclaffa Savannah en s'écartant de lui. Tu ne peux pas grandir avec cinq frères sans t'endurcir. Être délicate n'était pas une option. Mon père s'est assuré que je puisse faire la même chose qu'eux, et je me suis assurée de le faire aussi bien.

Jack l'attira à nouveau vers lui.

— N'empêche que tu es très féminine, constata-t-il d'un baiser sur ses lèvres. Et très belle.

Baiser sur sa joue, cette fois.

— Et tu es mon ange parce que tu as vu à travers la fumée et les miroirs derrière lesquels je me cachais et tu m'as débusqué. Donc tes frères feraient mieux de se faire à ce nom. Il va rester.

Elle aimait qu'il soit prêt à affronter n'importe qui pour elle et qu'il voie en elle quelque chose que personne d'autre n'avait jamais vu. Elle se sentait plus féminine avec lui qu'elle ne l'avait jamais été de toute sa vie. Putain, elle se sentait différente à bien des égards quand elle était avec lui. Elle regarda l'horloge et gémit.

— Je dois me préparer pour le travail, commença-t-elle avant de froncer les sourcils. Que fait un pilote de brousse survivaliste quand il ne pilote pas d'avion ou qu'il n'enseigne pas aux gens des astuces forestières ?

— Des astuces forestières ? Tu es trop mignonne. Je ne t'ai rien appris là-bas ?

Il but une gorgée de son café.

— Plus que tu ne le sauras jamais, répliqua-t-elle en souriant. Dans des conditions extrêmes, un homme peut vivre trois minutes sans air, trois semaines sans nourriture et trois jours sans eau.

— Donc tu as retenu un petit quelque chose.

Il reposa son café sur le comptoir et la prit dans ses bras.

— Devine ce que j'ai fait. Tu sais déjà que j'ai appelé Siena, poursuivit-il sans la laisser répondre. Je lui ai demandé d'essayer de réunir tout le monde pour qu'on puisse parler. Je vais essayer de réparer ce que j'ai gâché.

— Tu as fait ça ? Waouh. Quand tu dis que tu vas arranger les choses, tu ne perds pas de temps, dis donc.

— Au cas où tu ne l'aurais pas remarqué, je ne suis pas vraiment quelqu'un de tiède. J'ai peur que ce ne soit pas une attitude facile, mais elle est importante pour moi.

Il sourit, cependant Savannah décela de l'inquiétude dans ses yeux. S'approchant de lui, elle lui toucha le bras.

— Tu veux en parler ?

— Oui, en fait, mais je ne veux pas te retarder pour le travail. Il est presque 6 heures.

Savannah reconnut la douleur qui traversa son visage et lui laissa des sillons sur le front.

— Ça va. Je vais juste envoyer un message à Catherine pour la prévenir que j'arriverai un peu en retard.

Elle s'exécuta, puis tous les deux allèrent au salon et s'assirent sur le canapé. Savannah replia ses jambes sous ses fesses et fit face à Jack. Il posa les coudes sur ses genoux. Ses épaules étaient contractées à présent et elle massa le paquet de nerfs à la base de son cou.

— Tu es vraiment bonne avec moi, Savannah.

Il la regarda brièvement, puis se concentra sur ses mains. Elle lui embrassa la nuque.

— C'est parce que je t'aime bien en ce moment, le taquina-t-elle.

Pour avoir travaillé avec des personnes en général en pleine crise, elle savait qu'il valait mieux attendre qu'elles dévoilent leur vérité quand elles étaient prêtes, plutôt que de les y pousser. Elle attendit en massant le nœud des épaules de Jack.

Il frotta l'arrière de son biceps gauche avec sa main droite. Elle sentait presque la cicatrice sur sa paume.

— Je n'ai pas partagé ça avec toi, parce que je ne savais pas trop comment, et chaque fois que je voulais te le dire, je m'inquiétais de ce que tu penserais de moi.

Il inspira longuement, puis relâcha son souffle et se tourna vers Savannah.

— La nuit de l'accident de Linda, il y avait une tempête.

Savannah savait qu'elle devrait lui dire que Treat l'avait déjà mise au courant, mais elle sentait le poids de sa confession entre eux et le voyait dans ses épaules voûtées. Elle devait le laisser sortir cet aveu de sa poitrine.

— Il ne faisait que pleuvoir quand elle est partie, mais les bulletins météo annonçaient des avis de tempête violente. Je n'aurais jamais dû la laisser prendre la route.

Il plongea ses yeux dans les siens.

— La tempête a empiré, elle a redoublé d'intensité, reprit-il avant de marquer une pause pour déglutir, les yeux remplis de larmes. Je sens encore l'odeur du caoutchouc et de l'huile brûlés. Je vois les flammes. Je n'aurais jamais dû la laisser partir. Je revenais d'une tournée, j'étais épuisé, absorbé par les rapports et les données et toujours préoccupé par ce qu'on avait accompli. C'était ma faute, conclut-il en secouant la tête. Je n'aurais pas dû la laisser conduire avec l'avis de tempête.

— Jack, tu n'es pas obligé de tout me dire. Je sais que tu t'en veux. Mon cousin Blake connaît Rush. Je suppose qu'il lui a parlé de l'accident et Blake l'a répété à mon frère.

Elle sentit son ventre se nouer devant la douleur qu'elle vit dans ses yeux.

— Toute ta famille est au courant ?

Jack baissa les yeux vers le sol.

— Probablement, mais personne ne te tient pour responsable. Elle a eu un accident de voiture. Ça peut arriver à tout le monde, et n'importe quand. Tu ne pouvais pas prévoir qu'elle se retrouverait coincée dans la tempête. Regarde-moi, Jack, s'il te plaît.

Elle lui prit la main. Jack la regarda et elle se rapprocha encore.

— Ce n'est pas toi qui as causé son accident.

— Rush leur a dit que je l'avais trouvée ? demanda-t-il.

Elle acquiesça.

— Je suis vraiment désolée.

Des larmes perlaient dans les yeux de Jack et Savannah voyait la tension qui crispait ses traits alors qu'il s'efforçait de les empêcher de couler. Voir Jack si triste lui fendait le cœur. Elle se pencha et l'enlaça.

— C'est normal d'être triste, mais cette tristesse n'a pas besoin de se transformer en culpabilité ou en colère et de consumer chacune de tes pensées.

Elle lui frotta le dos. Quand il s'écarta, les yeux rougis, elle regretta de ne pas pouvoir prendre un jour de congé pour rester avec lui.

Il s'essuya les yeux.

— Merci. Son père et sa sœur m'ont pardonné, mais j'ai repoussé tous ceux qui m'aimaient, parce que je me sentais coupable. Il m'a fallu beaucoup de temps, mais je comprends maintenant que j'ai projeté ma culpabilité sur eux alors que tout ce qu'ils voulaient vraiment, c'était m'aider à surmonter la douleur de sa perte.

— On fait tous des choses comme ça, Jack. Tu t'es juste comporté de façon extrême.

Elle passa la main le long de son bras. Il acquiesça.

— Peut-être. Mais Rush ? Rush ne me pardonnera jamais. On s'est dit des choses que nous n'aurions pas dû, et si tu penses que je garde de la rancœur… – Il secoua la tête – Et il a mon père qui le pousse à être un homme, ce qui signifie… oh merde, qui sait ce que ça veut dire encore.

Ce qu'il traversait semblait familier à Savannah. Rex avait gardé une rancune silencieuse envers Treat pendant des années, et Treat n'avait jamais su pourquoi jusqu'à ce qu'il affronte enfin Rex. Or si son frère avait pu surmonter sa colère, tout le monde le pouvait.

— S'il y a une chose que j'ai apprise, c'est que la fibre qui tisse les liens familiaux est plus forte que tout ce qu'on pourrait imaginer. Tu as l'impression de ne jamais pouvoir te faire comprendre par lui, mais j'en doute. Tu dois essayer, peu importe la difficulté.

Jack se redressa et se frotta le visage.

— J'ai l'intention d'essayer, mais je suis réaliste, et tu ne connais pas mon père. Bon sang, ces derniers temps, j'ai l'impression de ne pas le connaître non plus. Avec Rush, j'ai peut-être creusé un trou trop profond pour qu'aucun de nous ne puisse en sortir.

Il prit la main de Savannah et se leva, l'entraînant avec lui.

— Tu dois aller travailler et moi rentrer chez moi pour finir le rangement. Je peux t'appeler plus tard ?

Savannah sourit d'une question aussi formelle.

— Je serais contrariée si tu ne le faisais pas.

Elle se dirigea vers le couloir, puis se retourna.

— Jack, tu es sûr de pouvoir y arriver ? Je peux rester avec toi si tu en as besoin, pour t'aider dans ton rangement ou être là si tu as besoin de parler.

Elle avait passé des années concentrée sur sa carrière. Il était temps qu'elle donne à sa relation – cette relation – l'attention qu'elle méritait.

— Tu vois ? Tu es vraiment mon ange. Je suis un grand

garçon, et tu as une carrière à mener. Je vais m'en sortir. Eh oui, je vais vraiment y arriver. Je n'ai jamais pensé que la vie serait facile, Savannah. Je m'attendais juste à ce qu'elle ne soit pas aussi difficile. Mais pour autant que je puisse en juger, la partie la plus dure est terminée. Maintenant, je dois marcher sur les pierres que j'ai semées le long du chemin. Certaines piqueront plus que d'autres, mais à la fin, ça en vaudra la peine. Et, avec un peu de chance, Rush trouvera dans son cœur la volonté de me retrouver à mi-chemin.

CHAPITRE TRENTE-TROIS

Jack passa en revue toutes les armoires, tous les tiroirs et tous les récipients de la maison, mettant dans des boîtes les souvenirs de Linda et séparant les objets qu'il voulait garder de ceux qu'il donnerait à Elise. Il s'était préparé à un nouvel accès de tristesse, mais le pardon de Ralph l'avait aidé à prendre la distance nécessaire entre lui et la culpabilité qui l'avait habité pendant si longtemps. Cette distance étant devenue réelle dans son esprit comme dans son cœur, il pouvait profiter des bons souvenirs au lieu de les gâcher. Le téléphone sonna, le tirant de ses pensées.

— Eh bien, tu as de la chance, attaqua Siena. Sage vient de rentrer d'un vernissage dans l'État de Washington, et Dex, maman, papa, Kurt et moi, on peut tous venir.

— Et Rush ? demanda Jack en serrant la mâchoire.

— Il n'était pas très réceptif à l'idée de te voir. Je suis désolée, Jack.

Sa voix s'était éteinte quand elle avait prononcé son nom.

— Ce n'est pas ta faute. J'apprécie tes efforts et, au moins, je pourrai parler à tous les autres. C'est un début.

Il n'allait pas abandonner aussi facilement. Peut-être que s'il pouvait combler le fossé avec les autres, Rush se sentirait obligé de le voir.

— Sage repart samedi. Comme on est déjà jeudi, tu veux le

faire ce soir ou demain ?

La dernière chose qu'il voulait, c'était retarder la visite de sa famille. Tout au long de l'après-midi, il avait pensé à eux et, non seulement il était impatient de clarifier la situation, mais depuis qu'il avait commencé à abattre les murs érigés autour de son cœur, sa famille s'était mise à lui manquer.

— Ce soir. Chez toi ou chez les parents ?

— On peut faire ça ici, dans mon loft, si tu veux. Tu te souviens de l'adresse ? Treizième Est, Greenwich Village.

— Oui, je me souviens. Merci, Siena. C'est très important pour moi.

— Pour moi aussi, Jack. Est-ce que 19 heures ça t'irait ? demanda-t-elle.

— Oui. Parfait. Tu veux que j'apporte le dîner ?

Jack sentit une vague d'espoir le traverser. *C'est ma chance pour tout recommencer.*

— Non. Je vais faire livrer quelque chose. Je dois y aller, mais j'ai hâte de te voir.

— Moi aussi, ma chérie. À tout à l'heure.

Après avoir mis fin à l'appel de Siena, Jack envisagea de recontacter Rush, mais si Siena n'avait pas réussi à le convaincre, il n'y avait aucune chance que lui y arrive. Rush adorait leur sœur. Il devait juste survivre au dîner et peut-être que l'un de ses frères ou de ses parents aurait une idée de la façon de traiter avec Rush. Et s'ils n'en avaient pas, alors lui-même trouverait un moyen de le faire.

Il appela Savannah et ressentit une pointe de déception en tombant sur sa messagerie.

— Salut, mon ange. Siena a organisé un dîner avec ma famille chez elle à 19 heures. Autant j'aimerais t'emmener, autant je pense que je dois faire ça tout seul. Rush ne sera pas là, mais les autres si. Appelle-moi quand tu seras disponible. Je t'aime.

Les deux derniers mots le firent frémir de bonheur et, en montant au grenier pour ranger la boîte qu'il avait remplie, il souriait encore.

Savannah était à son bureau, en train d'étudier le dossier d'un client quand Aida déboula dans son bureau et s'assit sur le bord de la table.

— Tu me détestes à mort ?

Savannah étouffa un sourire, les yeux toujours fixés sur le document qu'elle lisait.

— Je ne te déteste pas.

— OK, dit Aida. Alors, est-ce que tu es très fâchée ?

— Pas du tout. J'ai beaucoup appris de ton inquisition.

Savannah leva les yeux et ne put s'empêcher de glousser devant l'expression inquiète dans les yeux de son amie.

— Pourquoi es-tu si inquiète ? Je ne suis pas en colère, mais tu aurais pu me dire que tu allais passer.

— Et tu l'aurais prévenu. Je voulais voir comment il était sans aucune préparation.

— Quelle avocate tu fais, la taquina Savannah, qui reporta son attention sur le document.

— Je l'aime bien, fit Aida en croisant les jambes.

Elle posa une main sur le document et Savannah soupira en s'adossant à sa chaise.

— Moi aussi.

— Je pense qu'il est franc. Je n'ai pas eu l'impression qu'il cherchait à esquiver.

— J'aurais pu te le dire.

Savannah s'appuya sur le bras de sa chaise, pensant au message qu'il avait laissé alors qu'elle était en réunion. Il allait voir sa famille ce soir et elle était si nerveuse pour lui qu'elle ne l'aurait pas été davantage si c'était elle qui avait dû y assister.

— Il craque sur toi, d'ailleurs. J'ai adoré le voir aussi attentif. Et tu as remarqué qu'il ne m'a pas regardée du tout ? Pas une seule fois. Comment a-t-il réussi ce prodige ?

Savannah éclata de rire.

— Il est respectueux. Il y a des hommes qui savent se contrôler.

— Je n'ai jamais rencontré un homme qui n'ait pas au moins regardé les collines, objecta-t-elle en baissant les yeux sur ses seins. J'aurais bien dit qu'il était gay, mais vu l'air fraîchement baisée que tu arbores ces derniers temps, ce n'est manifestement pas le cas. Bon, conclut-elle en se levant, en tout cas, il a l'air d'un type bien. Je suis heureuse pour toi.

Elle se mit à arpenter le bureau.

— Tu as eu des nouvelles de l'amant magnifique du bureau de Greenberg ?

— Oui, mais je ne vais pas le revoir. Une fois que tu as vu la marchandise, pourquoi y retourner ? Tu sais ce qu'il a à offrir.

Parce que c'est de mieux en mieux.

— Comment peux-tu être comme ça ? Tu n'as jamais envie de te ranger ?

Aida haussa les épaules.

— Je n'ai jamais pensé que ça ferait partie de mes projets, mais te voir avec tes yeux énamourés et heureuse comme pas deux, ça me donne presque envie de tenter le coup.

— J'ai presque oublié de te raconter que Connor s'est pointé chez moi au moment où Jack venait me chercher pour le dîner. Il m'a embrassée, alors Jack l'a pris par le colback et lui a foutu la trouille.

— Qu'est-ce qui lui est passé par la tête, à ce type ? D'abord, il te trompe, et ensuite il rapplique ? Il avait appelé ? Tu savais qu'il venait ?

— Non. S'il avait appelé, je lui aurais dit de ne pas venir. Je ne veux plus le voir. D'ailleurs, quand il m'a embrassée, j'ai eu envie de lui flanquer un coup de genou entre les jambes. Le salopard. Pour qui se prend-il ?

— Alors Jack lui a secoué les prunes ? demanda Aida en ouvrant de grands yeux.

Savannah y lut de l'espoir, mais secoua la tête.

— Non, il lui a juste foutu la trouille. Connor m'avait apporté des roses quand il s'est pointé. Il peut être charmant quand il veut.

— Laisse tomber Connor, la mit en garde Aida.

— Je n'ai aucune intention d'y revenir. En voyant son sourire et les roses, et bien sûr, quand il m'a embrassée, je peux facilement comprendre pourquoi j'ai été aussi attirée par lui. Quand il était avec moi, c'était facile de croire à ses mensonges et à toutes ses excuses. Ne te méprends pas. J'ai définitivement été une idiote de les avoir gobés si longtemps, mais, après avoir revu Connor, j'ai réalisé que la plupart des femmes se seraient probablement laissé berner. Autrement dit, peut-être que je n'ai pas de gros problèmes après tout.

— Bébé, si tu penses que nous n'avons pas toutes d'énormes problèmes, tu te trompes. On a chacune les siens. Bon, ça te dit de dîner avec moi ce soir ou tu sors avec ton amoureux ?

— Il revoit sa famille pour essayer de se racheter. Donc avec plaisir. Allons-nous acheter quelque chose.

Son téléphone bipa et la voix de Catherine retentit.

— Savannah, Treat est en ligne. Je te le passe ?

— Quand on parle de mecs torrides. Ton frère est sexy, sexy, sexy.

— Et marié, rappela Savannah quand Aida passa la porte. Passe me prendre en fin de journée, lança-t-elle avant de décrocher son téléphone. Oui, Catherine, passe-le-moi.

Elle attendit le clic de la ligne, puis :

— Salut, Treat, quoi de neuf ?

— Bonjour, Savannah. Max et moi, on vient en ville pour la cérémonie de remise des prix de Hugh. Visiblement, tout le monde sera là, même Rex. J'essaie d'organiser un dîner familial. Hugh est en congé dimanche, donc on pensait faire ça juste après la cérémonie. Ça te va ?

Savannah aimait énormément ses frères. Jamais elle ne supporterait d'être longtemps brouillée avec eux. Une fois de plus, son esprit se tourna vers Jack. Pourvu que sa famille l'accueille sans le culpabiliser. Cet homme culpabilisait suffisamment pour n'avoir pas froid au pôle Nord.

— Bien sûr. Où et quand ? Ça te dérange si j'amène Jack ?

Elle retint son souffle en attendant sa réponse. Leur relation, à Jack et elle, avait évolué si vite que ses frères seraient plus réticents avec lui qu'Aida ne l'avait été, mais il avait déjà pris une telle place dans sa vie qu'elle ne se voyait pas ne pas l'inclure dans une fête de famille.

— J'aimerais le rencontrer. J'ai eu l'impression, la dernière fois, que tu n'en avais pas fini avec lui. C'est une autre raison pour laquelle j'ai appelé, au lieu de demander à Josh de te parler du dîner. Je voulais m'assurer que tu allais bien.

— Tu es le frère parfait. Je t'ai cassé les pieds pour que tu t'occupes de lui et toi, tu t'assures que je vais bien ?

Bien sûr qu'il était parfait. Savannah savait que peu importait ce qu'elle faisait, Treat ne lui tournerait jamais le dos. Et Jack non plus, avait-elle l'impression.

— Tu étais toute perturbée quand je t'ai vue. Je savais que tu avais du mal à y voir clair et je m'inquiète pour toi. En plus, Josh m'a raconté que tu avais passé beaucoup de temps avec Danica au concert, et j'ai fait le rapprochement. Une petite thérapie gratuite, ça ne fait jamais de mal.

Elle entendit son sourire.

— J'adore Danica. Avec elle, je vois toujours les choses plus clairement.

— Tant mieux. Je suis content que tu ailles bien. Est-ce qu'il te traite comme il faut ?

— Bien sûr. Mais je vais te dire un truc qui va t'amuser : il m'appelle son « ange ».

Elle se dirigea vers la fenêtre et regarda les rues animées, se rappelant ce qu'elle avait ressenti en marchant à côté de Jack l'autre soir. Elle avait hâte de recommencer.

— Je ne doute pas que tu sois son ange, Savannah.

— Vraiment ? Tu ne vas pas te moquer de moi ? Je n'ai jamais été particulièrement angélique.

Elle porta une main à son cœur. Pourquoi Treat semblait-il comprendre tellement plus que la plupart des gens lorsqu'il s'agissait d'amour ? Peut-être parce que c'était lui qui avait le mieux connu leur mère ? Ses autres frères et elle n'avaient pas eu la chance de grandir avec leur mère à leurs côtés, mais peut-être qu'ils avaient aussi retenu d'elle des leçons de vie.

— Savannah, tu es angélique. Tu es forte, brillante et compétitrice, mais tu t'es toujours investie pour les autres, et c'est toi qui as le plus grand cœur parmi toutes les femmes que j'ai rencontrées. À l'exception de Max, bien sûr. Tu es la fille qui est restée debout toute la nuit pendant une semaine avec ta colocataire à la fac pour la convaincre qu'elle n'avait rien à voir avec toutes les horreurs qu'un connard avait racontées sur son compte. Tu te souviens ? Et tu as quand même réussi tes examens brillamment.

Elle se figura les yeux sombres et réfléchis de son frère et regretta de ne pas l'avoir à ses côtés pour pouvoir l'embrasser. Treat la voyait-il plus clairement qu'elle ne se voyait elle-même ?

— J'avais presque oublié. Je suppose que pour moi « angélique » évoque la pureté et la douceur, tandis que quand je pense à moi, je songe à…

Elle n'avait pas vraiment mis de mots sur ses pensées et, maintenant qu'elle cherchait, elle ne parvenait qu'à répéter la caractérisation de Treat.

— Forte et obstinée.

— Je ne peux répliquer qu'une seule chose. Dieu merci, tu as trouvé un homme qui voit la vraie personne que tu es, Savannah. Regarde-moi. Regarde Rex et Dane. Putain, va au bout de la rue et regarde Josh. Seule la bonne personne, une personne spéciale, peut voir à travers tes protections. Tout comme tu as vu à travers les siennes. Tu ne comprends pas pourquoi il t'appelle son « ange » ?

Elle s'appuya sur le rebord de la fenêtre et sourit.

— Je crois que si. Ça n'a rien à voir avec la pureté ou la douceur et tout avec le fait que je le vois pour ce qu'il est à l'intérieur. L'homme qu'il a protégé de sa colère et de sa culpabilité, dit-elle en laissant échapper une grande inspiration. Merci, Treat. Je ne savais même pas que j'avais besoin d'entendre ça, mais je devine que si, en fait.

CHAPITRE TRENTE-QUATRE

Appuyé contre le mur de l'immeuble de Siena, son téléphone portable collé à l'oreille, Jack parlait à Savannah. La musique du café où elle dînait avec Aida retentissait en fond sonore.

— Je voulais juste entendre ta voix avant de monter. Je suis un peu plus nerveux que ce à quoi je m'attendais, admit-il.

En réalité, il minimisait l'ampleur de sa nervosité. Savannah n'avait pas besoin de savoir qu'il avait passé l'heure de route vers la ville à réfléchir à chaque mot qu'il comptait dire ce soir-là.

— Je le serais aussi. Mais tout va bien se passer, Jack. C'est ta famille. Souviens-toi juste de ça. Ils sont peut-être blessés et en colère, ils vont peut-être te dire exactement leur façon de penser – mes frères ne s'en priveraient pas, si j'étais à ta place –, mais tu peux gérer ça. En plus, ce n'est pas comme si tu ne les avais pas vus du tout depuis deux ans. Tu ne les as pas vus souvent, c'est tout.

— Merci, Savannah. Tu passes un bon moment avec Aida ?

Il leva les yeux juste au moment où ses frères Dex et Sage passaient dans la rue adjacente. *Mon Dieu, ils ont une mine superbe.* Ils ne le virent pas et il ne parvint pas à déterminer s'il était soulagé ou déçu. Il fut un temps où entrer dans une pièce pleine de Remington signifiait blagues sur leur vie et tapes dans le dos. Maintenant, il ne savait pas à quoi s'attendre, mais une atmosphère joviale était si loin de son écran radar qu'il faillit en rire. Perdu dans ses pensées, il manqua la moitié de la réponse de Savannah.

— … J'espère qu'Aida le pense vraiment. J'aimerais la voir sortir avec quelqu'un pour plus qu'une nuit ou deux.

Il supposa qu'il avait manqué quelque chose au sujet du dernier rendez-vous d'Aida, aussi répondit-il de la manière qu'il pensa appropriée.

— Je suis sûr qu'elle va changer d'avis. Tu es libre plus tard ?

Il détestait devoir renoncer à sa soirée avec Savannah, mais, d'une certaine manière, les mesures qu'il prenait avaient eux deux et leur avenir en ligne de mire. *Notre avenir.* Si quelqu'un lui avait dit, un an auparavant, qu'il serait dans une relation à l'heure actuelle, il aurait nié jusqu'à ce que mort s'ensuive. Putain, si on lui avait posé la question six mois auparavant, ou même deux mois, il aurait fait pareil. Même si, dans les semaines précédant sa rencontre avec Savannah, il avait commencé à penser retourner dans la famille qu'il aimait. Peut-être le destin était-il intervenu dans leurs vies après tout.

— Oui. Viens, je t'en prie, dit-elle. Tu as ton sac ou tu dois repasser chez toi ?

Il sourit, sachant qu'il avait été présomptueux lorsqu'il avait préparé son sac à dos en cuir avant de quitter la maison.

— À ton avis ?

— C'est ce que j'espérais.

Jack entendit le cri d'excitation de Siena derrière la porte fermée. La porte s'ouvrit et il n'eut pas le temps de lui dire bonjour qu'elle lui enroulait les bras autour du cou. Mince comme un crayon, elle faisait la taille de Savannah, mais, quand elle se jeta sur lui sans prévenir et souleva les pieds du sol, Jack dut faire un pas en arrière pour ne pas tomber.

— Tu es là ! Tu es vraiment, vraiment là. Mon Dieu, ce que tu m'as manqué !

Jack l'embrassa en riant. Il avait oublié à quel point elle était enthousiaste.

— Salut, ma puce. Tu m'as manqué, aussi.

Elle reposa les pieds au sol et d'un rapide mouvement du menton, dégagea ses longs cheveux noirs de son visage.

— Mince, Jack, tu es superbe ! Entre.

Elle lui prit la main et le conduisit dans son vaste loft. L'éclairage sur rail fixé aux hauts plafonds se reflétait sur le bois clair des sols immaculés. Siena n'avait jamais aimé les rideaux et Jack voyait que rien n'avait changé. Les quatre immenses fenêtres encastrées dans les murs de briques de chaque côté du loft en étaient exemptes. Jack scruta la pièce à la recherche de ses frères et les repéra derrière le bar qui séparait la cuisine du reste du salon. Il ravala la pointe d'inquiétude qui l'aurait normalement poussé à puiser dans ses réserves de colère et à se cacher derrière elles. Il n'allait pas remettre ça. *Et certainement pas maintenant.* Frottant un nœud qui s'était formé à la base de son cou, il suivit Siena dans la cuisine.

— Regardez qui est là, lança-t-elle.

Tournant vers Jack un grand sourire de ses dents blanches, elle agita les mains comme si elle présentait un cadeau.

Dex et Kurt sortirent de la cuisine, bouteilles de bière à la main, affichant de larges sourires eux aussi. Sage suivit, le regard sombre, avec une bouteille de bière dans chaque main.

— Mec, fit Dex en embrassant Jack.

Depuis tout petit, il avait une voix grave, qui n'avait fait que s'accentuer. Avec son mètre quatre-vingt-dix, il était juste un peu plus petit que Jack. Ses muscles étaient tendus sous son tee-shirt moulant de *gamer*. Siena et lui étaient de faux jumeaux : alors que les cheveux de Siena étaient brillants et raides, ceux de Dex étaient mats, ondulés et un peu plus foncés. Il les portait longs, au niveau du col et, quand il repoussa la frange de son front, il révéla des yeux d'un bleu aussi foncé que ceux de Jack.

— Tu es de retour pour combien de temps ?

— Pour de bon, j'espère, répondit Jack.

— C'est une bonne chose. Il était temps, fit Dex sur une gorgée de sa bière. Rappelle-moi de te parler du nouveau jeu que j'ai développé.

Juste après avoir obtenu son diplôme universitaire en informatique avec un enseignement optionnel en mathématiques, Dex avait créé un jeu vidéo qui était devenu viral. Désormais millionnaire et avec plusieurs jeux à son actif, il vivait la vie dont rêvaient de nombreux jeunes. Jack, lui, ne se sentait aucun point commun avec la communauté des *gamers* et de son jargon, mais il adorait son frère et était heureux qu'il ait trouvé le succès en faisant ce qu'il aimait.

— Je suis impatient que tu me racontes.

Le cœur de Jack s'emballa devant l'accueil chaleureux de Dex. Kurt avait toujours été plus réservé que le reste de sa fratrie et, maintenant, il se tenait debout avec sa bière dans une main et son autre main dans la poche. Il sourit à Jack et prit une lente gorgée de bière.

— Comment ça va, Jack ?

Kurt avait écrit plusieurs best-sellers et, bien qu'il soit très fortuné et adulé par ses fans, les gens qui le croisaient dans la rue n'auraient jamais été capables de dire qu'il était célèbre. Kurt mesurait un mètre quatre-vingt-douze, avait des yeux d'un bleu électrique, des cheveux noirs courts et des traits ciselés. Ce soir-là, il avait l'air confortablement décontracté dans son pantalon kaki et son polo.

— Mieux. Beaucoup mieux. Comment se passe l'écriture de ton prochain livre ?

Kurt était-il aussi nerveux que lui ? Alors que Jack laissait transparaître ses émotions, Kurt les gardait sous cloche.

Il leva sa bouteille.

— Bien. Tu sais, je donne vie aux voix dans ma tête, expliqua-t-il en souriant.

Jack avança d'un pas et ouvrit ses bras. Son frère s'avança pour lui taper dans le dos.

— Content de te voir, Kurt.

— Moi aussi, frérot. Moi aussi.

Alors qu'ils s'écartaient l'un de l'autre, Kurt lui toucha le bras.

— Est-ce que ça va ? Je veux dire, vraiment bien ?

Jack prit une profonde inspiration.

— Oui. Pour la première fois depuis ce qui semble être une éternité, ça va vraiment bien. Je voulais passer de là…

Il désigna l'espace devant lui.

— À là, finit-il en regardant ses frères et sœur dans la pièce. Mais je n'arrivais pas à trouver comment. Tu es énervé contre moi ?

— Énervé ? répéta Kurt en écarquillant les yeux. Est-ce qu'il m'arrive d'être énervé par quelque chose ?

Jack s'esclaffa. Kurt avait toujours été le plus équilibré de sa fratrie.

— Tu ne nous as pas abandonnés, Jack. Tu n'arrivais pas à

faire face, c'est tout. Je comprends. En plus, ça m'a fourni un excellent sujet pour mon prochain roman, *Les Liens d'acier*.

— *Les Liens d'acier ?* Vraiment ? On dirait un mauvais porno bondage.

Jack jeta un coup d'œil à Sage, son frère le plus complexe. Il était l'image même de l'artiste, depuis ses yeux contemplatifs, d'un bleu si foncé qu'ils en paraissaient presque noirs, à ses cheveux noirs ondulés qui lui tombaient souvent sur les yeux et semblaient toujours avoir été balayés par le vent. Des tatouages grimpaient sur ses bras, et on ne pouvait jamais déterminer si son regard sombre était méditatif, calculateur ou concentré. Lorsqu'il était jeune, Jack avait eu peur que son frère ne soit en permanence malheureux, mais, en vieillissant et en commençant à partager ses pensées avec lui, Jack avait réalisé qu'il voyait simplement la vie d'une manière complètement différente. Pour Sage, tout dans la vie, qu'il s'agisse de choses vivantes ou inanimées, avait une signification plus profonde que les apparences.

— J'ai entendu dire que tu avais ouvert une galerie à Washington, lâcha Jack en s'approchant de Sage.

Son frère et lui avaient passé de nombreuses heures ensemble dans les bois autour de la maison de leurs parents. Sage aimait marcher pour se détendre, tandis que Jack était toujours à la recherche d'une aventure. Ils formaient une excellente équipe d'explorateurs, Jack désignant leurs découvertes de valeur, comme les traces d'animaux et les chemins tracés par d'autres randonneurs, et Sage lui apprenant à apprécier le son du ruisseau ou le vol des faucons. À vingt-huit ans, Sage trouvait-il encore la beauté dans le vivant ou la vie lui avait-elle donné un coup de pied au derrière ? Il espérait que la première alternative était la bonne.

Sage hocha la tête. Il lui tendit une bière et, une fois que Jack s'en fut saisi, il l'attira dans ses bras où il le tint plus longtemps que les autres ne l'avaient fait.

— Content de te voir, moi aussi, Jack. Qu'est-ce qui t'a pris aussi longtemps ?

— J'ai perdu ma boussole.

— Tu aurais dû m'appeler. Je t'en aurais apporté une. Je suis content que tu sois là, répéta Sage en l'enlaçant à nouveau.

Le cœur de Jack était si plein qu'il avait l'impression que sa poitrine allait exploser. Avait-il vraiment autant de chance ? Il avait redouté de se faire refouler après avoir enfin retrouvé son chemin. La vie pouvait-elle vraiment être aussi facile ?

Siena sortit de la cuisine avec un plateau de fromage, de crackers et de fruits dans les mains et une bouteille de vin non ouverte sous le bras. Jack prit le plateau et le posa sur la longue table en bois rustique. Le loft était spacieux et lumineux, avec un bar séparant la cuisine, et juste après, au bout d'un petit couloir, une chambre confortable et une salle de bain. Siena était mannequin depuis des années et ils savaient tous que le diplôme en biologie qu'elle avait décroché avait avant tout été destiné à apaiser leur père. *Chaque femme a besoin d'une carrière sur laquelle s'appuyer.* Siena était l'un des mannequins les plus recherchés de New York et, lorsque Jack la regardait taquiner ses frères et passer gracieusement de la cuisine à la table en disposant les assiettes et l'argenterie, il comprenait pourquoi. Elle avait une beauté naturelle qui rayonnait de ses yeux. Une étincelle que la plupart des femmes ne possédaient pas… même s'il avait vu la même beauté chez Savannah, qu'il aurait aimé avoir à ses côtés en cet instant précis.

— Maman et papa sont en route, annonça Siena. Ils ont dû s'arrêter pour prendre quelque chose.

— Que puis-je faire pour aider, sœurette ? demanda Dex. Serviettes ? Condiments ?

— Je vais ouvrir le vin, proposa Kurt. Même si on a tous une bière. On a besoin de vin ?

— Maman et papa préfèrent, répondit Siena.

— Oui, bien sûr, convint Kurt qui se saisit du tire-bouchon. Sage s'approcha de Jack.

— Tu es sûr que tu es prêt pour ça ?

Jack esquissa un demi-sourire.

— Dieu seul le sait, mais je le veux.

Il sentit la main de Sage dans son dos.

— Je t'enviais, tu sais. Même si je détestais ne pas te voir, j'étais envieux de tout le temps que tu passais seul, juste toi et la nature. Que ne donnerais-je pas pour échapper au stress quotidien, ne serait-ce qu'un moment.

Sa voix était si sérieuse que Jack se retourna pour le regarder.

— Ça va, Sage ?

Il chercha dans ses yeux un trouble caché, mais ses prunelles n'avaient pas changé. Elles recelaient la même expression indéchiffrable que depuis toujours.

— Oui. Bien sûr. En tout cas, je suis content que tu sois de retour. Tu nous as manqué à tous.

Jack s'approcha et lâcha :

— Pas à tous.

— C'est vrai. Enfin, tu sais que Rush peut être un connard. Donne-lui du temps. Il est juste énervé que tu sois parti. Il s'en remettra.

Sage lui donna une tape dans le dos et alla répondre à la porte.

Ça ne peut pas être aussi facile. Jack regardait ses frères et sœurs parler et plaisanter entre eux comme si l'un des plus grands moments de sa vie à lui ne venait pas de se produire. Était-il possible que ses frères et sœurs l'acceptent ainsi sans s'inquiéter qu'il ne garde pas le contact ? Savannah avait-elle raison au sujet des liens familiaux ?

— Jackson.

Le ton sérieux de son père lui fit prendre conscience de la réalité. Il n'y avait aucune chance pour que cette soirée soit facile. *Qu'est-ce que je me suis imaginé ?* Il se tourna pour croiser le regard sombre de son père. Sa coupe militaire était maintenant plus grise que brune, mais ses sourcils épais et froncés étaient toujours aussi sombres. Les traits autrefois ciselés de James Remington s'étaient maintenant un peu relâchés sur les pommettes et les joues, mais sa nature imposante était toujours aussi forte. Jack plongea dans les yeux bleu nuit – qui ressemblaient tellement aux siens – de l'homme qui était son mentor, son héros et son critique le plus sévère. Il carra les épaules, tout en sachant que même s'il était plus jeune et plus fort, il n'arrivait pas à faire preuve de la même dignité que son père, général quatre étoiles, avait toujours eue.

— Papa. Maman.

Jack eut envie de courir se réfugier dans les bras de sa mère, comme quand il était petit. Il aurait voulu s'installer dans le confort et la certitude de son amour inconditionnel et oublier le temps qui avait passé. Mais ce n'était pas une option. Alors il admira la beauté de sa mère et son cœur se réchauffa tandis qu'elle venait vers lui.

Joanie Remington était à l'opposé du père de Jack. Elle portait des vêtements bohèmes amples et ses cheveux gris étaient longs, tandis que James avait l'air de sortir d'une séance photo militaire : veste marine immaculée, pantalon parfaitement repassé et chemise blanche. Joanie ouvrit les bras et serra Jack contre elle.

Elle toucha sa joue et le regarda avec les yeux bleus étincelants qu'elle avait transmis à Kurt et Rush. L'amour qu'il y vit lui serra le cœur.

— Jackie, je suis si heureuse de te voir, dit-elle.

Elle avait presque la même taille que Siena… et que Savannah, réalisa Jack. La main qu'elle posait sur sa joue lui rappela l'affection avec laquelle Savannah l'avait touché plus tôt, ce matin-là. Il avait pourtant repoussé sa mère à de multiples reprises et, une fois installé dans le chalet, il n'avait même pas fait poser de ligne téléphonique. S'il avait conservé son téléphone portable, il ne le laissait jamais allumé. Quand les messages arrivaient, il les ignorait. La situation entre son père et lui était devenue si tendue après la mort de Linda qu'il lui avait été plus facile d'exclure aussi sa mère de sa vie, plutôt que d'essayer de voltiger entre les deux. Il réalisait maintenant à quel point cela avait dû blesser sa famille, en particulier sa mère, qui lui avait toujours été d'un grand soutien.

— Moi aussi, maman. Je suis désolé que ça m'ait pris aussi longtemps pour reprendre mes esprits.

Il embrassa la joue de sa mère et tenta de refouler les larmes qui s'accumulaient dans ses yeux. Quand ceux-ci furent secs, il les reporta sur son père. Sage restait près de la porte ouverte, et Jack eut une pensée fugace : il devrait peut-être filer par cette porte. Échapper au tourment qu'allait lui infliger son père. *Il n'y a pas d'échappatoire. Je mérite tout ce qu'il me donne.*

— Papa.

Il avait l'impression d'avoir à nouveau seize ans, en train d'expliquer à son père qu'il n'allait pas s'engager dans l'armée juste après le lycée… et qu'il n'était pas sûr de le faire un jour. À l'époque, son cœur avait tambouriné dans sa poitrine, tout comme maintenant.

— Mon grand.

Il jeta un regard à Joanie, qui haussa les sourcils et le menton, en guise d'encouragement silencieux, comme Jack avait eu l'occasion de l'apprendre dans son enfance. Son père avait dirigé leur maison d'une main de fer. Personne n'osait s'opposer à lui cependant, de temps en temps, sa mère prenait une position calme, mais significative et déterminée et, dans ces moments-là, c'était Joanie qui menait la danse. Pour Jack, il n'y avait aucun doute sur le fait que son père tenait une diatribe toute prête… et que sa mère ne le laisserait pas faire.

Son père poursuivit :

— Tu as bonne mine, Jack. Tu parais changé.

— Je le suis, réussit-il à dire.

Sage décrocha un drôle de regard à Jack : il avait les yeux écarquillés, si bien que Jack sut que son frère avait vu quelque chose de troublant. Une seconde plus tard, Rush franchissait la porte avec le même regard sévère que son père et prenait place à ses côtés.

Jack serra la mâchoire. Pourquoi ses frères et sa sœur ne l'avaient-ils pas prévenu que Rush serait là finalement ? Il sentit la main délicate de Siena sur son épaule, son souffle dans son oreille.

— Ils ne m'avaient pas prévenue, chuchota-t-elle avant de traverser la pièce pleine de la tension qui animait les trois hommes et d'aller embrasser son père. Salut, papa.

Elle étreignit Rush, même si ce fut plus rapide qu'une véritable étreinte.

— Ma chérie, merci de nous avoir tous invités aujourd'hui, reprit leur mère, tandis que Siena l'embrassait sur la joue et prenait place à ses côtés.

Jack savait qu'en se tenant du même côté de la pièce avec lui, elles lui manifestaient également leur soutien.

Les lignes tracées dans la famille Remington ne ressemblaient pas à celles des autres familles, où elles s'effaçaient et dont les membres ne savaient plus au bout du compte si elles étaient imaginaires ou si elles existaient vraiment. James Remington ne faisait pas mystère des limites qu'il avait imposées au fil des ans. Il s'attendait à de grandes réalisations, à une conduite éthique… et à des carrières militaires. En tant qu'aîné, Jack avait tracé la voie que les autres devaient suivre. Lorsqu'il avait choisi de ne pas aller à l'académie militaire de West Point, son père avait été furieux, mais, après quelques mois difficiles, leur relation avait survécu, et Jack supposait que c'était encore une autre des batailles déterminées de sa mère qui l'avait empêché de mener le même combat avec chacun de ses autres enfants.

La décision de s'engager dans l'armée avait moins à voir avec son père qu'avec quelque chose en Jack – un besoin de faire plus pour son pays que de l'ingénierie – et cela avait plu à son père, ce qui expliquait pourquoi Jack était si confus maintenant. Il ne comprenait pas pourquoi son père avait été aussi en colère contre lui lorsqu'il avait déménagé dans les montagnes. Il avait cru que son père serait au contraire le mieux placé pour comprendre, mais bon, il n'avait pas les idées claires à ce moment-là. Son père pensait probablement que Jack avait eu un comportement honteux, à un certain niveau, qu'il avait embarrassé la famille.

— N'est-ce pas merveilleux que Jack revienne vraiment à New York ? Papa, tu veux du vin ?

La voix joyeuse de Siena s'était répercutée sur la tension de la pièce comme si elle l'avait lancée contre un mur de briques.

— Oui, s'il te plaît, chérie. Merci.

Toujours ce satané gentleman. Pendant ses années de formation, Jack avait essayé d'imiter son père, avec sa nature bourrue et son arrogance, mais, à la puberté, il n'avait plus considéré son extérieur dur comme un atout et il avait tout fait pour éviter de devenir le même homme. En regardant son frère et son père, deux adversaires au caractère bien trempé, il réalisa qu'il ressemblait plus à son père qu'il ne voulait l'admettre. Ces deux dernières années, il s'était caché derrière le mur de pierre qu'il tenait de James Remington. Jack prit alors une profonde inspiration et fit la seule chose qu'il puisse faire dans ces circonstances. Il ouvrit les bras comme l'homme qu'il espérait être et étreignit d'abord son père, qui demeura raide contre lui, puis Rush, dont il sentit les muscles crispés à l'extrême heurter son torse.

— Je suis heureux de vous voir tous les deux, déclara Jack.

Il n'était plus celui qui tendait la main depuis longtemps. Putain, ça faisait une éternité qu'il n'était plus fréquentable, à tous les niveaux.

Sage répondit à un autre coup frappé à la porte et ils reportèrent leur attention sur le livreur venu leur remettre plusieurs sacs de nourriture.

— Je m'en occupe, annonça Dex qui sortit son portefeuille et paya la nourriture, puis aida Sage à porter les sacs jusqu'à la table.

— Ça a l'air super, Siena, commenta Kurt en sortant plusieurs boîtes de nourriture italienne de l'un des sacs.

Sa mère posa une main au creux des reins de Jack.

— Jack, Rush, pourquoi ne pas nous rejoindre à table ?

Jack remarqua qu'elle n'avait pas invité son père et, bien qu'il lui soit reconnaissant du soutien qu'elle lui témoignait, il était malade des regards sinistres et des lignes qui délimitaient des clans dans leur famille : elles causaient de la douleur et Jack en avait eu assez pour toute une vie.

— Merci, maman. Je te rejoins dans un instant, répondit-il.

Rush rougit. Ses yeux hésitèrent entre Jack et leur père.

— Papa ?

Jack observa l'échange et se demanda pourquoi, à trente-deux ans, son frère demandait la permission à son père de s'asseoir à la table du dîner.

Son père reporta sur Jack un regard sévère et lança : « Vas-y, fiston » à Rush.

Pendant que les autres membres de la famille remplissaient leur assiette et discutaient entre eux, Jack et son père se livrèrent un combat silencieux. Jack rassembla son courage comme un bouclier avant de parler.

— Tu veux monter sur le toit ?

Le loft de Siena était situé au dernier étage de son immeuble et elle avait accès à un escalier étroit qui menait à un coin repos et à un jardin sur le toit de l'immeuble. L'idée d'en découdre avec son père devant tout le monde lui tordait les tripes et mettait ses nerfs en ébullition, mais, si son père ne voulait pas qu'il en aille autrement, Jack était déterminé à ne pas s'en aller sans que le problème soit résolu.

Son père hocha la tête et Jack ouvrit la voie.

— James, lança sa mère.

Ils se tournèrent tous les deux vers elle.

— Pourquoi n'emmenez-vous pas Rush ? suggéra-t-elle.

Lorsque Rush se leva pour les rejoindre, tous les regards se tournèrent vers Jack. Pourquoi sa mère l'envoyait-elle au peloton d'exécution ?

— Jack ? questionna Sage en levant la main pour lui proposer tacitement de l'accompagner.

— C'est bon.

Jack les précéda pour sortir de l'appartement et grimper sur le toit. L'air frais de la nuit ne contribua guère à dissiper la tension croissante. Il devait tenir bon, quoi qu'ils disent, car retomber dans la colère ne résoudrait rien. Il se sentait plus dans la peau de l'homme qu'il avait été autrefois que dans celle de l'homme en colère qu'il était devenu, et il n'allait pas revenir en arrière.

Croisant les bras, il planta ses pieds à largeur de hanches, puis regarda Rush l'imiter. Grâce à son entraînement militaire, Jack savait que Rush et lui utilisaient leurs bras comme des boucliers protecteurs destinés à dévier la douleur de ce qui allait arriver. Mais leur père savait esquiver les menaces sans aucun artifice. Il se tenait debout, les épaules carrées, les jambes solides, les bras le long du corps.

Jack ouvrit la bouche, mais les mots de son père le réduisirent au silence.

— Pourquoi maintenant ? demanda celui-ci.

La question prit Jack au dépourvu. Il n'était pas sûr de ce à quoi il s'était attendu : un sermon sur les conneries qu'il avait faites au cours des deux dernières années ou la honte qu'il avait infligée à sa famille. En tout cas, pas à : « *Pourquoi maintenant ?* » Il chercha à s'éclaircir les idées en clignant des yeux, puis tenta de formuler une réponse que son père trouverait acceptable. Il ne parvint pas à enchaîner des pensées cohérentes et la réponse sortit d'elle-même. Honnête et simple.

— Parce que c'était le moment, papa.

Rush échangea un regard avec leur père. Jack savait qu'il évaluait le plissement des yeux paternels et les crispations à répétition de sa mâchoire. Il essayait de comprendre ce que leur père allait faire. Un élan de compassion envahit Jack. Rush était un skieur de compétition de premier plan, une célébrité à part entière. Un mètre quatre-vingt-douze, beau gosse, bien éduqué, et il avait le monde à ses pieds. Pourtant, il était toujours paralysé face à leur père. Ce que Jack n'arrivait pas à comprendre, c'était la raison.

Son père hocha la tête.

— Et qu'est-ce qui a changé ? Qu'est-ce qui t'a amené à réaliser que ta famille signifiait enfin quelque chose pour toi ?

Jack prit une profonde inspiration, sentant la colère enfler sous la pique.

— Ma famille a toujours été importante pour moi. Et tu le sais. J'ai perdu quelqu'un que j'aimais.

Il lutta pour ne pas élever la voix, mais échoua.

— Ce n'est pas un simple pépin dans une stratégie ou une mission ratée. C'est un événement qui a changé ma vie.

Il prit une autre inspiration et se passa la main dans les cheveux, pour se donner le temps de se calmer.

— Non, Jack, répliqua son père. Qu'est-ce qui a changé en toi ?

Rush fronça les sourcils et son regard passa de Jack à son père. Coincé entre eux deux, Jack frotta la cicatrice à l'arrière de son bras : Rush était la proie d'une bataille interne.

— Tout, répliqua Jack en serrant les dents.

Il se mit à faire les cent pas, ce que son père considérait comme une faiblesse, il le savait. *Toujours faire face à ses ennemis.* Il s'en fichait. Il n'était pas une marionnette et, bon sang, il souhaitait pouvoir montrer à son père que Rush n'était pas une marionnette lui non plus. Jack était là pour faire amende honorable, pas pour voir son courage écrasé par son satané père. Il fixa son frère jusqu'à déceler une ombre de quelque chose qu'il espérait être de la compréhension dans les yeux de Rush.

— Écoute, je ne suis pas toi, papa, et je ne suis pas Rush. Je suis peut-être plus faible que vous deux, mais bon sang, c'est ce que je suis. Ma femme est morte. Je ne savais pas comment y faire face et je m'en suis voulu.

Il avança d'un pas, pour ne plus se trouver qu'à quelques centimètres de Rush.

— Tu m'as critiqué. Tu m'as dit que si je n'avais pas été aussi absorbé par moi-même, je ne l'aurais pas laissée sortir ce soir-là.

Il continua à le fixer du regard pendant un moment, jusqu'à ce que la bouche de Rush se crispe nerveusement, tic qu'il avait oublié, puis il fit face à son père.

— Tu as mené des batailles. Tu as dirigé des hommes ainsi que ta famille. Tu as protégé les citoyens de ce pays, et tu continues à protéger ta famille chaque foutu jour de ta vie.

Il sentit ses narines frémir et s'accorda quelques secondes pour reprendre le contrôle de ses émotions, canalisant sa colère vers les muscles fléchis de ses jambes et de son dos.

— Tu as protégé tout le monde sauf moi, papa. Parce que tu n'as pas pu me préserver de la mort de Linda. Personne ne l'aurait pu. Tu as été tellement occupé à exiger une éthique de travail solide et à faire en sorte que chacun de nous réussisse que tu ne m'as pas préparé à une tragédie au sein de ma propre famille, débita-t-il d'une voix que la colère fit à nouveau monter. Quand j'ai rejoint l'armée, tu m'as dit : « Sois fier de ceux que tu abats, Jack. Tu es un homme bien. Fais toujours passer ton pays en premier. » Que je sois fier ? Tu saisis l'ironie ?

Il s'éloigna de quelques pas, puis revint et regarda son père dans les yeux.

— Eh bien, devine quoi ? Ma femme est morte parce que

j'étais tellement occupé à faire passer mon pays en premier et à élaborer des stratégies pour ma prochaine mission que je n'ai pas pu m'absenter assez longtemps pour aller lui chercher ce dont elle avait besoin au magasin. Et devine quoi d'autre, papa ? Je ne suis pas fier. Et pourquoi es-tu aussi en colère de toute façon ? Parce que tu n'as pas pu me protéger de la culpabilité et de la haine que j'abritais ? Eh bien, devine quoi : personne n'a pu me protéger de moi-même.

La vérité de ses mots le frappa comme un coup de poing en plein ventre. Avait-il vraiment blâmé son père ? Il fit deux pas chancelants en arrière, les bras ballants. L'envie d'en découdre déserta ses muscles comme du bois qui se serait transformé en sciure. Quand il reprit la parole, sa voix était à peine plus forte qu'un murmure.

— Personne ne l'a pu.

Rush fit un pas vers Jack avant que son père n'ait pu lui toucher le bras, pour le stopper dans son élan. Jack, qui vit le mouvement, cessa de s'en soucier. Il venait de comprendre qu'il s'était détourné de tout le monde parce qu'il se sentait seul dans son tourment et cette prise de conscience lui flanquait un coup tout comme elle lui tordait le cerveau, encore et encore, sous une série de claques assénées par la réalité. Personne n'aurait pu le protéger. Son père l'avait préparé pour l'école, pour l'armée, bon sang, il l'avait préparé à tuer des êtres humains et à s'en sortir.

Les yeux de Jack s'emplirent de larmes de colère.

— Tu ne m'as jamais expliqué : « Jack, parfois la vie te donne un coup de pied au cul et blesse les gens que tu aimes le plus et, quand tu ne peux pas les aider, la culpabilité te dévore tout cru. »

Il s'essuya les yeux avec le creux de son coude et s'éloigna vers le mur de briques qui flanquait la porte de l'escalier.

— Jack, dit Rush.

Jack leva les yeux juste à temps pour voir Rush se libérer de l'emprise de son père et traverser le toit jusqu'à lui. Le regard de son frère hésita plusieurs fois entre son père et Jack, avant qu'il ne lâche : « Oh, putain ! » et ne le prenne dans ses bras.

— Je suis désolé. Je suis vraiment désolé. J'étais tellement en colère contre toi pour ne pas avoir été un homme et continué ta vie. Tu as laissé les Gray en plan, du moins c'est ce que j'ai cru.

Jack le serra dans ses bras et Rush posa une main sur l'arrière du crâne de Jack, l'autre dans son dos, pour le plaquer contre son énorme torse. Leurs cœurs battaient l'un contre l'autre sur un rythme effréné et furieux.

— Je ne pouvais pas aider les Gray. Je pouvais à peine m'aider moi-même, bredouilla Jack à travers ses larmes.

— Je sais. Je comprends maintenant. J'ai merdé, Jack. Je suis vraiment désolé.

La boule dans la gorge de Jack l'empêchait presque de respirer. Il lui fallut toute sa concentration pour prononcer les mots suivants :

— Je t'aime, mec.

Jack entrevit son père, visage de marbre, dans la même posture inébranlable. Jack ne pouvait pas réparer ce que son père lui reprochait, mais il ne pouvait plus non plus porter une colère supplémentaire dans son propre cœur. Il avait fait une overdose de colère : une once de plus serait de trop. S'éloignant de Rush, il accepta silencieusement ses excuses d'un signe de tête et traversa le toit pour rejoindre son père.

— Je ne te le reproche pas vraiment, papa, et je ne me le reproche plus. J'ai pris une mauvaise décision en la laissant quitter la maison ce soir-là au lieu d'y aller moi-même. Mais cette décision ne peut pas me définir pour le reste de ma vie. Je suis quelqu'un de bien, et je dois me persuader que Linda le savait.

Il baissa les yeux, prit une autre inspiration, puis rencontra à nouveau les yeux de son père.

— Et je pense que tu le sais aussi. Même si tu refuses de l'admettre.

Rush fit un signe à Jack, puis lui passa son bras autour des épaules. Il n'avait aucun regret. Il avait dit la vérité à son père. *Presque.* Il ne lui avait pas parlé de Savannah et il voulait faire table rase du passé. Affrontant une nouvelle fois son père, il carra les épaules en arrière, redressa sa colonne vertébrale et, d'une voix mal assurée, ajouta :

— J'ai rencontré quelqu'un, papa. Et elle sait aussi que je suis quelqu'un de bien.

Rush ouvrit la porte, puis Jack et lui descendirent l'escalier.

Alors que Rush venait de remplir l'un des espaces vacants dans le cœur de Jack, un autre morceau de son cœur s'attardait encore sur le toit : il sentait le trou béant qu'il laissait derrière lui. Il avait donné tout ce qu'il avait et savoir que ce n'était pas suffisant lui flanquait la nausée.

Au pied de l'escalier, Rush lui demanda :

— Alors comme ça, tu as rencontré quelqu'un ?

Jack savait que Rush essayait juste d'alléger la tension entre eux, mais lui ne pouvait s'empêcher de penser à son père. Et d'espérer qu'il comprenne ce qu'il avait fait. Si seulement son père avait ouvert la bouche. N'importe quoi pour lui donner un indice. Comment un père et un fils pouvaient-ils se perdre à ce point ? Il se retourna vers Rush, surpris de la rapidité avec laquelle il était redevenu son ami. *Peut-être les liens qui unissent les familles sont-ils vraiment plus forts que tout.*

— Oui. Savannah Braden. Elle vit dans l'Upper East Side.

Savannah Braden. La femme qui a changé ma vie.

— Tu connais son cousin Blake…

— Sans déconner. La cousine de Blake Carter ? Pas étonnant qu'il m'ait posé des questions sur toi. Elle est mignonne ? demanda Rush.

— Belle. Et intelligente. Elle est avocate.

— Qu'est-ce qu'elle fait avec toi ? le taquina son frère.

Jack fit semblant de lui cogner le bras, Rush de frapper Jack à l'estomac. Ils riaient en s'approchant de la porte du loft de Siena, mais le rire de Jack était forcé. Rush lui toucha le bras.

— Jack, j'ai été un vrai con avec toi et je suis désolé. Je le sais et j'ai dit des choses assez merdiques. C'est juste que… tu étais celui que j'ai toujours admiré, et quand tu t'es effondré… Mon héros était tombé, conclut-il en haussant les épaules. Tu as disparu et ça m'a énervé. Et puis, j'ai vu la fureur de papa et je l'ai suivi là-dedans, je suppose. Je suis désolé.

— C'est bon, Rush. On a tous commis des erreurs. J'aimerais juste savoir pourquoi papa a été aussi furieux.

— Il n'a jamais rien dit. Il t'a vraiment soutenu jusqu'à ce que tu disparaisses et ensuite, on aurait dit qu'un interrupteur avait été actionné et il est devenu comme maintenant.

— Eh bien, peut-être qu'il trouvera un moyen de me dire ce qu'il pense. Et tu sais quoi, Rush : moi non plus, je n'ai pas été très gentil dans la façon dont j'ai géré les choses avec toi. Disons qu'on a tous les deux été cons et passons à autre chose.

Jack donna une tape dans le dos de son frère et, quand celui-ci afficha le sourire que Jack n'avait pas vu depuis deux ans et qu'il entendit des rires provenant du loft de Siena, il devina qu'ils étaient sur la bonne voie.

— OK. Oublie peut-être que j'ai dit que tu étais mon héros. Je le nierai si jamais tu t'avises de le leur répéter, ajouta-t-il avec un signe de tête vers la porte.

— Crétin, lui lança Jack en riant.

À la seconde où ils entrèrent dans le loft de Siena, la pièce devint silencieuse. On aurait pu y entendre une mouche voler. Au lieu de cela, ils perçurent le bruit des pas de leur père qui descendait l'escalier, juste avant que la porte ne se referme.

— Où est votre père ? s'enquit leur mère en se précipitant vers Jack pour lui toucher le bras. Ça va ?

Jack plaça une main sur la sienne.

— Oui, en fait. Au poil.

La porte s'ouvrit et son père entra. Il décrivit un large arc de cercle pour contourner Jack et sa femme et rejoindre les autres à table. Sans un mot, il posa une serviette sur ses genoux et tendit un bras en travers de la table pour se saisir d'un plat de lasagnes.

La mère de Jack pinça les lèvres et secoua la tête. Elle tapota le torse de Jack, puis lui prit la main, comme elle l'avait fait si souvent quand il était petit, et ils s'assirent à la table. Siena et Dex échangèrent un regard et levèrent les yeux au ciel devant le comportement de leur père. Kurt, trop passif pour s'impliquer, prenait sans doute mentalement des notes pour un de ses prochains thrillers. Sage souleva sa bouteille de bière et sourit à Jack et Rush.

— À la famille, proposa-t-il avec un clin d'œil.

Tout le monde trinqua, sauf leur père, et cela brisa le cœur de Jack de le voir seul de l'autre côté de la ligne Remington.

CHAPITRE TRENTE-CINQ

Savannah gravit les marches de son appartement en pensant à Aida et à Jack. Maintenant qu'elle avait ce dernier dans sa vie, elle se sentait transformée. Elle se rendait compte qu'elle était enfin dans une relation où elle n'était pas la seule à donner. *C'est chouette.* Elle secoua la tête. *Non, c'est génial !* Elle était moins à cran. Leurs ébats n'étaient pas unilatéraux, et elle se sentait changer autant que Jack. Elle avait toujours pensé qu'elle avait besoin d'être le seul véritable amour d'un homme, et ce qu'elle avait découvert avec Jack, c'était que l'amour pouvait avoir différents niveaux. Elle savait que Jack aimait Linda, mais elle voyait la façon dont il la regardait, sentait la façon dont il la touchait, et elle savait au plus profond d'elle-même qu'indépendamment de ce qu'il avait ressenti pour quelqu'un d'autre avant elle, il l'aimait, elle, d'une façon complètement différente de celle avec laquelle il avait aimé quelqu'un d'autre.

Elle espérait qu'Aida trouverait un jour le même genre de grand amour et que cette bonne personne saurait voir la nature turbulente et coquette d'Aida comme une strate au-delà de laquelle il lui suffirait d'aller et qu'elle l'aimerait pour cela autant que pour ce qu'il y avait en dessous. Elle-même avait su deviner que la colère de Jack n'était que le masque de sa douleur et qu'en dessous de cette douleur, il y avait forcément un homme passionné, aimant, avec un cœur si grand qu'il était sur le point d'étouffer son propriétaire.

Elle fourragea parmi ses clés en montant l'escalier.

— Tiens, voilà mon ange.

Elle leva les yeux et rencontra le sourire de Jack, auquel elle répondit sur-le-champ.

— Jack ! Comment ça s'est passé ?

Elle se précipita dans l'escalier et se haussa sur la pointe des pieds pour l'embrasser. Elle avait essayé de repousser le doute qu'Aida avait semé dans son esprit pendant le dîner. Maintenant qu'elle regardait Jack, cette question s'imposa à son esprit. *Comment t'es-tu fait cette cicatrice et celles que tu as sur le dos ?* Aida s'était demandé si c'étaient des séquelles de son passage dans l'armée, mais Savannah avait remarqué qu'il se frottait souvent le bras quand il parlait de Linda. Il aurait fallu être aveugle pour ne pas y voir un lien : c'était d'ailleurs ce qui l'avait empêchée de l'interroger à ce sujet depuis le début.

— Mieux que ce que j'attendais. Entrons, on en parlera à l'intérieur.

Dans l'appartement, Savannah servit à chacun un verre de vin, et ils s'installèrent dans le canapé.

— Alors ça s'est bien passé ? Ta famille s'est montrée réceptive ?

— Pour la plupart. Siena, Dex et Kurt ont été très ouverts et accueillants. Parfois, j'oublie que, depuis deux ans que je suis en colère, ma vie s'est réduite à mon petit cercle de vie à moi. Pour tous les autres, la vie continue normalement. Ils travaillent, ils sortent avec leurs amis, et je suis sûr qu'il leur arrive de penser à moi comme à leur frère, mais, en réalité, c'est ma vie qui a été gâchée, pas la leur.

— Il est difficile de conserver cette perspective. Parfois,

quand je suis vraiment absorbée par une affaire, je ne comprends pas pourquoi tout le monde ne se sent pas aussi tiraillé ou accablé que moi.

Et depuis je suis tombée amoureuse de toi, je me demande pourquoi tout le monde n'est pas sur un nuage comme moi.

— Et pour Rush ? Je sais que tu étais très inquiet de sa réaction.

Jack sirota son vin.

— Rush… Rush a été super. Il est dans une situation difficile. Il a toujours essayé d'être l'homme que notre père voulait que nous soyons tous… et je ne sais même plus qui est cet homme. J'ai réfléchi à tout ça. On est tous des types bien, on a toujours travaillé dur et fait de notre mieux, et j'ai toujours pensé que c'était suffisant, mais, après ce soir, il faut bien que je me demande…

Jack s'empara de la main de Savannah et la regarda droit dans les yeux.

— Tu m'as changé, Savannah. Tu m'as donné la force de faire ce que je devais faire, et tu m'as appris à voir au-delà de la douleur et de la colère. Ce soir, quand j'ai regardé Rush, j'ai vu sa colère comme autre chose qu'une attaque dirigée contre moi, ou de la haine pour ce que j'avais fait. Grâce à toi, j'ai compris d'où lui venait sa rage.

— Que veux-tu dire ?

Elle vit un sourire se former sur ses lèvres, puis s'effacer, comme s'il ne voulait pas croire à la vérité de ce qu'il pensait.

— J'ai réalisé que Rush se comportait de manière à se conformer aux désirs qu'il prêtait à mon père. Il était coincé. Il m'idolâtre depuis toujours. Je ne peux même pas imaginer que quelqu'un puisse le faire.

— Jack !

La douleur qu'elle lut dans ses yeux la poussa à porter une main sur sa joue. Il la couvrit de sa propre main et sourit.

— Ma mère fait la même chose, elle me touche la joue comme ça. Tu l'aimerais beaucoup, conclut-il en lui embrassant la paume, avant de serrer sa main dans la sienne. Bref, Rush m'a dit qu'il avait eu l'impression que je le laissais tomber en renonçant. Son héros était déchu et il a été furieux que je sois parti, mais, au-delà de ça, j'ai pu voir que c'était son propre besoin tordu de recevoir l'approbation de notre père qui l'avait poussé à agir comme il l'a fait avec moi. Et je comprends ça, tu sais ? On veut tous l'approbation de notre père.

— Je suis désolée, Jack. Il y a quelque chose qui m'échappe. Que s'est-il passé avec tes parents ?

— Ma mère était juste heureuse de me voir revenir dans sa vie. Elle ne se complique pas la vie. Tu sais, le type « Aime ton prochain » et « Pardonner est divin », précisa-t-il en souriant. À ce jour, je ne sais toujours pas comment elle s'est retrouvée avec mon père. Il ne m'a pas dit grand-chose ce soir. Rush, lui et moi, on est sortis pour parler, et j'ai été très ouvert avec lui sur tout, mais il ne s'est pas adouci le moins du monde.

— Je suis vraiment désolée. Je suis sûre qu'il va changer d'avis. C'est ton père et vraiment, pourquoi serait-il en colère ? Parce que son fils a eu besoin de temps pour affronter la mort de sa femme ?

Jack posa les mains sur ses joues.

— Tu es étonnante, Savannah. Tu vois le bien dans tout et tout le monde, dit-il en l'embrassant doucement. Pour la défense de mon père, je lui ai fait part ce soir d'un sentiment que je n'avais jamais réalisé éprouver même si, quelque part au fond de moi, j'aurais dû le faire. Il m'a préparé pour la guerre, pour agir de manière éthique, travailler dur et pour toutes les choses qu'il jugeait importantes chez un homme. Mais personne ne te prépare jamais à la mort d'un conjoint, et je suppose que j'aurais aimé qu'il le fasse.

— Comment aurait-il pu faire ça ? Ce n'est pas du ressort des parents.

— Non, mais présenter la mort autrement que via la fierté d'avoir éliminé l'ennemi, si, et c'est ce qui m'a manqué. Je me souviens que ma mère nous a parlé de la mort de notre lapin quand j'avais huit ou neuf ans, mais ce dont je me souviens le plus de cet été-là, c'est de l'attitude belliqueuse de mon père et de son mépris flagrant pour ce qu'elle a essayé de nous inculquer. Je ne me rappelle que ses mots à lui, pas les siens, à elle. « Arrête de pleurer. C'est les mauviettes qui pleurent. Toi, tu es un homme. La vie de ce lapin est terminée. Il est temps de passer à autre chose. »

— Même si ça peut paraître horrible, il essayait probablement de t'amener à... devenir un homme, ou quelque chose comme ça. Je ne peux pas imaginer un père sortir ce genre de choses s'il pensait que ça puisse avoir des effets négatifs à long terme. Tu sais combien de temps tu as pleuré ce lapin ? Tu sais comment sont les enfants. Est-ce que tu risquais de ruminer sa perte pendant des semaines, comme les enfants le font ?

Il devait y avoir une autre explication. Jack était trop bon dans son cœur pour avoir été élevé par quelqu'un d'aussi froid.

— Honnêtement, je ne me rappelle pas.

— Peut-être que ton père a du mal à faire la part des choses entre virilité et sensibilité. C'est normal d'être un homme viril et d'avoir des sentiments.

Jack haussa les épaules et secoua la tête.

— Mon père n'est pas toujours comme ça. Peut-être que je réagis de manière excessive. Je ne sais pas. Mais je sais que j'ai été mesuré, ce soir. J'ai gardé mon sang-froid et, à part cette explosion de reproches, que je retirerai la prochaine fois que je le verrai, j'ai été plutôt calme.

Savannah s'adossa au canapé et but une gorgée de son vin.

— Donc tu vas réessayer ?

La famille de Savannah occupait une part immense dans sa vie. Elle n'aurait pu imaginer évoluer dans une situation où l'un des parents n'accueillait pas son enfant à bras ouverts. Elle ferait face à n'importe quoi pour Jack, mais, au plus profond de son cœur, elle devait croire que son père et lui réussiraient à dépasser ce qui les bloquait sur le chemin d'une relation plus heureuse.

— Oui, mais pas ce soir. Ce soir, je veux te tenir dans mes bras et savoir que tu es là.

C'était aussi ce que Savannah voulait. Elle posa la joue sur son épaule et, en glissant les mains le long des bras de Jack, elle sentit sa cicatrice. Comme pour tout le reste, il lui expliquerait comment c'était arrivé. Quand il serait prêt.

CHAPITRE TRENTE-SIX

Jack fut réveillé par une étrange sonnerie. Il tendit la main vers Savannah, mais son bras ne rencontra que les draps vides. Jack s'assit et regarda l'horloge. *6 h 58 ?* Il lui fallut une minute pour réaliser qu'il avait en fait dormi toute la nuit. Il avait aimé se coucher à côté de Savannah autant qu'être là quand elle était arrivée chez elle, la veille au soir.

Il se leva du lit et repéra la provenance de la sonnerie en sortant son téléphone de la poche du jean qu'il portait la veille. Le temps qu'il le récupère, l'appel était tombé sur la messagerie vocale. Déambulant dans l'appartement à la recherche de Savannah, il trouva un message d'elle sur le comptoir.

Mon Jack,

Tu dormais si bien que je n'ai pas voulu te réveiller. Fais comme chez toi. Je te laisse mon double des clés. Je suis retenue la plus grande partie de la journée par des réunions, mais si tu appelles sur mon portable, je décrocherai dans la mesure du possible. Bonne chance pour tout ce que tu as prévu aujourd'hui.

Bisous,

S

PS : Joyeux vendredi. Je n'arrive pas à croire qu'on s'est rencontrés il y a une semaine aujourd'hui ! Rebisous

Jack s'empara de la clé sur le comptoir et la frotta entre son pouce et son index. Leur relation avait évolué si rapidement et si harmonieusement qu'il trouvait tout naturel de tenir la clé de l'appartement de Savannah, planté seul et en caleçon dans sa cuisine. Il n'avait pas réfléchi à la manière d'étoffer leur relation dans les conditions de vie qui étaient les leurs. Il n'avait jamais demandé à Savannah de quitter le confort de son appartement et de déménager à Bedford Corners et, maintenant qu'elle était dans sa vie, il se demandait combien de fois il ferait lui-même le trajet. Ou s'il en aurait toujours envie.

Il aperçut l'appel manqué enregistré sur son portable et reconnut le numéro de ses parents. Même s'il n'était pas assez réveillé pour s'occuper de son père, il ne voulait pas que l'appel plane au-dessus de lui comme une menace pendant les vingt prochaines minutes : il serait anxieux pendant qu'il boirait son café et se doucherait. Il composa donc leur numéro pendant que le café coulait.

— Allô ? lança la voix joyeuse de sa mère.

— Salut, maman. C'est Jack.

— Oh, mon chéri, tu crois vraiment que je ne reconnaîtrais pas la voix de mon propre fils ? Comment vas-tu ? Tu as l'air fatigué.

Jack se versa une tasse de café et s'assit à la table.

— Ça va bien. En fait, je n'avais jamais aussi bien dormi que cette nuit.

Savannah et lui s'étaient couchés peu après leur discussion de la veille et, fidèle à sa parole, Jack s'était enroulé autour de ses courbes pulpeuses. Au lieu de lui faire l'amour, comme son corps en brûlait pourtant d'envie, il l'avait tenue enlacée jusqu'à ce qu'elle s'endorme. La cadence paisible de sa respiration, le confort et la chaleur de son corps contre le sien l'avaient plongé dans un profond sommeil.

— J'ai appelé sur ton fixe, dit sa mère.

Il savait qu'elle allait à la pêche aux informations et aussi que son père l'avait informée du contenu de leur conversation de la veille au soir.

— Je ne suis pas chez moi, maman.

— Ah bon ?

Sa surprise feinte fit naître un sourire sur les lèvres de Jack.

— Maman, qui est-ce qui te l'a dit, papa ou Rush ?

— Ton père. Je n'ai pas pu te parler hier soir, Jack, et j'aimerais le faire.

— Je ne demande pas mieux. La situation était un peu inconfortable, hier soir. Je dois m'acheter quelques vêtements. Pourquoi ne m'accompagnerais-tu pas, peut-être pour déjeuner après ? Ça pourrait être amusant.

Jack ne s'était pas retrouvé en tête-à-tête avec sa mère depuis si longtemps que cela lui manquait. Pourvu qu'elle accepte de le rejoindre !

— Ton père est absent pour la journée. Il avait une réunion ce matin à New Haven, alors, pourquoi pas ? Tu es où, là ?

Elle passerait la journée à pêcher des détails plutôt que de lui poser directement la question. Jack passa son doigt sur les bords de la clé et décida de la rassurer.

— Je suis dans l'appartement de ma petite amie en ville.

Petite amie. Il n'avait testé cette expression dans sa tête que quelques fois depuis qu'il était avec Savannah et, même si elle roulait sur sa langue de manière douce et sûre, elle semblait bien trop anodine pour traduire les émotions qu'il éprouvait envers Savannah.

— Je suis heureuse pour toi, mon grand. Il faudra tout me

raconter sur elle. Tu fais tes courses en ville ? À part le dîner chez Siena, je n'y suis pas venue depuis des semaines. Ce sera une aventure.

Il imagina sa mère se levant de son fauteuil de lecture préféré dans la véranda. La pièce qu'ils aimaient le plus tous les deux. L'endroit était rempli de plantes et de fleurs qu'elle entretenait quotidiennement. Il sentait presque le carrelage froid sous ses pieds et la transition chaude vers le tapis coloré qui était là depuis qu'il était petit.

— À tous les coups, maman. Tu veux me retrouver chez Savannah ou dans une boutique ?

Jack jeta un coup d'œil à l'horloge. Il avait largement le temps de se doucher et de s'habiller avant l'ouverture des magasins.

— Chez Savannah ? C'est le nom de ta petite amie ? C'est magnifique. Elle est du Sud ?

Il aimait entendre la tendresse dans la voix de sa mère alors qu'elle cherchait à étouffer son excitation. Si elle avait été Siena, elle aurait hurlé dans le téléphone à l'idée qu'il ait une petite amie.

— Elle vient du Colorado. Elle a grandi dans un ranch. Je te raconterai tout sur elle quand on se retrouvera. À 10 heures ?

Il repensa à son chalet dans les montagnes. Savannah l'apprécierait-elle autant que lui ? Il prit une gorgée de son café et vit un cadre sur les étagères qu'il n'avait encore jamais remarqué. Il se leva en donnant à sa mère l'adresse de Savannah et s'empara de la photo.

— On se voit à 10 heures, Jack.

— OK. Bisou, maman. Merci d'avoir appelé.

Il était distrait par la photographie et, même après que sa mère avait raccroché, il tenait toujours son téléphone contre son oreille. Descendant enfin la main, il tint le cadre à deux mains, puis passa l'index sur le visage de Savannah. Elle était blottie entre ses frères, tous des hommes de haute taille à la beauté saisissante. Mais ce ne fut pas tellement la beauté de sa famille qui le frappa. Sa propre famille n'était pas mal non plus. C'était la proximité naturelle entre eux qui l'hypnotisait. Ils n'avaient pas posé. Leurs sourires ne semblaient ni feints ni forcés, comme en témoignait la façon dont Savannah regardait le plus grand de ses frères, la tête rejetée en arrière sur un éclat de rire : ses yeux eux-mêmes riaient. Il imagina le son de ce rire. Le frère à sa gauche était Hugh. Maintenant qu'elle lui avait indiqué qui il était, Jack le reconnaissait. Hugh avait l'air plutôt enjoué : il avait passé un bras autour de Savannah tandis qu'il enlaçait de l'autre un frère aux cheveux beaucoup plus courts que ceux du reste de la fratrie, qui regardait par-dessus la tête de Savannah les deux derniers frères de l'autre côté.

Jack se souvint de l'époque où ce genre de photos était un événement annuel pour sa propre famille. Leur père les harcelait pour qu'ils se tiennent droits et regardent l'appareil photo. Inévitablement, ils faisaient trente photos d'eux riant et se taquinant et un seul cliché les montrant le visage stoïque parce qu'on avait fini par les menacer. Il entendait encore sa mère essayer de calmer son père pendant le processus. « *Tu ne trouves pas qu'ils sont mignons ?* disait-elle. *Laisse-les tranquilles, James. Ils sont heureux.* » Et son père serrait la mâchoire, attendant encore cinq minutes avant d'essayer de reprendre le contrôle.

Il reposa le cadre sur l'étagère et songea à son père. Le grand-père de Jack – le père de son père – avait élevé celui-ci d'une main de fer. Tout le monde le savait dans la famille Remington, mais même son grand-père n'aurait pas rejeté son propre fils pour avoir réagi comme Jack l'avait fait. Pour la énième fois, Jack regretta de ne pas mieux comprendre son père.

Il appuya sur le numéro de Savannah et fut surpris de

l'entendre répondre à la deuxième sonnerie.

— Salut, dit-il.

— Salut, mon beau au bois dormant. J'étais trop heureuse de te voir dormir ce matin. Je n'ai pas pu me résoudre à te réveiller.

Sa délicatesse était une autre des nombreuses qualités qu'il pouvait ajouter à la liste croissante de ce qu'il aimait chez elle.

— Je n'ai pas dormi aussi tard depuis des années. Merci de m'avoir laissé dormir, mais ne va surtout pas croire que je m'approprie ton espace ou que je vais être un boulet.

Il regarda la clé au centre de la table.

— Jack, j'ai adoré rentrer auprès de toi, hier soir, et me réveiller à tes côtés ce matin. Tu es tout sauf un boulet. Tu as récupéré la clé que je t'ai laissée ? demanda-t-elle.

— Oui, c'était très attentionné de ta part. Je promets de ne pas abuser de ce privilège.

Il aurait voulu lui dire qu'il aimerait être là tous les jours quand elle rentrerait du travail et tous les matins quand elle se réveillerait, mais il savait qu'ils avançaient déjà à la vitesse de la lumière et il avait le sentiment que les hommes sur la photo qu'il venait de contempler pourraient y trouver à redire s'il emménageait trop vite avec leur sœur.

— S'il te plaît, n'hésite pas à en abuser, le taquina-t-elle. Qu'as-tu de prévu, pour aujourd'hui ?

— Je retrouve ma mère dans un petit moment. On va m'acheter des vêtements pour la cérémonie de remise des prix de ton frère, puis on déjeunera ensemble.

— C'est merveilleux ! Mais je t'en prie, n'achète pas de nouveaux vêtements à cause de ma famille.

— Non, non. Je réorganise tellement de choses dans ma vie que l'idée de porter des vêtements d'il y a deux ans ne me convient pas.

Il n'avait pas besoin de lui dire que la dernière fois qu'il avait fourni un effort de toilette, c'était pour l'enterrement de Linda ni qu'il avait brûlé ces vêtements à la minute où il était rentré chez lui. Le passé était lentement relégué là où il devait l'être, à savoir derrière lui. Et il était excité à l'idée d'aller de l'avant. Si seulement il pouvait résoudre ses problèmes avec son père. Il était déterminé à réparer leur relation. Frottant sa cicatrice, il réalisa qu'il n'avait toujours pas confié à Savannah ce qui s'était passé la nuit de l'accident de Linda, et il devait affronter cette révélation aussi. Dès qu'il se sentirait assez fort, il le ferait et, ensuite, il espérait être capable de faire vraiment entrer Savannah dans sa vie, c'est-à-dire en l'accueillant dans la maison qu'il avait partagée avec Linda et dans son chalet. Une fois qu'il serait assez sûr de lui, les plus grands obstacles à leur relation seraient derrière lui.

— Eh bien, amuse-toi bien. J'ai hâte de te voir ce soir. Tu seras à l'appartement, ou tu rentres chez toi ?

Percevant dans sa voix l'espoir qu'il avait appris à aimer, il obtint la réponse à la question qu'il s'était posée plus tôt. Il n'avait aucune envie de conduire jusqu'à Bedford Corners alors que Savannah était ici en ville.

— Je serai là quand tu rentreras pour autant de jours que tu le souhaites, répondit-il en allant dans sa chambre pour prendre des vêtements dans son sac à dos.

— Je suis une fille en manque d'affection, Jack, alors même que je ne l'ai jamais été jusqu'à maintenant. En fait, je n'ai jamais voulu qu'un homme passe la nuit chez moi. Mais avec toi, c'est tout ce que je désire. Alors, fais-moi savoir si je t'étouffe.

— Aucun risque, lâcha-t-il sans même réfléchir.

CHAPITRE TRENTE-SEPT

Jack adora se doucher dans la cabine de douche de Savannah. Son doux parfum était partout. La vapeur dans la douche contenait l'arôme de noix de coco de son shampoing et, quand il en sortit, les serviettes propres avaient l'odeur de ses draps et de ses vêtements. En se brossant les dents, il prit son flacon de parfum et se souvint de leur premier baiser. La nuit où tout ce qui la concernait s'était incrusté dans ses sens.

Il rinça et sécha sa brosse à dents et, alors qu'il la rangeait dans sa trousse de toilette, il interrompit son geste et la glissa dans le porte-brosses à côté de celle de Savannah. Pendant un moment, il resta à regarder les manches en plastique. *Comment deux brosses à dents à trois dollars pouvaient-elles avoir autant de signification ?* Il ne voulait pas que Savannah trouve qu'il avait dépassé les bornes, même s'il supposait que ce ne serait pas le cas, vu ce qu'elle lui avait dit. Et puis, elle lui avait donné sa clé. Pour le cas où, il fourra le reste de ses affaires de toilette dans sa trousse qu'il referma, puis la rangea dans son sac à dos.

Dix minutes plus tard, on frappa à la porte. Jack éprouva une bouffée de bonheur. Il ouvrit la porte et se retrouva face à sa mère et à Siena.

— Deux belles femmes pour le prix d'une ? Je suis un veinard.

Il les serra dans ses bras quand elles furent entrées dans l'appartement.

— Vous ne pensiez pas que j'allais vous laisser faire du shopping sans moi, si ? lança Siena en passant devant lui, vêtue d'un jean, d'un tee-shirt et d'une veste courte très à la mode. Ou que je laisserais passer la chance de voir qui a bouleversé le monde de mon grand frère ?

Elle scrutait chaque centimètre carré du salon et ne tarda pas à se focaliser sur la photo que Jack venait juste de découvrir.

— Ta sœur a appelé pendant que j'étais en route. J'espère que ça ne te dérange pas.

Les cheveux de sa mère étaient retenus par une grande pince en cuir. Affichant son élégance décontractée habituelle, elle portait des pendants d'oreilles verts et un chemisier blanc flottant sur un pantalon en lin. Dans tous les souvenirs que Jack conservait de sa mère, elle souriait. C'était de leur mère que Siena tenait sa beauté naturelle, bien que Joanie se soit avant tout investie dans ses enfants et son art que dans son apparence. Sage avait eu la chance d'hériter du talent artistique de leur mère. En la regardant, qui s'efforçait de ne pas fouiner dans l'appartement de Savannah, Jack lui fut reconnaissant pour le foyer aimant et stable qu'elle leur avait donné, car si son père avait parfois été trop dur, sa mère avait probablement été trop douce. Ses parents se complétaient bien. Même avec les problèmes que son père et lui traversaient à l'heure actuelle, Jack devait admettre que la force de son père était ce qui, à la base, faisait de lui un homme fort et la douceur de sa mère ce qui lui permettait d'aimer aussi profondément.

— Jack, c'est Savannah ? demanda Siena en désignant la photo. Elle est magnifique.

— Ce sont ses frères et elle, répondit-il.

— Ça te dérange si je jette un coup d'œil ? demanda sa mère avant de tendre la main vers la photo.

Elle avait toujours été aussi prévenante, et Jack fut frappé de voir sa ressemblance avec Savannah dans ce domaine.

— Pas du tout, maman. Vas-y.

— Quelle belle famille ! Regarde, Siena, elle a une grande famille comme la nôtre.

— Ils sont vraiment proches, objecta-t-il.

Sa mère reposa le cliché sur l'étagère et lui tapota la main.

— Nous aussi, on va l'être à nouveau.

—Je ne suis même pas sûr de savoir pourquoi je suis là, plaisanta Jack.

Ils étaient allés dans trois magasins de vêtements différents, et Siena et sa mère ne l'avaient pas laissé acheter ce qu'il avait choisi. Jack désigna une chemise blanche.

Siena grimaça.

— Tu n'es pas un vieil homme, Jack.

— J'ai trente-sept ans. C'est plutôt vieux, répliqua-t-il.

— C'est quand tu atteindras les soixante-sept ans que tu pourras parler de ta vieillesse. Pour l'instant, tu te rapproches de l'âge mûr.

Sa mère lui lança un clin d'œil. Siena sortit une chemise noire avec des fioritures blanches. Un vêtement dans le style de Dex. Les yeux de sa sœur s'illuminèrent quand elle lui montra la chemise.

— Ça, c'est cool, Jack. Tu serais tellement sexy là-dedans. Essaie-la.

Jack secoua la tête.

— Je n'ai pas vingt-cinq ans, Siena. J'aurais l'air ridicule.

— Il a raison. Ça serait bien pour Dexy, mais pas pour Jack.

Leur mère passa au crible les chemises ajustées et en sortit une bleu clair et une autre bleu foncé. Elle les tint contre la poitrine de Jack.

— Siena ?

L'interpellée se retourna et écarquilla les yeux.

— Oh, parfait ! L'une ou l'autre. Vu qu'il a des yeux bleu foncé magnifiques, il pourrait porter la foncée avec une cravate claire ou bien alléger l'ensemble et l'agrémenter d'une cravate foncée, ou d'une cravate Jerry Garcia. Elles sont toujours amusantes.

Jack secoua la tête. Il savourait l'attention étouffante dont le gratifiaient sa mère et sa sœur : ça lui avait énormément manqué.

Après avoir acheté des chemises, des pantalons, des ceintures et même des caleçons, parce que sa mère avait insisté : « Quand tu tournes une page de ta vie, tu dois avoir de nouvelles choses pour consolider ton chemin », ils se mirent en quête d'un restaurant où déjeuner.

Jack appréciait de passer à nouveau du temps avec Siena. Son énergie était contagieuse et elle ne semblait pas se soucier des regards des hommes qu'ils croisaient dans la rue. Il se surprit à marcher plus près d'elle pour limiter au maximum les regards.

— Pourquoi tu me marches pratiquement dessus ? demanda-t-elle alors qu'ils étaient entrés dans un petit café où ils attendaient d'être assis.

— J'essaie de dissuader les curieux, répondit Jack.

Sa mère s'esclaffa.

— Tu n'as pas changé, en fait.

— Jack, je suis une grande fille. Je sais veiller à ma propre sécurité, protesta Siena en balayant le café du regard. En plus, personne ici ne reluque personne, à part la femme là-bas, et ce n'est pas moi qu'elle reluque.

Jack secoua la tête. Il avait bâti tellement de murs autour de lui qu'il était devenu insensible aux regards des femmes. Il leva les yeux. Siena avait raison : la jolie brune dans le coin du café était bel et bien en train de le déshabiller du regard. Jack se détourna. Il n'avait d'yeux que pour Savannah.

La serveuse les installa de l'autre côté du café et, après qu'ils eurent commandé leur déjeuner, sa mère croisa ses mains sur la table et dévisagea Jack. Elle avait de fines ridules autour de ses lèvres pincées, mais ses yeux contenaient la vive lumière que Jack avait toujours admirée.

— Alors, tu veux parler de ton père ? demanda-t-elle.

— Maman, ne gâche pas sa journée, protesta Siena.

— C'est bon, ma puce, dit-il à Siena. En fait, j'aimerais bien. Je me suis creusé la tête à ce sujet, et je n'arrive pas à comprendre pourquoi il est toujours aussi en colère contre moi. Je me suis excusé. Je lui ai dit que j'avais mal géré les choses. J'ai pris mes responsabilités. Qu'est-ce que j'ai raté ?

Sa mère posa une main sur les siennes.

— Jack, tu as déjà entendu parler d'Esther Loone ?

Il secoua la tête.

— Qui c'est ? demanda Siena.

— On n'en a jamais parlé à aucun d'entre vous parce que ça n'avait rien à voir avec notre famille. Mais encore une fois, rien n'a jamais à voir avec rien… jusqu'à ce que ça ait à voir, fit-elle en souriant. Ce que je vais vous dire ne doit pas revenir aux oreilles de vos frères. Pas même celles de Dex, précisa-t-elle en plongeant son regard dans celui de Siena.

— Je serai muette comme une tombe.

— Tu n'as jamais été capable de garder un secret avec lui, objecta-t-elle.

— Si c'est si important, peut-être que tu ne devrais pas nous le révéler, fit remarquer Jack.

— Non. Je couvre ton père depuis très longtemps et il est temps qu'il s'occupe de ce qu'il n'a pas pu faire il y a tant d'années. Je ne peux pas rester plus longtemps les bras croisés à regarder notre famille se diviser, Jack. Je sais qu'il t'a fallu beaucoup de courage pour retrouver le chemin vers nous et je suis sûre que cela a beaucoup à voir avec la femme qui vient d'entrer dans ta vie.

— Savannah, précisa Jack, soudain conscient qu'elle lui manquait plus que jamais.

— Oui, Savannah. Elle a dû éveiller en toi quelque chose qui t'a rappelé que l'amour pouvait être beau, et j'en suis ravie, Jack. Elle doit être très spéciale.

— Et très patiente pour avoir surmonté toute la colère qui t'habitait, fit remarquer Siena.

Elle prit son eau et la but à la paille, ignorant le regard dur que sa mère lui lança. Puis elle posa la tête sur l'épaule de son frère.

— Je t'aime, que tu sois en colère ou non, mais je ne peux pas imaginer tomber amoureuse de quelqu'un qui soit aussi en colère que tu l'étais récemment.

— Merci, sœurette, ironisa-t-il.

— Tu vois ce que je veux dire, répliqua Siena en redressant la tête quand la serveuse apporta leurs repas.

— Bref, Esther et ton père sont sortis ensemble avant qu'on se rencontre, tous les deux. Ils ont été meilleurs amis du monde pendant des années et puis leur relation a pris un autre tour.

Esther est tombée très malade et n'a jamais atteint ses dix-huit ans. C'était l'année où votre père devait s'engager dans l'armée. Bon, vous connaissez votre grand-père. Votre père n'a pas eu beaucoup de marge de manœuvre concernant son avenir. Il n'a jamais eu l'occasion de faire le deuil de sa meilleure amie ni de faire ce que tu as fait, Jack. Tu as pris les choses en main et tu as fait fi de toute prudence. Tu as pris soin de toi au lieu de réconforter tout le monde et je t'admire pour ça, même si c'est la chose la plus difficile qu'une mère puisse voir son fils traverser.

La culpabilité lui serra à nouveau le cœur, mais pas au point de perdre de vue ce que sa mère venait de leur dévoiler.

— Tu crois que papa est fâché parce que je suis parti alors que lui n'a pas pu ou pas voulu ?

— Je pense que ça pourrait être lié, oui. Je ne pense pas qu'il soit nécessairement en colère contre vous. C'est juste qu'il ne sait pas quoi faire de son propre chagrin.

Sa mère posa une nouvelle fois sa main sur la sienne, les yeux adoucis.

Jack avait l'impression d'être coincé. Il n'avait aucune idée de la façon d'arranger les choses entre son père et lui, et il ne semblait pas que sa mère ait la réponse non plus.

— Tu m'as manqué, Jack.

— Tu m'as manqué aussi, maman. Je suis désolé. Je ne savais pas comment aller de l'avant. Je pensais que tout le monde me blâmait autant que je me blâmais moi-même.

— Je ne t'ai jamais blâmé, protesta Siena.

— Je sais, fit-il en l'enlaçant pour l'attirer vers lui. Savannah m'a aidé à faire face à beaucoup de ces conneries. Maman, tu as raison. Elle explique en grande partie pourquoi je prends enfin les mesures que j'aurais dû prendre il y a longtemps. Elle m'a aidé à briser les barrières que j'ai dressées entre moi et le reste du monde. Mais si ce que tu veux dire, c'est que papa est contrarié parce que j'ai réussi là où il a échoué, alors je ne sais pas comment je peux arranger ça.

— Ton père est têtu, mais c'est un homme aimant. Tu ne vois pas toujours son côté doux, mais il existe. Tu te souviens quand tu es rentré de ta dernière mission et que tu es resté sans dormir pendant des jours à t'inquiéter pour les gars qui étaient encore là-bas ?

— J'avais oublié. Il est resté au téléphone avec moi pendant presque toute la nuit.

Les souvenirs affluaient, comme les pièces d'un puzzle qui se mettait en place. Il avait compris que son père était épuisé. Il l'avait entendu dans sa voix et pourtant il était resté ferme dans le soutien qu'il avait apporté à Jack, l'assurant de sa fierté pour les services qu'il avait rendus à son pays.

— Tu te souviens quand il t'a donné son vieux pick-up ? Il n'en avait aucune envie, en fait. Tu le savais ? demanda-t-elle.

— Je pensais que c'était pour transporter du matériel, comme il me l'avait dit.

Jack but une gorgée de son thé glacé.

— Il savait que tu avais besoin d'un véhicule pour transporter du matériel, vu la superficie du terrain, mais, plus important encore, il savait à quel point cela comptait pour toi. Tu aimais monter dedans juste pour être près de lui. Il voulait que tu conserves ces souvenirs. C'est un homme bon, Jack, tout comme toi.

Elle s'adossa à son siège et Jack sentit qu'elle le regardait pendant qu'il réfléchissait à ses paroles.

— Comment Jack est-il censé gérer ça, maman ? On dirait que c'est le problème de papa, pas le sien.

— C'est exact. Il s'agit du problème de votre père. Jack doit juste se montrer patient et essayer de se rappeler qui est vraiment votre père au fond de lui. De cette manière, quand il sera prêt à pardonner et à s'excuser, Jack sera réceptif.

Pourquoi avait-il enterré les souvenirs les plus agréables de leur père ? Les avait-il refoulés avant ou après l'accident de Linda ? Il aurait bien aimé le savoir.

— Tu te souviens du lapin qu'on a eu quand j'avais huit ans ? demanda-t-il.

— Bien sûr. Wubbles, répondit-elle en souriant.

— C'est ça.

— Wubbles ? Je ne me souviens pas d'un Wubbles, intervint Siena.

— Tu n'étais pas encore née, répliqua leur mère. Jack avait un lapin qu'il adorait. Dieu sait pourquoi, mais il l'avait et il l'adorait. Un jour qu'il était sorti pour le nourrir, il a découvert que Wubbles était monté dans le grand clapier à lapins du ciel.

— Waouh, ça a dû être affreux, commenta Siena.

— Il a été bouleversé et votre père ne s'est pas montré très patient avec lui, convint leur mère en désignant Jack. Mais tu t'es comporté en vrai casse-pieds. Tu as refusé de manger et de dormir pendant des jours, alors, même si je ne suis pas d'accord avec la façon dont ton père t'a secoué pour te ramener à la vie, je pense que tu avais besoin de l'être.

Jack se passa une main sur le visage. *Savannah avait raison.*

— Je suppose que la perspective est primordiale. J'ai le regard d'un enfant sur cette histoire. Je me souviens juste qu'il m'a dit grosso modo que je m'en remettrais. J'ai oublié ce que j'ai fait à l'époque. Tu sais, maman, je me demande si je ne devrais pas lui reparler, maintenant que je sais pour Esther. Peut-être que s'il sait que je comprends ce qu'il a traversé…

— Ne t'avise pas de le faire. Tu m'as promis de garder le secret, et je compte sur toi, Jack.

Elle avait parlé avec tant de force que Jack leva les mains en signe de capitulation.

— D'accord. Désolé.

— Il pourrait se passer un an avant qu'il ne revienne, ou il pourrait revenir demain. Je n'en ai aucune idée et je ne peux pas en parler avec lui. Ça lui tient trop à cœur. Tout ce que je peux te dire, Jack, c'est que c'est ton père et qu'il t'aime. Quand il sera enfin prêt, j'espère que tu lui répondras avec le même amour inconditionnel que ta sœur et tes frères ont manifesté à ton égard.

— Tout ce que je veux, c'est qu'on forme à nouveau une famille, maman. Je te promets que j'en ai fini avec la colère. Je me sens à nouveau comme avant, et c'est trop bon pour que je sois tenté de repartir en arrière.

CHAPITRE TRENTE-HUIT

Savannah était au téléphone avec Josh quand la porte de son appartement s'ouvrit et que Jack entra. Montrant la clé, il articula : « Ça a marché » et posa plusieurs paquets sur le sol avant de la rejoindre sur le canapé. Elle leva un doigt et lui envoya un baiser tout en écoutant Josh.

— OK, donc on vous voit, Riley et toi, demain soir. Oui. J'ai hâte. Je t'aime aussi.

Elle mit fin à l'appel et fut surprise de voir le nombre de sacs déposés par Jack.

— Waouh, ça ne plaisante pas, le shopping, avec toi. C'est vraiment amusant.

— Amusant ? Tu n'as jamais fait de shopping avec Siena et ma mère. Ma sœur veut m'habiller comme si j'étais un skateur de vingt ans et ma mère a des opinions bien arrêtées. N'empêche que j'ai aimé passer la journée avec elles.

Il se pencha vers elle pour l'embrasser.

— Désolé d'être aussi en retard. J'ai passé un peu de temps à me réhabituer à la ville.

— Vraiment ? Avec tous ces yeux braqués sur toi ? le taquina-t-elle.

Il l'embrassa à nouveau et Savannah approfondit leur baiser. Elle avait pensé à lui tout l'après-midi et la seule pensée qu'il possédait maintenant la clé de son appartement l'excitait au plus haut point. Elle n'avait encore jamais laissé un homme seul dans son appartement, et encore moins donné une clé à qui que ce soit, mais avec Jack, elle n'avait même pas éprouvé une seconde d'inquiétude.

— Je suis vraiment heureuse que tu aies pu passer du temps avec elles.

La façon dont il la regardait, bougeait, et même parlait, c'était plus fluide. Savannah avait le sentiment de voir enfin le vrai Jack Remington et elle l'aimait encore plus que la veille.

— En fait, j'ai pris aussi quelques trucs pour toi.

Il ramassa ses paquets et les apporta sur le canapé.

— Tu n'avais pas besoin de m'offrir quoi que ce soit.

Pourtant Savannah aimait les cadeaux autant que n'importe quelle femme et son ventre se tordait d'impatience à la perspective de voir ce qu'il avait choisi pour elle.

— J'ai remarqué que tu portais des bottes de cow-girl quand on était à la montagne et, même si elles sont extrêmement sexy, j'ai pensé que tu voudrais peut-être quelque chose d'un peu plus solide. En supposant que tu veuilles passer un peu de temps dans mon chalet.

Il lui tendit une magnifique paire de chaussures de randonnée en cuir.

— Jack ! C'est tellement attentionné. Comment tu as su ma pointure ? s'enquit-elle en passant les doigts sur le cuir souple.

— Il se peut que j'aie jeté un coup d'œil dans ton armoire, mais je te promets que je n'ai pas fouillé.

Elle le serra dans ses bras.

— Je les adore et j'adorerais passer du temps dans ton chalet. De toute façon, je passerais du temps n'importe où avec toi.

— Tant mieux, parce que j'ai quelques autres bricoles pour

toi. Elles ne sont pas aussi excitantes, mais je pense que tu les apprécieras.

Il lui tendit un sac, dont Savannah explora le contenu.

— Du papier toilette ? Des lingettes pour le corps ? Un pyjama en flanelle ? Un peignoir de bain. Des pantoufles fourrées ? Tu essaies de me dire quelque chose ?

Jack sourit.

— Seulement que je t'aime. Je sais que tu détestes aller aux toilettes dans les bois et que tu ne peux pas te doucher dans le ruisseau. Si tu viens avec moi pour un week-end de survie, je veux que tu sois à l'aise. Le papier toilette et les lingettes sont biodégradables, et le peignoir est là pour le cas où tu déciderais de faire un plongeon dans le ruisseau. Il te tiendra chaud après. Et ça…, ajouta-t-il en montrant le pyjama et les pantoufles. C'est pour quand tu auras froid la nuit. Même si tu seras dans ma tente, et que je prévois de te tenir très, très au chaud.

Son intonation coquine et le regard avide qu'elle lut dans ses yeux la poussèrent à poser ses lèvres sur les siennes.

— Tu es vraiment prévenant. J'aime tout. Merci.

Jack l'embrassa à nouveau.

— Après le départ de Siena et de ma mère, j'ai eu le temps de réfléchir.

Le pouls de Savannah s'accéléra devant le mélange de sensualité dans ses yeux et de sérieux dans sa voix. Avant qu'elle ait pu déchiffrer la signification de ce paradoxe, on frappa à la porte.

— Tu attends quelqu'un ? demanda Jack.

— Non, répondit-elle en allant regarder par le judas. Je ne sais pas qui c'est. Un homme.

En quelques pas rapides, Jack vint se planter entre Savannah et la porte. Il l'ouvrit et Savannah vit son corps se raidir.

Regardant mieux, elle remarqua une ressemblance indéniable entre les deux hommes. Les mêmes yeux sombres, les mêmes pommettes hautes, la même poitrine large.

— Bonjour, Jack.

Son père se tenait devant lui vêtu d'un costume gris et d'une cravate et, pendant un bref instant, le monde de Jack s'arrêta.

— Papa, réussit-il à dire.

Comment m'as-tu trouvé ? Pourquoi es-tu là ? Il sentit la main de Savannah dans le creux de ses reins et se plaça entre eux deux. Son père pouvait toujours le blesser à coups de regards durs et tout ce qu'il avait en réserve, mais il ne tolérerait aucune de ces bêtises envers Savannah. Il passa un bras autour d'elle et, déchiré entre la fierté que lui inspirait son père, avec sa force et son statut de héros de guerre, et le souvenir de la douleur qu'il avait ressentie la veille, lorsque celui-ci n'avait pas accepté ses excuses, Jack leva le menton et fit la seule chose dont il était capable : il montra à Savannah que, malgré ce qui pourrait se passer au cours des dix prochaines minutes, il était fier d'elle et fier de lui-même.

— Voici ma petite amie, Savannah. Savannah, je te présente mon père, James Remington.

Les yeux confiants de Savannah souriaient à son père. James lui serra la main et sourit à son tour. Jack ressentit alors une pointe d'espoir, tout en veillant à ne pas se laisser emporter. Après ce que sa mère lui avait dit, il savait que les dégâts ne seraient pas faciles à réparer.

— Ravi de vous rencontrer, Savannah. Veuillez excuser mon

irruption dans votre soirée. Ma fille m'a donné votre adresse. Je sais que j'aurais dû appeler d'abord, mais je n'avais pas les idées aussi claires que j'aurais dû.

Son père avait toujours fait preuve de bonnes manières, ce qui, réalisa Jack, était l'une des raisons pour lesquelles il avait été si frappé par la façon dont il l'avait traité, la veille au soir.

— Ne soyez pas idiot. Vous êtes le bienvenu ici quand vous voulez. Entrez, je vous en prie.

Elle recula d'un pas pour le laisser passer.

Savannah toucha la main de Jack, mais il était trop occupé à essayer de trouver un moyen poli pour que la conversation à venir se déroule hors de portée de voix de Savannah. Celle-ci passa une main le long de son bras pour y exercer une pression.

— Je vais rapporter mes affaires dans la chambre et vous laisser un peu d'intimité, dit-elle.

Jack la regarda rassembler ses affaires. Il n'arrivait pas à retrouver sa voix pour lui dire « merci », mais, lorsque Savannah lui toucha la joue en partant vers la chambre et que ses yeux verts le rassurèrent, il sut que les remerciements n'étaient pas de mise.

— Tu veux t'asseoir ? demanda-t-il à son père.

Jack avait les nerfs en pelote. Il avait promis à sa mère de ne pas révéler ce qu'elle avait partagé avec lui et il savait que, de son côté, son père ne lui en parlerait jamais. Que pouvait-il donc bien faire pour combler le fossé qui les séparait ? C'était ce qu'il désirait presque plus que tout en cet instant. La chose qu'il voulait le plus, c'était d'aller de l'avant avec Savannah, mais, peu importait à quel point la situation était devenue litigieuse entre eux, son père possédait une partie de son cœur qui n'appartiendrait jamais à personne d'autre. Or Jack voulait aller de l'avant dans sa nouvelle vie avec un cœur entier et comblé.

Il suivit son père jusqu'au canapé, puis opta pour un fauteuil afin de pouvoir le regarder dans les yeux.

— Ta mère ne sait pas que je suis ici, alors avant de parler, j'aimerais te demander de garder ta langue au sujet de ma visite.

Son père se frotta les mains, puis les reposa sur ses genoux.

Jack n'avait jamais vu son père agir autrement qu'avec une parfaite maîtrise de lui-même. Pourtant, à présent, en le regardant écarter les mains, frotter les cuisses de son pantalon et parcourir la pièce des yeux, il voyait émerger un homme différent, et Jack ne savait pas trop quoi en penser.

— D'accord.

Respire. Contente-toi de respirer.

— Fiston, je ne suis pas là pour te réprimander, alors détends-toi.

Malgré sa nervosité, Jack poussa un soupir de soulagement.

— Depuis que tu es tout petit, tu montres tes émotions au grand jour. Je sais voir la tension dans ton corps et l'inquiétude dans tes yeux, et je suis désolé que ce soit ma présence qui suscite une telle réaction. Mais je pense que ça a peut-être toujours été le cas.

— Non, papa…

Son père leva la main.

— S'il te plaît. S'il y a une chose que je reconnais, c'est la vérité. Et je suis bien conscient des choix que j'ai faits dans la vie. Jack, quand tu es né, ma vie entière a changé. À la minute où je t'ai tenu dans mes bras, la responsabilité qui s'est abattue sur moi a été dévorante.

Son regard s'adoucit alors qu'il continuait.

— Ta mère a géré la situation différemment, bien qu'elle ait tout autant, sinon plus, succombé à ton charme et qu'elle ait été étonnée par l'ampleur de la responsabilité qui accompagne la naissance d'un enfant. Elle était persuadée que nous devions aimer et soutenir tout ce que tu faisais, même si c'était, faute d'un meilleur mot, stupide.

Jack détourna le regard. Cette fêlure le transperçait jusqu'à l'os. *Je n'ai pas été stupide quand j'ai souffert de la perte de Linda.*

— Tu sais combien ta mère travaille dur sur ses sculptures et ses peintures et tu te rappelles, j'en suis sûr, qu'elle travaillait dans le jardin pendant des heures pour que notre famille puisse manger des légumes biologiques, entre autres choses. Mais tu ne te souviens peut-être pas du jour où tu as eu l'idée de faire ta propre sculpture pendant qu'elle était partie prendre une douche ou quelque chose comme ça. Tu as rassemblé tous les légumes, jusqu'au dernier, tu les as apportés dans son atelier et tu as utilisé des kilos et des kilos d'argile pour créer une sculpture jardinière. C'était un grand bazar d'argile visqueuse, avec des légumes collés partout de façon désordonnée. Ta mère avait une date limite à respecter pour sa galerie et, bien sûr, c'était un dimanche soir, donc il n'était pas question de mettre la main sur de l'argile avant le lendemain matin. En enfant débrouillard que tu étais, tu t'es lavé et tu n'as pas soufflé un mot jusqu'à ce qu'elle te mette au lit des heures plus tard. Tu te souviens qu'elle te souhaitait bonne nuit et retournait travailler dans son atelier pendant des heures quand c'était moi qui m'occupais des enfants ?

Jack se souvenait vaguement de quelque chose à propos du jardin de sa mère et de l'argile, mais il n'arrivait pas à concilier cette histoire – ou le fait que son père ait pris soin d'eux – avec un souvenir concret. Il secoua la tête.

— Non. C'est bien ce que j'avais supposé. Quand ta mère est revenue dans la maison, elle n'a pas dit un mot. Elle n'en avait pas besoin. La lumière dans ses yeux avait disparu. Quand j'ai vu ce que tu avais fait, j'étais furieux. Je savais que ta mère était dévastée d'avoir perdu l'argile sur laquelle elle comptait et que l'idée de la destruction de son dur labeur au jardin était encore pire, parce qu'elle avait fait pousser tous ces légumes pour nous. Pour vous, les enfants. Je me suis défoulé sur toi, Jack. Comme je pensais devoir le faire. Je t'ai reproché d'être un irresponsable et, pendant un mois, je t'ai fait travailler à tout ce que ta mère demandait – dans le jardin comme dans son studio.

Jack secoua la tête.

— Papa, je ne me souviens même pas de ça.

— Peut-être pas, mais moi si, et en détail. Tu as dit que tu me détestais, et j'ai pensé que c'était une bonne chose, avoua-t-il en haussant les sourcils sur un sourire. Parce que tu en tirerais une leçon et que cela ferait de toi un homme meilleur et plus responsable.

Jack se pencha en avant, désireux de comprendre.

— Papa, en quoi ça a un rapport avec ce qui se passe maintenant ?

— Parce que je m'en souviens comme si c'était hier. Et j'en ai fait encore plus, en poussant, en t'inculquant la dureté, en essayant de renforcer ta détermination et de te faire comprendre l'importance d'être un homme responsable. Jack, tu étais mon premier enfant. Je n'avais aucune expérience sur laquelle m'appuyer, d'où tirer des leçons. Je sais maintenant que les enfants font tout le temps des choses stupides et j'ai compris que tu n'avais fait cette sculpture que motivé par ta curiosité enfantine ou l'envie d'accomplir quelque chose dont tu espérais tirer les félicitations de ta mère. Je suis désolé de t'avoir poussé si fort.

Il détourna le regard et serra la mâchoire. Quand il revint à Jack, ses yeux étaient humides. Il battit des paupières et Jack baissa le regard vers ses pieds, honteux d'assister à un moment de faiblesse de son père. *Non.* Relevant la tête, il croisa son regard. *Tu n'es pas faible du tout. Tu es humain.*

— Jack, quand tu as tourné le dos à ta famille et à tout le monde, je l'ai pris comme un affront personnel. J'ai compris que c'était ma faute, parce que je t'avais appris à être un homme. Et la seule façon de désamorcer ma propre culpabilité, c'était de la reporter sur toi.

Jack déglutit, malgré la boule grandissante dans sa gorge. Il s'assit et s'agrippa aux accoudoirs du fauteuil, non par colère, mais pour contrôler les émotions qui s'échappaient de son cœur et faisaient enfler sa poitrine, se frayant un chemin à travers chaque pore de son corps au risque de le réduire en lambeaux.

— Tu es plus un homme que je ne pourrai jamais l'être, Jackson, et je suis ici pour te dire que je suis désolé de la façon dont je t'ai élevé et traité. J'ai honte de t'avoir imposé les choses que mon propre père m'avait imposées.

Tout l'air de la pièce s'évapora. Jack en était réduit à fixer l'homme qu'il avait admiré et détesté à la fois. Incapable de penser aux mots que son père avait prononcés ou à la façon dont ses yeux cherchaient à lui pardonner, il fut seulement en mesure de se lever et d'aller l'embrasser. La grande main de son père se pressa contre son dos et, à cette seconde précise, Jack eut la certitude d'entendre la voix de sa mère murmurer : « *C'est un homme bon, Jack, tout comme toi.* »

CHAPITRE TRENTE-NEUF

Savannah arpentait le sol de la chambre, mourant d'envie de savoir ce qui se passait dans le salon. N'ayant pas entendu de cris, elle supposait que c'était bon signe. Elle se leva d'un bond quand la porte de la chambre s'ouvrit.

— Salut, mon ange, chuchota Jack.

Son regard inquiet et la tension dans tous les muscles de son corps firent redouter le pire à Savannah. Elle se précipita dans ses bras.

— Ça va ? Tu trembles. Que s'est-il passé ?

— Je t'expliquerai tout ça ce soir, mais il y a quelque chose que je voudrais faire d'abord. Tu serais d'accord pour qu'on dorme chez moi ce soir ?

— Dans ta maison ? Qu'est-ce que…

Son esprit avait beau tourner à plein régime, elle n'arrivait pas à avoir de pensées cohérentes.

Il pressa un doigt sur les lèvres de Savannah.

— S'il te plaît ?

— Oui, oui, bien sûr. Jack, je ne demande pas mieux que de faire tout ce dont tu as besoin ou envie.

Elle tira un sac de son armoire et se mit à préparer des vêtements pour la nuit.

— Il y a quelque chose que je dois faire et je veux que mon

père et toi soyez là.

Savannah s'immobilisa.

— Ton père est toujours ici ?

Jack hocha la tête.

— Il va nous accompagner.

— Jack, tu m'inquiètes. Qu'est-ce qui se passe ?

Elle tenta de déchiffrer son expression, mais elle oscillait quelque part entre la joie et la peur. De nouveau, elle se sentit perdue.

— On va de l'avant.

CHAPITRE QUARANTE

Ils roulaient depuis plus d'une heure, et Savannah avait fait preuve de fair-play en montant sur sa moto, même s'il aurait aimé avoir un véhicule plus sûr à lui offrir. *Juste un autre item sur la « Liste de ma nouvelle vie »*. Sur un point, il était cependant heureux d'avoir dû prendre sa moto : il avait eu assez de temps pour réfléchir sur le chemin pour savoir qu'il avait pris la bonne décision et il espérait que Savannah serait de son avis.

Il jeta un coup d'œil dans son rétroviseur et aperçut la Lincoln de son père à bonne distance derrière lui. Tapotant la poche zippée de sa veste, il sentit le paquet qu'il avait acheté plus tôt dans l'après-midi. Il se sentait enfin presque entier à nouveau… presque.

Jack arriva par l'arrière de sa maison, après avoir descendu la colline abrupte qui menait à son allée. Il arrêta la moto à l'endroit où la chaussée plongeait sur la gauche, à exactement quatre-vingt-sept pas de la limite de sa propriété, et se gara dans l'herbe. Son père stoppa derrière lui et, pendant que Jack aidait Savannah à descendre de la moto et à poser leurs casques, Jack tenta d'ignorer le sang qui pulsait dans ses oreilles ou l'adrénaline en ébullition dans ses veines, qui accélérait de son pouls.

— Jack, où sommes-nous ?

Savannah regardait autour d'elle. Jack savait qu'elle ne pouvait pas voir l'allée cachée et qu'elle ne devinait rien de ce que recelait le vide béant dans les bois en face d'eux, partout ailleurs envahis par la végétation. Elle ne voyait pas les lumières clignotantes ni ne sentait la brûlure des flammes lorsqu'il s'était précipité à la lisière, deux ans plus tôt. Savannah ne reniflait pas l'odeur âcre de l'huile et du caoutchouc brûlés et, tout en se frottant l'arrière du bras, il savait que son cœur ne s'emballait pas comme le sien, ainsi que cela lui était arrivé à lui, la nuit de l'accident, lorsqu'il avait descendu l'allée en trombe après avoir entendu une collision fracassante en même temps que le tonnerre qui se déchaînait. Elle n'aurait pas à plisser les yeux pour distinguer quelque chose à travers la pluie battante, comme lui l'avait fait, et elle n'aurait pas à sentir le métal épais lui entailler le bras – presque jusqu'à l'os –, pendant qu'il essayait d'extraire de la voiture le corps sans vie de Linda. Savannah ne saurait jamais que moins de soixante secondes après l'avoir traînée hors de la voiture en feu, il avait recouvert son corps du sien, pour la protéger de l'explosion. Il frotta la cicatrice, épaisse et rugueuse, éprouvant à nouveau la douleur. Elle ne sentirait pas la chaleur brûlante des débris, projetés dans son dos par le souffle de l'explosion, et elle ne connaîtrait jamais la torture de l'instant exact où Jack avait réalisé que, même en pressant son corps sur celui de Linda, il ne parvenait pas à sentir les battements de son cœur. Et elle ne pourrait absolument pas rassembler les pièces du puzzle et réaliser qu'en un clin d'œil, son cœur à lui s'était aussi arrêté de battre… jusqu'à ce qu'il la rencontre.

Il regarda les yeux confiants de Savannah et la prit dans ses bras. Son cœur sain battait fort contre le sien. Avec un peu de chance, Savannah comprendrait ce soir que Jack avait dit adieu pour de bon à Linda et à son passé. Il espérait qu'elle se souviendrait que ce soir-là, il lui avait promis son avenir, à elle et à elle seule, que toute la colère, toute la culpabilité dont elle l'avait aidé à guérir et toute l'énergie qu'il avait dépensée pour s'accrocher à sa douleur seraient maintenant redirigées. Et qu'à chaque moment de chaque jour, il allait lui montrer l'homme qu'il était censé être. *Son homme.*

— Fiston ?

Jack tenait toujours la main de Savannah lorsqu'il se retourna vers son père et, pour la première fois en deux ans, il n'y avait plus d'agressivité dans les yeux de son père non plus. La culpabilité qui avait autrefois englouti Jack n'était plus qu'une ombre, s'estompant un peu plus à chaque respiration.

— Merci d'être venu, papa.

Flanqué de Savannah et de son père, il leur fit traverser la route. Jack attrapa la main de son père et le sentit se raidir, puis se détendre et, enfin, se laisser aller dans sa grande main. Savannah s'accrocha à son autre main. Un million de questions sans réponse demeuraient en suspens dans ses yeux.

— Savannah, c'est ici que l'accident a eu lieu. La brèche que tu vois dans les bois, c'est l'endroit où Linda a perdu le contrôle de la voiture et où elle a fait un tonneau, pour atterrir sur le toit contre un certain nombre d'arbres qui se sont abattus sous l'impact.

Savannah enroula les bras autour de son bras gauche et embrassa son biceps, puis y posa la joue. Jack puisa de la force dans son amour.

Elle fit glisser une main dans son dos et sur ses cicatrices et, quand elle leva les yeux vers lui, il y lut la question.

Hochant la tête, il sut qu'elle comprenait d'où lui venaient ses cicatrices, ou du moins qu'elles étaient apparues cette nuit-là, et c'était suffisant. Il aimait qu'elle ne le pousse pas dans ses retranchements. Il lui aurait dit tout ce qu'elle voulait savoir, mais il préférait lui épargner la douleur des épreuves qu'il avait traversées.

— Papa, j'ai pensé que tu aurais besoin de ce dernier au revoir autant que moi.

Il n'avait aucune raison de croire que son père comprenait qu'il l'invitait ouvertement à laisser lui aussi son propre passé derrière lui. Tout ce qu'il pouvait faire, c'était d'espérer que James Remington saisirait cette possibilité de le laisser partir.

Jack prit une profonde inspiration et ferma les yeux, se re-mémorant chaque image de la nuit de l'accident comme si elle se déroulait à nouveau devant lui. Il n'oublierait jamais ce qui s'était passé ni la souffrance qui avait suivi et il n'essayait pas de le faire. Il avait besoin de le voir une dernière fois avant de relâcher l'emprise que ces événements avaient sur lui et de l'abandonner pour de bon derrière lui, de sorte que lorsqu'il s'éloignerait avec l'homme qui l'avait élevé et la femme qu'il adorait, il serait entier, sans le poids d'un fantôme pesant sur ses épaules.

Il ouvrit les yeux et serra la main de Savannah.

— Il est temps de prendre congé une fois pour toutes. Il m'a fallu beaucoup de temps pour m'en persuader et, avec l'aide de Savannah, je vois maintenant clairement ce que toi, papa, et tous ceux qui m'aiment cherchez à me dire depuis le début. La mort de Linda n'était pas ma faute.

Il sentit la grande main de son père sur son épaule.

— C'est vrai, mon fils. Laisse tout ça derrière toi.

Jack hocha la tête, espérant que son père faisait de même. Il se tourna et se tint face à lui, les yeux dans les yeux, d'homme à homme : pour la première fois de sa vie, il se sentit vraiment l'égal de son père.

— Papa, je pense que tu peux aussi laisser ici la culpabilité liée à ton passé.

Il savait que son père ferait le lien entre ces mots et la conversation qu'ils avaient eue à l'appartement, et cela lui suffisait. Son père avait porté plus de fardeaux que quiconque de sa connaissance, et pendant de trop nombreuses années. Ce n'était pas parce qu'il ne dévoilait pas ses émotions qu'elles n'existaient pas. Il serra son père dans ses bras et murmura contre sa joue rugueuse :

— Laisse-la partir, papa. Je t'aime.

Savannah se montrait plus altruiste que jamais, lui offrant soutien et force tout en lui accordant la grâce de son silence pour qu'il fasse ses adieux. Lorsque l'air autour d'eux se fut allégé et que Jack sentit le poids du passé s'atténuer, il rouvrit la bouche.

— Papa, j'avais besoin que tu sois ici avec moi. Merci, ajouta-t-il, en plaquant une main sur son cœur. Je pense que je vais bien maintenant.

Son père hocha la tête.

— S'il te plaît, va voir maman et dis-lui que tout va bien entre nous. Elle était si inquiète.

Sans rien répliquer, son père le prit dans une autre étreinte, plus serrée que la précédente, puis il posa les mains sur les joues de Jack et déposa un baiser sur son front. Ce contact paternel insuffla tant d'amour à Jack qu'il ne put retenir les larmes qui se pressaient dans ses yeux, il n'en avait plus envie. Jack était enfin prêt à ressentir tout ce que la vie avait à lui offrir.

Il regarda son père embrasser Savannah, puis lui déposer un baiser sur le front de la même manière pleine de douceur.

— Merci de nous avoir aidés tous les deux, lui dit son père.

Jack le regarda partir, puis il remonta sur sa moto avec Savannah. Le corps de sa bien-aimée se pressa contre son dos alors qu'ils gravissaient la pente raide de l'allée. Jack aurait pu jurer qu'il sentait les dernières griffes du passé s'arracher de son corps et de son esprit et le libérer de ses confins.

CHAPITRE QUARANTE ET UN

Savannah s'éloigna de la moto. Elle comprenait enfin pourquoi Jack s'était caché dans les montagnes pendant si longtemps. Non seulement il avait perdu un être cher, mais il avait en plus un rappel quotidien de sa mort juste en bas de la route. Combien de fois était-il passé devant avant de craquer et de décider qu'il ne voulait plus jamais y retourner ? Elle ne comprenait pas tout ce qui s'était passé avec son père, mais elle savait que Jack la mettrait au courant quand il serait prêt. Elle avait confiance en lui à tous points de vue, depuis sa compréhension de ce dont il avait besoin pour survivre au jour le jour jusqu'à l'amour sûr et authentique qu'il ressentait pour elle.

Il s'approcha d'elle et leva les yeux vers la maison.

— C'est ici que je vis.

La façon dont il l'annonça n'était guère convaincante, comme s'il avait dit : « La terre est carrée. » Savannah savait ce qu'il disait vraiment. *« C'est ici que je vivais quand c'est arrivé. »* Il était évident que Jack n'avait pas vraiment vécu quelque part après l'accident… jusqu'à ces derniers jours où il avait recommencé à vivre.

Savannah se haussa sur la pointe des pieds et l'embrassa.

— Je suis là, Jack, et quoi qu'il arrive, je ne vais nulle part.

Il la regarda et fronça les sourcils, puis il posa ses mains chaudes sur ses joues et déposa un doux baiser sur ses lèvres.

— Je sais, et moi non plus, d'ailleurs.

Jack ouvrit la porte. La maison sentait le bois et l'homme, mâtinés d'un soupçon de cèdre. *Un peu comme Jack.* Il désigna l'espace de vie ouvert.

Avançant d'un pas supplémentaire, elle regarda les meubles chaleureux, la grande cheminée, le mélange de textures : bois, pierre, granit.

— C'est très joli, commenta-t-elle. Ça ressemble à un endroit où je t'imagine bien passer du temps, lire devant la cheminée, t'asseoir sur la terrasse.

Son regard se posa sur une photo trônant sur l'étagère à côté de la cheminée. Elle s'approcha et reconnut Jack en chapeau et toge.

— Ta remise de diplôme ?

— Oui. C'est ma famille.

Elle comprit que la femme blonde à côté de lui devait être Linda. Très jolie, elle regardait Jack avec adoration. *Qui ne le ferait pas ? Il vaut la peine d'être adoré.*

— Et Linda, ajouta-t-il. Si ça te dérange, je peux l'enlever.

— Inutile. J'ai l'impression de savoir où sa vie s'est terminée. Et je sais aussi qu'elle a eu une vie avec toi, alors c'est chouette de mettre un visage sur la femme qui t'a aimé. Je suis contente que tu aies gardé cette photo.

Jack s'approcha pour l'attirer contre lui et lui embrasser le sommet du crâne.

— Je n'ai vraiment pas besoin de garder cette photo sortie. C'était juste un moment heureux avec ma famille.

Elle leva les yeux vers lui et sourit.

— Jack, je ne me sens pas menacée par elle. Si elle ne te rend pas triste, alors pour moi, c'est juste un autre membre de la famille qui n'est plus là, mais qui ne mérite pas d'être oublié.

— Comment peux-tu être si compréhensive, Savannah ?

— Quand on aime quelqu'un, on veut qu'il soit heureux, et refouler dix ans de sa vie ne rendra jamais qui que ce soit heureux. Je ne la connaissais pas, mais je suppose que c'était quelqu'un de bien, sinon tu n'aurais pas été avec elle. Et, maintenant, tu m'as moi. Il n'y a pas de problème. Si tu me comparais à elle tout le temps ou si tu te plaignais que je ne sois pas plus comme elle, ce serait différent, mais je ne vois pas ce genre de scénario se profiler.

Elle posa les mains sur sa taille.

— J'aime bien ta maison. C'est très « toi ».

— Je l'ai mise en vente, dit-il. J'avais besoin que tu voies où tout s'est passé pour que tu comprennes ce que je vais faire ensuite.

— Pourquoi ?

À l'instant où elle posa la question, elle devina la réponse. C'était une chose de prendre congé de son passé, mais une autre de se le faire rappeler chaque jour.

— Ma vie n'est plus ici, Savannah.

Une pensée puissante et inattendue lui vint à l'esprit et elle fronça les sourcils. Cette idée était trop impétueuse, il fallait la mettre de côté, mais, lorsqu'elle plongea dans les yeux de Jack et qu'elle y vit l'amour, le désir d'étouffer cette pensée disparut.

— Emménage avec moi.

Les mots étaient sortis tout seuls. Le cœur de Savannah s'emballait à cette idée et, plus il battait vite, plus elle était sûre que c'était la meilleure chose à faire.

Il la regarda. Derrière le choc de sa bouche béante et de ses yeux écarquillés, elle vit – et ressentit – la même excitation que le jour où elle s'était haussée sur la pointe des pieds pour lui voler un baiser.

— Jack, personne ne sait de quoi demain sera fait. Toi mieux que quiconque.

Il chercha à croiser son regard et elle souhaita l'entendre dire quelque chose, n'importe quoi. Elle savait au fond de son cœur que c'était la meilleure chose à faire. Elle ne voulait plus rentrer chez elle un seul soir sans que Jack y soit. Elle pensait à lui tout le temps et, plus ils passaient de temps ensemble, plus elle l'aimait.

Jack enfouit les mains dans ses poches et balaya la pièce du regard, clignant tellement des yeux qu'elle en vint à se persuader qu'il essayait de trouver un moyen de la laisser tomber.

— C'est bon, s'empressa-t-elle de dire. Je me suis emballée. Je… je ne sais pas à quoi je pensais.

Elle détourna le regard, le cœur en mille morceaux. *Qu'est-ce que j'ai fait ?*

Jack lui souleva le menton de l'index et, en reposant les yeux sur lui, elle vit qu'il souriait.

— Savannah, après le départ de ma mère et de ma sœur aujourd'hui, j'ai passé deux heures à marcher dans la ville, pour m'assurer qu'aucune pensée sombre venait m'assaillir et j'ai pensé à nous.

— Et ?

Son estomac se noua. Ne venait-il pas de dire adieu à son passé ? Allait-il maintenant lui dire que ce passé était toujours là ? Elle retint sa respiration alors qu'il continuait :

— Tu m'as appris que la vie, c'est vivre et tu m'as aimé malgré les cicatrices laissées par mon passé. Te souviens-tu de la règle des trois ? Dans des conditions extrêmes, un homme peut vivre trois minutes sans air, trois semaines sans nourriture et…

— Trois jours sans eau, acheva Savannah.

— Oui. Trois jours sans eau. Mon ange, mes règles sont maintenant trois plus un. Je ne veux pas vivre trois secondes sans toi dans ma vie. Si tu veux bien de moi, je ne désire rien d'autre qu'une éternité avec toi. Je veux m'endormir avec toi dans mes bras et me réveiller avec ta chaleur à mes côtés. Je veux être là quand tu ris et je veux partager ta tristesse pour que tu saches que tu n'es jamais seule. Savannah, tu es mon avenir et j'espère pouvoir être le tien.

Sa poitrine se contracta. Elle pouvait à peine respirer.

— Jack ? chuchota-t-elle. Est-ce que tu me demandes…

— Épouse-moi, Savannah. Je me fiche de savoir quand. Ce soir, l'année prochaine, dans cinq ans. Promets-moi une éternité et je te promets la même chose. Je n'ai jamais autant désiré quelque chose de toute ma vie.

Elle savait maintenant pourquoi il avait tant cligné des yeux, car, alors que ses yeux à elle se remplissaient de larmes, elle ne pouvait s'empêcher de l'imiter, pour que le beau visage de Jack redevienne net.

— Oui, Jack. Oui, je te le promets pour toujours et plus.

Elle enroula les bras autour de son cou et il la souleva dans ses bras. C'était la chose la plus naturelle du monde pour elle que de nouer les jambes autour de sa taille et de poser ses lèvres sur les siennes, puis d'approfondir le baiser. L'idée de passer l'éternité avec Jack tournait dans sa tête et lui emplissait le cœur.

— Je veux t'emmener à l'étage, murmura Jack, avant de l'embrasser à nouveau.

— Emmène-moi.

Savannah se perdit dans leur baiser suivant et ce ne fut que lorsqu'ils se séparèrent à nouveau et qu'elle le regarda dans les yeux qu'elle comprit la signification de ce qu'il avait dit. *À l'étage. Dans la chambre où il ne pouvait pas dormir.*

— Tu es sûr ? demanda-t-elle.

— Aussi certain que je veux être avec toi pour toujours et plus, répondit-il.

Il la reposa sur le sol et ils montèrent à l'étage, main dans la main.

— Je veux t'emmener dans mon chalet de montagne. Tu penses que tu pourrais te libérer le week-end prochain ?

— Rien ne me ferait plus plaisir. J'ai l'impression que les montagnes sont notre endroit, Jack.

Il s'arrêta sur le palier et regarda la deuxième porte.

— La chambre d'enfant ? demanda Savannah.

Il hocha la tête et elle lui toucha la joue.

— C'est bon, Jack. Un jour, tu auras une famille. Nous aurons une famille.

— Tu veux des enfants ? demanda-t-il.

— Beaucoup, répondit-elle avec un sourire.

— Moi aussi, mon ange. Moi aussi. Ça va ?

Il lui prit le visage dans ses mains et déposa un autre baiser sur ses lèvres. Elle plaqua les paumes contre sa poitrine.

— Tant que je suis avec toi, tout ira toujours bien.

CHAPITRE QUARANTE-DEUX

Le soir suivant, après que Hugh avait reçu son prix, Savannah et Jack allèrent retrouver sa famille à l'appartement de Josh à Manhattan. La chemise bleue et la cravate Jerry Garcia que Jack avait choisies avec Siena et sa mère étaient parfaites pour cette soirée amusante, et Savannah portait sa mini-robe bleue préférée, qui s'accordait joliment avec la tenue de Jack.

— Hugh était magnifique, quand il a accepté son prix, déclara Savannah.

— Il avait l'air heureux, ça, c'est sûr, convint Jack.

Savannah suspendit leurs manteaux et ils se dirigèrent vers les voix provenant du salon. Elle se sentait comme une boule de nerfs. Elle se rappelait certains de ses flirts qu'elle avait ramenés chez elle, à l'époque du lycée, et ses cinq frères qui les accablaient de menaces et de regards sévères.

— Ça va, mon ange ? s'enquit Jack en lui touchant la joue.

Ils entraient dans le hall et elle s'arrêta de marcher pour lever les yeux vers lui.

— Je suis juste nerveuse. Je sais qu'ils vont t'aimer, mais je ne sais jamais vraiment à quoi m'attendre avec eux.

Jack lui embrassa le front.

— Je suis un grand garçon. Je peux tout gérer. Ne t'inquiète pas.

Elle se souvint des mots de son père et, en regardant l'homme qui avait fait d'elle la femme la plus heureuse du monde, elle réalisa à quel point ils étaient vrais. « *Tu peux apprendre toutes les compétences fantaisistes dont tu penses avoir besoin, mais la force et la capacité de survie viennent de l'intérieur.* »

Il posa ses lèvres sur les siennes et Savannah fondit dans ses bras.

— Ne laisse pas tes frères te surprendre embrassant un garçon avant même de leur avoir dit bonjour.

Savannah s'éloigna de Jack et rit.

— Riley, waouh ! Tu es radieuse. Voici Jack.

La fiancée de Josh la prit dans ses bras, puis elle se saisit de la main de l'intéressé.

— Alors tu es l'homme qui a fait basculer le monde de Savannah. C'est un plaisir de te rencontrer.

— Je pense que c'est l'inverse. Elle a bouleversé mon monde. J'ai juste été un incident de parcours pour elle, plaisanta Jack.

Riley les conduisit dans le salon.

— Regardez qui est là, lança-t-elle.

Ses frères se retournèrent et Savannah frissonna devant le regard dont chacun d'eux gratifia Jack, puis leurs mains entrecroisées. Ces dix secondes lui parurent durer une heure.

— Jack Remington, le survivaliste ! Mec, tu as un boulot sacrément cool.

Hugh tendit la main et tapa Jack dans le dos.

— Merci, mais ça n'a rien de comparable au tien. Félicitations pour ton prix.

Jack ne paraissait pas nerveux le moins du monde et Savannah en était heureuse.

Josh la prit dans ses bras et chuchota :

— Tu as l'air heureuse. Donc je suppose que sortir avec Jack est une bonne chose ?

— C'est génial.

Josh tendit la main à Jack alors que Riley se blottissait contre lui.

— Je suis Josh, le petit frère de Savannah. Ravi de te rencontrer.

— Merci, Josh. Je te reconnais à la photo dans le salon de Savannah. J'apprécie que tu nous invites ce soir, et j'espère qu'on se verra plus souvent, maintenant qu'on va être voisins.

Savannah fit la grimace et remarqua que Treat et Dane tendaient l'oreille. Elle n'avait pas eu l'occasion d'annoncer à sa famille qu'ils emménageaient ensemble.

— Voisins ? Tu vis dans le coin ? s'étonna Josh.

Savannah était sur le point d'intervenir quand elle sentit une main pesante se poser sur son épaule. Elle se tourna vers son père, heureuse de cette pause dans la conversation. Son bronzage soutenu mettait en valeur ses yeux sombres et Savannah remarqua un peu plus de gris dans son début de barbe. Il était plus beau que jamais. Même à son âge, il avait toujours une présence imposante.

— Salut, papa.

Il la serra fort.

— Tu m'as manqué, chérie.

— Toi aussi. Papa, voici Jack. Jack, je te présente mon père, Hal Braden.

Savannah avait appelé son père pour lui annoncer que Jack avait emménagé chez elle. Elle voulait lui donner la possibilité de lui dire le fond de sa pensée en privé au lieu de le mettre devant le fait accompli. Elle lui avait également parlé de la femme de Jack et de la difficulté qu'il avait eue à surmonter sa mort. La réaction de son père était allée au-delà de ses espérances. « *Ta mère a toujours su que tu étais destinée à changer la vie de quelqu'un, et le jour où tu m'as parlé de Jack, j'ai compris qu'elle avait raison.* » Elle aurait aimé mieux connaître sa mère. Ce matin-là, Jack et elle avaient parlé de fonder une famille : il voulait avoir des enfants autant qu'elle, mais elle n'avait pas réalisé à quel point elle en voulait avant de voir Jack avec Aiden.

Elle vit Jack tendre la main à son père, et ce dernier ouvrir les bras.

— Jeune homme, dans cette famille, nous nous embrassons.

Il tapa dans le dos de Jack puis l'entraîna hors de portée de voix de ses frères, obligeant Savannah à s'avancer d'un pas pour entendre ce que son père avait à dire.

— C'est ma fille, Jack. Elle est têtue et intelligente et elle est la lumière de ma vie. Si tu lui fais du mal, je n'aurai aucun scrupule à lâcher ces hommes sur toi, tu entends ?

Savannah se figea. Elle n'avait jamais entendu son père parler de la sorte à un homme avec qui elle était sortie.

Jack carra les épaules et regarda Savannah.

— Monsieur, répliqua-t-il, si jamais je lui fais du mal, je les lâcherai moi-même.

Puis il regarda son père et ajouta :

— J'adore Savannah, vous serez fier de m'avoir pour gendre.

Elle sentit ses jambes flageoler et elle remercia Treat du bras qu'il passa autour d'elle.

— C'est le bon, non ? fit Treat en l'embrassant sur la joue.

— Définitivement, dit-elle.

Dane apparut aux côtés de Jack. En tant que fondateur de la Brave Foundation, une organisation à but non lucratif, dont la mission était de sensibiliser aux requins et de défendre ces animaux, Dane voyageait beaucoup en compagnie de sa petite amie, Lacy, si bien qu'ils étaient bronzés toute l'année. Dane consacrait du temps à la recherche et au marquage des requins, tandis que Lacy travaillait à distance pour World Geographic en tant que gestionnaire de compte et élaborait des plans de marketing pour les organisations à but non lucratif.

Dane passa un bras autour des épaules de Jack et Savannah aima le voir accueillir Jack dans le giron de leur famille.

— Je connais un secret, lâcha Max en se plaçant de l'autre côté de Savannah, Lacy dans son sillage.

Les cheveux bruns de Max avaient poussé juste au-dessus de ses épaules, et ils semblaient beaucoup plus fournis que la dernière fois que Savannah l'avait vue.

Lacy tendit un verre d'eau à Max et chuchota à Savannah :

— Je sais ce que c'est, moi aussi.

Les boucles blondes de Lacy pendaient, épaisses et lourdes, sur ses minces épaules bronzées.

— Ce n'est pas juste, protesta Savannah, en se rapprochant de Lacy pour lui chuchoter à l'oreille : Dis-moi.

— Pas question, répliqua Lacy dans un murmure.

Max attrapa la main de Savannah et s'écria :

— Oh, mon Dieu ! Tu as un anneau infini ? Lacy, regarde. Riley, il faut que tu voies ça.

Savannah sentit le rouge lui monter au cou et se propager sur ses joues, ce qui ne l'empêchait pas de penser au secret que cachaient Max et Lacy. Jack l'enlaça par la taille et lui embrassa la joue.

— J'ai l'impression d'être sous les projecteurs avec vous tous qui me reluquez, marmonna-t-elle, les mains posées sur celles de Jack, avant de prendre une profonde inspiration et d'ajouter : J'ai demandé à Jack d'emménager avec moi, et il m'a demandée en mariage.

Elle ne put étouffer son sourire quand elle termina :

— Et j'ai dit « oui ».

Les yeux sombres de ses frères se fixèrent sur elle, tous plus sérieux les uns que les autres.

Max, Riley et Lacy se précipitèrent pour serrer dans leurs bras, riant et s'extasiant devant sa bague. Savannah ne demandait pas mieux que de leur faire part de la signification de la bague :

— Jack m'a dit : « Des diamants, pour que tu saches combien j'apprécie notre amour, et le symbole de l'infini parce que mon amour pour toi est sans fin. »

Les filles se mirent à piailler, tandis que ses frères regardaient Jack avec insistance.

Celui-ci se leva de toute sa hauteur.

— Je sais que ça semble soudain. J'ai une petite sœur, moi aussi, Siena, qui a vingt-six ans.

— Elle est sexy ? demanda Hugh.

Savannah lui flanqua un coup de poing dans le bras.

— Oui, en fait. C'est l'un des mannequins new-yorkais les plus en vue, répondit Jack avec un sourire plein de fierté.

Savannah fusilla Hugh du regard.

— Tu es un vrai porc.

— Quoi ? Ce n'est pas parce que tu vas te faire passer la corde au cou que je dois t'imiter, répliqua Hugh.

Jack poursuivit :

— Je sais que c'est impétueux, et je m'inquiéterais aussi d'un homme qui emménagerait chez ma sœur et prétendrait l'aimer après si peu de temps. Je comprends que vous soyez inquiets et tout ce que je peux faire, c'est de vous dire la vérité.

Il prit les mains de Savannah dans les siennes.

— J'adore votre sœur. C'est la femme la plus aimante que j'aie jamais rencontrée et...

— On n'a pas besoin des détails juteux, dit Dane.

Lacy lui enfonça son coude dans les côtes quand il passa son bras autour d'elle.

— Attentionnée... C'est sans doute un mot plus adéquat. Généreuse, empathique, drôle. Vous savez tous qui elle est, et je l'aime pour les mêmes raisons que vous. C'est tout ce que j'ai à dire, conclut-il en haussant les épaules.

Savannah n'en revenait pas que ses frères ne se précipitent pas pour les féliciter et n'accueillent pas Jack dans la famille comme ils l'avaient fait pour Riley, Max et Lacy. Elle sentit son cœur se dégonfler et, alors qu'elle se retournait pour s'assurer que Jack n'était pas trop affecté, elle se demanda pourquoi il affichait un sourire idiot.

— Pourquoi tu as l'air si heureux ? murmura-t-elle avec brusquerie.

— Savannah, je suis un grand frère, moi aussi. Tu crois vraiment que je te demanderais de m'épouser sans en avoir d'abord parlé à chacun de tes frères ?

Elle se retourna et vit les sourires arrogants de ses frères.

— Et à ton père, ajouta Jack.

— Tu... Je ne comprends pas, fit Savannah en regardant les mines coupables de ses frères. Treat ?

L'interpellé passa un bras autour des épaules de Jack.

— Il te dit la vérité, Vanny. Il a appelé papa, puis papa lui a donné nos numéros. Tu as la bénédiction de chacun de nous.

— Mais... Et ces regards que vous lui avez lancés ? Et, Josh, c'était quoi, cette ruse pour lui demander où il vivait ?

— On ne voulait pas dévoiler son secret. On l'a laissé décider et on a dû jouer le rôle, répondit Josh.

Elle lança un regard à son père.

— Quand ? Comment ?

— Il m'a appelé hier après-midi, répondit son père. Je suis désolé de ne pas te l'avoir dit quand tu as appelé plus tôt, ma chérie, mais tu étais si excitée. Je ne voulais pas gâcher ta joie.

Elle se retourna vers Jack.

— Tu as fait ça ?

Il opina.

— Après avoir déjeuné avec ma mère et ma sœur – qui, soit dit en passant, nous ont aussi donné leur bénédiction –, j'ai su que je voulais t'épouser. Bon sang, je crois que je le savais quand on s'est dit au revoir dans l'avion, mais avant d'aller chez Tiffany, j'ai appelé ton père. Je sais à quel point ils comptent pour toi, tes frères et lui. Je ne voulais pas prendre le risque de m'interposer entre ta famille et toi.

Il lui passa un doigt sur la joue.

— J'ai donc parlé à chacun d'eux de mon passé, et on a évoqué ma relation avec ma famille et ma carrière. Je dois dire que ta famille est très protectrice envers toi. Je crois qu'ils savent tout de moi, y compris en quelle année j'ai entamé ma puberté.

— C'est moi qui ai voulu savoir, intervint Hugh en levant la main.

— Tu as fait ça pour moi ?

Elle n'en revenait pas de la profondeur de la considération de Jack pour ses sentiments et ceux des membres de sa famille.

— Il n'y a rien au monde que je ferais pour toi, mon ange.

Elle lui sourit et lui caressa la joue, sachant qu'elle l'aimerait, même les jours où il serait de nouveau la proie de sa douleur, parce que maintenant qu'elle connaissait le vrai Jack Remington, elle comprenait l'amour auquel son père s'accrochait si désespérément. Elle non plus ne le lâcherait jamais.

Envie de plus de Braden ?
Tombez sous le charme de Hugh et Brianna dans
L'Amour décidera

CHAPITRE UN

Kat poussa les portes de la réserve de la Old Town Tavern, renversant presque Brianna.

— Bon sang, Kat. Qu'est-ce qui se passe ?

Brianna Heart travaillait depuis midi, et il lui restait encore deux heures avant la fin de son service. Elle n'avait pas la patience pour les histoires de Kat ce soir. Il fallait qu'elle conserve encore assez d'énergie pour aller chercher Layla, sa fille de cinq ans, chez sa mère, et la mettre au lit avant d'écrire les invitations pour la fête d'anniversaire de la petite.

— Patrick Dempsey est là. Je l'ai vu. Il est assis à une table. Oh mon Dieu, il est encore plus sexy en vrai, dit Kat en rejetant ses longs cheveux blonds par-dessus son épaule avant de se tapoter la lèvre. Je me demande s'il recherche de la compagnie.

— Kat, fit Brianna en secouant la tête. Tu es folle. Tu crois toujours voir des stars. Rares sont celles qui viennent à Richmond, en pleine Virginie.

— Bree, je te le dis. Je crois qu'il faut que je change de sous-vêtements.

Elle regarda alors Brianna et fronça ses sourcils parfaitement épilés.

— Oh, chérie. Laisse-moi arranger tes cheveux. Tu pourrais être la plus jolie serveuse-barmaid, et tu le sais. Enfin, à part moi, bien sûr.

Elle commença à faire gonfler les cheveux mi-longs, bruns et raides, de Bree, mais celle-ci secoua la tête.

— Arrête. Si c'était Patrick Dempsey, je serais la dernière personne qu'il regarderait.

Elle s'essuya les mains sur la petite serviette qu'elle gardait toujours attachée à sa ceinture – parce qu'elle n'avait pas le temps de respirer, encore moins d'aller chercher de quoi se sécher les mains.

— Oh, allez, Bree. Tu ne veux pas te tirer de cet endroit ? Quoi de mieux qu'un célèbre Sugar Daddy ? déclara Kat en regardant son reflet dans la glace, rejetant à nouveau ses longs cheveux blonds en arrière.

— *Pouah.* Non, merci. La dernière chose dont Layla a besoin, c'est ce genre de vie, et la dernière chose dont moi, j'ai besoin, c'est rester dans la réserve à discuter de personnes fictives. Je t'aime, Kat, mais je dois y aller, dit-elle en tapotant sa poche arrière. J'ai besoin de pourboires. L'anniversaire de Layla approche.

— Je n'en reviens pas qu'elle ait bientôt six ans. Mon Dieu, c'est allé si vite. Qu'est-ce qu'elle veut ?

— Un chiot, un chaton, et une chambre plus grande, répondit Brianna en soupirant. Mais je pense que je vais lui acheter un manteau et faire d'une pierre deux coups.

Elle adressa un clin d'œil à son amie en sortant de la réserve pour rejoindre le bar. Un rapide tour d'horizon lui apprit que Patrick Dempsey n'était sûrement pas là. Elle prit les verres vides sur le zinc et les essuya.

Mack Greenley, le gérant, s'approcha. Elle travaillait pour Mack depuis cinq ans et demi, et même si elle avait vingt-huit ans et lui seulement trente-huit, il l'avait prise sous son aile comme si elle était sa fille.

— Banquette.

Mack était un grand homme à la chevelure brune et abondante et au cou épais.

— J'y vais.

Elle s'essuya les mains sur la serviette, prit un bloc-notes et se dirigea vers l'unique banquette occupée du petit bar. Il était 19 h, un jeudi soir. Encore une demi-heure et le bar serait bondé pour le match de baseball de la ligue majeure. Elle se concentra sur son carnet de commandes, songeant à l'anniversaire de Layla et regrettant de ne pas avoir assez de temps et d'argent pour lui acheter un animal de compagnie. Mais en tant que mère célibataire, elle ne pouvait concilier cinquante heures de travail par semaine avec la gestion au quotidien de Layla *et* d'un animal. C'était trop. Elle repoussa cette pensée et feignit un sourire.

— Bonjour, je suis Brianna… Bree. Que désirez-vous ?

L'homme de la banquette leva la tête vers elle, et le souffle de Brianna se bloqua dans sa gorge tandis qu'elle le dévisageait, bouche bée. Ses épais cheveux noirs étaient ébouriffés comme si quelqu'un venait d'y passer la main. *Tout en embrassant ses belles lèvres et caressant cette barbe d'un jour. Mon Dieu, il ressemble à Patrick Dempsey… sous stéroïdes.*

— Un sidecar et un verre d'eau, s'il vous plaît, dit-il.

Brianna ne pouvait ni bouger ni respirer. Elle ne pouvait même pas fermer sa fichue bouche. *Merde. Merde. Merde. Merde.*

Il inclina la tête sur le côté.

— Est-ce que ça va ?

C'est une blague ? Pourquoi est-ce que votre voix doit être si douce et onctueuse ? C'est tellement injuste.

— Oui, désolée, répondit-elle après s'être éclairci la voix. Longue journée. Un sidecar.

Elle se maudit durant tout le chemin de retour au bar.

Kat lui saisit le bras et la tira vers l'évier, dos à l'homme aux stéroïdes bien plus sexy que Patrick Dempsey.

— Je te l'ai dit, murmura-t-elle. Mince, tu as de la chance. Qu'est-ce que tu vas faire ?

Brianna regarda le bel inconnu par-dessus son épaule. Ce qu'elle voyait, c'était le mot « *problème* » écrit en grand. Elle avait déjà connu des hommes comme lui. C'était d'ailleurs comme ça qu'elle s'était retrouvée avec Layla.

— Rien. Il veut un sidecar. Tu peux le lui apporter si tu veux.

Brianna lui tendit le bloc-notes et alla s'occuper de la femme que Kat et elle surnommaient *Red* – une rousse dévergondée qui traînait les jeudis soirs au bar pour se dégotter un homme.

Brianna se concentra sur le cosmo de Red. Le vacarme des clients s'estompa et son esprit revint à la voix du sosie de Patrick Dempsey. Elle était tellement… tellement… différente de celle des autres hommes. Il ne parlait pas comme s'il était pressé, et il avait regardé ses yeux au lieu de ses seins – une attitude là aussi bien différente de la plupart de sa clientèle masculine. Elle sursauta quand Kat lui toucha l'épaule.

— Bree, allez. Vas-y. Je ne peux pas te le prendre. C'est probablement un gros pourboire. Regarde cette veste.

Brianna jeta un coup d'œil à la veste en cuir marron accrochée au bout de la banquette.

— C'est bon. Je te le laisse, dit-elle en tendant le cosmo à Red.

— Vous savez qui c'est ? demanda cette dernière en levant son verre vers le bel homme.

Bree haussa les épaules.

— Aucune idée.

Mais je suis sûre qu'il te ramènera à la maison.

— Je pense que c'est mon nouveau mec, déclara Red.

Un peu comme tous les hommes, non ?

Brianna regarda Kat lui apporter son verre. Ses lèvres écarlates s'écartèrent tandis qu'elle lui adressait son sourire le plus sexy. Brianna connaissait le prochain geste de Kat : d'abord le mouvement de ses cheveux, puis elle lui toucherait l'épaule et… Elle regarda Kat rejeter la tête en arrière dans un rire exagéré. Brianna soupira et détourna le regard. *C'est sans doute un abruti.* Elle avait passé toutes ces années à fuir les hommes qui pourraient l'entraîner dans l'enfer des émotions, alors ce n'était pas pour commencer maintenant. Elle redressa ses épaules et se retourna juste à temps pour voir Red se glisser sur le siège en face de lui.

Pour lire la suite, achetez *L'Amour décidera*

Amour sublime, une collection romantique et familiale

Les Braden de Weston
Au cœur de l'amour
Un amour interdit
Notre amitié brûlante
Un océan d'amour
Un amour si puissant
L'amour décidera

Les Whiskey : Les Dark Knights de Peaceful Harbor
Sous l'armure de ton cœur
Comme une étincelle
Fou de désir
En toi, un refuge
Du bonheur à volonté
Amours rebelles
Aime-moi dans mes ténèbres
À nos horizons
À l'état brut

Les Whiskey : Les Dark Knights du Rédemption Ranch
Aime-moi si tu l'oses
Libérer Sully : le préquel de Pour l'amour d'un Whiskey
Pour l'amour d'un Whiskey

Remerciements

Il y a tant de personnes à remercier pour leur soutien, leur énergie, leur enthousiasme et leur inspiration, à commencer par mes lecteurs. J'aurais bien du mal à vous dire à quel point vos messages m'inspirent. J'espère que vous continuerez à apprécier mes histoires, et je vous supplie de continuer à m'envoyer vos lettres et vos e-mails. Je les apprécie vraiment. Chrissie Parker, merci de m'avoir offert cette Vintage Indian Chief (j'adore cette moto sexy).

Je suis redevable à mon équipe de rédacteurs et de correcteurs : Kristen Weber, Penina Lopez, Jenna Bagnini, Juliette Hill et Marlene Engel. Je n'ai pas l'impression erronée de pouvoir mener à bien ce processus sans chacune d'entre vous. Merci de m'avoir permis de travailler en votre compagnie.

À mes amies, proches et lointaines, vous m'avez aidée à surmonter les scènes intimes, des frustrations à s'en taper le front et les journées où j'étais trop fatiguée pour penser correctement. Vous l'avez fait avec légèreté et grâce. Merci d'être toujours là. Vous savez qui vous êtes, et je vous apprécie.

À ma mère et à mes enfants, vous êtes adorables de supporter mes horaires de travail insensés. Merci pour votre soutien. Enfin et surtout, merci à ma famille pour sa patience et son soutien sans faille.

Découvrez Melissa

www.MelissaFoster.com

Melissa Foster est une auteure primée, dont les best-sellers figurent aux classements du *New York Times* et de *USA Today*. Ses livres sont recommandés par le blog littéraire de *USA Today*, le magazine *Hagerstown*, *The Patriot* et de nombreuses autres revues. Melissa a également peint et fait don de plusieurs fresques murales pour l'hôpital des enfants malades à Washington, DC.

Retrouvez Melissa sur son site web ou discutez avec elle sur les réseaux sociaux. Melissa aime parler de ses livres avec les clubs de lecture et les groupes de lecteurs. N'hésitez pas à l'inviter à vos événements. Les livres de Melissa sont disponibles dans la majeure partie des boutiques en ligne, en version papier et numérique.